台北戀人

藍博洲 著

目錄

一 歸鄉

1

老周，當年離開台灣的時候，我怎麼也沒有想到，一直要到五十年後才能再回家鄉！

那天，恰是二十四節氣中的驚蟄；所謂蟄蟲因為雷震驚而出走的日子。醒來以後，我立刻從睡得暖烘烘的被窩坐起來，披了一件擺在床頭櫃上的外套，下了床。窗外，天色還沒有透亮。我喝了一杯水，走進勉強可以轉身的浴室盥洗，照著被水氣浮罩而略微模糊的玻璃鏡面，梳理齊耳的滿頭白髮。我走回床邊，換上運動服，再披上外套，拎著一只裝滿冷開水的玻璃瓶，走出獨居的公寓，隨手關了鐵門，走下在昏黃的燈光照耀下勉強可以辨識段落的階梯。

三月了。北京的空氣依然冷冽。

我在空渺寂靜的胡同裡走著，來到兩旁植有路樹的橫街，穿越還沒有多少車輛駛過的馬路，進入公園。天色漸漸亮了起來。公園裡，四處都是如同我一般歲數的早起運動的老人。不遠處傳來熱鬧的喇叭聲和咚鏘咚鏘的鑼鼓喧嘩聲。我朝著聲音飄來的方向，走到一處植滿各種花草的心形花圃旁的小廣場，加入已經隨著鑼鼓點扭著秧歌的人群裡頭。

今天怎麼來晚了？一個每天早上一起扭秧歌的老太太關心地問我。

是嗎？我並不以為自己來晚了。

我一邊隨著鑼鼓點扭動著腰身，一邊將戴在左手的腕錶靠近眼睛：六點剛過一刻鐘。我想，的確比平常晚了十來分鐘。

昨晚，打包行李，睡得晚；我解釋說，今早起床就遲了。

打包行李？她露出既訝異又好奇的表情問說，要出遠門？

是啊！我按捺不住內心的喜悅急切地回答，要回台灣。

回台灣？妳是台灣人？

是的，我是台灣人。

妳這口音……怎麼，我就聽不出來妳不是北京人？

離開家鄉，有五十年了。

五十年？那……妳是什麼時候到北京的？

盧溝橋事變後……我話說到一半就不自覺地打住了。

那是一九三七年嘍？

不！我遲疑了一下，更正說，應該是一九三八年吧！

一九三八？她顯然在心裡頭計算著。那……就不只五十年嘍！

抗戰勝利後，我又回去讀大學。

大學畢業後又回北京！她自以為是地說。

不！大學沒畢業……我依然遲疑著要不要讓她知道太多自己的經歷，想想，又不是以前搞階級鬥爭的年代了，也就沒什麼好隱瞞的。因為搞學運，被通緝，又輾轉回到北京。

那是……是一九四九年吧？

那個老太太的好奇心終於得到滿足，不再追問了。

就是！我說。

老周，人生經常會有令人意想不到的似曾相識的生活情景在不同時候重複出現。也許是因為剛剛的對話，也或許是因為就要回台灣的緣故吧，我忽然想起，當年，第一次見到你時，也曾有過類似的對話。

那是一個台北慣有的風涼氣爽有陽光的秋日下午。下了課，我就走出教室，走向連結兩棟教學樓主樓的樓下長廊。那道長長的穿廊是校園的中軸線，從進了校門的第一棟紅樓一直延續到底端的最後一棟校舍，既可以起到遮雨防曬的作用，也是各個學生社團張貼壁報的地方，因此被同學們稱作民主走廊。因為這樣，下了課，我總喜歡往那裡跑。雖然開學不久，各種學生社團早已在穿廊牆上貼滿了形形色色的壁報、標語、招貼和海報。我依照順序一張張地看著那些琳琅滿目的包括大荒、野草、時與地、調色板、漫畫和五月等等名稱的壁報。我聽說這些壁報都是各科系、班級或社團的同學自己編的。我看到它們的內容雖然有所不同，但多半與校內外的時事有關，特別是國共兩黨在大陸內戰戰場上的最新戰況，有報導，也有評論。我更注意到戲劇之友社、人間劇社、大家唱歌詠隊和台語戲劇社等等文藝性社團張貼的招生啟事。我一則一則地仔細看了這些社團的創立宗旨和招生辦法。最後，為了重新學好早已忘得差不多的母語，我決定先加入由幾個中南部同學剛剛發起成立的台語戲劇社，於是走出長廊，轉往位於操場邊學生社團集中的活動中心，按著招生啟事上頭的指示，在那棟兩層建築二樓最邊邊的走廊盡頭，找到台語戲劇社的社團辦公室。

老周，那是由普通教室的四分之一隔間出來的辦公室，陳設簡陋，只有一張書桌，三把椅子，以及一座用廢棄的木料釘製的書架靠牆立著。書架上頭擺了幾本書，其中一本是劇作家曹禺的劇本《日出》。你坐在書桌前專注地看書，陽光透過你背後的窗口照了進來。我怕自己突然出聲會驚嚇到你，刻意清了清喉嚨，然後開口：

請問，這是台語戲劇社嗎？

你應聲抬起頭來。在柔和昏黃的光照下，我看到一張膚色略黑的臉孔；因為鼻梁上戴著一副圓框黑邊近視眼鏡而透著書卷氣的斯文。你看到眼前突然站著一個陌生的女同學，隨即略顯慌張地站了起來。我注意到，你的體格長得還算不錯，約略有一百七十公分高吧，也許是因為營養不夠，略顯瘦削。你操著一口帶著台灣土腔的國語靦腆地問我有什麼事嗎？我說我要報名入社。你就彎下腰，從抽屜裡拿了一張油印的表格，遞給我，客氣地說：請妳把這些資料填一填。你隨手拉過一把椅子，讓我坐下來填寫。我坐下來，按照入社申請的規定，一一填寫，然後把表格交還給你。

林晶瑩，先修班一年級。你看了我填完的表格資料，依舊操著帶土腔的不很流利的國語，好奇卻又有點羞怯地問我。妳是台灣人？

是的。我站起來，刻意操著一口京腔回答。我是台北人。

那……你結結巴巴地問道，妳的國語……怎……怎麼說得那麼好？

我在北京住了十年。我老實告訴你。

那……你露出一臉更加感到不解又認真探究的表情，妳怎麼說……說妳是台北人呢？

我是在台北出生的。我覺得你的神情是憨厚老實的，於是向你解釋。後來，跟著父親移居北京。

哦！你認真地聽著。

我對你有了莫名的親切感因而進一步解釋：

盧溝橋事變爆發後，日本全面侵略中國，台灣也進入戰時體制。我家雖然也算是個大家族，可台北工業學校畢業的父親卻一直找不到比較滿意的工作；後來，他聽說日本占領下的北京有許多台灣人在那裡生活，就自己一個人先過去謀發展。一段時間後，他在一家同鄉的公司任職，生活安定了，就把我媽、我哥，還有我，帶到北京。

那年，我加強語氣說，我剛剛年滿八歲。

哦！你露出恍然大悟的神情說，那就難怪了。你隨即熱情地伸出手指細長的右手，向我表示善意說：我叫周新華，史地科二年級；歡迎妳加入台語戲劇社。

我也禮貌性地伸出右手。你那帶骨感的大手於是熱烈地握著我那纖細柔軟的小手。你又學著大陸來的同學平常互相稱呼的用語對我說，以後就叫我老周。我回報了你那熱情的握手，同時注意到你那修長的手指上的指甲剪得乾淨整齊。從小，我最受不了的就是指甲裡藏有黑垢的男生；因為這樣，我對你又加深了一層好感。

那……你又問我，妳怎麼不留在北京讀大學呢？

抗戰勝利後，我們當然急著要回到自己的家鄉，可為了生活和求學的問題，也不能說想回來就回來。我認真地看著你那流露好奇的眼神，停頓了一下，隨即繼續說。後來，我父親在台糖找到工作，就帶著我媽和兩個在北京出生的年幼妹妹先回來。他要我哥和我完成學業後再回來。今年夏天，我高中畢業，等不及我哥大學畢業，就自己先回來了。

那，妳怎麼跑來師院念先修班呢？你還是一臉單純，想當然地說，妳在北京上過學，考T大，應該沒什麼困難。

我沒有馬上回答你的問題卻反問你說：

你呢？

你苦笑著，一邊尋找正確的語彙，一邊解釋說：

我是為了減輕家裡的經濟負擔，才考進可以享受公費的師院。

我跟你不一樣。我覺得自己也不好保留了。我不是為了公費才來念師院的……

妳客氣了。你打斷我。

真的，我強調說，我是考不上嘛！我從北京匆匆回來，沒搞清楚情況，把考試科目看錯了，結果，到了考場，只好抓瞎了；因為這樣就落榜了……我父親安慰我，說既然沒能考上T大，師範學院設有一年制的先修班，就委屈一點，先去考考看，明年再重考吧。

是啊！你安慰我說，我相信，明年，妳一定考得上。

我禮貌性地向你說謝。

夕陽偏西了。陽光不再從窗口照進來，只有一小片火紅的晚霞餘光，斜斜地映照著窗邊的牆壁。室內的光線逐漸暗了下來。我問清楚戲劇社的活動時間和內容後就要離開。你隨即關好門窗，陪我走出幽暗的走廊。

來到操場，我走向女生宿舍；你也走向另一頭，新建的男生第二宿舍。

天色完全暗下來了。

周遭傳來一片吱吱咂咂的蟲叫聲。

2

老周，我回憶著往事，無語地扭著秧歌，一直扭到渾身發熱，汗水從額頭滴落地面的時候才退出現場。我一邊擦汗，一邊走出公園側門，穿越車輛仍然稀少的街道，回到胡同裡的公寓。沖了澡後，我泡了杯熱牛奶，坐在客廳的沙發椅上，配著一個饅頭，慢慢地咀嚼著，同時想著回到台灣以後應該去拜訪哪些人……

吃過早餐，我把門窗都關好，所有電器用品的插頭都拔起來，隨即拎著一只大行李箱和一個隨身的手提行李箱下樓，走到車輛逐漸多了起來的馬路邊，攔了一輛出租車，前往首都機場。一路上，望著車窗外流逝的街景，我依然感傷地回想著逝去已久的往事。

在北京飛往香港的飛機上，我坐在狹窄的經濟艙座椅裡，時睡時醒，一路昏昏沉沉，依然在追憶那些消逝在時光裡的往事。用餐時，我向機上服務員要了一杯紅酒。喝了酒，精神就不再那麼緊張了。不一會，我又不知不覺地進入昏睡狀態，可不知怎麼卻老是夢見年輕的你，一身血淋淋的，在曠野中蹣跚走著，終而倒臥在地。我於是就被這樣的噩夢驚醒。醒來以後，又不由自主地繼續回想著我和你相處，或者說共同戰鬥的點點滴滴。想累了，又不知不覺地昏睡；睡一會，又被同樣的夢境驚醒！就這樣，一路折騰著，終於到了香港赤鱲角機場。

我提著隨身的行李箱，通過過境海關再一次的安全檢查，搭乘電扶梯，進入出境大廳。一股刺鼻的香水味迎面而來。我經過幾家販賣女性化妝品的免稅商店，按著登機牌指示的號碼，找到飛往台北的航班的候機閘口。閘口兩邊青藍色的長條沙發椅上已經坐滿了候機旅客；他們三三兩兩地聊著天，或者閉目養神，又或者百無聊賴地發著呆。我安靜地坐在人群當中等待登機。在等待中，周遭不時傳來帶有濃厚台灣腔的普通話或是流利的閩南話的交談聲。也許是突然聽到大量陌生又親切的鄉音吧，我想到了唐朝詩人賀知章〈回鄉偶書〉的詩句：

少小離家老大回，
鄉音無改鬢毛催，
兒童相見不相識，
笑問客從何處來？

老周，對我來說，鬢毛催，倒是事實；鄉音，卻已經忘得差不多了。小時候，讀到這首詩句時，因為一家人都一起在北平生活，對這首古詩的深刻含義並沒有太深的體會；一直要到離鄉五十年後再返家的現在，我才深刻感受到這首詩背後所蘊含的戰亂帶給人們的離散之苦啊！

我忽然有了近鄉情怯的心情。

半個世紀過去了。我終於能夠返鄉探親了。老周，這不是夢，是現實。只是，我並不知道你是否依然在世？活得如何？我告訴自己，這次回台，除了給過世多年的爸爸、媽媽上墳掃墓之外，一定要去探尋你的下落。問題是，我還能見到你嗎？

開始登機的廣播把我拉回到現實了。

我懷著興奮又有點焦急的心情排在長長一列急切返鄉的旅客的隊伍後頭，緩緩通過登機證的最後確認，終於登上了飛往台北的班機。我按照登機牌的座位號碼，很快找到位於機艙中段靠窗的位子，將手提行李放在座位上頭的行李艙內，坐下來，扣上安全帶。

舷窗外頭，停機坪上按序停著等待載客的不同航空公司的飛機；運送行李的載物車雜亂有序地奔馳著。

機艙廣播響起了女服務員的聲音，說是有兩名乘客尚未登機，航班將稍稍延遲一些時間起飛，敬請旅客耐心等候並見諒。廣播之後，有三五分鐘吧，兩名同樣穿著花格子短袖襯衫的青年男子，臉上流著汗，匆匆忙忙地進入機艙，逕自走到我的座位旁邊。他們打開頭上的行李艙，要將手上各自提著的裝著免稅菸的塑料手提袋塞進裡頭，可怎麼塞都塞不進去，於是坐了下來，將塑料手提袋放在前排座椅下方的地板上。這樣，忙亂煩躁的氣氛終於安靜下來了。

我於是閉眼休息。

就在我昏昏欲睡時，空服員又廣播說，從香港到台北的航程大約需要一個半鐘頭左右，飛行途中將提供晚餐與免稅商品販賣服務。飛機還沒起飛。我聽到座位旁邊那兩名青年議論著香港機場的免稅菸是否比桃園機場的便宜？其中一名四方臉，臉色黝黑，戴著一副寬邊金絲框眼鏡的人強調說，即使沒有比較便宜，菸絲的品質與口感都要來得好；另外一名身材單薄，臉又瘦又長，嘴巴尖尖者，立刻露出殘留著暗紅牙垢的零亂牙齒表示不同的看法；兩人於是就這樣爭論著。

我被吵得心情焦躁，不耐煩地張開眼睛。

兩個年輕的機艙服務員正站在兩邊的走道上示範救生衣的穿戴方法。也許是千篇一律地做著規定要做卻又用不上的步驟，她們搽著脂粉的美麗臉蛋上表現出不相襯的冷漠表情。周遭的旅客大都已經安靜地閉著眼睛，基本上也沒有人理會這可能攸關他們生死存活的動作示範。

我又聽到座位旁邊那兩名青年聊到他們旅行北京的趣聞。他們提到北京女孩捲舌講普通話的聲調很好聽，卻不好學；其中一人還說，他學著像她們那樣捲舌，捲到後來，連口水都流出來了。

老周，我後來才知道，那時候，台語戲劇社的社員也大都不太會講叫作國語的普通話；有些人不但完全不會講國語，而且連台灣腔的閩南話也不太會講，只會講不怎麼道地的日語而已。我記得，台語戲劇社成立的那天，因為不想讓自己在第一次聚會就遲到而給其他同學不好的印象，下了課，我立刻一路小跑步，趕往會場。到了作為會場的教室門口，我看到現場的人還不是太多，這才鬆了一口氣。我看到你和幾個男同學正在講台上布置，於是沿著中間走道走向講台，看看是否幫得上忙。就在經過講台前沿的前排座位時，我恰好聽到身旁的兩個男同學正在用日語交談。我刻意放慢腳步，聆聽。他們始終都在說日本話。聽著聽著，我忽然覺得莫名地刺耳，於是不客氣地用國語嘲諷他們說：台灣都光復了，你們怎麼還一直在講日本話呀！那兩名被我批評的男同學暫停了交談，同時抬起頭來，一臉驚訝地看著站在眼前的未曾見過的女同學。其中一人表面上不但沒生氣，反而笑嘻嘻地向我自我介紹說他是社長蔡東石，英語科二年級；然後繼續用日語辯解，說他們還不會講國語，請我多多包涵指教。不會講國語，總該會講自己的母語吧！我不以為然地用國語駁斥他。蔡東石繼續用日語替自己辯解，說在日本時代講母語是會被處罰的；因為這樣，他們連台灣話也不太會講呢！處罰只是在學校吧！你突然插進來，用閩南話大聲反駁蔡東石。蔡仔，自己的語言，只要不認為自己是日本人，回去厝裡，還是可以講的。我雖然不太會講閩南話，但八歲以前在台北的生活經歷，以及父母親一直在家裡用閩南話交談的訓練，讓我多少還聽得懂你講的話；可我想要看看那個社長對你這樣尖銳的質疑會有什麼反應，於是裝作一臉聽不懂的表情。周仔，蔡東石還是沒生氣，改口用閩南話說，平平是同鄉，有查某囝仔在這，你也不必給我漏氣。我對蔡東石的好脾氣感到不可思議。蔡東石怕我聽不懂閩南話，接著又用日語向我表白，說因為這樣，他就想，現在台灣既然已經光復，回歸祖國了，就應該要會講自己的語言才對；為了重新學台語，他就出來籌組台語戲劇社。他沒想到，這個提議立即獲得同學們熱烈響應，戲劇社很快就組織起來了……

老周，我看蔡東石一臉得意的樣子，也就懶得再搭理他，逕自走上講台，幫忙張貼那些寫著戲劇社主張的標語。

你為什麼會參加台語戲劇社？我因為剛剛的對話而對你懷有更進一步的好感。喜歡演戲嗎？演戲，談不上喜歡。你一邊貼著標語，一邊用生澀的國語回答，然後強調你的個性並不適合在舞台上表演，參加台語戲劇社，也只能在幕後幫幫忙，能做多少就多少。你接著也反問我為什麼會參加台語戲劇社？

我會加入台語戲劇社，主要是為了重新學好早已忘得差不多的母語。我坦誠地回答，然後進一步問你：為什麼你跟社長不同，雖然講得不流利，還是一直用國語跟我講話？

你笑了笑，說為了盡快跨越語言的障礙，你告訴自己，一定要把握各種機會加緊學習國語。那好！我也要盡快跨越語言的障礙。我高興地回應並提議。以後，只要我們兩人在一起，我就跟你講閩南話，你只准向我講國語。

你像孩子一般開懷地笑了。

秋天的陽光從窗戶照進人聲嘈雜的會場。

空氣中流動著青春的熱烈氣息。

會場布置的事情都做完了。我於是邀你到教室外頭聊天。我們找了一處有樹蔭的草地坐了下來。暖和的陽光斜斜地穿過枝葉的縫隙零亂地照在你那開朗燦爛的笑顏上。

老周，我先問你，你為什麼會那麼急著想跨越語言的障礙呢？

這不該是什麼問題吧！你尋思著準確的用詞，語氣就顯得沉穩而緩慢地強調說，日本投降後，台灣人都沉醉在回歸祖國的興奮當中；我雖然只是個中學生，也對祖國的未來抱著很大的希望，心想，既然已經是中國的國民了，就應該認真把國語學好。

那麼，我進一步問你，進師院就讀以前，學過國語嗎？

學過。你說，然後彷彿想到什麼特好笑的事情那般笑了。

什麼事那麼好笑？我不解而好奇地問你。

我頭一個國語老師是一個中學老師，他是本省人，跟妳一樣去過北京。你忽然停頓下來，學著那個老師的姿態與腔調，大聲念道：

你要去哪裡？

我要去北海公園。

你要去哪裡？

我要去故宮。

……

這就是我最早學到的幾句國語。你笑著解釋，然後又反問我去過北海公園和故宮吧？可不等我回答，你又繼續說，後來，全校師生在禮堂集合，聽從大陸來接收的校長講話時，那個老師就負責通譯。你突然露出一臉不以為然的表情，苦笑著說，其實，校長講的話，他自己也聽不太懂，亂譯一通。

我也跟著笑了。

你又告訴我，除了學過那幾句國語之外，你也曾經很認真地學唱了一些抗戰歌曲。我問你學唱過哪些歌？你就說你學會唱的第一首國語歌曲是〈義勇軍進行曲〉。我感到有點訝異。你顯然讀懂了我臉上的表情，於是輕聲唱著：

起來，不願做奴隸的人們！

這是台北學生聯盟的學生下來教我們唱的。你接著解釋說，台灣一光復，各地中學校就開始有人教唱這首歌，後來，只要有什麼節慶遊行，大家一路上唱的就是這首歌。

進了師院以後，學習上有沒有困難？我又問你。

在師院，我首先要面對的學習障礙還是語言問題。你一臉無奈地說。因為學校教授分別來自大江南北，什麼地方的人都有，他們講的國語也是南腔北調，有的老師說的是廣東腔國語，有的是蘇州腔；很難理解。你笑了笑，舉例說，你們班有一個同學叫曾堯民，可三民主義老師每次點名時都叫他曾要命；後來，大家就叫他曾要命了。

曾要命同學，你嗲下嗲下一下。

你故意模仿那位三民主義老師的口音給我聽，同時要我猜猜看，究竟這個老師叫曾堯民同學做什麼？

是不是……我想了一下說，是不是要他等一下？

不是。

那我猜不出來。我說。

你就笑著解釋說，曾堯民雖然知道老師在叫他，卻搞不清楚老師叫他做什麼，只好站著發呆；搞了半天，大家才弄清楚，原來老師是要曾堯民解釋解釋一下某段課文。

我笑了。

你繼續說，有幾個老師，只要提到日本，總要罵個兩三句日本帝國主義；奇怪的是，同樣是日本兩字，通過他們那種南腔北調的國語講出來之後，卻有了完全不同的發音。

怎麼不同呢？我感到好奇地問道。

爾本帝國主義、你本帝國主義、實本帝國主義、義本帝國主義。你一一學著不同老師的腔調，然後感慨地說，結果，誰也搞不清楚，到底日本是該念成爾本、你本、實本、還是義本？大家都亂掉了。

我笑出眼淚了。

那些老師一人教一門課，每一門課就有不同腔調的國語。你一臉無奈地繼續說，就算他們所講的是同樣內容的話，在你聽來就有很大的差異。你擔心，這樣下去，學到的恐怕也是一種南腔北調的國語吧！所以，剛進師院的時候，你總是著急地想，這樣下去該怎麼辦？

是啊！我替你的學習感到著急。那你上課時要怎麼克服這種語言障礙呢？

起初，面對不同教授的講課，我可以說完全是鴨子聽雷！你苦笑著說，上課，對你來說，根本就是在訓練耳朵的聽力。後來，你就坐到第一排，認真做筆記；不管聽得懂聽不懂，都把老師寫在黑板上的字抄錄下來。因為這樣，國文老師就注意到你了。

你的國文老師是誰？

黃石岩教授。

黃石岩教授！我感到驚喜地告訴你。黃老師是天津人，畢業於燕京大學國文學系，抗戰時期曾經在四川某個女子師範學院任教，光復後，前來台灣任教；他治學嚴謹，常在報刊、雜誌發表論文、散文或新詩；他為人正派，向來受到學生的尊敬。

你繼續述說黃石岩教授幫助你學習的具體經過：

有一天，下了課，黃老師刻意把你留下來，問了一些學習上的話，就要了你的筆記本帶回去看。第二天上課時，黃老師把筆記本還給你。你翻開筆記本，就看到黃老師已經在空白的地方密密麻麻地寫著紅色的眉批。黃老師不但幫你改了錯別字，凡是遺漏或是寫不出來的字，也都替你補上去了。以後，你就準備了兩本筆記本，交替使用；一直到能夠比較完整地做筆記，黃老師也認為不必再幫你修改為止。

我被黃石岩老師的教學熱情感動了。我認為，黃老師既要教書又要寫作，應該很忙；可在繁忙之中，他卻願意犧牲休息時間，為語言上還有障礙的台灣學生批改上課筆記，這種態度是讓人敬佩的。

你能夠碰到這樣好的老師，也算是福氣吧！我告訴你，我覺得，他就好像魯迅所描寫的〈藤野先生〉呀。

藤野先生？

你露出一臉遺憾的表情，說你讀過幾本中日對照的魯迅作品，可惜還沒有讀過這篇〈藤野先生〉。我問你讀過魯迅的哪些作品？你就邊想邊說，你記得，第一本是楊逵翻譯的〈阿Q正傳〉；接著是王禹農譯，標準國語通信學會出版的〈狂人日記〉；還有……藍明谷譯，現代文學研究會出版的〈故鄉〉。

這也不容易了啊！我讚賞地說，就我所知，這幾本書，其實也就是台灣現在所能看得到的幾個日文譯本了。

妳可以跟我說說〈藤野先生〉嗎？

你急著想知道魯迅和藤野先生的故事。我於是向你講解了〈藤野先生〉的內容大概。

平常讀書時，我習慣把自己喜歡的段落、句子抄錄在筆記本上頭。所以，當我講到藤野先生幫魯迅校訂講義的段落時，立刻從書包裡拿出筆記本，翻到抄錄原文的那頁，逐句逐字念給你聽：

> 我交出所抄的講義去，他收下了，第二三天便還我，並且說，此後每一星期要送給他看一回。我拿下來打開看時，很喫了一驚，同時也感到一種不安和感激。原來我的講義已經從頭到末，都用紅筆添改過了，不但增加了許多脫漏的地方，連文法的錯誤，也都一一訂正。這樣一直繼續到教完了他所擔任的功課……

你一臉專注地聽我念完這段文字，然後語氣激動地說：

我想，我也遇到我的藤野先生了。

一群小鳥突然從旁邊那株枝葉茂密的榕樹欉裡急竄而出，分頭向天空四散飛去。

3

老周，飛機終於滑行到起飛的跑道了。

我聽到規律的鼾聲開始在密閉的機艙空氣中起伏交響著。不一會，飛機加速起飛了。我隨著微微震動的機身急速向上爬升而昏昏入睡。飛機爬升到航道規定的高度，扣上安全帶的警示燈熄滅了。在似醒似睡之間想著往事的我又睜開了眼睛。身旁那兩名多話的台灣青年已經沉浸在睡夢中了。靠走道，較瘦的那個，頭斜斜地歪著，嘴巴張開，口水似乎就要流了出來；緊挨著我的較胖的那個響著鼾聲，襯衫底下圓凸起來的肚皮隨著呼吸的律動有節奏地起伏著。我從前座椅背的置物袋中拿出耳機，拆開包裝的塑料袋，戴了起來；耳邊響起的悠然樂音稍稍減輕了那擾人的鼾聲……

機艙的廣播又響起了。女空服員告知用餐時間到了。機艙裡原本沉悶的氣氛突然變得輕鬆。人聲陸續響起。有些乘客已經起身急著走往衛生間。我身旁的那兩名青年也醒過來了。也許是餓了吧，或是還沒全然清醒的緣故，他們不再無意義地交談，靜靜地等飯吃。餐車來了。餐點有雞肉飯和牛肉飯兩種。我要了一盒雞肉飯和一杯礦泉水。我吃了幾口飯，感到喉嚨有些不舒服就不吃了；但還是吃完那小盒蔬菜沙拉，然後一口一口慢慢地喝著那杯水。

空服員估計旅客都用過餐之後，又推著餐車，逐排收拾簡易餐桌上凌亂的餐盒。隨後，另一名空服員走在後頭，右手拿著一壺熱茶，左手托著茶盤，帶著職業性的微笑，一一詢問乘客需要喝點烏龍茶嗎？我要了一杯。茶水有點燙嘴。我先淺淺地抿了一口，然後把茶杯放在已經收拾乾淨的摺疊餐桌上的置杯槽，再一小口一小口地慢慢喝著那淡得幾乎沒有味道的茶水。就在喝著茶的時候，我想起了愛喝茶的黃石岩老師。事件後，台灣當局整頓師院，黃老師被驅離台灣，回到大陸。因為這樣，我輾轉回到北京後，幾乎每年都要抽空去北京師大，看望在那裡任教的黃老師，一直持續到他逝世為止。每次見到我，黃老師的第一句話總是問說：晶瑩啊！有沒有新華的消息？每一次，我都只能無奈地搖搖頭。老周，我想，這次回來，關於你的下落，應該會有確切的消息向黃老師的在天之靈稟報吧！

老周，台語戲劇社成立大會那天的交談以後，我和你有了更進一步的來往。我們經常約在民主走廊碰面，一邊看著那些新張貼的壁報，一邊討論。我記得，就在台北天氣開始冷涼的那天下午，下了課，我們又習慣性地走進穿廊，按著順序，一張張地看著貼在牆上的壁報、標語、招貼和海報。看著看著，我們在漫畫社的欄目前停住腳步，認真地看著一幅名為〈綠化寶島〉的漫畫——那是一幅畫得像甘藷一樣的台灣地圖，地圖上插滿了頭戴鋼盔、身穿綠色軍裝，像竹筍一般的國軍。我們不約而同會心地笑了。這個同學膽子也真夠大啊！我感到既敬佩又憂心地對你說。二二八剛過，他就不怕給自己惹麻煩嗎？你靜靜地看著我，沒說什麼。我們繼續瀏覽著牆上各種壁報的內容。在名為「野草」的欄目前面，我又被一首題為〈誰能禁止我的心跳？〉的詩句吸引而駐足觀看。我情不自禁地放聲朗讀：

地球，
在宇宙間日夜轉動；
熱血，
在血管裡不斷呼嘯。

任謊言掩飾無恥，
絲毫改變不了偽善的腔調；
任暗箭輪番射出，
永遠無法封煞憤怒的吼叫。
看
幾度春風吹綠校園小草，
聽
一支號角翻騰海峽波濤。
多行不義必自斃！
我自巍然仰天笑。
這是歷史的永恆，
誰能禁止我的心跳！

我沒想到，二二八才過半年，師院校園竟會出現這樣讓人熱血沸騰的詩，於是又好奇地看著掛在壁報旁邊的投稿箱上貼著的「約稿三章」：投稿文章一旦發表，文責概由主辦人負責。

妳想給它寫稿嗎？你顯然已經看出我內心的想法了。

我想要加入野草社。我說，隨即拉著你走向野草社的社團辦公室。

一個長相斯文的男生彬彬有禮地接待我們。

我是野草社社長朱裴文，教育科二年級。他先自我介紹，然後看了我填寫的入社資料，熱情地表示歡迎，接著又直接問我為什麼想參加野草社？

我從小就喜歡文學，我坦率地回答，讀了野草壁報張貼的〈誰能禁止我的心跳？〉，很受感動。然後，我又激動地說，真想認識寫那首詩的同學。

那首詩就是我寫的。朱裴文落落大方地說。

你是怎樣的心情會寫那首詩？

我從小在上海長大，受到抗日救亡運動的影響，自然就有不受帝國主義欺侮的愛國主義思想與志氣。朱裴文嚴肅地回答。因為抗戰時沒能好好念書，到台灣以後就想專心念書，不再管外面的事了。可隨著內戰爆發，大陸的經濟凋敝，民不聊生，怨聲載道，民變與學潮層出不窮。二二八事變後，台灣的社會氣氛也非常低迷，許多本省同學不知道台灣要往何處去？在這樣的現實下，我想我還得出來做點事，於是就組織了野草社，同時也參加了大家唱合唱團。他加重語氣強調說，我希望通過辦壁報和唱歌的方式，推展台灣的學生運動；會寫那首詩，也是因為對時局有感而發啊！

你為什麼會到台灣來？我進一步問他。

我會到台灣來，主要是因為我父親的關係。朱裴文顯然沒有想要隱瞞什麼地坦然回答。我父親畢業於上海大夏大學法律系，抗戰時期前往重慶，勝利後，輾轉到台灣行政長官公署法制委員會任職，就安排我們全家也來到台北。

那是什麼時候？

那是二二八之前半年多的事了。朱裴文說。因為全家只靠父親的薪水過日子，經濟很緊張，我就去考享有公費的師範學院，妹妹也念女子師專；事變後，父親被調職回大陸，妹妹和家人也跟隨而去，台灣就只有我一個人了。

朱裴文接著又談到如何擴大野草社的團結的話題。

因為語言的隔閡，再加上不滿大陸來的不肖官員貪污腐敗的作風，更因為二二八的衝擊，絕大多數本地學生對省外來的同學還抱有存疑的眼光，不敢也不想親近。他面露感慨的神色說，目前，除了妳以外，野草社還沒有一個本省同學參加。老周，他看了一眼靜靜坐在一旁的你，然後又鼓勵我說，既然妳已經參加了台語戲劇社，希望妳能夠介紹一些喜愛文藝的本省同學也來加入野草社；就算沒有，最少也要努力讓野草社與台語戲劇社多多聯繫，共同為泯除省內外同學的鴻溝做點事。

老周，我毫無異議地接受了朱裴文的建議。你雖然不是文藝青年，也當場主動表態，說為了學好中文，認識中國；更重要的是，為了促進省內外同學團結，讓經歷過二二八衝擊而處於低潮的學生運動重新復活，你願意參加野草社。後來，我們就跟著野草社的同學一起認真學習了魯迅以降三〇年代作家的作品，也接觸到了《觀察》、《文萃》等政論性刊物，從而對中國的政局與社會有了更進一步的認識。再後來，我們也才知道野草社的指導老師恰好就是黃石岩老師。那時候，黃老師雖然才五十歲出頭，可總是往後梳的猶然濃密的頭髮卻已經白了一大半，因為蓄著同樣間雜著花白的鬍鬚，看起來就比實際年紀老了很多。朱裴文告訴我們，黃老師十分眷戀早逝的妻子而不再結婚，又無子女，一直是自己一個人生活。因為這樣，老朱就常常找我們，以及野草社的一些同學，在課餘時間，主動去幫黃老師打掃房間、做飯；然後在他那日式宿舍的寬敞客廳，一邊陪他吃飯，一邊聽他談文說藝、議論時事。

入冬以後，一個略有寒意的下午，黃石岩老師特地邀請朱裴文、你和我到他的宿舍聊天。

最近，《新生報》的「橋」副刊登了一篇歐陽明的〈台灣新文學的建設〉；黃老師忽然問說，你們讀了沒有？

我們三人互相看了看，顯然沒有人讀過那篇文章，更沒聽過歐陽明的名字，於是異口同聲地問：誰是歐陽明？

歐陽明的名字，我過去也沒聽過。黃老師一臉嚴肅地說。也許是某個本省作家的筆名？但不管他是誰，我認為，他這篇文章提出了一系列關於台灣新文學的重要議題，值得好好學習。

請老師先跟我們說說這篇文章，還有他的看法。朱裴文提出要求。

黃老師喝了一口茶，然後概括地說，歐陽明這篇文章拋出的重要議題包括：台灣新文學與中國新文學的聯繫，台灣新文學的歷史和性質，人民文學以及省內省外作家和文化人的團結等重要問題。黃老師停頓下來，看了看我們三人，又喝了一口茶，想了一下，隨即進一步分析。首先，歐陽明強調，建設台灣新文學的課題是和建設中國新文學的課題相聯繫的，也是今後中國新文學運動中一個重要的課題；他指出，台灣文學始終是中國文學的戰鬥的分支，而台灣的文學工作者和大陸的文學工作者都是中國新文學建設的一支戰鬥隊伍，他們的使命和目標一致，都是為民主與科學奮鬥；他認為，在台灣人民反日民族解放運動中誕生和成長，在形式、風格和思想上回應了台灣人民的心聲的作品，才是台灣新文學的主流；因此，他高度評價了賴和、楊逵、朱點人、呂赫若等作家在創作實踐上的成就。

黃老師再度停頓下來。老周，他看了看正埋頭寫著筆記的你，關心地問說：新華，我講話的速度會不會太快？記得來嗎？你抬起頭，帶著感動的眼神說問題不大！黃老師又喝了一口茶，繼續說：歐陽明提出了人民文學的主張。他指出，特別是在內戰全面爆發已經一年多的今天，文學家要在全國人民反戰、和平、民主化運動的浪潮中走向人民群眾；創造反映時代動向，人民所需要的，具有戰鬥的內容、民族風格與形式的新文學；作為人民戰鬥的力量，為和平、團結和民主而奮鬥。他強調，這就是在人民世紀的今天，中國新文學運動的路線，也就是作為中國新文學運動一環的台灣新文學建設的方向。因此，他呼籲在台灣的文藝工作者，應該不分省內省外，合作共勉，深入台灣的社會生活與人民群眾，從而繼承和完成五四新文學運動未竟的主題：民主與科學。

黃老師又停下來，喝茶。我們三人都靜靜地想著他剛剛介紹的歐陽明的論述。我有點累了，就先說到這裡。黃老師說，你們不妨就我剛剛介紹的問題繼續討論，看看野草社能對台灣新文學的建設做點什麼？

黃老師從藤椅起身，慢慢走向臥室。午後四點左右的冬陽穿過半開著的拉門的空隙，照在他那略駝的背影上。

怎麼樣？你們對黃老師介紹的這篇文章有沒有什麼問題或意見？朱裴文面露徵詢的神色看著你和我。誰要先說？

你要求老朱先介紹當前的內戰形勢，特別是學生運動的具體情況。

晶瑩沒告訴你嗎？老朱反問你，然後露出戲謔的表情笑看我。妳從北京來，訊息應該比我還多。

我知道老朱故意開我們的玩笑，瞪了他一眼，然後態度嚴肅地說：我雖然住過北京，也是透過報章雜誌的報導才能夠對時局有一定的瞭解啊。

老朱於是神情嚴謹地介紹了二二八以後的全國形勢：

隨著全面內戰的爆發，國統區的政治和經濟陷入更大的危機當中，相對地，學生反饑餓、反迫害、反內戰的運動也進入新的高潮。為了搶救教育危機，五月二十日，南京各大專院校學生向國民參政會集體請願——不要自相殘殺的內戰，要飯吃，要圖書，要儀器，要教授，要安定的生活；但是遭到軍警殘酷迫害，造成五二〇慘案。學生的反迫害運動因此達到空前高潮，華北學生反饑餓反內戰聯合會發表了〈告全國同學書〉，建議六月二日為全國反內戰日，展開反內戰、反饑餓的罷課、罷教、罷工、罷市；可當局企圖把運動鎮壓下去，竟從五月三十日晚上到六月一日凌晨，在各大城市大舉逮捕尚未行動的學生。在這一波白色恐怖的風暴中，武漢大學有三名學生命喪校園；老朱特別強調說，其中包括一名台灣教育當局派送的公費生。

台灣學生雖然曾經受過日本的殖民教育，你對那名台灣公費生的遇難深表同情而憤慨地說，可是，我相信，面對激變的時局，大家不可能無動於衷。

問題是，我們要如何才能認識到真正的現實呢？

我專注地看著你。你不知如何回答，就習慣性地捲著額頭上的頭髮，陷入認真思索的狀態。

這時，黃老師從房裡走了出來，坐回原來的位子，靜靜地聆聽我們的討論。

我們既然是野草文藝社，那就可以辦個名為《野草》的同人刊物。老朱接著認真回應了我提出來而你無法回答的問題。我認為，光是出壁報，內容既不夠充實，也無法廣泛流傳；如果辦個刊物，自己寫稿、刻鋼板、油印、分送，除了紙錢以外，費用應該不會太多。這樣，我們既可以介紹官方報紙沒有報導的消息，也可以發表我們對形勢、文化的看法與創作。這不是很好嗎！

我們欣然同意。

你們儘管放手去做。黃老師不斷地點頭，表示贊許。紙的問題，不用操心，我會想辦法。

我擔心的是稿源問題，老朱說，有沒有足夠的人寫稿？有沒有好的稿子？是啊！我同意老朱的憂心。關於形勢的報導與分析，我們可以從其他報刊摘錄、加工，問題不大；問題是，有沒有人能寫反映現實問題的創作呢？

你點頭，附和我的意見，說這的確是個問題！

我看，這個問題也不大！黃老師笑著鼓勵我們說，最近楊逵先生主編的副刊策劃了關於「實在的故事」徵文；所以，我希望新華和晶瑩，因為你們是本省人，起個頭，利用寒假期間下鄉，實際做一些田野調查，然後寫寫有關鄉土的報導，帶動其他愛好文藝的同學撰寫反映現實生活的實在的故事；另外，我也建議你們多跟以本省籍學生為主的文藝性社團交流。這樣，稿源自然就不會是問題了。

窗外的天色已經暗下來了。

4

機艙外的天色暗下來了。

老周，我感到有點冷，於是隨手按了座位上頭的服務按鈕。燈亮了。不一會，女空服員來到座位旁邊，有點職業性地微笑著問我有什麼事？我需要一條薄毯。她說馬上就來，隨即轉身回去，沒多久，又再回來，遞給我一條用透明塑料袋裝著的薄毯。我說了謝謝，然後拆開，拿出來，蓋在身上。我重新戴上耳機，無聊賴地從前座椅背的置物袋拿出一本旅遊雜誌，隨意地翻了翻。那是一本為了商業行銷而用高級的雪銅紙印製的精美刊物，對我這樣的老人來說，裡頭唯一值得一讀的，就只有一篇介紹台灣茶業的報導了。作者寫道，台灣茶產業的種原及製茶技術是由大陸流傳過來的，一百多年來已發展成一門獨特的產業。以外銷為主的茶葉產製種類，清朝時期是烏龍茶，日本時代是包種茶及紅茶，光復後則是綠茶，二、三十年前則是主供島內消費的半球型烏龍茶。作者強調，台灣的茶業有輝煌風光的歷史，不論是茶葉生產技術，還是台灣茶所具有的特色及良好的香氣滋味，早已被世界公認。不僅如此，近十幾年來，台灣也努力塑造將飲茶與生活密切結合的獨特的飲茶文化……

果真如此？

老周，我很想知道，當年我們一起去做過田野調查的那個叫作十三份的山村是否還在繼續種茶？那裡的茶農又是否因為台灣茶業的繁榮而改善了幾近貧窮狀態的生活？我記得，我們是和林光輝一起前往那個山村的。我也還記得初見林光輝的詳細情景。

那天，天色就要暗下來的時候，我們又約在民主走廊見面。一見面，你就說想要介紹一個喜歡文藝的同學給我認識，然後問我有沒有興趣？我直截了當地問他是誰？你說是潮流文學社的核心成員之一。

黃老師不是希望我們跟愛好文藝的本省同學多多交流嗎？你拿了一張《新生報》「橋」副刊的舊報紙給我，同時指著一篇題為〈本省作者的努力與希望——新文學運動在台灣的意義〉的文章說，他就是這篇文章的作者。

我看到文章的作者署名「林光輝」，然後很快地閱讀了那篇大概一千多字的文章。那是針對「橋」副刊所展開的「如何建設台灣新文學」議論的回應文章。林光輝以一個本土文學青年的立場寫道，他認為，在這一時期，最重要的是本省新進作者能夠積極地誠懇努力於學習國文寫作；同時他也希望台灣老一輩的作家與大陸來台的文藝工作者，能夠不斷地給他們的作品批評和鼓勵。

怎麼樣？你等我讀完文章之後立刻問說，有沒有興趣？

多認識一些朋友總是好事。我說，然後反問：他是怎樣的人？

你沒有直接回答，只是笑了笑，說見了面就知道。

天色已經完全暗下來了。

吃過飯後，我就跟隨你前往學校後頭一片日式建築的住宅區。我們穿越幾條曲折黑暗的巷道，走到一條死巷盡頭處。眼前是一棟木板搭建的兩層住宅，磚牆外一片隨風搖擺而吱吱嘎嘎響著的竹林。我們沿著木屋側邊的樓梯，爬上一間亮著燈光的閣樓。

他就住這裡啊？我看著周遭一片破敗的景象訝異著問。

你還來不及回答我，一個長得高高壯壯、國字臉的男生已經打開房門，迎了出來。你於是在狹窄的門口給我們互相做了介紹。林光輝讓我們進去再聊。房間狹小，書桌上和椅子周圍散置著不少書籍。我印象特別深刻的是書桌靠著的牆壁上貼著一幀炭筆畫的魯迅肖像。我走上前，專注地看著那張魯迅畫像。

那是我按照魯迅先生的照片臨摹的。林光輝走過來，謙虛地向我解釋。畫得不好，請別見笑。

哪裡，我發自內心地誇讚說，畫得很好，尤其是把魯迅先生那孤獨的戰士的風采表現得很傳神。

林光輝把書桌前僅有的一張椅子讓給我坐，然後和你在床沿坐了下來。

你喜歡魯迅？我延續著剛剛的話題問林光輝。

為了鍛鍊寫作能力，我在中學時就勤跑學校圖書館，借閱了《魯迅全集》，一邊讀還一邊做筆記；林光輝回答說，讀完之後，自然就受到魯迅作品，尤其是雜文的思想的深刻影響了。

老林雖然也是台灣人，你想要進一步向我介紹林光輝的背景而插話說，但是，他跟我不一樣，跟妳一樣……

什麼不一樣？我故意打斷你並笑著反問說，什麼一樣？

我的意思是說，你稍稍整理了一下思緒就急著解釋說，他是台中人……

我看還是我自己來好了。林光輝不忍看你著急的樣子，乾脆就自我介紹。日據時代，我父親因為搞農民運動被殖民當局追捕而逃往福建，後來才託人設法將我們幾個兄妹帶過去。我在廈門讀了小學和中學，抗戰勝利，又回到家鄉，考入師院教育科就讀。他笑了笑又說，所以，老周說我跟他不一樣，跟妳一樣。

一樣，不一樣！我故意學著你的語氣。我終於知道，我們三人之間究竟是哪裡一樣，哪裡又不一樣了。

我笑得更加開心了。

林光輝也露出潔白的牙齒微微地笑著。

你同樣靦腆而憨憨地笑著。

我接著要求林光輝介紹潮流社。

雖然我是潮流社的發起人之一，林光輝說，但是，它其實是緣起於日據末期中部地區一個台籍青年的文學小團體。

怎麼說呢？我問道。

那是在日本帝國主義發動太平洋戰爭的時期，林光輝解釋說，當盟軍展開反攻以後，日軍節節敗退，美軍B29戰鬥機開始轟炸日本全土，殖民地台灣也躲不過這場戰爭災難了；垂死的日本帝國主義做著最後的掙扎而在殖民地台灣實施徵兵制度，開始徵召學生兵……

對我們來說，你插話說，那真是很難忘記的苦難年代啊！

是啊！林光輝繼續說，我聽家鄉幾個被拉去當學生兵的中學生說，在那苦難的年代，基於對文學的共同愛好，他們就想到把各自對生活的感傷而寫成的詩或小品文集中起來，裝訂成冊，輪流傳閱；他們想要透過分享彼此的作品，互相鼓勵、打氣，並且找到心靈的寄託，勇敢活下去，於是又在封面用日文刻上邊緣草，作為刊名。

邊緣草？我不解地問道，它有什麼特別含義呢？

所謂邊緣草，林光輝解釋說，一般是指種在花壇四周看起來不顯眼的花草，它只是為了襯托爭艷的百花而默默存在著，不太容易被人注意。他們認為，在戰火的威脅下，青春的肉體生命也像邊緣草一樣，只是隨時可以被時代犧牲的渺小存在而已！所以，以邊緣草作為刊名，寓意並不深奧，只是殖民地青年聊以抒發苦悶、彼此慰藉的小小園地，如此而已；但是，它後來卻逐漸流傳到圈外，加入的同人也增加到十幾個人，邊緣草就擴大成為地下的文學團體銅鈴會了。

銅鈴會？我再次提出疑問。它肯定有特別的意義吧！

老周知道。林光輝看了一眼一直靜靜旁聽的你，然後耐心地解釋給我聽。在台灣鄉間，牛車經過時銅鈴晃動的響聲，可以說是大多數台灣人的共同記憶吧！銅鈴，說起來沒什麼特別意義，但在皇民化運動雷厲風行的年代，以本土生活經驗的某種符號為名，也就隱含著迂迴的抵抗精神了。

後來，怎麼又改組為潮流社了呢？我追根究柢地問道。

銅鈴會還是繼續發行油印的會刊，刊名依然是《邊緣草》；一直到光復時，前後一共出刊了十幾期。林光輝耐心地向我轉述他所知道的經過。後來，銅鈴會的幾個主要同人先後考進師院就讀，以日文為主的《邊緣草》也繼續出了一兩期，等到台灣行政長官公署發布公告，一律撤除新聞、報紙和雜誌的日文版之後，他們因為一時無法跨越語言的障礙而決議暫時休刊，各自鍛鍊中文寫作能力，以期來日復刊。就在這樣的情況下，因為同鄉的關係，他們就跟著我學習中文。於是我就帶著他們閱讀中日文對照的魯迅作品，希望能夠幫助他們盡快用中文繼續寫作。後來，幾個主要同人也各自用中文創作了；不到一年，他們就找我一起參與復刊的事宜。經過商討後，我們決定出季刊，並更名為《潮流》，創刊號的內容包括了詩歌、小品文、隨筆、散文、小說和論述等等中文創作的作品。

我愈聽愈感到興趣。

我還有兩個問題……

什麼問題？林光輝沒等我把話說完就問道。

為什麼叫潮流？它和《邊緣草》有什麼不同？

為什麼叫潮流？林光輝笑了笑說，我想，在這樣的時代，光從字面來看，妳也能夠理解它的意義吧！

林光輝接著又放聲朗誦：

星星之火可燎原，
燒盡荊棘虎打完！
潮流到處新芽萌，
滿面春風光燦爛。

這是楊逵先生寫給《潮流》創刊號的詩句，題為〈寄「潮流」〉。林光輝解釋說。我認為，楊逵先生透過這首詩，表達了對潮流同人的期望與支持。於是我們就把它作為刊頭題詞，並把體現這首詩的精神作為共同努力的方向。這樣，《潮流》和《邊緣草》之間的不同就很清楚了；我以為，《邊緣草》的傾向比較是抒發個人感傷，《潮流》就不一樣了，它明白宣稱提倡現實主義文學的宗旨。

為什麼會有這樣的轉變呢？我進一步問說，是因為讀了魯迅的作品以及受到楊逵的影響嗎？魯迅及楊逵的影響當然是原因之一。林光輝不加思考地回答。除此之外，我認為，他們的思想認識之所以會轉變，主要還是受到光復以來的社會現實，尤其是二二八的教育吧！

你跟楊逵先生熟嗎？我接著向林光輝表達了內心的願望。我在北京讀中學的時候讀過胡風翻譯的〈送報伕〉，很受感動；有機會，可以介紹我們野草社的同學去拜訪他嗎？

楊逵先生因為牽連二二八而被捕入獄，釋放出來後，跟家人蟄居台中的瓦窯寮。他以人民的作家自許，積極整理、發表台灣的民謠和童謠。林光輝沒有正面回應我的要求繼續說。因為地緣關係，我們經常利用假期拜訪楊逵先生；他除了答應擔任《潮流》的顧問之外，也以實際的供稿表示對年輕一代的支持。他給《潮流》創刊號寫了一篇題為〈夢與現實〉的短評，鼓勵我們要拋棄夢幻，直視現實，追究社會腐化的根源，養成透視社會的眼光，深入考察，從而確認社會的真正走向。他希望我們能夠作為人民的先驅，勇敢地戰鬥。因此，他鼓勵我們去撰寫反映台灣現實、表現民眾的生活與思想動向的有報告性的實在的故事。

什麼是實在的故事？你問道。它和楊逵先生在日據時期所鼓吹的報告文學有什麼不同？

在我們日常生活中所見所聞，如其能夠使我們感奮、高興、憤慨、傷心的事情，我們需要將其發端、經過、結末仔細考察一下，把它記錄起來——這叫作實在的故事。林光輝先轉述楊逵的說法，然後進一步指出：其實，實在的故事的概念並不是楊逵先生的閉門創見；據我所知，香港生活書店總經售，由左聯骨幹馮乃超等人編著的《大眾文藝叢刊》，從第一輯「文藝的新方向」起，便大力提倡「實在的故事」了。

說到這裡，林光輝就隨手從堆放在床頭的一疊書報雜誌中抽出那本《大眾文藝叢刊》，翻到摺了角的那頁的編案，大聲朗讀：

實在的故事，是一種新的文藝形式，這是參照蘇聯戰爭中所提倡的True Story形式以及日本的實錄形式而創造的……我們企圖用它來作為迅速反映當前人民鬥爭的一種短小的文藝形式。它比報告文學要更加經濟、通俗、樸素；把人民鬥爭和生活中具有典型意義的事實，用說故事的方式樸素地記錄下來，不加渲染，不加鋪張，使它通過朗誦或口頭轉述，可以廣泛地流傳開去；或者可以由新聞記者通過電訊去報導，並且可以供給畫家做連環圖畫的材料，同時也可以作為作家創作的素材。

在這個人民鬥爭激烈的時代，日日夜夜都有無數悲壯英勇、可歌可泣的事件在發生。對於這些事實，文藝工作者有責任把它迅速的反映和傳播。為了加強文藝在革命中的教育和宣傳作用，我們以為這種形式的提倡是必要的……

楊逵先生期待《潮流》季刊能夠多多發表從真正與現實對決並與之鬥爭的生活中產生的朝氣蓬勃的作品。林光輝繼續回應我想要認識楊逵先生的要求。他盼望《潮流》季刊能夠與來自各地的青春的潮流匯合成一股推動時代的怒濤。因此，我相信，他應該很樂意認識野草社的同學；有機會，我當然會介紹你們去拜訪他。

我想更進一步瞭解林光輝的思想，於是請求他朗誦一段作品給我們聽聽。

為了聽聽你們對我的習作的意見，我就獻醜了。

林光輝直爽地說，隨即站起來，朗誦了一首詩作：

為著
新的社會發展與飛躍
抵抗著
一切的利誘與威嚇！
忍受著
所有的白眼與冷笑！
暫時蟄伏

在蟄伏中
積蓄力量
當前進的號聲再次響起
不容怯懦逃避
我們確信
新的明天一定會來的！

這首詩題為〈蟄伏〉，林光輝解釋說，發表在《潮流》創刊號。

老周，我緊接著向林光輝表白：為了給《野草》的創刊寫稿，也為了認識社會底層的生活，我和你決定利用寒假，到農村實際做一些調查研究，寫寫有關鄉土民情的報導。然後誠摯地邀請他能跟我們同行。

這是寫實在的故事，林光輝欣然接受說，我當然願意啊！

5

在時空恍惚的狀態下，我聽到空服員廣播說，客機已經飛抵桃園機場上空，準備降落了。我把雜誌放回原處，調正座椅，閉目休息。機艙裡的大燈關了，一片幽闇、沉靜。也許是因為氣流不太穩定吧，下降時，機身顛簸得非常厲害。我感到空氣中彷彿有一種對未來不確定的莫名的不安在流盪著。我無奈地把眼睛又閉了起來。一段時間後，我聽到飛機著陸時鼻輪與地面摩擦的聲音。飛機安全降落了。我於是又睜開眼睛。飛機在機場跑道上緩緩滑行。空服員一再廣播：飛機尚未停穩，請乘客們不要離座。可機上的許多旅客卻等不及警告燈解除，就鬆開繫在腰上的安全帶，站起來，爭先恐後地打開座位上頭的行李櫃，拿下隨身的行李。空服員一再廣播勸阻。場面並沒有改善，一片混亂。飛機滑行了一段距離後終於完全停穩。乘客們紛紛著急地掏出手機，重新開機，給親友撥電話，報平安。老周，我告訴自己，幾十年都能等了，也不差這幾分鐘的時間，何必跟著人家窮著急呢！於是我彷彿局外人似的坐在座位上，靜靜地看著其他旅客急於歸鄉的種種不自覺的動作。一直到所有旅客都往前移動了，我才從座位底下拉出隨身行李，跟在後頭，走向機艙出口。

我拿著大陸居民往來台灣地區的通行證，按著規定程序，辦完繁瑣的出關手續，然後提領了託運的大行李，推著堆置了大小兩件行李箱的行李車，緩緩走向出境處。我剛剛走到出口，還在猶疑著究竟要向左走還是向右走？忽然聽到右手邊隔開走道的柵欄外傳來熟悉的聲音叫著：姊姊，這邊！這邊！我循聲看去，就在人群中看到大妹、小妹和幾個不認得的晚輩正熱烈地向我招手。我遠遠地向他們揮了揮手，稍微加快腳步，走向他們。兩個妹妹一一與我擁抱，然後一個一個向我介紹前來接機的她們的孩子。我認真地聽著，可怎麼也無法馬上記住這些外甥的名字。人老了，記性不好！我向這些晚輩致歉說，一時之間，也無法一一記住你們的名字，真是失禮啊。

在停車場，一陣忙亂之後，行李上了車，所有人也分別坐上兩部車。我跟兩個妹妹同乘一部黑色賓士轎車。司機是二妹的長子。二妹坐在前座，司機的旁邊。大妹陪我坐在後座。汽車疾疾地駛離機場航廈。

老周，我記得，那年寒假的第二天，我們三人就一起前往台北近郊那個叫作十三份的茶村。林光輝透過當地朋友的幫忙，聯繫了一家製茶場，讓我們可以去那裡一邊打工，一邊採集寫作題材。我們搭乘南下的火車，在鶯歌小站下了車，然後走出栽著修剪成各式各樣滑稽形狀的矮榕的月台，在站前廣場尋找前往三峽的台車。我們在附近轉了老半天，始終看不到一個看起來像是台車站的地方。我們問了火車站的鐵路員工才知道，日據末期，因為製茶業不景氣，前往三峽的台車已經暫停行駛，這條台車道就等於廢軌不用了；要進三峽，除了用走的，而且至少要走兩個小時以上的路程外，也沒有別的辦法了。我們無可奈何地就要向前行。也許是看我們台北下來的大學生走不了那麼遠的路吧，那名鐵路員工又指點我們到附近的製茶會社拜託一聲，或許他們會願意幫忙也說不定。我們立刻就去製茶會社請求協助。製茶會社的主任聽我們說明情況後，當場就欣然表示願意派台車載我們進去。我們也因為問題得到解決而非常高興。可我們似乎高興得太早了。台車沒有問題，那名主任從外頭轉了一圈回來之後告訴我們，問題是找不到推台車的車夫。我們又開始著急了。那名主任看到我們心焦的樣子，就安慰我們不用著急，然後又走出去，尋找推台車的車夫。他費盡苦心交涉，總算幫我們找到一個生手來當車夫。在一條已經停駛許久的台車道，讓一個生手車夫推車，一定非常危險！我們三人的臉上流露了同樣的神情。問題是，除非打退堂鼓，否則也只好這樣了。

我們懷著忐忑不安的心情坐上台車。台車在生鏽的鐵軌上緩緩地動了。一路上，我們安靜地望著急速退逝的陌生風景各自遐想著。台車與鐵軌摩擦而發出的刺耳響聲，不斷地刺激我那敏感脆弱的神經；剛開始的時候，因為周遭不斷改變的景色並不覺得什麼；只是看著台車駛過一村又一村，彷彿要駛到海角天邊一樣，不知還要多久才能駛抵目的地？到了後來，欣賞沿途風景的興味一點也湧不起來了，我無法忍受台車發出的刺耳噪音而焦躁不安；不知又煎熬了多少時間，台車才終於到達三峽街上了。

我們下了車，就要徒步進山。不遠，林光輝大概是怕我萬一走不動會賴皮就跟我說，只要兩三個鐘頭就到了。我並不在意路程有多遠，開心地笑著催他，走吧！我們於是起腳往山裡走去。沿途，一片青綠的山林景色。我心情開朗，一點也不覺得累；更沒想到要向你們兩個大男生撒嬌。然而，路途實在很遠，我們走了近四個小時卻還沒有到達目的地。累了嗎？林光輝恐怕我要抱怨而安撫我，說馬上就到了。我一邊擦汗一邊笑著說不累。我們繼續向前行。為了鼓舞自己，我像個掙脫鳥籠飛回大自然的鳥兒那般，雀躍地唱起一首又一首會唱的歌。受到我的感染，你們也立刻跟著放聲高歌。於是我們的青春的歌聲就在峰迴路轉的寂靜的山路上迴盪著。

日頭漸漸隱藏起來了。天色逐漸轉為昏黃。

我們又安靜下來，繼續在山路上默默地走著。為了鼓舞大家堅持走下去的士氣，林光輝隨口朗誦了一首詩句：

去
到山那邊去
去那偏遠窮困的山村
跟底層民眾一起真實生活！
去看看
在那秀美的茶園與簡陋的茶廠

茶農怎樣辛勤勞動
為生存苦鬥！
去探究
茶商大發其財的今天
勞動者過著什麼樣的生活？

這是你寫的詩？我好奇地問林光輝。

是的。

發表過嗎？

還沒。路上醞釀的。

題目是什麼？

就叫〈探究〉吧！

我們於是一邊聊著文學，一邊繼續循著曲折的山路向前走。

天色完全暗下來了。不遠處，一支火把的亮光行走在黑漆漆的山林中，彷如在天空中運轉的星星那般逐漸向我們走來。林光輝吐了一口大氣，說終於到了！那支火把在暗夜中隨著主人的腳步走到我們三人的面前。在火光照耀下，一張在風霜的臉皮上布滿了執拗地生長著的鬍碴的年輕面孔爽朗地笑著。

他是我的朋友，林光輝向我們介紹說，廖蕃薯。

廖蕃薯向我們微微地笑了笑，算是打了招呼，然後說天暗了，到村子還有一小段路要走。他要我們趕緊走吧！於是我們緊跟在他的後頭，沿著他剛剛走來的那條山路，轉向一片相思樹林中一條更加狹小的山徑，繼續前進。

老林，你跟廖蕃薯是親戚嗎？

在路上，我忍不住內心的好奇，邊走邊問走在後頭的林光輝。

不是。

我很好奇你們是怎麼認識的？

是啊！我早就預料到妳一定會問這個問題；林光輝說，一個大學生，跟一個偏遠山村的農民，既然不是親戚，怎麼會認識？

你別勾弄我了，趕緊告訴我吧！

我和廖蕃薯是在某家報社舉辦的一場青年失業問題座談會上認識的。林光輝於是邊走邊說他和廖蕃薯認識的經過：二二八事件前一、兩個月，我看到報紙先前公告的消息而到了中山堂的會場。在相關的政府官員與社會賢達都發言之後，主持人出乎意料地竟然開放現場民眾發問；我當然把握機會，首先站起來，批評剛剛那些官員有關如何救濟失業的發言內容空洞，無法解決問題。因為這樣，座談會結束後，一直坐在會場裡頭靜靜旁聽的廖蕃薯就主動找我攀談。他表示同意我的批評，同時問我對失業問題有什麼想法？我告訴他，我認為解決青年失業問題，要先調查研究失業青年的職業性質，然後再根據具體情況，擬定失業救濟的方法。他同意我的看法。我們於是轉移到廣場的僻靜角落，曬著冬陽，繼續深談。他主動告訴我，他在太平洋戰爭時期被徵調到海南島當日本兵，不到半年前，剛從廣東某個台籍官兵訓練所回到台灣。在言談間，我驚訝地發現，他雖然只有公學校畢業的教育程度，對當前的政治形勢卻有相當的理解，思想也表現了一定的先進性。對我的不解與誇讚，他謙虛地說，那也許是因為他在海南島有過四、五年的歷練；在訓練所時，又接受了幾個台籍知識分子出身的教官的歷史教育，同時也閱讀了《觀察》、《News》等雜誌有關國共談判等等問題的報導與評論，所以在回台前，已經把先前許多搞不清楚的問題都搞清楚了。因為彼此都在尋找志同道合的同路人之故吧，後來，我們就非常密切地來往。二二八之後，他因為一直找不到合適的工作，就回到十三份老家務農。我們一直保持通信聯絡。當我向他提出下鄉的要求時，他立刻幫忙聯繫安排了一切相關事宜……到了。

在林光輝說著話的時候，一路上安靜地走在前頭領路的廖蕃薯忽然指著不遠處，在一片黑暗之間零散地透著幾點幽微的燈火而有些村莊形貌的台地，淡定地說。我們隨後就在此起彼應的狗吠聲中，拖著疲憊的步伐，走進了夜霧籠罩的破落山村。廖蕃薯已經事先安排好我們三人在茶村生活的問題。我由一個中年農婦接待。老周，你和林光輝就住在茶廠的工寮，跟做茶工人一起勞動，也同吃同睡。

6

隨著汽車的流動，一路上，我靜默無言地望著窗外在暗夜中疾速過眼流逝的點點燈光，沉浸於陌生的故鄉夜景之中。老周，我忽然覺得，歷史往往是喜歡捉弄人的！在歷史無情的播弄下，人的命運往往有許多無可奈何！就拿我家四兄妹來說吧，我和哥哥生在殖民地台灣，兩個妹妹生於淪陷的北京；結果，在北京出生的兩個妹妹都留在台灣，在台灣出生的哥哥和我反而滯留大陸。當時，我怎麼也沒想到，我們竟會因為兩岸對峙而長期斷了音訊，只能苦苦地隔海遙念。一直要到大陸改革開放，台灣這邊也開放大陸探親以後，兩個吃公家飯的妹妹才敢在退休之後開始打聽我和哥哥的消息。這樣，通過台灣同胞聯誼會的聯繫，一九九〇年春天，我和兩個妹妹終於在北京見了面。遺憾的是，爸爸、媽媽已經過世多年了……

汽車從高速公路轉入夾雜在零亂錯落的大樓之間的一座兩旁圍著隔音牆的高架道路，穿行前進，然後滑下市區的某條幹道。二妹略略回頭，向我介紹說這條路就是和平東路。是嗎？我看著車窗外面陌生的街景，感慨地說。汽車已經駛過一處植了許多枝葉茂盛但看不出來是什麼樹種的公園。除了在路口遇到紅燈而暫時等待之外，交通一路順暢。我無言地看著車窗外頭，努力要從這些跟當年完全不一樣的街景，追憶曾經有過的生活印象；可這陌生的街景跟記憶中的台北並沒有什麼聯繫，我終究什麼也想不起來。

汽車繼續往前駛著。

姊姊，大妹輕輕地拍了拍我，指著左手邊說，妳看，那就是妳以前讀過的學校。我往左邊方向看去，果然就看到了那座當年就有的老舊校門，以及在夜色中出出入入校門口的學生身影。就在這時，我才真正意識到自己的確回到台北了。我看到了，我沒有流露特別激動的表情跟大妹說，校門還是跟以前一樣，一點也沒變。以前它是省立的師範學院，大妹說，現在已經改為國立的師範大學了。是嗎？我的眼睛一直專注地望著那座校門。老周，現在，我終於理解中國人為什麼會說觸景生情了。因為重新看到這座校門，也因為大妹提到省立的師範學院已經改為國立的師範大學，我想起了那段要求將省立台灣師院改為國立的往事。

老周，我們在十三份待了兩個星期，然後在春節來臨前幾天回家過年。春節過後，寒假結束，新學期開始了。住校的同學陸續從各地返校。校園裡又恢復一片熱鬧的景象。那天傍晚，我依約前去野草社，跟你和朱裴文等人見面，討論《野草》創刊號的編輯事宜。當我穿過教學樓的長廊時，又被牆壁兩邊琳琅滿目的壁報吸引而刻意放慢腳步，一一瀏覽各社團張貼的壁報內容。看著看著，我注意到一張題為〈我們要求將師院由省立改為國立〉的連署聲明，署名「林光輝（教育科二年級）、周新華（史地科二年級）等一群台灣籍同學」。這份聲明公開表達了這樣的願望：

我們認為，國立學校的學生要比省立學校學生更為榮耀；我們希望國民政府把台灣師院從省立改為國立，以此顯示國家對剛剛回到祖國懷抱的台灣的高等師範教育的重視。

讀完整篇連署聲明之後，我對其中一段話感到印象特別深刻：

在日本帝國主義統治台灣時，台灣同胞只許講日本話，不准講台灣話，這種奴化教育的最終目的，就是要泯滅台灣同胞的中華民族意識。因此，在台灣，不同於別的省份，國立是表示國家對台灣的重視，國立的大學師範生更顯示著我們台灣同學作為中國人的光榮和肩負責任的重大……

老周，我當時想，這段話，即便不是你執筆的，應該也是參考了你的意見吧！因此，在野草社見到你時，我就埋怨你和林光輝不夠意思，沒找我一起做這件事；同時也把自己的想法告訴你。

沒錯，意見是我提的，你老實地回答並解釋說，但執筆的人是林光輝，我的中文表達能力還不行。

人家林光輝也是台灣人。我故意刺激你。他怎麼就行了？

他不一樣，你急著解釋，他跟妳一樣……

你又來了。我笑著打斷你。什麼一樣不一樣的！

你看我笑得那麼開心，也就跟著憨憨地笑了。

我看到，早春的午後三四點鐘的陽光，從窗外斜斜地刺進來，映照在你那年輕的笑臉上。

那天之後，以林光輝和你為首的台灣同學要求將師院由省立改為國立的建議，很快就得到不分省籍的絕大多數同學的支持和響應。許多社團的壁報紛紛針對這個建議展開了熱烈的討論。師院第一屆學生自治會更站出來領導，通過寫申請、出專刊、開記者招待會等等活動，展開了一場要求改省立為國立的運動。

就在這時，傳來了教育部長要從南京來台灣視察的消息。學生自治會常務理事許銘傑和幾名理事立即把握機會，召集林光輝和你，商討如何向教育部長請願的對策。我也跟去參加了會議。經過熱烈討論，自治會決定採取幾個行動：首先，草擬印發一份〈台灣師院為改國立運動告全國同胞書〉；其次，在部長來台當天，組織同學到松山機場接機，並由請願代表林光輝和你當面遞交請願書；如果部長沒有馬上給予明確答覆，就組織同學到他下榻的旅館，繼續施壓，直到答應為止。

部長來台那天很快就到了。

天剛濛濛亮，我就從女生宿舍來到校門口。校門兩側的圍牆上已經拉起用毛筆字寫著請願訴求的白布條；隨後，自願參加請願行動的同學也三三兩兩地陸續出現。自治會的領導幹部把前一個晚上製作的標語牌和布條分發給同學，整頓好隊伍後，就各自騎著腳踏車，浩浩蕩蕩地前往松山機場。

在機場，同學們井然有序排隊站好，安靜等待教育部長搭乘的飛機降落。

時間隨著朝陽的爬升一分一秒地流逝。

過了大約二、三十分鐘後，一架飛機終於在遠方的航道上出現了。

是這架嗎？林光輝問站在身旁的許銘傑。

許銘傑看了一眼手錶，說應該是吧！

飛機愈飛愈低，然後安全地降落，在跑道上滑行一段距離後，緩緩靠近候機處，停了下來。

兩輛黑色轎車迅速駛近飛機。

就是這架沒錯！許銘傑篤定地說。

機艙門打開了。舷梯也放下來了。

同學們，許銘傑立即大聲呼喊，大家把手上的標語牌和布條高高舉起來，熱烈歡迎部長。

頭戴黑色圓形呢帽、身穿深藍色大衣的教育部長走出機艙了。

我們一邊熱烈揮動標語牌和布條，一邊吶喊著請願口號：

台灣人也是中國人！

重視台灣的高等師範教育！

省立台灣師院改為國立！

……

部長站在機艙門口，習慣性地脫下呢帽，向遠處正搖旗吶喊迎接他的學生熱烈地揮了揮手，然後重新戴上呢帽，扶著欄杆，一步一步，小心走下舷梯。

老周，你和林光輝隨即走在前頭。許銘傑則與幾名自治會幹部帶領我們，高舉標語牌和布條，跟在後頭，疾疾地迎向前去遞交請願書。就在這時，一隊警察阻擋了我們繼續前進的路。那些前來接機的地方官員立刻讓還搞不清楚狀況的部長鑽進前來迎接的轎車，迅速駛離現場。

機場的停機坪恢復原先的冷清了。

許銘傑與自治會幹部只好帶領我們，騎著腳踏車，悻悻然地回到學校的禮堂門口。許銘傑站在台階最高處，高舉握拳的右手，語氣憤慨，向我們大聲宣布：既然那些政府官員不讓我們向教育部長遞交請願書，我們就不得不採取最後的手段了。

自治會的幹部立即重新整隊，準備組織同學遊行，到教育部長下榻的旅館請願。可就在隊伍出發前，院長室的秘書卻來到現場，傳達說院長要見許銘傑與請願代表林光輝和你。

這個禿茶壺肯定是要阻止我們遊行！一名自治會幹部不以為然地說，別理他。

禿茶壺，是同學們給院長取的綽號；因為他個子矮，吃得胖，又禿頭。

我看，還是先聽看看他的態度吧！許銘傑態度沉穩，堅持講道理的原則。這樣，對我們的行動才不會有不利的影響。

許銘傑的意見沒有遭到反對，於是就與林光輝和你前往院長室。自治會的幾名幹部不放心地跟在後頭。我也立即跟上，設法以先修班代表的身分混進去。

我們剛進入院長室，還未坐定，等在那裡的禿茶壺就氣急敗壞地罵道：

警備司令部來了通知，說自治會一定有共產黨潛伏，專門製造學潮！

報告院長……

你還想說什麼！禿茶壺蠻橫地斥退想要辯駁的許銘傑，同時用力伸直那根粗短的右手食指，微微抖動，指著他罵。他們說的就是你！我勸你還是小心自己的腦袋！

禿茶壺什麼也不再多說，就把我們趕出院長室了。

我們隨即回到自治會辦公室，商討接下來的應變對策。

會議不拘形態隨意地展開。

既然警備司令部已經給自治會扣上紅帽子了。林光輝首先表態。我們不能讓老許等領導同學出事。作為請願代表之一，我提議，暫時取消到教育部長下榻旅館請願施壓的行動。

你立刻附議。接下來，卻有一陣子都沒有人繼續發言。

許銘傑神情嚴肅地看了看自治會的其他同學，然後打破沉默的氣氛，表態說：為了運動的長遠發展，我個人同意老林所提暫時撤退的意見。他隨即當機立斷，安排自治會的糾察部長去禮堂門口，向還在那裡等待的同學傳達這個決定。他看看大家，又繼續說，我還有一個想法，想聽聽大家的意見……他再次停頓，然後慎重地說，我的意思是，這屆自治會馬上總辭。

你們如果總辭，誰來領導？你著急地立即起來反對。

別急！許銘傑氣定神閒地笑著安撫你。你先聽我把話說完嘛。

你隨即安靜下來。

去年秋天，許銘傑於是解釋說，在全國反饑餓、反迫害、反內戰蓬勃發展的學生運動影響下，自治會應同學們的強烈要求成立了。當時是先由各班級推派代表，再由各班代表互選七名理事和五名監事，最後再由理、監事互選一名常務理事和常務監事；通過這樣的間接選舉，產生了第一屆學生自治會的領導班子。

這個我知道。你面無表情地說，我也是支持你們的班代表之一。

謝謝你的支持。許銘傑依然笑著繼續耐心地說，本來，我們的任期是應該一年才對，但是，現在情況不一樣了。

怎麼不一樣？你露出一臉不以為然的神態。

現在，警備司令部已經給自治會扣上紅帽子了。許銘傑一副心有定見的姿態冷靜分析。我考慮到，包括我在內，自治會的幾名領導幹部都是從大陸各地來的，容易被扣紅帽子；如果我們都退下來，改由本省同學——比如老周或老林——來領導，不但不容易被扣紅帽子，對占多數的本省同學也比較有號召力。

老周，許銘傑表達了自己的看法後就微笑著看你，然後問大家：你們說，我說的，有沒有道理？你定定地看著許銘傑，笑了笑，不再表示反對了。既然大家都同意我的意見，我就說說具體的做法。許銘傑進一步展開說：首先，現任的自治會領導班子總辭；這樣，不但可以摘掉警備司令部給自治會扣的紅帽子，學校當局也會同意自治會重新改選；為了取得民意基礎，我們就可以向校方要求採取普選的方式改選；然後，舊的領導班子就在後頭全力支持老林或老周出來競選。

老周，大家對許銘傑的意見都沒有異議，於是又繼續討論究竟是由林光輝或你出來競選。我的能力不夠，還是由林光輝出來吧！你馬上表態。誰出來都一樣。林光輝緊跟著當仁不讓地表示自己的意見。重要的是，後頭要有集體的力量支持，運動才可以推展。最後，大家取得了共識：

第一屆自治會立即總辭，推派林光輝競選第二屆學生自治會主席。

7

汽車轉入一條兩旁停滿汽車的巷道，然後在離巷口不遠處的一棟老舊公寓門口停了下來。

姊姊，到家了。大妹說。到家了？我本能地反應說，是嗎？另一輛車已經先到了。一個年輕的外甥走過來，幫忙提我的行李，直接上樓。我隨著兩個妹妹走進一扇半開的紅色鐵門。樓梯間稍嫌溼熱，亮著一盞勉強可以照亮階梯的暈黃的小燈泡。大妹的家在頂層的五樓。沒有電梯。大妹的年紀雖然比我年輕十歲，但是身材發胖，爬到三樓就得停下來歇息、喘氣。我長期騎自行車，每天早上又去公園跳舞，身體鍛鍊得還可以，就和二妹走在前頭，臉不紅氣不喘，進到五樓的公寓。先行上樓的那個外甥已經打開空調，屋內一片涼爽。

我坐在客廳的沙發上，喝了半杯的檸檬冰水。大妹終於爬到五樓，在門口喘大氣，等到氣息平穩了，才走進有冷氣的客廳。她剛剛坐定，就用徵詢的眼光看著我，問說姊姊坐了一天的飛機，餓了吧？不餓。我說。我們三姊妹於是開始聊了起來。老周，我要兩個妹妹講講五十年來家裡的情況。她們關心的，反倒是我當年為什麼會逃離台灣的問題。我於是就從入學師院先修班談起，盡量按照順序，憶述了在師院度過的青春歲月。

牆上的時鐘連續敲了十一下。

二妹站起來告辭，同時叮嚀我早點休息，別太累了。她走到門口，又再回頭，說明天再過來，繼續聽我講以前的故事。大妹隨即帶領我到一間已經打掃乾淨的客房。房間不大，靠牆是一張單人床，一口長條形的窗，一張書桌緊挨著窗口的牆，一條靠背木頭椅子，以及靠牆而立的木頭衣櫃。我把行李箱裡的衣服一件一件地在衣櫃掛好，拿了更換的貼身衣服和睡衣，跟隨大妹走到浴室。水氣氤氳。外甥已經在浴缸裡幫我放了洗澡水。水還繼續流著。我脫了衣服，先在浴缸外頭沖洗乾淨，然後讓整個身體浸泡在蒸騰著霧氣的熱水中……

老周，不知是戀床？還是因為回到台灣太激動了？一個晚上，我翻來覆去，就是無法入睡。天未亮。我就跟著大妹走下公寓樓梯，到附近的母校校園散步。紅磚道上，街燈依然亮著。街道兩旁，一棟棟大樓還沉睡在透著些微曙光的薄暗中。馬路上，偶爾駛過亮著黃色頂燈的出租車。我們穿越和平東路，來到S大校園的範圍了。紅磚道上，一個個晨起運動的人從我們身旁快步經過。我們從校門右側的小門轉入校園。

天色已經濛濛亮了。老周，我記得，以前，進了校門就是一座噴水池。可眼前，卻是一個栽種著一簇簇修剪整齊的月橘的小圓環。圓環中央矗立著一座看不清是哪個人物的雕像。圓環後頭就是那棟當年就有的行政大樓，依然是外觀裝飾洗石子的紅磚牆，混搭西洋和東洋折衷主義的建築風格，典雅而莊重。老周，因為這座曾經前後走過一年的紅樓，我更加踏實地感受到自己的確是回到久違的家鄉了。

我跟隨大妹，從圓環右側轉往運動場的方向。一轉彎，我就看到那座外形略帶中世紀哥德建築風格的禮堂了。這座建於日據時期的禮堂依然肅穆莊嚴，彷如古堡城垛造型的屋頂女牆和尖拱狀的凸窗，靜靜地沐浴著清新的黎明晨光。老周，是觸景傷情吧！我的內心突然激起一陣按捺不住的莫名激動。我沿著兩旁植有修剪整齊的月橘和茂盛的柏樹的水泥道路，慢慢走向正前方的禮堂。禮堂的大門深鎖。我彷如尋找失物者那般，在前庭的石階，上上下下走著。門口兩側還是那兩幅鏤刻的岳飛的〈滿江紅〉和文天祥的〈正氣歌〉。我一邊讀著那熟悉的內文，一邊就想起了五十年前曾經在這裡走過的幾多青春歲月……

學生自治會總辭與改選的事情，後來就按照許銘傑的布置順利進行著。學校行政當局先是准許了第一屆學生自治會領導班子的總辭，也同意了自治會由常務理事制改為主席制的組織原則，然後舉行一人一票的改選。校方在幕後安排了一名外省同學出來競選。林光輝也在舊的領導班子全力支持下出來競選。為了分散那名外省同學的票，舊的領導班子策略性地同時推舉另一名外省同學出來競選。老周，競選活動隨後就熱烈展開了。最後，老林高票當選了第二屆學生自治會主席。他隨即組織了新的領導班子：你擔任康樂部長（我也應邀擔任你的助手）；來自屏東客家庄的農家子弟李松林擔任總務部長；國字臉，面色黧黑，神態嚴肅，長得人高馬大，就讀體育科的莊勝雄擔任糾察部長；原本就一直在自治會從事幕後工作的朱裴文，身分沒有曝光，繼續擔任學術部長。林光輝說，老朱的才思敏捷，文筆流利，書法挺秀，學生自治會的許多文告和巨幅標語大都出於他的手筆，往後還要他多多指導。這樣，野草社基本上已經跟學生自治會串聯起來了。

老周，自治會新的領導班子首先迎來了一年一度的五四紀念日。

日據期間，在殖民統治下，台灣學生一直沒有機會公開紀念五四運動。林光輝在主持第一次工作會議時報告。光復後，基隆中學學生上街遊行紀念卻遭到軍警鎮壓。所以，我認為，在今天的台灣，五四的主張還沒有過時；它是一個值得青年學生紀念的日子。

就我所知，一般台灣同學似乎還不太瞭解五四運動的歷史和意義。你針對林光輝的報告進一步展開。因此，我認為，自治會有必要舉行紀念五四的活動，發揚五四精神。

你的提議獲得其他幹部一致的支持。

怎麼做呢？我問。

辦紀念晚會，出版紀念專刊；都行！你自信滿滿地說。

依我看，自治會負責辦好紀念晚會，就可以了。朱裴文冷靜地提出具體的建議。出版紀念專刊的事，就由野草社負責；我們可以在編輯中的《野草》創刊號特別製作「紀念五四」的專題，趕在五月四日之前正式出刊。

所有與會幹部都同意老朱的建議，同時授權康樂部，負責策劃、組織、聯絡紀念晚會的表演活動。

野草社的編輯會議也討論了關於出版紀念專刊的事。

野草社的同人首先要站在勞動民眾的立場，去看待現實生活的矛盾並反映這種矛盾；老朱指出紀念五四的意義說，新的文藝不能再成為特殊階級的玩藝。我們的使命是用新的文藝架起一道橋梁，好讓勞動大眾走過去，擁抱文學。

這樣的橋梁要怎麼搭呢？有人問道。

要使勞動大眾接近文學只有兩條路。老朱毫不猶豫地回答。一條是用勞動群眾自己的語言反映勞動群眾現實生活所面對的一切問題；另一條是蒐集那些與民眾的生活有直接關係或有文化價值的鄉土文藝，介紹給他們。他強調，今天，走第一條路的人已經不少了，第二條路尚有待愛好文藝的同學們去走。因此，野草社的同人應該不畏艱困，在第二條路上堅持走下去。他緊接著又給專輯製作的精神定調說：因為五四新文化運動的文學革命革得不夠徹底，所以，野草社的道路就是要繼承這偉大的使命，再努力！再革命！

老周，五四紀念晚會的表演活動與紀念專刊的編輯出版，隨後就緊鑼密鼓地進行著。我協助你策劃了晚會節目，然後分頭奔走，在最短的時間內，聯絡校內的所有文藝性社團，提供各種表演節目。到了五月四日那天下午，經過連續幾天幾夜的趕工之後，油印的《野草》創刊號一百本也裝訂完成了。封面是一個藝術科同學刻的一幅表現疾風吹勁草意象的木刻版畫。封面裡，朱裴文用他那勁秀的毛筆字抄錄了一段一九二七年四月魯迅寫於廣州的《野草集》題辭：

天地有如此靜穆，我不能大笑而且歌唱。
天地即不如此靜穆，我或者也將不能。
我以這一叢野草，
在明與暗，生與死，過去與未來之際，
獻於友與讎，人與獸，愛與不愛者之前作證。

老周，內文一共十六頁，包括：第一頁，題為〈我們的道路〉的發刊詞；四幅既作為獨立的創作又可當作插圖的木刻版畫；鄉土報導、短評、詩及散文。沒有小說。我以十三份茶村那名接待我住宿的中年農婦為原型，融合下鄉工作的體驗，寫了一篇人物速寫〈阿順嫂〉。你根據在茶村所寫的調查筆記，用還不是十分流暢的中文，寫了一篇有關茶農與茶商生產關係的報告。林光輝也根據下鄉期間隨時記錄的感想，在〈探究〉的基礎上擴大寫了一首詩，支持《野草》的出刊。

《野草》的同人也通過封底裡的「編輯後記」（朱裴文執筆），具體說明我們的編輯原則、使命與期望：

民眾的文藝是一粒好的種籽，卻一直得不到繁殖的機會。美麗的寶島雖有一派濃鬱的茂林和一片美麗的奇花，卻把這粒種籽埋沒了。它暗地裡埋怨著：過去的不幸遭遇摧殘了它的生機。夏天來了，它希望將優美的靈魂傳染到群花眾卉間，使這寶島顯得更為富麗，更有情感。它到處呼籲，希望爭出一塊沃土，好讓這種籽得到溫暖和發展餘地，它將在這兒好好地栽培自己，把五十年來鬱結的花朵重獻在祖國的天空下。但沒有人聽到它的呼聲。

南國的瓜果既甜美又肥潤，顏色鮮艷，讓人喜愛！可我們要知道，在寶島，還有一種更寶貴更有價值更能夠滿足美感的東西——它的歷史、古蹟、傳說和藏匿在民間等待發掘的藝術。《野草》願望將寶島的民眾生活現實地反映出來，讓人們好像步入百果園似地，品嘗鮮紅、嫩綠的水果的美味。

《野草》是撫育生機的園地。希望愛好文藝的同學都能一起來播種、施肥、灌溉，把它營造成一座百花盛開的新樂園。我們相信，不久的將來，一條富有民間生命力的陽光大道將被我們走出來。因為我們相信：

路本來是沒有的，走的人多了，自然就有了路！

天色暗下來了。

一輪滿月從東邊的山際升起。

師院的同學陸陸續續結伴前往禮堂。我和野草社的幾名同學在禮堂門口，分送《野草》創刊號給進場的同學。我把手上的刊物都分送出去了就回頭走進禮堂。我看到禮堂的兩百多個座位都坐滿了，兩側走道也站滿了人。我又開心地走出去，繞過禮堂，從側門進入後台。

七點整。

老周，擔任晚會司儀的你和我努力讓腳步沉穩地從後台走到舞台中央。我看了一眼你那神情緊繃的嚴肅面容，於是刻意微笑著靜靜地環視了台下的同學。現場安靜下來了。我們對看了一眼然後大聲宣布：

台灣省立師範學院五四紀念晚會現在開始。

我們轉身，一左一右，走回後台。大家唱合唱團的全體團員隨即依序從舞台幕後走到台前，就定位，然後隨著揮動的指揮棒，齊聲高唱：

五四，五四！
愛國的血和淚，灑遍亞東大陸地！
雄雞一唱天下白，同聲擊賊賊膽悸！
愛國俱同心，壯哉此日！
壯哉五四！

五四，五四！
自由的血和淚，灑遍亞東大陸地！
為民眾而爭正義，軍兵刀槍都不顧！

精神冠古今，壯哉此日！
壯哉五四！

五四，五四！
真理的血和淚，灑遍亞東大陸地！
掃蕩千古的魔毒，文化革新應運起！
廣大我國史，壯哉此日！
壯哉五四！

五四，五四！
和平的血和淚，灑遍亞東大陸地！
強權打破光明現，老大故國見新氣！
國魂兮不死，壯哉此日！
壯哉五四！

他們接著又一連唱了〈新青年進行曲〉和〈暴風雨中的雄鷹〉等幾首激動人心的歌曲。歌唱之後，緊接著是三場主題演講。首先，黃石岩老師應邀上台，像平常講課那般，不疾不徐地給同學們介紹五四運動的歷史及其意義。緊接著，林光輝以潮流社代表的身分上台，介紹五四新文學運動對台灣新文學運動發展的影響。隨後，朱裴文也代表野草社上台，就如何延續五四新文學運動的革命精神發表講演。也許是刻意壓抑的熱情在面對群眾時突然被激起了吧，平日沉穩冷靜的老朱，上了台，卻用朗誦詩的聲調和動作，慷慨激昂地把《野草》發刊詞的重點發出了最強音：

偉大的五四運動竟然把士大夫文學的命革了。好！革得不錯，革得痛快！可是，命革得徹底不徹底呢？不！千萬個不！五四的新文化運動對於民眾彷彿是白費了似的！五四式的新文學，所謂白話的文學，以至純粹從文學的基礎上產生出來的初期革命文學，只是替一些歐化的紳士換了胃口的魚翅酒席；勞動民眾是沒有福氣享受的。三十幾年來，士大夫文學的殘餘還沒有徹底肅清；今天，迷戀風花雪月的詩詞古文不肯割愛者大有人在，借屍還魂的新士紳文藝產品也時有發現。這種種跡象都說明：士大夫文學雖然被打倒了卻沒有被打死，它還有重新爬起來的可能。這不是革命不徹底是什麼？我們不是否定五四的功績！我們要說的是：五四的文學革命還未完成！我們應該要繼承這偉大的使命，繼續革命！

主題演講之後，接著是校內各種文藝性社團提供的文藝表演。

現在，所有的表演活動都結束了。

林光輝又再次上台。

同學們！老林代表自治會總結說，我們要繼承五四革命傳統，發揚五四革命精神，反對帝國主義、封建主義和官僚資本主義，為拯救陷於內戰水火之中的祖國而英勇奮鬥。

我隨即宣布晚會到此結束。

大家唱合唱團全體團員再次出場，領唱一曲輕快活潑、帶動現場氣氛的合唱曲〈大家唱〉。全場同學於是一起熱烈地兩手擊掌打拍子，大聲唱著：

來、來、來、來、來、你來、我來、他來、她來，
我們大家一齊來，
一齊來，來唱歌，來唱歌，來唱歌，來唱歌，
我們一齊來唱歌，來唱歌。
一個人唱歌多寂寞，多寂寞，
一群人唱歌多快活，多快活，……
大家一齊來呀唱呀，來呀唱呀，來呀唱呀！
我們唱，我們歌唱自由。
我們唱，我們歌唱勝利，
大家唱，我們盡情的唱，我們高聲的唱，我們盡情的唱，
我們大家唱，我們大家唱，
我們大家一齊唱！

8

局勢動盪。老周，《野草》只辦了一期就中斷了。當年，離開台灣的時候，《野草》創刊號幾乎是我身上所帶日後可以讓我追憶往事的僅有物件。多年來，每當想念家人、想念你的時候，我總要拿出來隨手翻讀，試圖藉著那逐漸退去顏色的油墨字跡，回到那遙不可及的過去……

姊姊，到操場活動活動吧。

一直跟在身旁的大妹的叫喚，把坐在禮堂台階上追憶往事的我拉回到現實的世界了。我站起來，跟隨大妹一起來到操場。操場還是以前的那座操場，不同的只是PU塑膠跑道取代了紅土跑道，還有就是旁邊的田園景致也已被林立的高樓取代了。真是所謂的滄海桑田啊！

操場上，有人慢跑，有人打太極拳，有人跳土風舞……基本上，都是上了年紀的人。除了看不到扭秧歌的人們之外，我覺得，這裡跟北京公園晨起運動的景象也沒多大差別。我和大妹繞著跑道快走了十幾圈，一直走到微微出汗了，才停下來休息。

早上六、七點鐘的太陽，從行政大樓的頂端探出頭來，斜斜地照在操場上。

姊姊，回去了吧？大妹一邊擦汗一邊徵詢我的意思。

順便逛逛校園吧！我說。於是走在前頭，經過操場旁邊的游泳池，轉向校園的最後一棟大樓，來到中軸線上貫穿幾棟大樓的長廊尾端。

怎麼樣？大妹望著長廊問我。都不一樣了吧？

是不一樣了！我沿著長廊，邊說邊往校門口的方向走去。除了第一、二棟的紅樓是老建築之外，其他幾棟大樓應該都是後來才蓋的吧！

我們繼續往前走著。長廊兩側，跟五十年前一樣，還是貼滿了學生社團的活動海報；不同的只是：以前的壁報大都是黑白兩色、手寫、油印，現在這些海報卻用各種顏色書寫，甚至彩色印刷，非常艷麗花俏。我好奇地一張一張看著海報上的內容。

姊姊讀師院的時候，也有這樣的海報嗎？

大妹顯然對那些海報沒有多大興趣而感到無聊地問我。

那時候，我們學生沒有電腦，不能上網交流意見，所以很流行辦壁報。我雖然知道大妹只是隨便找些話題解悶，仍然認真地回答她。進了校門口，從第一棟大樓一直走到後面第三棟底的穿廊兩邊的牆壁上，開學不久就已經貼滿了形形色色的壁報、標語、招貼和海報；幾乎每個社團、科系或班級的學生都有出自己編的壁報。

壁報的內容都寫些什麼呢？大妹似乎有點興趣了。

這些壁報的主題往往隨著社團性質的不同而有所不同。我解釋說。雖然如此，它們的內容多半與校內外的時事有關，其中，當然也有文藝性或學術性的文章；但主要還是討論國共兩黨在大陸內戰戰場上的最新戰況，有報導也有評論。所以，我們就把這條長廊叫作民主走廊。

有沒有像這樣的呢？大妹指著一張以減肥瘦身做宣傳的韻律舞蹈社的海報戲謔地笑著說。

吃都吃不飽了，我們那時候的大學生哪需要減肥呢！我認真看著那張海報的內容，嚴肅而耐心地向大妹分析說，尤其是師範學生，雖然吃住有公費，卻經常不能按期領到，負責的同學還要先去借錢來墊；而且，每月配給的米只有三十斤……

台斤還是公斤？

市斤。我繼續說，三十市斤換算成台斤，就是二十五台斤；一個月二十五台斤米，這樣，平均每天吃不到一斤，對缺少油水的年輕人來說，當然是吃不飽啊！而且，這些米也不曉得怎樣轉來轉去，等我們領到時都已經發臭了，吃到嘴巴裡還有味道。因為這樣，我們當然會有不滿的情緒。

所以，你們就抗議嘍！大妹說。

當時兩岸的通信很不方便，我解釋說，那些從大陸來的同學經常無法按時收到家裡的匯款，在吃不飽又沒錢用的情況下，當然會對現實不滿；學生自治會就向學校提出改善生活的要求，經常以反饑餓的口號，向當局請願、抗議。

我找了個水泥砌成的長條椅子，要大妹一起坐下來，然後一邊回想，一邊繼續敘說。

老周，五四紀念會結束之後一個星期，自治會所有幹部召開了工作檢討會。那天午後，我和你去西門町看剛剛上映的《一江春水向東流》。電影散場之後，我就坐在你那輛破舊的腳踏車後座，趕去學校開會。當我們快要來到校門口的時候，你突然驚叫一聲：哇！腳踏車也停下來了。怎麼了？我以為是自己太重了，不好意思地問你：騎不動了嗎？然後又說，我下來走好了。你回頭看了腳踏車的後輪，一臉無奈地說：又破胎了。我從後座下來。你把車推往附近的一家車行修理。我跟在後頭走著。

怎麼又來了？車行老闆遠遠地看到你就笑著問。又不是我愛來！你苦笑著說，昨天破前輪，今天是後輪……車胎補好了。你拿了一百元給老闆。不夠！老闆搖搖頭，笑著說，今天要兩百。怎麼？你抱怨說，一天漲一百？這是公會規定的價錢呀！車行老闆苦笑著解釋。物價不斷上漲，明天，你若再來，一定還要更貴。再來，就連飯錢都沒了！你邊說邊從口袋裡又掏了一百元，疼惜地交給老闆，然後跨上車。

怎麼辦？我一邊坐回後座，一邊喃喃自語。什麼怎麼辦？你回頭看我是否坐穩了，同時笑著問我。物價再這樣漲下去，身上有再多的錢恐怕也不夠用！我憂心地說，大家的生活肯定就要更加艱難了。

你沒有回應我，使勁踩起腳踏板，加速趕往自治會辦公室。

我們走進辦公室的時候，所有人都已經到了。

怎麼？林光輝故意嘲弄我們說，談起戀愛就不守時了？

腳踏車又破胎了。你面露歉意解釋，同時找了個座位坐下來。

我沒吭聲，刻意瞪了老林一眼，然後找了個遠離你的座位坐下來。

那就開會吧！老林善意地笑看剛剛坐下來的我，說，為了維持紀律，就罰妳負責會議記錄吧。

我接受懲罰，我認真回應說，但不能光只罰我一個人！

大義滅親啊！

老林笑得更加開心了。其他人也一起笑了開來。你臉紅了，靜靜地任人捉弄……

好了，不說笑了。老林回復認真的態度對我說，請妳做記錄，是因為妳的字寫得工整漂亮，筆又快。

是因為我年紀最小。我逮到機會回報。又是女生！

所有人都爆笑開來。

老林不再繼續跟我鬥嘴，開始主持會議。他樂觀地開場說，我們爭取師院改國立的運動雖然夭折了，但是，從同學們對五四紀念晚會熱烈反應的情緒看來，師院的同學還是關心國事的；他認為，自治會應該抓緊時機，繼續領導同學展開新的鬥爭。

問題是，光是抽象的理想是不能讓運動深化持久的。第一屆自治會唯一留下來的老幹部朱裴文接著說，必須是跟同學的生活有切身關係的議題才能引起共鳴，讓運動的熱情持續下去。

我的意思也是這樣。老林回應。大家說說，接下來，應該拿什麼議題來搞運動？

會場突然沉默了。沒有人帶頭發言。

老朱是上海人，比較瞭解大陸的情況。老林看了看在新的領導班子經常起到參謀作用的朱斐文。請你先跟大家介紹最近學運的發展情況。

年初以來，大陸各大城市的大學生大規模展開了反饑餓、爭取全面公費的運動。老朱被點了名，就據他所知道的訊息向大家匯報。三、四月間，各地學生紛紛罷課及示威，並與教職員爭取改善待遇的鬥爭密切結合；由於學生的要求遭到政府拒絕，反饑餓運動於是更加擴大，現在已經和反迫害運動打成一片了。

既然大陸的學生正風起雲湧地進行反饑餓的運動，台灣的師範生也不能置身事外。莊勝雄神情嚴肅，緊接著附和老朱的報告說。我們雖然享有公費，可是，每頓飯卻限定一碗，一碗飯又只有三四兩，大家都吃不飽；我們體育科的飯量大，就更不用說了，許多同學因此經常翹課，以免因為體力不夠而暈倒。

老周，你知道，太平洋戰爭爆發以後，為了減輕家裡的負擔，也為了逃避台民徵兵制度，老莊在中學校畢業後便前往日本神奈川縣專門製造雷電戰鬥機的高座海軍工場空C廠做工。空C廠的工人包括大約兩百多名小學校高等科畢業的日本人，以及幾千名從殖民地台灣選拔的台灣人年少工。這些台灣人年少工，像他那樣中學畢業的畢竟是少數，絕大多數都只是公學校畢業而已。在那裡，他們工作三十二小時以後，才有八小時的休息；歷經了外人難以想像的煎熬。一直到日本無條件投降後的第二年春天，他們才一起被遣返台灣。在基隆上岸後，他又坐了一天的載貨火車才回到南部家裡。因為盟機轟炸，沿途所經城市，一片破敗淒涼。他跟家人依舊在三間房的土埆厝裡擁擠地住著。不識字的父親失業在家。弟弟、妹妹們還在上學。物價飛漲。一家人靠著一小坵田裡自己種的蕃薯葉和地瓜，連一日三餐都很難維持。身為長子的他四處奔走，急著謀職，卻因為沒錢送紅包，始終找不到可以勉強謀生的工作。就在現實讓他感到生活的悲哀像黑洞般深沉無底時，他看到了省立台灣師範學院招考新生的啟事。對身處黑暗中的他來說，那則啟事無疑就是所能看到的一絲希望之光了。他想，既然不能找到工作，幫助家裡改善經濟生活，那麼，去讀師範學院，不但可以依靠公費解決自己的三餐問題，畢業後又可以當老師，那不就是他僅有的一條出路嗎！於是就在報名截止前一天去報考了。

老周，一直靜靜地聽著其他人發言的你也表達了看法說，你個人以為，反饑餓應該是很好的議題。大家都知道，師範生，不管是本省籍的或是從大陸各地來的，可以說都是來自家境清寒的家庭，雖然享有全部公費，可是相對飛漲的物價，那點公費卻是微薄的；所以，一般民眾，甚至我們自己，也出於無奈而自嘲師範生是思飯生啊！

大家不約而同地苦笑著。

當思飯生到了連飯都吃不飽的時候，你繼續強調說，恐怕再老實怕事的人，也會不得不起來鬥爭。

很好！老林順著前面的思路試著讓議論進一步展開。鬥爭的議題有了，現在有誰要談談具體的鬥爭對象？

我來說說。說話的人是總務部長李松林。他說，學校雖設有學生食堂管理委員會，可是，它的伙食經費實際上是由訓導處指派的伙食團負責人掌握；他們互相勾結，剋扣公費，降低伙食標準……他喝了一口水，然後強調，他的意思是，可以先要求伙食團負責人公布伙食帳目，查個清楚。

伙食團負責人是誰？

這學期，剛開始是一個浙江籍的史哲英。

你憑什麼懷疑他們？

學生食堂管理委員會有一條規定：凡是請假三天以上、沒在宿舍開伙的同學，可以退領副食費。因為這樣，許多同學紛紛向這個史哲英要求退領寒假期間的副食費。李松林接著舉出親身的遭遇來說明問題。但是，這個死老鷹（大家給他取的綽號）不但不退，還強辯說，那些錢都給留宿同學加菜，吃光了。大家都知道，寒假期間，留在宿舍的，大部分是外省同學，人數不多，怎麼可能就給他們吃光了呢？死老鷹既然堅持不肯發放，我只好要求校方照規定處理；可是，訓導處卻理都不理。我才知道死老鷹是訓導處指派的伙食團負責人。一些認識死老鷹的同學都說，他是老K派來的職業學生，平常就言行傲慢，態度惡劣；他們雖然心中不服卻也只好認了。可我實在吞不下這口怨氣，就決心用最原始的方法教訓教訓這隻死老鷹……

還有這種事？老林以略帶責備的語氣打斷李松林。我們怎麼都不知道呢？

我就是怕連累你們，所以沒讓你們知道。李松林不好意思地笑了。

你怎麼教訓他？莊勝雄問李松林。

李松林看到大家沒有責備他，於是繼續說：有一天晚上，我得知死老鷹自己一個人外出，就準備在他回宿舍途中攔截修理。我知道，我的行動只要暴露，一定會被退學，所以，除了幾個原先就知道我這個計劃的同學之外，不敢讓其他人知道。為了不連累那幾個同學，我也拒絕他們參與行動，只請他們在附近幫我把風；萬一有人恰巧路過時幫忙擋一下，以免驚動警察。當死老鷹回來時，我就從暗處站出來堵他；明白說我為什麼要教訓他。死老鷹比我高大，身體魁偉。可是，我當過日本兵，受過訓練，一對一，還綽綽有餘。結果，死老鷹只挨了我一拳，就哇哇大叫，跑到路旁的水田中打轉，大喊救命！

會議的氣氛突然變輕鬆了。

後來呢？你怎麼就沒被學校處分？

後來，死老鷹向派出所報了案。李松林看大家都聽得津津有味就大膽地繼續說。可是，他大概是怕被報復，不敢指出打他的人；再加上知道內情的同學始終沒有一個人洩漏出去，最後就不了了之。大概是心存恐懼吧！自己一個人在台灣的死老鷹，不知何時也從學校突然消失了。

我想，李松林講這段故事的用意，應該是要我們針對改善同學的伙食問題入手。老林把會議拉回主題了。

對！對！對！李松林急切地附議說，我就是這個意思。

所有人都紛紛點頭表示同意。

接下來，自治會先要努力喚醒同學們要求改善生活的權利意識。林光輝總結說，同學們只要對日常生活有什麼意見，譬如，今天的菜不好或是飯不夠，都可以寫下來，貼在壁報上頭。當同學們的權利意識覺醒後，自治會就可以要求各班推派一名代表，組成改善生活委員會，向學校當局或政府相關部門請願；請願不成，自治會就要在幕後協助，展開實際的反饑餓抗爭行動。

會議之後，老朱連夜寫了一首題為〈我們吃不飽〉的打油詩，首先點燃了星星之火：

鹹菜頓頓代豬爪，
菜湯清清沒油花；
灌滿肚子老解手，

頭昏腦脹身體垮。

天剛濛濛亮的時候，其他同學就已經把這首詩張貼在壁報欄上了。

早上，第一堂課下課後，這首打油詩很快就通過口耳相傳傳遍了師院各科系。同學們見了面都刻意地學著一般本省民眾見面的問候語，自我解嘲地互相問答：

你吃飽了嗎？

我吃不飽！

午餐時間到了。下課的鐘聲剛剛敲響，早已餓得頭昏腦脹的同學們就陸續趕往宿舍的食堂用餐。

一場反饑餓鬥爭就在這裡展開了。

老周，我後來聽你說，你和同寢室的莊勝雄及其他同學先後進入宿舍食堂，打好各自的飯菜，端著盛放一碗飯和一碗空心菜湯的餐盤，在自己的飯桌前坐定位。一桌八人，副食又只是一碟黃豆和一撮鹹菜。唉！又是鹹菜！同學們搖頭嘆氣。雖然如此，有些人還是耐不住饑餓，拿起筷子，就要吃起來。

同學們，先別動筷子！老莊趕緊站出來，大聲勸阻。

怎麼了？

大家先數一數，菜碟裡的黃豆究竟有幾粒？

你馬上就理解了老莊的用意，於是要同桌同學分頭數起共用菜碟裡的黃豆。經過統計之後，總數一共是四百七十八粒。

四七八！老莊故意要讓其他桌的同學聽到而放聲嚷道：死吃吧！這算什麼呢？

你們算算看，四七八除以八是多少？你同樣大聲附和說。

五十九點七五。一個心算好的同學立即揚聲回答。

五十九點七五！你複誦一遍。就算四捨五入吧，我們每人也才吃到六十粒黃豆。這就是我們師範生享有的公費伙食！

去他媽的！老莊把自己碗裡的飯倒扣在旁邊同學的碗裡，學著外省同學的語氣說，老子不吃了。

老子也不吃了。你緊跟著也把碗裡的飯倒扣。

同桌的其他同學跟著一個一個把碗裡的飯倒扣，大聲喊道：

老子也不吃了。

其他同學受到鼓舞，一桌一桌地響應起來了。

就在這時，不知哪個同學唱起了大陸學生在反饑餓運動時經常唱的一首歌，其他會唱的同學也跟著唱了起來：

要吃飯，吃不起！

要穿衣，穿不起！

要坐車呀也坐不起！

要住房子呀住也住不起！

生小孩，養不起！

死了人，棺材買不起！

鄉下難過活，城裡住不起，活不起呀，住呀不起……

提高公費，改善生活！歌聲一停，老莊就帶頭喊道。提高公費，改善生活！

其他同學隨即緊跟著大聲高喊：提高公費，改善生活！提高公費，改善生活！

老周，你們男生宿舍的同學突如其來的罷吃行動很快就驚動了訓導處。訓導主任想要安撫學生不滿的情緒，於是出面與自治會幹部和住宿代表在禮堂召開協調會。我聽到消息也趕到禮堂旁聽。會場上，同學們紛紛上台發言，強烈要求改善生活。訓導主任卻一味敷衍，推說學校經費都由省府提撥，一定會向省府反映同學們提高公費、改善生活的要求……

訓導主任離開了。一場協調會沒有任何結果就結束了。

同學們！為了凝聚同學們的士氣，林光輝趕緊站上講台，帶著憤怒的語氣控訴。你們剛剛都聽到了，訓導主任已經明白表示，我們提出的提高公費、改善生活的合理要求，還得等待校方跟省府反映之後才會有結果。問題是，大家饑餓的肚子還能忍耐多久呢？

光是等待解決不了問題！你適時站起來呼應老林。可你的一席話還沒展開，情緒激昂的其他同學就紛紛站起來，你一句我一句地熱烈回響：

我們都知道，省府正在台灣搜括各種物資打內戰，所以搞得物價一日數漲。

我們師範生原本就只有微薄的伙食費，現在大家更加吃不飽，整天都在餓肚子。

我們要強烈譴責浪費民脂民膏的官僚！

我們要反對內戰！

我們要立即罷課！

我們要到省府請願！

罷課！請願！

同學們的心情，我是理解的。老林看到同學們的熱情已經自發表現出來了而露出欣慰的神色。但是，作為學生自治會主席，他不能不冷靜考慮鬥爭的策略，於是趕緊安撫大家。可是，我們也不必一下子把調子拉得那麼高嘛！我建議，我們不妨先禮後兵，軟的不行，再來硬的。

怎麼先禮後兵呢？有人不解地問道。

我的想法是這樣的。老林看了一眼同學們期待的眼神。首先，由各班推派一名班代表，組成改善生活委員會；然後由委員會出面，向省府教育廳請願；請願不成，我們再展開實際的抗爭行動。接著他又用一種充滿信心的眼光掃視了所有同學，然後問道：你們說，這樣好不好？

經過一陣私下討論後，同學們一致接受了老林的意見，並且當場推派代表，組成改善生活委員會。我也被推選為先修班的代表。

第二天，老林就帶領改善生活委員會的代表們，前往省教育廳請願。我們在門口等了好久，卻一直沒有人出來接待。老林於是帶領大家高呼口號：提高公費，改善生活！終於，在我們的堅決要求下，省教育廳不得不派秘書長出面接見。老林率先代表同學，提出立即提高師院學生公費待遇、改善伙食質量的請願訴求。秘書長始終維持著笑臉，不置可否。一陣推託之後，老林只好撂下重話說：請教育廳不要讓我們這些肩負未來教育重任的師範生整天挨餓了。否則，同學們會立即罷課！難道……秘書長的笑臉不見了，瞪視著老林，久久不語，然後威脅恫嚇說：你不知道，帶頭鬧事，會有什麼後果嗎？身為同學們選出來的自治會主席，我代表同學們提出合理的要求，就算有什麼後果，那也是求仁得仁，沒什麼好怕的！老林毫不懼怕地看著秘書長，理直氣壯，堅決回答。你立即表態支持老林說：就算會有什麼嚴重的後果，我們也願意共同承擔。對！改善生活委員會的代表們異口同聲。我們願意共同承擔。

經過一來一往的言詞交鋒之後，我們仍然毫不退讓。秘書長只好轉身進去辦公室，請示上級。當他再次出現時轉達了上級指示：

省教育廳答應，立即改善師院學生的伙食質量；從新學期起，按照物價的提高指數，發給師院學生公費。

9

老周，我和大妹從長廊轉往大學路夜市的方向，來到今日的學生餐廳所在的文薈廳了。牆上一幅圖文並載的簡介，說這棟已經列為台北市古蹟的老樓建於一九二六年，是日據時期台北高等學校學生準備上課或休息的生徒控所，氣窗上的大衛之星圖案則是建築的最大特色。

以前，學生的餐廳也在這裡嗎？大妹問我。

不記得了，我說，時間太久了。

還在的房子記不得了！大妹故意笑我。不在的往事卻記得清清楚楚。

就是啊！我無奈地說。

我和大妹走回長廊，繼續沿著穿廊，邊走，邊看，邊聊。

我後來也念這所學校。大妹忽然有感而發地說，可是，在我那個年代，它的校風已經很保守了；我不知道，它竟然有過那麼激進的歷史！然後，她話鋒一轉，嚴肅地問我說，姊姊，我跟妳不一樣，我對政治沒什麼興趣；我不理解的是：這幾年，台灣的媒體報導都說，二二八之後，台灣人普遍不敢過問政治，可聽妳敘說，事實好像並不是這樣；我感到好奇的是，為什麼你們那時的大學生還敢去過問學校和社會的事情呢？

台灣發生二二八的那段期間，我雖然年紀比較小，也跟在哥哥後頭，參加了北平台灣同鄉會的前輩們發起的各種聲援活動。我努力想讓大妹瞭解當年的時代面貌，於是一邊回想一邊夾議地述說。回到台灣，跟一些實際參加鬥爭的同學討論以後，我對島內的實況也有了進一步的理解；我們認為，二二八只是一群烏合之眾的群眾暴動，沒有人組織、領導，所以沒能達成改革的訴求，還遭到殘酷的鎮壓。因為這樣的衝擊，我們開始思考要怎樣才能團結更多的力量，進行更有效的社會和政治改革？就我所知，當時，追求進步的大學生都在思索、尋找台灣的出路；受到二二八驚嚇而不敢過問政治的人，可能只是少數的台灣士紳吧！

據妳所說，二二八以後，本省學生和外省學生相處融洽，不會互相歧視或排斥；本省同學為了學好國語，都會盡量找那些國語講得比較標準的外省同學聊天，或是學唱大陸各省的民謠。我感到更不能理解的是，當年，為什麼學生之間不會有省籍矛盾的問題？現在，台灣社會的省籍情結反而愈鬧愈厲害呢？大妹進一步問道。

二戰結束之後，以美國和蘇聯為首的兩種社會體制對立，歷史進入國際冷戰時期。我試著用我所理解的歷史事實回答大妹。那時候，剛從日本帝國主義的殖民統治解放而回歸祖國的台灣民眾，大都認為自己是一個中國人。尤其是台北的大學生，對國家、社會抱有關懷的熱情，對時局的變化也就特別敏感。後來，國共兩黨的內戰爆發了。我們認為，內戰如果再繼續打下去，我們學生肯定不會有安定的求學環境。因此，不管是本省或外省同學，自然就經常一起參加反內戰的學運。我看大妹認真地聽著，於是繼續說下去。我想，後來，大概是因為長期受到戒嚴統治的壓制，心裡感到委屈、被歧視；再加上兩岸長期對立與分隔，政治人物刻意操作，省籍問題才會愈鬧愈厲害吧！

我還是不懂，大妹說，你們那時候的大學生為什麼就那麼容易投入學運？

我想，問題還是出在經濟上帶來的日常物質生活的艱難吧！我耐心地向大妹說明當年的社會背景。那時候，南京國民政府實行幣制改革，將法幣改為金元券，金元券一元對法幣三百萬元，結果，把內地的經濟秩序搞得亂烘烘的；台灣雖然依舊使用台幣，還是受到深刻影響。台北的物價持續高漲，一般民眾的生活一天比一天窮困；報紙經常刊載民眾窮得活不下去而自殺的報導。大學生的生活當然也是清苦的，一日三餐，幾乎沒有油水；宿舍食堂供應的粗菜淡飯，甚至連填飽肚子都很勉強，更談不上營養。我剛剛不是說過，因為吃不飽，學生對社會現實非常不滿，當然就會投入反饑餓的學運。到後來，學生社團的活動，不管是T大或師院，自然就同大陸各大城市反饑餓、反內戰、反迫害的學運訴求聯繫起來了。

大妹不再提問了。

我們默默地瀏覽長廊牆上張貼的五花八門的海報內容，不覺已經走到紅樓的出口了。趕著要去上課的學生匆匆忙忙走過我們身邊，進入長廊。早上七、八點鐘的太陽已經爬到大樓東側的上空，照耀著校園。現在，透過有點刺眼的陽光，我終於看清楚，矗立在圓環中央那個水泥台柱上的銅像人物是蔣介石；他穿著短褂式的對襟唐裝，左手拄著一根枴杖，右手拿著一頂禮帽，頭頂光禿，唇上留著一撇鬍鬚，微微笑著。看起來，一副慈祥可親的樣子。不知怎麼，我突然感到一種歷史的諷刺而啞然失笑。

繞過圓環，我看到兩個學生，一左一右、一男一女，正在校門口向路過的學生發送傳單。我和大妹走過他們身邊。那個長頭髮的女學生遞了一份傳單給我們。大妹拒拿。我順手接下那張傳單，邊走邊瀏覽。老周，讓我感到驚訝的是，我竟然在那複印的傳單上頭看到醒目的黑體標題大字寫著：

平反四六事件！

春天的微微風 I

一九九九年三月七日

春天的微微風吹著。

我終於開始行動了。

經過一段時間的學習與調查採訪後，我們在四六事件五十週年前夕展開系列的紀念活動。一大早，我們就分頭在T大和S大校門口分發平反四六事件的傳單。我和老周抱著一疊傳單，來到S大校門口分發。第一次在路上發傳單，對已經是研究生的我來說，心裡還是有一些需要克服的掙扎的，面對那些反應冷漠的同學，我忽然覺得自己就好像那些在地下道跟行人乞討什麼的流浪漢，害羞地想要馬上逃離現場。可是為了不讓老周看不起，或者說是為了討好他吧！我還是克服了我那獨生女的嬌氣，勇敢地走出來了。

因為從小就喜歡文學，剛進大學時，我參加了學校唯一的文學性社團草根文學社。社長是大家都叫他老周的大三學長。一開始，他就帶著我們這些新來的社員讀所謂台灣本土派的小說；這是他的說法。我不知道現實上存不存在這樣的文學流派？讀外國文學系的我只是覺得，既然生在台灣，那麼，認識台灣這塊土地上曾經有過的文學，是應該的，也就沒有什麼意見。可我沒有想到的是，後來他卻要帶領我們去跟建國學社的同學合作，進行什麼四六事件的調查？這難道跟文學有關嗎？

一九九四年十月二十五日

今天，草根請來一個自稱台灣史民間學者的梁竹風先生演講；講題是台灣文學背後的歷史。結束後，我們在老周帶領下跟梁先生到學校對街一家咖啡店聊天。聊著聊著，不知是有意還是無意，專門研究台灣人反抗史的梁先生忽然說，一九四九年，T大和現在的S大有很多學生被抓去調查或坐牢之類的事件。是嗎？除了老周之外，所有人都難以置信地異口同聲問說有這樣的事嗎？怎麼從來都沒聽說過。我也是在編台灣歷史年表的時候，偶然看到研究台灣經濟的日本學者編的政治經濟年表在一九四九年四月六日那天寫著：四六學生血案。梁竹風如是說。梁先生並沒有把事件的前因後果講得很清楚，只是說有這麼一件事而已。他強調，身為T大的學生，我們應該要為那些前輩做點什麼才對！

一九九四年十月三十一日

老周召集草根社社員專門開了一個會，討論梁竹風所提的那件事。大家認為，既然學長姊曾經遭受過那麼一段不為人知的磨難，身為後輩，我們就有義務和必要去瞭解那段歷史，進而給那些受難的學長姊一個歷史交代，還他們一個清白。可是，這段歷史實在很模糊，我們苦於不知要從哪裡下手，才能瞭解當時的具體情況？怎麼辦呢？

一九九四年十一月十二日

老周拿了一個被某統派學者稱為尋找台灣民眾史的人在兩年前出版的《尋訪被湮滅的台灣史與台灣人》給我們參考。我們終於第一次看到了有關一九四九年四六學生血案的文字記錄。那個尋找台灣民眾史的人在這本書所收錄的題為〈在歷史的荒湮中消逝的野百合——重塑台灣學運的歷史像（一九四五〜一九五四年）〉的第三章：二二八之後的台灣學運，詳細記錄了這段不為人知的歷史。

一九九四年十一月二十日

梁竹風先生又來指導我們討論有關調查研究那個血案的事。梁先生提醒我們，一般人不理解，可他卻很清楚，那個所謂尋找台灣民眾史的人，骨子裡是個統左派，歷史論述一向都是過時的內戰史觀。他強調，尋找台灣民眾史的人寫的書，我們只能參考他所採錄的歷史證言以及他所參考的原始資料；重要的是，我們必須提出自己的台灣人史觀。台灣人的史觀？我本能地，既是自言自語，又像是反問般地喃喃低語。我想，他顯然沒有考慮到我是外省第二代的身分。是的，梁竹風無視於我臉上流露的情緒反應繼續說，在有關二二八的歷史詮釋權的鬥爭上，我們已經取得全面勝利，他們統左派想要扭轉過來，恐怕很難；因此他們現在開始要炒五〇年代白色恐怖的議題。他們的史觀，簡單說就是：從二二八到五〇年代白色恐怖，基本上是在所謂國共內戰與國際冷戰的雙戰構造下所產生的歷史悲劇，不是什麼外來政權對台灣人的迫害，而四六血案就是五〇年代白色恐怖的濫觴。他接著又語帶嘲弄地說，他們統左派的歷史論述還有一個最大的目的，就是自稱他們的運動是繼承二〇年代以來台灣左翼反抗運動的光榮傳統；也就是說，歷來的台灣社會運動都是他們領導的；他們只要爭這一點就好了。這樣，他們就可以欺騙年輕人，讓年輕人跟著他們走。可是，他們騙得了年輕人，卻騙不過老的。他又提醒我們，統左派這種說法，不就是在呼應中共一貫宣傳的所謂寄希望於具有愛國主義光榮傳統的台灣人民嗎？

一九九四年十二月十二日

老實說，梁竹風透露的那段複雜的幕後政治秘辛，把單純喜歡文學的我嚇到了。因為這樣，我猶疑著，而有一段時日以功課忙的理由脫離了草根的活動。然而，我終究還是拒絕不了老周的邀約，繼續跟著他走了下去。女人啊！妳的理性是跟著感性走的嗎？

一九九四年十二月二十日

老周的名字叫周華光。但他不喜歡這個名字。他對我們說這個名字太統了，是他爸爸為了紀念他叔公而給他取的；他又稍稍透露說，他叔公就是在那個恐怖年代被老K槍斃的眾多台灣烈士之一。因為這樣，他總是自稱老周。我們也就只能叫他老周。今天我不小心叫他周華光，他竟然毫不客氣地當場變臉說：我看妳身上統派的血還沒有放乾淨！其實，認識周華光──不，老周──的時候，我並不知道他是一個台灣人意識（或是福佬人意識吧）那麼強烈的人！現在知道了，卻已經跟他有了感情，後悔也來不及了！那麼，為了維繫我們的愛情，除了跟著他做他愛做的事之外，我還能怎樣呢？

二　浪花

1

我從S大校園回到大妹家，來不及喘口氣，喝口水，就趕緊戴上老花眼鏡，激動地閱讀著傳單裡頭的詳細內容。它首先簡介了四六事件的經過：

民國三十八年，T大和當時的台灣師範學院學生以反內戰、反饑餓、反迫害的口號，展開遊行，並與憲警發生衝突。四月六日午夜，師範學院和T大位於新生南路上的學生宿舍，傳出不少學生被抓，隨後更有學生及教員被處以死刑，使得校園白色恐怖達到頂點，稱為四六事件。

老周，我不記得大逮捕中入獄的同學有人被處以死刑，更別說還有教員吧！如果有的話，那應該是隨後的五〇年代白色恐怖期間的事吧！那麼，它是沒有調查研究的道聽塗說，還是用字不準確，或是別有用心呢？

我不再多想，繼續閱讀，於是看到它緊接著特別指出：

當時，兩校學生遊行抗爭高喊的口號，雖有相當程度社會主義的味道，可是在那樣的時代，這樣的主張是任何受迫害的學生或人民都會提出的，不限於共產黨，因此，不能斷言學生運動由共產黨策動。

是的，不能斷言學生運動由共產黨策動。我同意這種實事求是的觀點。老周，問題是，當時你是共產黨嗎？我不知道。如果是呢？那又怎樣？難道這就該死嗎？

我一邊漫想著，一邊繼續讀著那張傳單的文字。最後，它提出了四點要求：

一、政府和T大、S大兩校當局公布相關史料。
二、兩校贈與受難學生榮譽學位，並將事件完整載入校史。
三、兩校應在大一共同必修科目歷史領域加開校史單元。
四、訂四月六日為台灣學生日，並在兩校立碑紀念。

老周，我想，如果真要平反的話，就應該尊重歷史，就應該提出反內戰的主旨，就應該從歷史發展的高度反省內戰帶來的民族悲劇，就應該要求真正結束兩岸的內戰狀態才對啊！

我這樣想著的時候又看到，署名的團體是T大草根文學社、建國學社和S大福爾摩沙社等八個學生社團組成的四六事件平反委員會。我放下傳單，摘下老花眼鏡，一邊喝茶一邊納悶地想著：T大建國學社、S大福爾摩沙社……這幾個學生社團究竟是怎樣的團體呢？為什麼他們會關心四六事件呢？他們又怎麼會知道五十年前曾經有過這樣的事件呢？

因為好奇，吃過早餐之後，我向大妹借了一台電腦，按照傳單上留下的網址，進入四六事件平反委員會的網站。於是，整個早上，我都在網上瀏覽那個網站的內容。通過網路連結，我也進入了一個名為春天的微微風的個人部落格，讀到了這個應該是女孩的T大學生所寫的參與四六平反運動的心情記事。

吃過簡單的午餐之後，我回房午睡；一直睡到二妹又從家裡來到時才起來。下午三點多了。我們三姊妹又在客廳泡茶，聊天。到了傍晚，外甥下班了。我們就一起外出，到T大附近的一家餐館，吃第一頓團圓飯。

到了餐館，天色還早。我就自己一個人到T大校園，四處走走。我穿過地下道，走進那座有將近七十年歷史的樸拙的校門，轉一個彎，就走在那寬廣的椰林大道上了。時近黃昏，大道上不時有小汽車和騎著腳踏車的學生從身邊經過。不久，我看到位於大道中軸線左側隱蔽於一片蒼翠的茄苳樹葉後面的文學院了。夕陽照在褐色的十三溝面磚上產生的柔化光影的漸層效果，不但沒有刺眼的反光，反倒讓我感覺到一種歸鄉的溫暖。我走進了空間格局還是跟當年一樣的文學院舊大樓的大廳，撫摸著樓梯扶手，上下走動，然後來到當年經常在下課時與同學散步聊天的綠蔭掩映的幽靜中庭，隨意走著；最後，我走出文學院大樓，在大樓旁邊一座水池邊的水泥護欄坐了下來。老周，因為舊地重遊，觸景生情吧，我彷彿又回到了將近五十年前從師院重考T大的歲月……

2

暑假來臨了。同學們紛紛返回中南部或是大陸家鄉度假。熱鬧的校園忽然安靜了下來。老周，黃昏時候，我和你約在禮堂門口見面。我們像往常那樣在夕陽曬不到的階梯上並肩坐著。你先說你就要回南部了，然後問我暑假有什麼安排？我說我想重考T大。妳不打算直接免試轉入本科就讀嗎？你帶著有所期待的心情迂迴地問我。我決定留在宿舍準備考試，我說，我想洗刷去年落榜的恥辱。你於是說那就祝福妳了。你呢？我反問你說你有什麼安排？你說，你打算一邊幫忙家裡的農活，一邊組織地方的學生聯誼會。我們又聊了一些其他事情，天黑之前，就此道別。

就在準備T大的入學考試期間，我在報上看到省教育廳恢復了停辦一年的升學內地專科以上學校自費生考試的消息，於是又抱著試試看的心理前去報考。在師院一年，我所看到的現實激起了我想要改造社會的熱情而參加了野草社和自治會發起的各種運動。可我並沒有忘記好好讀書。因為這樣，放榜的時候，我名列兩百名正取生的錄取名單，同時也按照所填志願被分發到北京大學。老周，北大是名牌大學。在北京讀過中學的我很想上北大。可我又因為這樣就要跟你兩地相隔而為難。在猶疑不決的時候，我分別給家裡和你各寫了一封信，告知考取北大之事。不久，你給我回信了。在信裡頭，你除了恭喜我之外，也提到你在南部家鄉組織地方的學生聯誼會，推動文化活動的事情。可惜！你最後含蓄地寫道，妳若到北大念書，我們就不能一起投入這些有意義的活動了。你雖然沒有明講，我還是讀懂你心裡的意思。我因此感到更加為難。

就在這時，母親竟然不顧酷熱的天氣，從彰化大老遠地趕到學校宿舍來看我。母親迂迴地表示反對我到北大，說我哥還在北京師大念書，我如果再過去，她的大兒子和大女兒就都不在身邊了。妳說，她用充滿感情的眼神久久地盯著我說，我怎麼能夠放心呢？我去了，可以就近照顧哥哥啊！我試圖說服母親。妳不用他照顧就阿彌陀佛了，還要去照顧他？母親澆了我一頭冷水。何況，現在國內的局勢那麼亂，到處都在打仗。妳知道嗎？我當然知道。我說。

你知道，老周，平常，我就很注意內戰的形勢發展。進師院先修班時，父親送我一台零件已經老化但音質還算清晰的收音機。每當夜闌人靜室友睡熟後，我就從床鋪底下那口裝著過季衣服的手提箱中悄悄把它拿出來，鑽進被窩（天暖時就用薄被單遮蓋），戴上耳機，偷聽大陸廣播傳送的、島上報刊和電台都不披露的內戰消息。所以，我知道中原、豫西和豫東的人民解放軍已經發動了夏季攻勢；內戰進入第三個年頭，國民黨不得不放棄全面防禦，改行重點防禦；同時，由於經濟瀕臨崩潰，只能濫發紙幣來維持龐大的軍費開支，因此搞得物價暴漲，民不聊生。老周，在這種局勢下，我想，自己如果執意前往處於戰爭狀態的華北求學，不但有危險，而且經濟上首先就是個嚴峻的問題。我還考慮到，家裡有老人家在，作為長女的自己，的確是應該留在他們身邊照顧才對。我於是沉默不語。

母親進一步勸我，說現在物價漲得那麼厲害，她算了一下匯率，要拿台灣兩個人的生活費，才能讓一個人在北京勉強過艱苦的生活；我們家的經濟條件無法承擔我到北大讀書。

老周，我最終決定留在台灣了。

學校開學前，我和從南部回來的你又在師院禮堂門前的台階上見了面。你曬黑了，我流露著內心藏不住的喜悅對你說，不過，身體也更結實了。你燦爛地笑著，說南部太陽大，整天跑來跑去；然後裝作若無其事地問我怎麼樣，不到北京了？我說我後來又把握T大招考新生的最後期限前去報考，並且順利考上歷史系，所以決定留在台灣，讀T大。恭喜妳了！你沒有讓內心的感情太過表露，只是禮貌性地向我表達祝福之意。你接著又向我介紹你在南部組織的地方性的學生聯誼會活動。停了一會之後，你才興奮地告訴我，暑假期間，你去聽了留學大陸各大學的台灣公費生組織的演講團的演講，對大陸各大學的學運有了比較深入的理解。臨分手前，你又慎重地跟我說，希望我到T大以後多交朋友，多多促進兩校學生之間的交流。我當下就答應你一定盡力而為。

學校開學了。

我在T大校本部的行政大樓註了冊，正式成為T大歷史系的學生。然後，我肩扛一袋棉被、枕頭，手提著裝有幾本文學書和生活用品的袋子，穿過操場，搬進位於水道町的女生宿舍。宿舍是日本式的平房。我很快找到分配的寢室，在自己的床位鋪好墊被和枕頭，把臉盆等盥洗用具放在床下，幾本書放在自己書桌的書架上，然後坐在床沿休息。這時，一個瓜子臉、頭髮及肩的女同學進到寢室，笑著跟我打招呼問好，並自我介紹說她叫朱槿，物理系二年級。我也笑著向她問好，並且做了自我介紹。我們兩人就坐在床沿，對看著，聊了起來。

妳是哪裡人？

我是四川重慶人。

怎麼會到台灣來念書呢？

不瞞妳說……朱槿害羞地笑了笑。我會來考T大，是因為戀愛的關係。

怎麼說呢？

我來台灣之前，對台灣的印象可說是一片空白。朱槿靦腆地笑了笑，坦誠地向我交心。我之所以會決定到台灣，主要還是因為在大陸考不上國立大學。我父親雖是小地主，也供應不起我讀私立大學。有一天，我男朋友（也是中學同學）看到報上登載T大招考新生的消息，就邀我一起去報考。因為戀愛的關係，我就跟著他離開重慶。

就這樣來台北了？

那時候，T大在上海也有一個招生點，可我們趕到時卻已經過了報名期限。朱槿解釋說。因為年輕，膽子也夠大，我們就搭船來到人地生疏的台北報考；結果，我考上了物理系。

男朋友呢？

男朋友沒考上，回去了。朱槿說，我就自己一個人留下來。

捨得嗎？

老周，我想到自己先前捨不得跟你分開的心情。

我決心要讀國立大學，也就無所謂捨得捨不得了。朱槿爽朗地笑著說，何況我們都還年輕，來日方長啊！

妳呢？朱槿反問我，妳是哪裡人？怎麼會到台灣念書呢？

我於是也向朱槿坦誠敘述了自己的家庭背景和回台求學的經過。

光聽妳那一口京片子，我還以為妳是北京人呢！朱槿一臉訝異的表情。怎麼也想不到，妳竟然是道地的台灣人。

通過這次談話，我和朱槿都結交了進入T大之後的第一個好朋友。往後，用餐的時候，我們就經常一起上食堂，邊吃邊聊。

老周，我謹記著你要我多交朋友的交代，首先主動去瞭解T大學生社團活動的情況。一段時日之後，我發現T大的社團活動很活躍；跟師院一樣，公告欄經常貼著許多社團活動的海報。

社團的名目繁多，例如，農學院有方向社，工學院和文學院有麥浪歌詠隊、蜜蜂社和話劇社；法學院也有一些團體和期刊。我多方打聽以後知道，這些社團都是在學校登記的合法社團，只是沒有任何經費補助；主要成員應該都是外省同學。我也聽說，本省同學有一個專門唱聖歌的Glee Club。經過初步考察之後，我首先謹慎地參加了系上的歷史學會。後來，我在幾個同班同學搞的讀書會讀了艾思奇寫的《大眾哲學》；讀完以後，我覺得我的腦子已經跟先前完全不同了。

我也發現，除了四川同鄉會之外，朱槿幾乎不太參加社團活動。有一次，一起用餐的時候，我就刻意試探地問她怎麼都不參加社團活動？

我在中學時看了電影《居禮夫人》，受到很大的影響，那時就一心一意想，以後要留美，往科學方面發展。朱槿老實地向我表白了自己的人生志願。所以，上了大學，就不太想參加課外的社團活動。

有空的時候，不妨參加一些自己有興趣的社團活動。我瞭解了朱槿的想法，也不勉強，只是隨口建議她。這樣，既可以紓解功課壓力，又可以多交一些朋友。妳覺得呢？

看看吧！朱槿沒有一口拒絕我。如果有什麼有意思的活動，妳就帶我去瞧瞧吧！

3

一個有月光的晚上。

老周，我與你約會後，自己一個人慢慢地走回女生宿舍。在椰林大道，我突然聽到一陣旋律優美的歌聲，於是放慢腳步，仔細聆聽：

一來溜溜的看上　人才溜溜的好喲，
二來溜溜的看上　會當溜溜的家喲，
月亮彎彎　會當溜溜的家喲！
世間溜溜的女子　任我溜溜的愛喲，
世間溜溜的男子　任你溜溜的求喲，
月亮彎彎　任你溜溜的求喲！

這是〈康定情歌〉嘛！我告訴自己，隨即好奇地循聲來到那間練唱的教室。教室的門開著。我於是從後門進去，站在後頭聆聽。

歌聲停了，剛剛背對著我在指揮的那個男同學宣布說：大家休息一會，待會再繼續。他轉過身來就注意到站在那裡的我了。他走上前來招呼我，並且親切地問我：喜歡唱歌嗎？要不要一起來唱？我含蓄地笑了笑，沒有多說什麼。

我叫張旭東，電機系三年級。他先自我介紹，然後問我怎麼稱呼？

林晶瑩。我大方地回應他。歷史系一年級。

喜歡唱歌嗎？他再次熱情誠懇地邀請我。一起來唱！

喜歡唱。我被他的熱情感動了。可唱得不好。

喜歡唱就行！他爽朗地說。

好！那我就試試看。我抱著練唱大陸各地民歌的心情回應，然後又說，我聽說，T大有個麥浪歌詠隊在定期練唱大陸各地的民歌民謠。

我們就是麥浪啊！他笑著說。

是嗎？我感到既訝異又驚喜，同時進一步好奇地追問他。為什麼叫麥浪呢？

為什麼叫麥浪？他不經意地流露出一副要回答那種不是問題的問題時的神態，嘿嘿笑了兩聲，然後向我敘說麥浪歌詠隊的由來。麥浪歌詠隊是由黃河合唱團逐漸擴大發展起來的……

這時，原先在休息的其他隊員也圍了過來，一起旁聽。

因為愛唱歌，張旭東繼續說，大一的時候，我和機械系的陳潛、化工系的趙衛民等幾個工學院的同學，還有一些青年軍出身的同學，成立了一個小規模的合唱團，利用課餘時間唱唱歌。因為我們都是從大陸來的，可以說人人都是唱著〈黃河大合唱〉長大的，所以就取名黃河合唱團。

去年校慶，在一些老師和同學的鼓勵下，我們在校內公開演唱了〈黃河大合唱〉。一個長相斯文而稍胖的男生突然插話。我估計，這是〈黃河大合唱〉在台灣的第一次演出吧！

他就是陳潛。張旭東向我介紹了剛剛插話的那個男生，然後繼續說，因為受到同學們熱烈歡迎，愈來愈多的同學喜歡跟著我們一起唱歌，黃河合唱團就逐漸擴大了。

後來，有個同學突然提問說，除了〈黃河大合唱〉，我們還有什麼歌可以唱？陳潛接著感慨地述說了合唱團擴大以後碰到的困境。他這一問，把大家都問住了。是呀，我們有什麼足以反映時代心聲的歌可唱呢？抗戰之前，我們有〈義勇軍進行曲〉，有〈槍口對外〉，有〈鋤頭歌〉和〈開路先鋒〉；抗戰開始了，我們最先聽到的是比〈馬賽曲〉還熱情的〈大刀進行曲〉和〈救亡進行曲〉；然後我們有〈軍民合作〉，有〈游擊隊歌〉，有〈八百戰士〉，還有至少十幾首在前方或後方每個人都會唱的歌；那些歌使我們挺胸闊步，給我們勇氣和決心，讓我們快樂和感動……於是我們勝利了，於是我們就啞了聲音，從那時起，我們卻無歌可唱了啊！

我們曾經不止一次到過台北的幾所學校調查同學們究竟喜歡唱什麼歌？張旭東緊接著也感慨地說，他們再三再四地要求唱上海來的電影歌，可那郎呀妹呀的歌詞，實在離我們的生活太遠了，我們不唱！我們還聽過幾次大大小小的演唱會，不但合唱曲少得可憐，而且十有八九是外國歌曲；作為獨唱節目，男的仍是〈教我如何不想她〉，女的則是〈玫瑰三願〉、〈追尋〉之類。時代變了，但我們的音樂還是老樣子。

所以我們決定回到民間，陳灒說，唱那些民眾喜聞樂見的民歌！因為台灣很少聽見什麼音樂團體介紹大陸各地的民歌，我們也都希望能夠把一些民謠和民歌介紹給台灣民眾。張旭東繼續說。這時，就有人提議說，黃河這名字雖然很好，可它距離台灣太遙遠了，還是改個名字吧！但改個什麼名字呢？大家卻又一時想不出適合的名字。

老張看大家想不出恰當的名字，最後就建議說改為麥浪吧！人群中一個戴眼鏡的男生插話，然後向我打招呼，說：我是趙衛民，歡迎妳一起來唱歌。

我向趙衛民致意，然後繼續問張旭東：

為什麼叫麥浪？

我是福建仙遊人。張旭東看著我，藉機解釋給其他隊員一起聽。我父親是一個工作調來調去的公務員。因為這樣，我跟著父親在寧夏待過。在黃河邊上，我看過快要收成時的麥田，像海浪般，一波一波地隨風起伏，非常漂亮。我想，我們可以從黃河邊上的麥浪出發，就改名叫麥浪吧。

我馬上支持老張的提議，其他同學也都同意。陳潛接著說。於是我們就把黃河合唱團改名麥浪歌詠隊。這時，所有同學的目光已經自然地轉向陳潛了。他於是進一步表白了自己的看法：我個人覺得，麥浪這個名字不錯；它不止蘊含著大陸農村樸實的鄉土氣息，也表現了迎風飄動的麥浪迷人的意象。

為什麼不乾脆叫稻浪呢？我善意地提問說，畢竟台灣沒有麥田啊！

也有人提過同樣的意見。張旭東態度誠懇地回應我。可我們都是從大陸來的，合唱團又還沒有本省同學參加；真要那樣叫的話，我們自己就覺得太矯情了。

我點點頭，表示理解。

後來，我們還搞了個隊歌。趙衛民得意地說。

我從小喜歡文學，偶爾也寫寫新詩，就用麥浪的意象，試作了一首詩。張旭東解釋說，趙衛民的音樂素養較好，就把它譜成四部合唱曲；結果，麥浪就有了隊歌。

張旭東隨即帶著全體隊員以及剛剛加入的我練唱這首隊歌。夜靜了的校園於是響起了充滿青春氣息的歌聲：

陣陣春風吹起麥浪，
麥浪、麥浪、夾帶著芳香，
把金黃色的歡樂帶給大地的兒女……

老周，我抱著想把大陸的民歌帶到台灣各地的心情，跟著其他麥浪隊員又練唱了氣勢磅礡的

〈黃河大合唱〉，以及〈在那遙遠的地方〉和〈康定情歌〉兩首民歌。練唱結束後，作為隊長的張旭東禮貌性地表示要送我回女生宿舍。我再三婉拒。他卻始終堅持。於是我就由他陪同，在月光映照下的椰林大道上，邊走邊聊。我想要多瞭解一些他的背景，於是就先開口。

你說你是福建仙遊人，怎麼又會到台灣來呢？

我會到台灣來，主要是因為我父親的關係。他據實回答。抗戰勝利前夕，我父親奉派回到仙遊，辦一所專門為即將光復的台灣訓練師資的學校。我於是從重慶回到家鄉，插班念高二。台灣光復後，父親被派到台灣行政長官公署任職。因為這樣，高中畢業後，我也來到台灣。

什麼時候？來讀T大嗎？

一九四六年六月。他解釋說。當時，T大開始招收國內各地的新生，並在上海、溫州和台北各設了一個考場。台北考場設在新生南路龍安國小禮堂，大約有四百人報考，但僅僅錄取三、四十人而已。我在台北先後報考了師院和T大，結果分別考取了師院物理科和T大電機系。東京帝大畢業的父親告訴我，T大的前身是台北帝國大學，是一所很不錯的大學。我就進了T大電機系。

然後張旭東也反問我同樣的問題。我如實交代了自己的出身背景，又問他：

跟本省同學相處得還好吧？

我進T大的時候，工學院一共三班，本省同學就有兩班；起初，本省同學跟我們分開上課，後來才合班。張旭東笑著說。在生活習慣和穿著上，那些本省同學是跟我們有一些差異；在語言方面，有些人甚至連台灣方言都不見得講得好，更不要說是國語了，要跟他們溝通就相當困難。儘管如此，相處久了，大家的感情就愈來愈好；對多認識一種語言也充滿突破進取的態度；互相學習。我們向他們學台灣方言，他們也跟我們學國語。

在師院時，我和本省同學也同樣互相學習講閩南話和國語。我微笑著回應張旭東。

二二八事件後，陳儀的人馬整個被撤走，我父親也被調職天津。張旭東繼續說。自己一個人留在台灣的我就搬進新生南路男生宿舍，寢室編號恰好是二二八。我的室友幾乎都來自江浙一帶。因為突然來了我這麼一個素不相識的人，再加上我父親的特殊身分，他們當然對我抱持著不信任的警惕。可幾天之後，他們大概看我這個人滿爽朗的，也沒有什麼可疑之處，就開始接納我了。

本省同學呢？我進一步問張旭東。經歷二二八後，他們怎麼看待你們外省同學呢？

受到二二八的衝擊，有些台灣同學會排擠我們，這也是可以理解的情緒反應。張旭東客觀地說。後來，我就和那些室友相約到台灣同學常去的食堂吃飯。我考慮到，台灣同學跟外省同學的隔閡較深，如果我們常去那裡吃飯，就有機會多跟他們接觸；這樣才有可能增進彼此的瞭解。

你這樣做是對的！我先是讚賞張旭東然後又好奇地問他。他們怎麼反應呢？

剛開始，我們當然還是會受到冷淡的白眼和排斥。張旭東釋然地說。隔了一段時間後，那些本省同學也能體會我們的誠意，漸漸就接納我們了。

張旭東接著又問我師院學生社團活動的情況。老周，我如實向他介紹了我在師院一年參加過的運動，同時特別提到剛剛當選師院學生自治會主席的你，並說有機會的話要介紹你們認識。他當下就表示非常期待。

到了女生宿舍門口，他向我說了聲再見就立刻轉身，原路折回。

我帶著找到家的溫暖心情，輕聲哼著剛剛學會的麥浪隊歌，走回寢室。朱槿還在書桌前看書。我故意打斷她，找她聊天。我把自己到麥浪歌詠隊練唱的經過告訴她，然後試著問她：

想不想跟我一起去唱唱歌呢？

唱唱歌也挺好的嘛！朱槿流露出一種玩玩的神情回答我。

4

秋風送爽，一彎下弦月透著微明的月光。

老周，為了聯繫師院的大家唱合唱團，共同在校園推動民歌運動，張旭東主動要求我，安排他和已經是師院學生領袖的你認識。於是你在吃過晚飯後，先到T大女生宿舍與我碰面，然後一起走到新生南路男生宿舍附近一座日軍軍火廠的廢墟。日據末期，這裡被盟軍飛機炸得稀巴爛，殘垣斷壁仍未清除，在夜風吹拂之下，孤零零地瑟瑟戰慄；斜支著的廠房骨架彷如骷髏；側歪的頂蓋上猶存黃綠間雜的保護塗色，影影綽綽，在月光反照下，像鬼火般閃爍著令人感到寒懼的光暈。我聽說，由於它地曠寂靜，白天，有些住宿舍的男同學會來這裡讀書；入夜以後，它就成了少數因為熱戀而忘了害怕的青年男女幽會的場所了。

張旭東已經準時到了。老周，事先，你們兩個男生已經通過我的介紹，大致知道了彼此的出身背景；見了面，熱烈地握了手，隨即邊走邊談。為了拉近彼此的距離，進一步取得你的信任，張旭東首先主動表白說，他參加過台北學生抗議美軍強姦北大女生的示威遊行。

我也參加了，你笑著對張旭東說，但是，沒能認識你。

人太多了，怎麼認識？張旭東笑了笑。可惜，新學期剛剛開始，二二八就爆發了。

你沒挨揍吧？

沒有。

你們接著又談起兩校學生社團的活動概況。

通過晶瑩的介紹，我對師院一年來展開的運動已有一定程度的理解。張旭東直接向你表明自己的想法。希望今後能夠多交流，向師院學習。

你客氣了！你說，然後問張旭東：T大的情況如何？

二二八之後，T大校園沉寂一時。張旭東如實介紹說，到了秋天，各種社團活動才又重新活躍起來。這些社團的性質不太一樣，有青年軍退伍生的、宗教性的、同鄉性的、學術性的；有的社團定期刊登壁報，有的出版油印刊物。另外，理、工、農、醫、文、法六個學院也先後成立了學生自治會，通過普選，產生自治會主席一人，再由主席自組領導班子。最近，六個學院學生自治會經過協商之後，決定成立學生自治會聯合會，並由各院自治會主席推選主席。這樣，就有了一個全校統一的學生組織，領導全校的學生活動。各學院學生自治會的領導權於是成為各派學生爭取的一個焦點，自治會的選舉也就成為T大學運的熱點，幾乎全體同學都參與了既熱烈又複雜的競選活動。

你有出來選嗎？你問張旭東。

沒有。張旭東回答說，麥浪一共推出四名核心隊員，競選文、法、工、理四個學院的主席。

老張在文學院推出麥浪的吳耀中出面競選。我得意地跟你報告。我也跟著其他隊員一起積極助選呢！

文學院最早登記參選的，是中文系二年級、福建惠安籍的一個李姓女同學。張旭東解釋說，她背後的支持者則是中文系三年級、另一個福建惠安籍的黃姓女同學；這個姓黃的非常活躍，活動能力也很強，可後來有人向我透露說，看到她經常出入警備司令部，懷疑她可能是職業學生。我心生警惕，於是勸說麥浪的一位女同學出來競選；可她一直推讓，最後經過大家同意，才改由外文三的吳耀中出來。

結果呢？你問。

投票那天，我們動員了所有能夠動員的同學都到文學院大樓的大廳投票。我像凱旋歸來的戰士那般笑著向你報告戰果。吳耀中最後也以較大的差距當選。

除了文學院，張旭東笑了笑，又補充說，麥浪的隊員也都分別當選法學院、工學院和理學院學生會主席；大家商議後，又共同推舉農學院學生會主席陳真，擔任T大學生自治會聯合會主席。

陳真是麥浪的隊員嗎？你問。

不是。張旭東說。

那……你再問，為什麼要推舉陳真，而不是麥浪自己的隊員呢？

擴大團結！張旭東心胸坦然地解釋。陳真是會講閩南話的福建人，光復第二年到台灣，就讀T大農經系；他跟本省籍進步學生的關係很好，其實也是二二八前夕那場抗議美軍暴行的學生運動的幕後策劃者之一。我的想法是，如果由他來當自聯會主席，對往後的T大學運應該能夠起到較大的團結作用，麥浪也能夠因此不斷成長壯大。

老周，你和我不約而同地點頭了。

自聯會推動的第一個運動就是反對續招插班生。張旭東繼續介紹。因為內戰，大批大陸大學生從急遽縮小的國統區來台。十月上旬，校方突然公告要不經考試續招轉學插班生。自聯會得悉，校方之所以在開學一段時間後還要續招轉學插班生，主要是當局想讓那些大陸生能夠到台灣唯一的綜合大學T大就讀。自聯會擔心大陸大學的大批職業學生藉此機會混進T大而反對，可又不讓更多單純嚮往進入T大的學生遭到池魚之殃，於是緊急向校方提出三項要求：反對不經考試續招插班生，保證學生安全及改革T大，積極展開呼籲與行動。

結果呢？你問。

結果，校長尷尬地介於學生的反對與當局的壓力之間而倉皇離台。張旭東說。自聯會得知消息後，馬上趕去松山機場，設法挽留；經過交涉，雙方終於妥協：插班生可以續招，但要經過考試。這樣，這場因為續招插班生而引起的風潮才終於圓滿落幕。自聯會也因此在同學之間取得一定的領導威信。

除了麥浪，你再問張旭東，你還參加其他社團活動嗎？

除了麥浪，我還參加蜜蜂文藝社和話劇社。張旭東回答。麥浪則是我投入最多時間和心力的社團。

蜜蜂文藝社有些什麼活動？我好奇地問。

蜜蜂文藝社主要是通過輪編壁報的方式，把大陸的新文藝作品介紹進來。張旭東說。當然，也批評學校的不當施政。

話劇社呢？我再問。

話劇社正在籌備演出諷刺政府官員搞裙帶關係的三幕諷刺劇——《裙帶風》。

老周，你接著又問張旭東，為什麼那麼熱中這些文藝性的社團活動呢？

我在重慶讀高中期間，閱讀了很多三〇年代作家和一些翻譯的文學作品。張旭東耐心地向我們闡釋了他的想法。他說，因為社會的貧富差距實在太大了，讀了托爾斯泰、高爾基的作品，再映照現實生活所看到的矛盾，自然就覺得這個社會需要改造，作為年輕學生的自己也應該追求更美好的社會。抗戰勝利以後，國共內戰轉趨激烈，經濟破敗，民不聊生，再加上原來的思想傾向，我自然想通過這樣的文藝性社團結識更多志同道合的同學，一起做點事……我希望，老周，張旭東又看著你強調說，通過你，今後麥浪能夠加強與師院的同學聯繫。

為了社會進步，你反叛了自己的家庭出身。老周，你顯然被感動了而不自覺地提高了音量。為了台灣的未來，我一定全力促成兩校進步社團的團結與發展。

5

週末下午。天色要暗未暗的黃昏時候。晚秋紅橙橙的夕陽餘暉覆蓋著台北的天空。新公園露天音樂台，一個交響樂團正在演奏。老周，我和你坐在觀眾席角落的長條椅上，一邊安靜地聆聽台上的音樂演奏，一邊等待張旭東。不久，張旭東也來到現場。待會還有個朋友要來。我跟張旭東說。我們於是一邊聆聽音樂演奏，一邊等待。

不一會，個子不高，瘦削的臉上戴著一副圓框眼鏡，穿著一身老舊的西服上衣的老應，滿頭大汗地來到了。我先向張旭東介紹，說這位是從上海復旦大學插班T大政治系的應保華；接著又向老應介紹張旭東。他們互相握了手。

為什麼會轉學到T大呢?張旭東態度自然地問應保華。

老周,老應顯然是有所顧忌而遲疑了一下。可通過我和你的事先介紹,他已經對張旭東有了一定程度的認識,隨即操著家鄉口音的普通話坦誠地回答,說他會到T大,是因為在復旦參加了幾次示威遊行。

願聞其詳。張旭東誠懇地說。

怎麼說呢?老應看了一眼台上仍在演奏的樂團,然後說,抗戰勝利後,我想,如果有個大學文憑,將來找工作應該會比較容易,就到上海報考復旦大學。我以為,復旦是國立大學,學生享有公費待遇,生活不成問題;可入學後才知道,我們所領的公費竟然連飯都吃不飽。

據我所知,張旭東插話說,復旦,都是窮苦的學生比較多。

因為吃不飽,學生就發動了一次次反饑餓的遊行請願。老應繼續說。隨著內戰爆發,學生的要求更發展到反內戰的政治高度。剛開始,我對這些事並不太有認識,只覺得要有個可以念書的安定環境,就應該跟大家一起去爭取該有的權益。到後來,遭到幾次鎮壓,我就起了反感。我覺得,現實社會實在太黑暗了,應該改變。

怎麼改?張旭東問。

老實說,究竟要怎麼改?我的腦子裡也沒有明確的概念。老應如實說。我就只是覺得,只有在政治民主、社會安定的環境下,才能夠好好讀書。因此,上海反內戰的學運,我每一場都參加了。後來,我還成了復旦參加上海學聯的代表之一,主要搞宣傳、聯絡的工作。

應保華停了下來,看了一眼閉著眼睛的張旭東。

我在聽。張旭東馬上睜開眼睛解釋。你繼續說，別管我。聆聽音樂的時候，我習慣閉著眼睛。

應保華釋然了，繼續敘說自己的經歷：

我在一場反內戰的遊行示威當中被特務打傷，就回鄉下老家療傷；稍微好了以後，又回到學校，準備參加學期考試。可校方不但認定我是赤色分子，是共產黨的職業學生，把我開除，還限定我在一個星期內離開，否則，不保障我的安全。我只好黯然回到鄉下老家。在家鄉，我馬上又碰到一個麻煩……

什麼麻煩？

那就是，老應無奈地說，當地三青團的人經常來找我，要我加入。

你加入了？

我當然不願意啊！老應彷彿還在面對那些人的糾纏一般冷冷地笑了笑。在上海，我已經認識到國民黨的腐敗了。我想，三青團既然是老K的系統，當然好不到哪裡去！我不肯加入，他們就到處宣傳我是共產黨。這樣，我在老家也待不下去了，只好又偷偷回到上海。

那你怎麼生活呢？

是啊，回到上海之後，我首先要面對的問題是怎麼生活？老應感慨地說。住的問題好解決，每天晚上，我還是偷偷溜回復旦的學生宿舍，在同學的掩護下，隨便找個鋪位，躺下來就睡。天一亮，我又出去找事做。可這時，內戰的形勢發生了重大變化，解放軍已從戰略防禦轉入戰略進攻。為了擺脫困境，老蔣要求「舉國一致，戡平叛亂」。許多學生組織與支持學運的大學教授都遭到迫害。在白色恐怖日益嚴重的上海，我也幾乎到了無法生存的地步。

那你怎麼辦？

就在這時，我在宿舍裡認識了幾個從台灣來的公費生。

你就通過他們來台灣了？張旭東問道。

是的，可也不是那麼順利。老應繼續說。其中，一個叫作江建中的同學和我聊到學運的問題時透露，他們正在組織返鄉演講團，打算在暑假期間到台灣各地展開巡迴演講。

他怎麼說呢？

江建中感慨地說，二二八起義被鎮壓後，台灣學運萬馬齊喑，許多學生的思想處於苦悶低迷的狀態，找不到出路；他和一些來大陸各大學求學的公費生想在暑假期間組織演講團，向台灣各地的學生介紹國共內戰的形勢、國統區日益嚴重的政治經濟危機，以及各大城市風起雲湧的反饑餓、反迫害、反內戰的學生運動。他強調，他們希望島內的青年學生能夠知道大陸也有光明的一面，不要因為接收政權的腐敗就否定了祖國；最主要的是，他們希望能夠藉此驅除台灣學生對二二八鎮壓的恐怖陰影，敢於起來，繼續鬥爭。

你怎麼說呢？

我有感而發地鼓勵他說，野火燒不盡，春風吹又生。

他又怎麼說呢？

他建議我，既然在上海待不下去了，乾脆就跟他們一起到台灣！

你就答應了？

到台灣？老應繼續轉述他和江建中的對話內容。我有所疑慮地說，在台灣，人生地不熟，更不容易生存啊！他就進一步鼓勵我，說台灣的工作比較容易找，就他所知，我們復旦畢業的同學已經有許多人到台灣了，他們大都能夠在中學找到教書的工作。他又說，大家都是老同學嘛，誰要有工作，有工資，就先拿出來一起用。這樣，還怕活不下去嗎？他強調，如果我願意來，他可以介紹一些台灣同學讓我認識。經過一陣考慮之後，我就決定來台灣。

你就跟他們一起過來了？

沒有。老應解釋說。江建中帶領演講團搭船返台的時候，我還在籌措路費，就沒跟他們一起走。二十幾天後，我終於湊足旅費，買了船票；可出發前卻遇上颱風，只好又延了。等船期間，我還是每晚到復旦的學生宿舍過夜。後來，船班恢復正常了。就在我來台灣的前一天晚上，江建中也回到宿舍了。他興奮地告訴我，他們的巡迴演講已經把大陸學運的火種帶回台灣了。他又建議我，說我是搞學運的，到了台灣，還是要想辦法回大學念書，支持就要重新起來的學運。然後，他又給我開了幾個名單，要我到了台灣，就去找隨便哪一個；最少，吃住問題可以暫時解決。第二天，我終於搭上開往基隆的中興輪。到了台北，我就按照江建中給我的名單，首先前往師院宿舍，找到老周。

你跟江建中是什麼關係？老周，張旭東轉問你，隨即又說，你要不方便，不說也沒關係。

沒什麼不方便。你直率回答，說你和江建中是同鄉，可以前不認識，暑假，你在南部家鄉搞活動，聽了江建中帶領的演講團的演講後才認識的。臨走前，他向你提到老應的情況，再三叮囑你一定要好好照顧他。回台北後，你一直等老應來；等了好久，還以為他不來了呢！後來，他終於來了。你就告訴他，你的寢室還有一個空床位，他可以暫時住在那裡；吃的問題，你和其他同學也可以設法幫他解決。

老周熱情地收留了我。老應繼續說道。我就在他的掩護下住進了師院男生宿舍。那時候，天氣已經漸漸涼了。為了不引起人家的注意和懷疑，我還是早出晚歸；經常都是在夜深時候才回去睡覺。因為無所事事，只要中山堂有表演，我幾乎都會跑去看。看完以後，我就到新公園的省立圖書館，寫評論，賺稿費。這樣，我又認識了常去那裡聽音樂會的晶瑩。

我們後來才知道，我們其實有一個共同的朋友老周。我告訴張旭東。

你來T大之前都在做什麼？張旭東又問老應。

在台北，光靠一些零星的稿費，根本就沒法生活。老應回答。老周和晶瑩雖然一直熱心幫我找工作，可我被復旦開除，沒有學歷證明，也就沒法到中學教書。之後，我就經由晶瑩的介紹，到新竹的糖廠做工。我被派到一個叫紅毛港的海灘開墾，種甘蔗。勞動非常辛苦，先要清除污泥，然後填土，種甘蔗。雖然收入不錯，但天氣熱，衛生條件差，蚊子很兇，實在吃不消。兩個多月後，我又回到台北。因為身上的錢還可以維持幾個月的生活，我也就不急著找工作。沒事，我就帶一個饅頭到新公園裡頭的圖書館，看一些戲劇和歷史方面的書，後來就插班考上T大政治系三年級。

你一直都住在老周的宿舍嗎？張旭東關心地問道。

考進T大後，老應說，我就自己在外面租房子。

這樣，你的經濟壓力肯定很大！張旭東說。怎麼不搬到宿舍住呢？

我們今天介紹老應跟你認識，就是要你幫他解決住宿的問題啊。我笑著告訴張旭東。

你怎麼這麼笨！張旭東轉而笑罵老應。你就直接搬進隨便哪個男生宿舍住啊！

報到的時候，老應無奈地說，學校的辦事員都說沒有床位了。

你問他們，他們當然說沒有床位了。你別聽他們的，搬進來住就是了。我們那裡多的是空床位！張旭東停頓了一會，又認真地對老應說：你在上海搞過學運，以後可以在T大起到一定的作用吧！

恐怕……應保華趕緊說，不方便吧！

怎麼不方便？張旭東有點不高興了。

我在法學院教務處報到時遇上了一點麻煩。

什麼麻煩？

當時，我無意中看到辦公室桌上擺著蓋有機密字樣的公文，就趁著沒人注意，趕緊翻開來看。老應向張旭東解釋自己的顧慮。結果，它是上海警備司令部轉過來，要T大當局特別注意的可能進入T大的復旦同學的材料；裡頭竟然就有我的名字……

你還是報到了。張旭東不以為然。

看到這個通知，我當時心想不報到算了。老應解釋道。可我又想，我已經回不了上海，其他地方，無親無故，我又能去哪裡安身呢？這樣，倒不如留在台灣，也許還不至於有什麼太大的問題吧。再說，我並沒有什麼特別的背景，參加學運，也是基於一片愛國熱情，沒什麼好顧慮的；所以，我還是報到了。

那就是了。張旭東說。既然都讓你進來了，沒什麼好怕的。

怕，倒是不怕！老應把自己的想法說給張旭東聽。我想，既然知道自己是黑名單，就該小心點！畢竟，我在台灣舉目無親，要是出事，就麻煩了。所以，進學校後，我就勉強自己安心念書；外頭的事，能不管，就盡量不管。

沒關係！張旭東安慰應保華。既然如此，你就別拋頭露面，在後頭給我們出出主意；不會有什麼問題的。

台上的演奏暫停了。

張旭東把話題轉向台上的表演，說他注意到，儘管這個演奏的交響樂團並不知名，水準也不是太好，可周遭那些老先生和老太太仍然很專注地聆聽。他對觀察到的現象感到不能理解因而問說：台灣民眾是不是對藝術表演很有興趣？相對於戲劇，他們是不是對音樂比較有興趣？

在日本統治時期，殖民當局對台灣人的思想狀態還是比較注意的。老周，經歷過殖民統治的你首先具體陳述了自己的看法。所以，相對於戲劇，台灣人的音樂素養還是比較高的。

對一般的戲劇演出，台灣觀眾也許不一定感興趣。老應接著提出他個人觀察到的不同看法。

可對上海觀眾劇團在中山堂演出的歷史劇《清宮外史》和《岳飛》，劇場時間從五四運動跨越到七七抗戰的教育劇《萬世師表》，以及曹禺的《雷雨》等等，台灣觀眾的反應還是不錯的。

上海觀眾劇團是台糖公司邀請的。台糖子弟的我插嘴解釋說。它是繼歐陽予倩的新中國劇社之後，第二個來台演出的大陸劇團。

我在想，是不是因為這些戲比較接近歷史，而且又是日據時期台灣觀眾不容易看到的祖國戲劇，因此才會有這個現象呢？應保華不改學運分子關心社會改造的態度，繼續展開被我打岔的話題。這給了我很深刻的印象。我對戲劇本來就很有興趣，這也更加讓我體認到戲劇是很有意義的表演藝術。

台上的演奏又暫停了。

老周，張旭東說他想知道你的說法究竟有多少真實性？於是利用演奏的休息空檔，刻意去找一些現場的本省老太太或老先生，隨便唱一曲大陸民歌給他們聽聽，然後要他們重哼一遍。

他們竟然很快就能夠把節奏記下來，跟著哼。回到座位以後，張旭東感動地對我們說了他的試驗結果。這真不簡單啊！

在T大，我接觸過應該是一些基督教團契的同學搞的社團活動。應保華也接著說了他最早接觸到的本省學生的音樂活動的體會。學校開學前，我沒別的事，就四處轉轉；後來知道美國新聞處能夠看到一些新的外國雜誌，就經常去逛。有時候，他們在那裡舉行晚會，唱歌。我感到詫異的是，他們都唱宗教性的外國歌曲；這和上海大學生唱的歌完全不同。我於是主動跟他們當中的一些人聊。聊了之後，我覺得他們的生活很單純，思想也比較貧瘠，對時事好像也不怎麼關心，顯然並沒參加過什麼學生運動。

上海大學生都唱什麼歌？你問老應。

在上海，搞學運的時候，我們通常唱的是跟社會上流行的靡靡之音有很大不同的民歌。老應回答說。我們也喜歡把一些民歌搭配民間舞蹈來演出戲劇；因為這些以民歌和民舞表現的戲劇，能夠鼓舞人們。

音樂跟舞蹈、戲劇一樣，都是可以給人鼓舞的力量。張旭東順勢提議。我們是不是可以給民眾介紹一些更好的音樂！

T大有進步的學生團體嗎？老應質疑說。

你既然這樣說，歡迎你來麥浪。張旭東立即邀請應保華。請你看看我們歌詠隊排練的歌舞，也給我們提點意見。

天色暗下來了。晚風習習地吹著。音樂台上響起了台灣民謠〈天黑黑〉的輕快樂音。

6

第二天，應保華住進了新生南路的T大男生宿舍。當晚，他就悄悄出現在麥浪歌詠隊排練教室的後頭，靜靜地看我們練唱。休息的空檔，張旭東和我過去和他打招呼。張旭東主動要他給點意見。老應便誠懇地說，他覺得麥浪排練的歌都比較樸實，但內容陳舊，無法反映時代。張旭東聽了老應的批評一點也沒有不高興，反而強調說，今天請他來，就是要他向麥浪的隊員介紹民歌和民舞在上海學運的具體情況。

張旭東隨即把所有隊員都召集在教室前頭。老應也當仁不讓，站上講台，向我們介紹上海歌詠運動的情況：

抗戰勝利後，那些在敵偽時代就有聯繫的喜歡唱歌的青年，紛紛從隱蔽的教堂唱詩班出來，有計劃地分散到各部門，通過歌聲，把上海青年學生的熱情燃燒起來。由於歌聲能夠鼓舞鬥志，堅定信心，歌詠活動也成為上海學生運動的主要組成部分。在上海學聯領導下，進步的學生組建了新音樂社，編印《新音樂》，深入大、中學校，培訓小指揮，教唱〈茶館小調〉、〈你這個壞東西〉、〈古怪歌〉、〈團結就是力量〉、〈唱出一個春天來〉、〈青春舞曲〉、〈兄妹開荒〉和〈黃河大合唱〉等等歌曲，為各校開展歌詠活動創造了條件。在各方力量推動下，歌詠活動開展起來了，上百所學校紛紛建立了歌詠隊；歌詠隊的歌聲同時也在反內戰、反饑餓、反迫害的學生運動中，起到了進軍號角的作用。

〈黃河大合唱〉和〈團結就是力量〉，我們已經會唱了。我緊接著向老應提出要求說，你就教我們唱唱其他的歌吧！

我的歌喉不好，老應謙虛地說，但盛情難卻，就盡量唱給大家聽聽吧。於是他從〈茶館小調〉開頭，把那幾首歌唱了一遍；有的歌，還加上動作，稍微演給我們看看。接著，他又對那些民歌做了一點介紹；他強調，這些民歌都有一種鼓勵人們向上的精神，例如，〈青春舞曲〉的歌詞，意思是太陽下山，明天早晨依舊爬上來，但青春一逝就不回返了；所以，唱的時候，要把鼓勵人們在年輕時就要抓緊時間奮鬥的精神表現出來。

張旭東隨即當眾邀請應保華加入麥浪。老應也毫不遲疑地答應了。

既然你不方便拋頭露面，張旭東又私下對老應說，那就請你在幕後幫忙，寫寫評論也行！

我來台灣的時候，恰好與上海觀眾劇團同船。老應回應張旭東。因為這樣，認識了幾個劇團的演員，跟他們聊了很多戲劇上的問題，也交上了朋友；他們在中山堂演出時，我經常到後台幫忙，也跟他們學了一些化妝和舞台燈光的技術。

這樣最好！張旭東高興地說，並且請老應擔任麥浪校內公演的舞台監督，主要負責舞台布景、化妝、節目排練和撰寫宣傳文字等工作。

為了即將來臨的校內的第一次公演，麥浪歌詠隊加強了練唱的時間密度。除了氣勢磅礴的〈黃河大合唱〉，樸素無華的〈在那遙遠的地方〉、〈康定情歌〉、〈苦命的苗家〉……等等新疆、西藏、青海的民謠，我們也接受老應的建議，練唱了〈別讓它遭災害〉、〈光明讚〉、〈跌倒算什麼〉……等大陸學生搞運動時常唱的歌，以及作為壓軸的〈祖國大合唱〉。

老周，練唱〈黃河大合唱〉的時候，張旭東發現朱槿的聲音可以唱得很高，就要她試唱女聲獨唱的〈黃河怨〉。起先，她怕自己唱不好，就找了我陪她一起唱；可到後來，〈黃河怨〉那段就固定由她來領唱了。我也注意到，自從參加了麥浪歌詠隊的練唱活動以後，原本個性略嫌拘謹的朱槿，不但變得比以前活潑開朗，也開始關心政治局勢和社會問題了。

怎麼樣？某個晚上，練唱活動結束之後，我刻意問朱槿。加入麥浪有一段時間了，有沒有什麼感想？

我覺得，這些歌很能夠喚醒、鼓舞那些思想處於困頓中的人，尤其是青年。朱槿誠懇地表白了內心的感受。每次練唱〈祖國大合唱〉，當大家一齊唱到「暴風雨狂囂的聲音，在全中國到處怒吼！中國的人民不願再做奴隸，人民要永遠做中國的主人」時，我就打從心裡有股要做自己主人的渴望而感到熱血沸騰……

妳呢？朱槿反問我。

我跟妳的感受是一樣的。我說。我更高興的是，因為參加麥浪，結識了更多志同道合的同學；我現在盼望的是，能夠盡快把練唱的這些歌曲，唱給被日本殖民統治了半世紀之久的台灣鄉親聽。

我沒想到，老周，我的願望很快就能實現了。

麥浪校內公演之後的第一次練唱，我和朱槿很早就到了排練教室。其他隊員還沒到，教室裡只有張旭東一個人。剛剛上任的T大自聯會主席陳真突然走進來。

恭喜啦！陳真熱情奔放地笑著向張旭東道賀說，麥浪的第一次公演得到同學們熱烈的反響。真的嗎？張旭東謙虛地回應。我還擔心同學們不喜歡呢！

怎麼會呢！陳真說。接下來，麥浪有沒有什麼計劃？

繼續唱下去吧！張旭東說，希望有更多的人加入麥浪，大家一起來唱歌。

我希望麥浪能夠盡快把這些大陸的民歌民謠介紹給被日本帝國主義殖民統治了半個世紀之久

的台灣民眾。我一口氣表白了自己的期待。

本省同學參加麥浪的多嗎？陳真問道。

台灣很少聽到什麼團體介紹大陸各地的民歌民謠，也許他們對這些歌曲還感到陌生吧！張旭東面露遺憾的神色，然後指著我說，除了她以外，目前還沒有。

既然如此，陳真說，我有個構想，不知道你們願不願意？

你說。張旭東直截了當地回應。

陳真於是表明來意說道：

你們知道，因為內戰，台灣的經濟也搞得亂烘烘的，物資匱乏，物價暴漲，許多同學經常陷入經濟拮据、生活無著的困境；因此，學聯準備籌募一筆經費，設立福利基金，接濟那些生活有困難的同學。

你的意思是要我向隊員們募捐？張旭東感到為難地說，其實，大家也好不到哪裡啊！

這個，我當然清楚。陳真笑了笑。我的意思是，希望麥浪幫忙賺點錢。

幫忙賺錢？張旭東一臉茫然。怎麼賺呢？

我想請你們到校外公演，陳真興奮地提出構想說，演出可以賣票，賣票就有錢賺；賺的錢不就可以捐出來當福利基金！

是有點道理。張旭東雖然被說服了，還是語帶保留地說，問題是，會有人願意花錢來看我們的表演嗎？

這你就不用操心了。陳真一副篤定的態度。所有的行政雜務，自聯會都會打點好。你們只管把歌唱好，把舞跳好。就算賺不了錢，藉這個機會，向台灣民眾介紹大陸各地的民歌和民舞，不也是好事嗎！

我和朱槿不約而同地露出贊同的神色。

既然這樣，張旭東仍然慎重地回應陳真說，等我把這個構想徵求大家的意見之後，再向你回報。

陳真於是露出一副樂觀的笑容離開了排練教室。

麥浪的隊員隨後也陸續到來。

在練唱前，張旭東先向全體隊員轉達了陳真所說第一次校內公演的反響及其下一步構想。原本只是因為愛唱歌而聚在一起的麥浪隊員顯然沒有想過事情會發展到這一步，當下就紛紛提出質疑：有人說，問題是，我們的表演拿得出去嗎？有人就接著說，就算拿得出去，會有人花錢買票來看嗎……老周，我隨即順勢鼓勵其他隊員說，重要的是，我們可以通過校外演出，把祖國的歌聲介紹給台灣民眾啊！其他隊員紛紛點頭。討論到最後，不但沒有人反對，大家反而自動要求加強練習的時間密度，準備以最好的演出狀態呈現給台北市民。

兩天後，在麥浪練唱前，張旭東又興奮地向所有隊員轉達了陳真親自告訴他的好消息：自聯會已經聯繫好了，十二月二十七日，麥浪的歌謠舞蹈晚會專場演出確定在台北中山堂正式登場。張旭東同時鼓舞我們說，在台灣，一般人普遍認為，中山堂是交響樂之類高貴藝術才能演出的地方；民間音樂不登大雅，向來不能到那裡演出。現在，通過自聯會的努力爭取，麥浪的民歌和民舞總算可以到中山堂演出了。大家一定要把握難得的機會，好好表現，讓一般大眾認識到，民間樸實的歌舞是登得了「大雅之堂」的。

我覺得麥浪應該多增加一些舞蹈來提高節目表演的可看性與專業性。應保華接著提出建議。

如果我的觀察沒錯的話，舞蹈，在台灣是比較新穎的、有介紹的重大價值的藝術形式。他接著強調說，在大陸，邊疆舞和民眾的集體舞蹈已經被廣泛推廣了，因為這是民眾自己創作出來的藝術，內蘊著民眾的感情，也反映民眾的生活，自然容易被民眾接受與喜好，進而成為民眾生活的一部分；通過這樣的民歌民舞，人們既可以訴說生活上遭受的冤屈，也可以表達內心迫切的願望。他認為，從這個觀點來看，舞蹈，可以在爭取民主的運動過程中，成為一支極有力的利器。

老周，全體隊員都接受了老應的建議。這時，陳真也來到現場看我們排練。張旭東立即把情況向他反映，同時問他有沒有認識可以教跳舞的人？

這個，問題不大。陳真說。我知道學校有個體育老師，教教舞，應該可以勝任。

他叫什麼名字？張旭東問。背景清楚嗎？

他叫唐建國，江蘇鎮江人。陳真接著又向我們介紹他所知道的唐建國的背景。我跟他聊過，他在念小學時迷上籃球，天天在球場打球，藉此發洩作為亡國奴的苦悶；因為戰亂，他從常州、南京到上海，先後換了四個中學；他說他父親原是參加過北伐的國民黨軍人，後來因傷離開軍隊，抗戰期間，常常往來於京滬線上的淪陷區做生意，勝利後到天津，從事什麼工作，並不清楚。

可靠嗎？張旭東謹慎地問。

他跟我說過，他父親要去天津之前跟他做了一次長談，希望他不要從軍，更不要去搞政治。所以，他報考了公費的上海體專。陳真繼續說。他曾經向我透露，北大女生被強姦的事件發生後，他也跟隨其他同學上街遊行，抗議美軍暴行。體專畢業後，他被分派到上海一所中學任教；另外一個玩在一起的同班同學則到建中當體育老師。八月初，省教育廳在台北女師辦體育教師暑期講習會；他也因為那名同學的推薦而來教舞蹈。七個星期的課程結束後，他準備回上海，卻被主持講習會的T大體育主任留下來，到T大當體育助教。我想，他應該沒什麼問題吧！

老周，麥浪歌詠隊下一次排練時，陳真就帶著高大健壯，國字臉，年紀不過二十歲上下的唐建國來到排練教室。張旭東把他介紹給所有隊員之後也請他說幾句。唐建國顯然想跟麥浪的同學拉近距離，於是說他雖然是助教，年紀卻跟大家差不多，很樂意來教大家跳舞；他又說，他在上海體專就讀時，課餘曾到戴愛蓮的舞蹈社習舞，除了芭蕾舞之外，也學會跳一些民俗舞及土風舞。說著說著，他就要教我們跳一種進兩步、退一步的農民的舞步。這種舞也叫秧歌舞，他解釋說，在內地的農村，每逢過年過節或生產豐收時，農民都會快樂地跳舞慶祝；扭秧歌，其實就是農民從歡樂的情緒中迸發出來的舞蹈動作，一點也不複雜。他邊說就邊扭給大家看。舞步的確很簡單，也很大眾化，大家一學就會，於是就熱烈地扭了起來。

聽完我們練唱了幾首民歌之後，唐建國又主動要教大家一些搭配歌曲的簡單舞步。他說，中國的舞蹈動作大致可分為蹬和扭；例如，描述西康人民愛戀的〈康定情歌〉，表現方式雖然原始、簡率卻十分生動，內含的充沛活力與情意更令人驚嘆，因此，它的步法都要用腳蹬，才能表現高原地帶人民的生活氣味。〈農作舞曲〉則表現了農民在烈日曝曬下鋤土、車水、插秧、施肥、望風、盼雨、除草、整田、收割、打稻、推磨、舂米的辛勤勞動，以及收穫的歡樂；因為反映華北平原地帶的生活，所以跳的方式是用扭的。接著，他就挑選了男生和女生各六名，專門負責表演〈農作舞曲〉的舞蹈。然後，他又特別指定他認為長得比較漂亮的朱槿和我（我不曉得他的審美標準是什麼？朱槿的確漂亮，我卻一點也不），分別擔綱演出陝西民歌〈朱大嫂送雞蛋〉的朱大嫂和河南民謠〈王大娘補缸〉的王大娘。因為這樣，老周，從此以後，朱槿和我就成了麥浪歌詠隊的主要女主角了。

在緊張的排練與期待中，麥浪歌詠隊公演的日子很快就到了。

那天，天剛暗下來，觀眾就陸陸續續進入中山堂的表演廳。我們已在舞台拉起一幅上頭寫著「發揚人民藝術」的橫條紅布，兩旁的柱子上也張貼了教人看了耳目一新的紅底白字的大幅標語：

從人民中來，
到人民中去！

我跟著張旭東興奮得意地看著這些標語，隨即利用開演前的空檔刻意在台下轉了一圈，觀察究竟是怎樣的人來看這場演出。會場已經座無虛席了。老周，你和幾個師院自治會的本省同學也在最後一排坐著。我們彼此心照不宣，禮貌性點個頭。然後，我和張旭東就繼續往舞台前方走去，經過舞台，進入後台。

七點整，晚會準時開場。

陳真首先以T大學生自治會聯合會主席的身分上台，發表簡短的演出說明。他的台風穩健，左手扠腰，一派天將降大任於斯人也的姿態，不疾不徐地朗讀右手拿著的事先準備好的講稿：

來賓們！朋友們！

人民充滿憤怒、憂怨、希望和歡樂的歌聲，就好像從田野上給我們帶來的一股新鮮空氣。在遼闊的田野上，零星的村落裡，到處激盪著舒暢的人民的歌唱，如今我們把民間樸實的歌聲帶來了！

音樂大師貝多芬和柴可夫斯基的音樂，大半都以民歌做基調；舒曼曾經明白地說過：留意一切的民歌吧！它們是優美旋律的泉源，流露著各種不同民族的天賦特性。馬思聰也說：一百多年以前，英國音樂家跑來跑去，總是找不到一條自己的路，直到近二、三十年才發現，這條道路不是德意志，不是法蘭西，更不是義大利，而是一向為他們所忽視的民歌。

我們只有努力發掘已經在泥土裡生根的音樂的種子，才能創造出被人民歡迎，永遠生長在人民心裡的歌曲！

因此，為了推廣民歌運動，也為了籌募福利基金，接濟生活困難的同學，T大自聯會與麥浪歌詠隊敢於把有限的一點力量聯結起來，為大家做民歌民舞的專場演出。

我們希望，通過這樣的行動，把自己呈獻給這苦難的時代；以深切的愛，去擁抱這古老而多難的民族；把我們的心跟人民的心緊緊地扣在一起，共同爭取明天的幸福。

這是一次大膽的嘗試。今天晚上，就讓我們愉快地呼吸這股新鮮的空氣吧！我們相信，它將會帶給我們新生的活力！

陳真在觀眾熱烈的掌聲中退場了。

麥浪的演出接著就要正式登場。

在後台，朱槿緊張地拉著我，說：要是演砸了怎麼辦？別怕！我壓抑著同樣緊張的情緒鼓勵她。平常怎麼唱，就怎麼表現吧！張旭東笑著向我們點頭，表示鼓勵與同意。朱槿於是露出比較放鬆的神情淺淺地笑了。

張旭東領著隊員們走到舞台上了。然後，他放開心胸，用充滿感情的語調大聲說道：

朋友，

你到過黃河嗎？

你渡過黃河嗎？

……

隨著指揮的手勢一揮，麥浪全體隊員一齊唱出氣勢磅礴的〈黃河大合唱〉的第一樂章〈黃河船夫曲〉，拉開了晚會的序幕。

歌聲一起，所有隊員的心情就安定下來了。我們已經融入那如黃河奔騰般的旋律，時而激昂憤怒，時而幽怨哀傷；時而悲壯纏綿，時而痛苦呻吟。

黃河邊上兩個老鄉的對唱結束以後，樂曲接著進入第五樂章的女生獨唱〈黃河怨〉。張旭東又帶著沉痛的語氣念著旁白：

是的，朋友！

我們要打回老家去！

老家已經太不成話了！

誰沒有妻子兒女，

誰願意遭受敵人的蹂躪？

有良心的中國人啊，

你聽聽，

黃河邊上一個婦人悲慘的歌聲……

這時，朱槿早已忘記怯場了。在一段淒切慢板的二胡間奏後，她以悲慘痛切而緩慢的女高音獨唱著：

風啊，你不要叫喊！
雲啊，你不要躲閃！
黃河啊，你不要嗚咽！
今晚，我在你面前，哭訴我的仇和冤。
命啊，這樣苦！
生活啊，這樣難！
鬼子啊，你這樣沒心肝！
寶貝啊，你死得這樣慘！
我和你無仇又無冤，偏讓我無顏偷生在人間！
狂風啊，你不要叫喊！
烏雲啊，你不要躲閃！
黃河的水啊，你不要嗚咽！
今晚，我要投在你的懷中，洗清我的千重愁來萬重冤！
丈夫啊，在天邊！

地下啊，再團圓！
你要想想妻子兒女死得這樣慘！
你要替我把這筆血債清算！
你要替我把這筆血債清還！

現場沒有擴音器。朱槿於是盡量放開嗓子，一氣呵成地唱完這段讓人聞之鼻酸的段落。最後，晚會以〈祖國大合唱〉作為結束。

觀眾依依不捨地離場了。

麥浪的全體隊員在後台收拾好演出的道具、服裝，然後說說笑笑，一起走出中山堂大門。老周，夜已經深了。廣場上吹著一陣陣帶著寒意的冷風。我們不約而同地翻起大衣的領子，瑟縮著脖頸，前進。張旭東抬頭挺胸，頂著寒風，帶頭唱起了嘹亮的凱歌；所有人緊跟著一起大聲唱道：

我們的青春像烈火樣的鮮紅
燃燒在戰鬥的
原野
我們的青春像海燕樣的英勇
飛躍在暴風雨的天空
……

7

在觀眾的熱烈要求下，麥浪又在中山堂接連演出了兩個晚上。連續三個晚上，除了開場的〈黃河大合唱〉與壓軸的〈祖國大合唱〉之外，我們演出的節目還有齊唱：〈別讓它遭災害〉、〈團結就是力量〉、〈青春戰鬥曲〉；各省民謠舞曲：〈康定情歌〉、〈馬車夫之歌〉、〈青春舞曲〉、〈在那遙遠的地方〉、〈朱大嫂送雞蛋〉、〈王大娘補缸〉、〈一根扁擔〉等；以及民歌獨唱：女聲的〈苦命的苗家〉和男聲的〈控訴〉等等。

台北的幾家報紙熱烈報導了麥浪歌詠隊在中山堂專場演出的歌謠舞蹈晚會，同時也陸續刊載了幾篇相關的評介文章。有人說，麥浪演出了表現康定、新疆、青海以及雲貴高原等邊疆人民生活的民謠，具有相當的價值和意義。也有人說，〈王大娘補缸〉雖是河南、山東一帶控訴黑暗社會的民謠，卻有著喜劇的格調，易唱、易懂，容易叫人喜歡；以前在北方演王大娘的多是男扮女裝，這次由T大女同學扮演，這一點，是讓人欣喜的藝術手法。省府所屬《新生報》的一篇報導更是極力誇讚說：麥浪的演出，以樸實無華地訴說人民痛苦的民歌民舞，以其磅礡氣勢和炙熱激情的歌聲，贏得了廣大同學和民眾的強烈共鳴和歡迎。

老周，公演結束之後的隔天下午，陳真特別約了張旭東在軍工廠的廢墟見面，並且要張旭東轉達，希望我能帶你一起前去碰頭。我於是就跟去湊熱鬧了。

冬陽暖暖地照著依舊荒涼的廢墟。

陳真首先以他一貫坦率的態度直接說明聚會的目的：今天約大家見面，一方面是要總結麥浪演出的成果，另一方面則要商量如何繼續藉著這樣的歌詠表演活動來深化學運。他強調，從報紙的報導和評論來看，麥浪已經把大陸的民間歌謠和舞蹈介紹給台灣民眾，並獲得各界好評；一般認為，這是一件可喜的大事，它不但給台灣藝術文化界灌輸了新的血液，還給藝術工作者指出一個新的方向。

日據時期，台灣民眾只能唱日本歌；光復後，形形色色的西方音樂又湧向台灣。老周，向來不搶話的你按捺不住興奮，接著陳述了自己對晚會的看法。你說，麥浪的演出受到熱烈反響卻說明一個事實，那就是，剛剛擺脫殖民統治的枷鎖又經歷了二二八衝擊的台灣民眾，仍然渴望瞭解和欣賞祖國的歌曲，特別是那些反映人民心聲、歌頌壯麗山河的歌曲。

台灣的音樂會雖然相當普及，但一般音樂工作者似乎比較崇尚西洋音樂而忽視民間歌謠；儘管台灣也有一些很好的民謠，可惜一向被看作下層歌曲而被忽視。身為麥浪隊長的張旭東聽了陳真和你的看法，也坦誠說出自己的觀察心得。光復三年多來，在台北的每一角落，只能聽到上海流行歌曲的靡靡之音；沒有多少人介紹代表人民真正聲音的祖國樂曲！在街頭，到處所能看到的盡是摩登女郎的頭巾、錢袋和絲襪，卻很難看到人民怎樣生活、怎樣覺醒及其新生的意識。他進一步表白說，他一直擔心，如果台灣民眾耳濡目染的，都是那些飽食之後哼出來的淫靡之聲，與摩登裝束下看似婀娜的體態，難免會誤以為這就是祖國文化；其實，這些都是行將潰滅的吸血階層的文化。他強調指出，因此，麥浪這次歌謠舞蹈演出的最重要意義，不但是唱出了祖國人民真正的聲音，而且舞出了人民真正的生活。如果從音樂戲劇的角度去看，這就是祖國文化的核心。

我說不出大道理就樂觀地表態說，我相信，麥浪這次作風大膽和姿態新鮮的演出所帶來的活潑、真實、熱情、有力的感動，一定會改變許多台灣民眾認為祖國文化頹靡不振的錯誤印象。

人民藝術的發展一日千里。陳真進一步表達了自己的想法。麥浪的這次公演，僅僅是一個開始，一種初步的介紹而已，嚴格說來，還有許多需要改進的地方。所謂民間歌謠和舞蹈，並不是生吞活剝，隨便搬來，就可以演出；畢竟，人民的生活和感情有健康活潑有生氣的一面，也有愚昧落後的一面，必須自覺地取其健康活潑有生氣的一面，加以改編，使它有更高的審美表現。麥浪應該繼續學習，力求提高表演內容和藝術水平，把這樣的民歌舞蹈推廣到全省。他終於進入聚會的主題說，今天，找大家來，就是想討論如何落實這樣的計劃。

你先說說你的想法。張旭東說。

我的初步構想是，麥浪可以擴大為跨校際的歌詠隊，然後利用寒假，南下台中、台南、高雄等地公演。這樣，不但可以把祖國文化介紹給更多的本省民眾認識，也可以繼續為學聯的福利基金籌措經費；更重要的是，還可以藉機串聯台中農學院、台南工學院的進步社團，籌組全台灣的學聯組織，把台灣的學運跟大陸各大城市大學生反饑餓、反迫害、反內戰的學運訴求聯繫起來。

陳真一口氣把構想與計劃向我們完整說明了。

老周，你隨即熱烈地反響回應，說你不但舉雙手贊成陳真的計劃，還可以動員一些中南部的同學，為麥浪的南下演出，做好先前的聯繫工作。

這時，一直壓抑著自己情緒的張旭東終於難掩興奮的神色了。既然如此，他說，我馬上把這個好消息告訴麥浪的所有隊員。

我也感到振奮地說，我相信，大家一定很願意到中南部走走。

8

老周，歷史進入了一九四九年。

一天下午，麥浪排練前，我刻意繞道收發室拿信，沒想到卻巧遇張旭東。

你來領信啊！我問張旭東。

張旭東說，他在大陸各地的同學很多，信也很多，所以，只要當天有課，就會到收發室看看有沒有信？然後又問我：你呢？

朱槿跟我說，我說，她來拿信時看到我有一封信。

於是我和張旭東分頭在桌上的信件堆裡找信。信件很多，再加上同學們拿信時都要亂翻一通，找起來頗費工夫。一個穿著軍裝的年輕信件管理員坐在角落愣愣地看著我們。

我說，老兄啊！張旭東一邊找信一邊跟管理員抱怨說，信這樣堆著，不好找，甚至經常找不到；你也不整理整理。

怎麼整理？管理員稍稍抬起眼皮瞄了張旭東一眼，愛理不理地說。

我建議你，讓學校花點錢，做個置信木架。張旭東心平氣和地說。然後，按來信的姓氏分格置放。這樣就不會亂了。

管理員不置可否。

我找到信，也簽收了。張旭東就和我一起離開收發室，前往麥浪的排練教室。我們在椰林大道上邊走邊聊。

誰來的信？他先開口，隨意地問我。

我大哥從北平的來信。我說。

大哥的信刻意寫在林彪簽署的解放軍進北平城公告的傳單的背面。我看看旁邊沒人，就從信封裡拿出信紙，給他看。

妳大哥應該是要向妳透露北平已經和平解放的消息吧。張旭東臉部的表情始終保持平靜，接著又說，他聽說，T大和師院的校園已有人在傳閱同樣的傳單，甚至還有人把它貼在校園裡；他也知道，一些進步學生之間早就互相流傳著新華社播發的戰犯名單。

我聽說，老蔣宣布下野之前，任命了他的嫡系將領為台灣省主席兼台灣省警備司令部司令。我感到憂心地說。

這就是說，老蔣正加大力度布置台灣作為他下一步的退路吧。張旭東露出不以為然的冷笑。他停了一下，又問我你那邊最近如何？

老周，我得意地笑著告訴他說，通過你的居間聯繫，大家唱合唱團的部分成員非常願意加入麥浪的寒假旅行演出。

這樣的話，張旭東感到欣慰地說，麥浪就擴大成為跨校際的學生社團了。

師院的本省學生也動起來了。我繼續說，就連我和你後來沒有積極投入的台語戲劇社，也改編曹禺的《日出》，公演了《天未亮》。

天未亮？張旭東回應說，可我確信，天很快就要亮了。

經過一個多月的討論、排演和改進以後，麥浪又在台北一女中禮堂二度公演。老周，你知道，這也是為了南下巡迴公演而做的操練吧。連續兩天的演出，禮堂依然坐著滿滿的觀眾，反響熱烈。

台北的幾家報紙又刊載了幾篇相關的評論文章。其中，有人針對我主演的〈王大娘補缸〉做了善意的批評。他寫道，聽說〈王大娘補缸〉是T大麥浪歌謠舞蹈會中最精彩的節目，可他抱著一顆期待的心去欣賞之後卻大失所望；他質疑說補缸老漢的化裝尚好，但舞步不知所云，像是在台上演滑稽；王大娘既不自然又欠活潑，舞步更談不到，然而完場之後仍舊是滿堂彩，這是為什麼？他認為，這是因為一般觀眾不能瞭解舞蹈的真義。所以，如果麥浪這次的演出是滑稽戲，那他承認是成功的；要說是舞蹈表演，他覺得尚有研究的必要。這篇對麥浪抱著更高期望的批評文章，隨即引起不同意見的討論。有人針對麥浪的表演是滑稽或舞蹈的質疑，提出截然不同的意見說：民歌舞蹈都是淳樸的、真摯的、無潤飾的、粗獷的、最有力的藝術。它是在高低不平的田野間而不是在光滑如蠟的舞廳跳的舞步；它要直接抒發感情而不是表演技術。他認為，藝術，尤其是民歌舞蹈，是大眾的，絕不容許再被少數自命為「上流的」貴族階級竊為己有；〈王大娘補缸〉既然能夠博得觀眾的滿堂彩，自有它成功的條件，而不是偶然的，更不是因為一般觀眾不能瞭解舞蹈的真義。他強調，大眾所能接受的演出就是大眾的藝術，大眾的藝術就是最有價值、最不能否認的藝術；從這個觀點來看，麥浪演出的〈王大娘補缸〉絕不僅是「滑稽」而已，因為它的悲劇性就隱藏在讓你發笑的故事背後。也有人認為，麥浪用家喻戶曉的〈王大娘補缸〉表現人民的生活，在現在以至將來都是最有效的方式。他指出，王大娘是樸實、善良、勤勉的中國農婦的典型，但在封建和內戰的雙重桎梏下，被剝奪了一切辛勞應有的報償，被迫害，被侮辱，終致被惡棍地痞強娶為小；所以她出場時滿臉愁思，用一種幾近可笑反諷的民歌方式，向同是被壓迫者的補缸匠，敘述自己一連串的苦難遭遇及其主因。〈王大娘補缸〉的劇情於是通過她跟補缸匠的對話唱述展開，例如：

王大娘：請問補缸要好多錢？
補缸匠：只要兩百塊大洋。
王大娘：價錢為什麼這樣貴？
補缸匠：要曉得物價又在漲。
王大娘：物價為啥又要漲？
補缸匠：因為……所以就要漲。
王大娘：物價千萬漲不得！
補缸匠：物價再漲老百姓遭災殃。
……

老周，這個作者又說，麥浪扮演補缸匠和王大娘的同學每個字都咬得清清楚楚，能夠讓觀眾在笑得合不攏嘴的同時，明明白白地體會每一句話的意義，從而深刻聯想到，生活的周遭，無論是在鄉下、城裡、工廠或學校，都有相同命運的人，像影子一樣存在著。他認為，當人們安靜下來時，〈王大娘補缸〉的嘻笑、滑稽和幽默，都將宛如一條蛇那般糾纏著人們的良知。因為王大娘的命運也就是全中國婦女的命運。

老周，儘管人們對麥浪的表演技術有著這樣那樣的不同意見，可對麥浪的南下演出卻都高度肯定與期許。有人說，雖然在歌謠舞蹈演出的藝術技巧上，麥浪還需要更進一步學習，但我們不要忘記，他們並不是在表演技術，他們是在傳播祖國文化；希望他們的南下演出能夠在這塊土地上撒下一把種子。也有人指出，雖然麥浪整個的演出並不叫人完全滿意，但是這些十幾二十歲的孩子，憑著年輕人的勇氣和熱情團結起來，蔚集出這麼一朵清新美麗的花葩，也是值得人們讚頌的；他期盼這群熱情的青年能夠扛起文化交流的擔子，通過旅行演出，將優美的旋律普及全島，帶給每一個青年人、中年人和老年人。

老實說，老周，我對這幾篇文章，不管是讚揚的或批評的，都衷心感動；特別是指出我個人表演的缺點的意見，更是完全接受。我虛心接受這樣的批評，同時也對自己是否要繼續擔綱王大娘的角色感到遲疑；我怕自己的表演砸了麥浪的招牌。這樣，因為我臨時要求換角，麥浪南下演出的計劃就突然產生了一點波折。唐建國首先主動向我表態，說他可以私下個別教我，加強我的舞蹈動作。可我婉拒了他的好意。我認為，我畢竟沒有接受過專業的舞蹈訓練，要我在短期間內提高舞蹈表演的藝術性，也是不現實的。

麥浪不是專業的表演團體，張旭東也安慰我說，運動為先，審美的問題就只能盡量了。

老周，最後，因為這樣那樣的原因，我對自己表演能力不足的問題終於感到釋然了，也有了繼續演出的勇氣。我告訴自己，我就在南下演出時努力邊跳邊學就是了。然而，一波方平一波又起。也許是被我婉拒而引起的心情反撥吧，唐建國又私下找我，向我透露內心的憂慮，說他隱約覺得麥浪南下演出的動機並不單純，他感到不太對勁，心裡總有些毛毛的；他勸我最好不要南下，以免日後出了事後悔。可我沒有理會他，就回家過年了。

9

大年初五的早上。老周，你從嘉義搭火車北上；我也在彰化車站搭上同一班火車。我們在事先說好的車廂會面，一起前往台中。雖然物價高漲，日子不好過，過年期間，車廂裡的乘客還是非常擁擠。你站在我身後。我們的身體幾乎貼在一起。空氣悶濁。我們一路沉默著。我想你肯定無可迴避地聞著我的頭髮散發出來的氣味吧！我沉醉於你那持續地碰觸到我後頸的微熱氣息而有的甜蜜感受。車窗外，蕭條的農村景象隨著火車的前行而從眼前流逝。

台中站到了。我們下了車，隨著人潮的推擠向前走著。在擁擠中，你主動牽了我的手。快到出口處時，我們看到林光輝已經站在剪票口後頭燦爛地笑著向我們揮手。你適時放開我的手。我舉起剛剛被放開的手，向老林揮了揮。

林光輝向我們介紹了身旁一個筆名叫紅樹林的師院潮流社的同學。我和你隨即分別坐上林光輝與紅樹林所騎的腳踏車後座。老林把我們安頓在家境還不錯的紅樹林的家，然後又讓我們各自騎上一輛腳踏車，一起出去聯繫麥浪在台中演出和住宿的場所。我們先找了紅樹林認得的幾家電影院和劇場商洽，但都沒有結果。老林於是引薦我們去面見我一直想要拜訪的楊逵先生。

我們來到郊區一棟簡陋的日式房屋，進入鋪著榻榻米的客廳。坐定之後，我注意到榻榻米裡頭的稻草都已經露出來了。屋內幾乎沒什麼擺設。看得出來，楊逵夫婦和幾個子女的生活過得非常清苦。可時近中午，他們還是非常熱情地用粗茶淡飯接待我們。我們邊吃邊向楊逵夫婦說明麥浪南下演出的目的與希望。日據時期從事農民運動的兩位前輩，高度讚揚了我們大學生走出校園、關懷社會的行動。林光輝於是說了我們遇到的困難。楊逵先生當下表示他願意幫忙想想辦法。

老周，通過楊逵夫婦的幫忙聯繫，入夜之前，麥浪終於解決了在台中演出的場地和住宿問題。老林說，楊逵先生還發動了當地輿論界，要為即將來臨的麥浪演出，大力宣傳。

第二天。

火紅的太陽高掛在城市西邊遠方的地平線上。主要由T大學生和部分師範學院師生一共八十多人組成的麥浪歌詠隊，從台北來到台中了。他們穿著學生服，由陳真和張旭東帶領，下了火車。然後，那些梳著清湯掛麵、氣質清秀的女同學和留著整齊西裝頭、一臉帥氣的男同學，個個手提裝著演出的道具與服裝的行李，井然有序地走出月台。老周，我們和林光輝以及他動員的一群當地學生，立即在出口處拉開歡迎麥浪歌詠隊的布條。現場還來了一些楊逵先生聯繫的新聞記者。麥浪歌詠隊於是就地舉行了簡單的演出記者會。我和你在街頭幫忙分發事先印製的新聞稿給經過的路人。陳真同時以麥浪領隊的身分，代表全體隊員，慷慨激昂地宣讀了題為〈我們到台中來〉的新聞稿，表達麥浪這次旅行演出的目的與希望：

台中向來是本省文化中心。麥浪歌詠隊這次到台中演出，除了要介紹我國各地的民間歌舞給本地觀眾之外，也希望在演出的內容和技術上能得到更加廣泛的討論和批評。

我們知道，民間歌舞反映和表現的是人民的勞動，它的情調是健康、熱情且充滿活力的。但民間歌舞卻長期被有閒的資產階級的淫蕩、委靡、頹廢的音樂和舞蹈排斥而旁落，而終於沒沒無聞。現在，這種淫蕩、萎靡、頹廢的音樂和舞蹈正毒害著廣大人民的意識！

我們認為，民間的歌和舞，是人民生活中不可缺少的；它有勞動的積極意識，它能鼓舞人民勞動的熱情，也能鍛鍊人民集體勞動的意識，更能高度激發人民進取創造的精神。

我們衷心希望，熱心的台中各界人士和各校同學，能夠在我們的演出之後，共同擔負推廣民間歌舞的重責大任。

讓我們團結起來，共同為推廣民歌民舞而努力吧。

記者會結束了。

老周，我和你就提著自己的簡單行李，帶領全體隊員，前往演出期間下榻的女中。在路上，我們刻意和陳真及張旭東走在一起，邊走邊談。

我們找了幾家電影院和劇場商洽演出場地，你首先報告說，但都沒有結果……

那怎麼辦呢？陳真沒等你把話說完就一臉焦急地問說。

你先別急，我笑著對陳真說，老周說話慢，讓他說完嘛！

你於是繼續說：後來，因為楊逵夫婦的幫忙聯繫，問題終於解決了。

在大陸，我就讀過胡風翻譯的〈送報伕〉。張旭東流露一臉崇敬的神氣說，最近，也看了幾篇楊逵先生對如何重建台灣新文學的文論，很受啟發。就可惜，一直沒有機會當面請益。沒想到，這次來台中，還受到他們夫婦如此照顧。

楊逵先生為人民做的好事可多呢！陳真也以一派透露秘辛的語氣說，就在老蔣被各方逼退的當天，上海《大公報》刊出一則據說是他起草的〈台灣中部文化界聯誼會宣言〉，宣稱要通過省內省外文化界的開誠合作，泯滅省內省外無謂的隔閡，把台灣建設成一個和平建設的示範區。所以，他們夫婦對麥浪的支持，一點也不讓他覺得意外。

映照在城市的火紅的夕陽霞光已經在不知不覺間消逝了。

天色漸漸暗了下來。

我們沉默地走了一段路。

有件事必須讓妳知道。張旭東突然走到我旁邊嚴肅地對我說。

什麼事？我邊走邊問。

就在出發前夕，他說，麥浪內部出現了些許歧異的雜音。

什麼雜音？

我們的舞蹈老師唐建國動搖了。

怎麼說呢？我沒有向張旭東交代唐建國先前私下找我的事情。他不是熱心教我們跳農民舞嗎？

彼一時，此一時。張旭東向我轉述說，唐建國說他覺得麥浪所選唱的民歌與上海學生搞學運的曲目近似，大都在描述窮人家生活的困苦情況，所以就覺得不太對勁。

你怎麼處理？

我要陳真去開導他。

結果呢？

唐建國認為麥浪南下演出的動機不單純，心裡總有些毛毛的。陳真已經走到我的另一邊，同時接過話說。他要我向學校報備演出內容。我就去向訓導處報備。訓導長看了報告就把我和他找去談話。

訓導長怎麼說？我又問。

訓導長倒是滿支持我們南下巡迴演出。張旭東笑著說。

唐老師，聽說舞蹈是你的專長，學生請你指導跳舞，你就去幫幫忙嘛！陳真接著轉述了訓導長勸唐建國的話。

是嗎？我感到有點意外。唐建國怎麼說？

唐建國說，跳舞就像打籃球一樣，是體育活動。陳真繼續轉述。如果不表演，他可以跟我們一起跳跳舞，出出汗；如果要出去公開表演，打的又是T大麥浪歌詠隊的旗號，這是必須負責任的。你怕負責任？訓導長笑了笑對他說，那就把舞蹈節目單給我批吧！這樣就不需要你負責了。唐建國立刻圈選了幾支供教舞演出之用的舞碼，交給訓導長。

他還跟我們南下嗎？我問張旭東。

當然！張旭東帶點鄙夷的神情說，我早就聽說，他之所以願意到麥浪來教舞，是為了找女朋友。老周，他看了看默默地走在前頭的你的背影，笑了笑，又跟我說，我告訴妳這些，就是要提醒妳注意點。

你自己也該小心吧！

我早就聽說唐建國對包括朱槿在內的幾個女同學都有意思，於是故意反將張旭東一軍。

張旭東一臉自信，無所謂地笑了笑。

談話間，我們來到了女中的校門口。老周，我們向學校管理員打聲招呼，然後帶領全體隊員前往校方出借的兩間教室。這就是麥浪在台中演出期間下榻的旅館了。你裝作儼然是接待客人的主人姿態，笑著跟張旭東說，男生一間，女生一間；接下來，就讓他安排了。

張旭東隨即指揮其他同學把各自的行李擺好，然後一起動手，很快地把教室的課桌椅併起來，當作晚上的睡鋪。

天色完全暗下來了。

老周，晚餐後，我和你就帶領陳真和張旭東前去瓦窯寮向楊逵夫婦致謝。我們在簡陋的廳堂的榻榻米上隨意地坐了下來。陳真首先代表麥浪全體隊員向楊逵夫婦的大力協助致謝。楊逵先生帶著濃厚台灣土腔的國語謙虛又親切地說，大學生願意做這麼有意義的事情，他們夫婦只恨自己能力不夠，幫不上忙；這點小事有什麼好謝的！之後他又向我們致歉，說是下午事情又有了變化，原先已經聯繫好的戲院老闆臨時說場地有問題，沒法讓麥浪演出了。

我想，楊逵先生一副見怪不怪的神情淡定地說，他可能受到壓力了吧！

那怎麼辦呢？張旭東著急了。

楊逵先生看了一眼張旭東，點了一支便宜的紙菸，吸了一口，再吐出味道濃嗆的煙霧，然後從容地笑著，說他已經透過文化界朋友的幫忙，找了另外一家戲院，解決了演出場地的問題；只是，開演時間要延一天。

張旭東像是撒嬌後要到糖吃的小孩那般滿足地笑了。

你這個隊長不錯，很有責任感。楊逵先生以鼓勵的眼神看著神情急遽變化的張旭東。雖然明天不能順利演出，也不會讓你們閒著，有個臨時任務，你看看，你們做還是不做？

什麼任務？面對久仰的作家，張旭東顯然無法像平常那樣冷靜地大聲回報。我們一定全力完成。

你還不知道什麼任務就要全力去完成，這樣是不行的。楊逵先生故意開玩笑說。我已經聯繫了廣播電台，特別邀請麥浪隊員，明天晚上先到電台唱幾首你們演出的民歌，讓台中市民能夠先聽為快。你覺得怎樣？

我們一定全力完成任務。

張旭東突然站起來，做了一個戲劇性的動作，向楊逵先生立正敬禮。所有的人都被張旭東的表演逗得笑了起來。

麥浪歌詠隊這名字取得不錯。笑聲剛停，楊逵先生緊接著就一臉嚴肅地問道。可是，我想知道，為什麼叫麥浪？

我在黃河邊上看過隨風起伏的麥浪。張旭東回答，非常漂亮。

就只是因為漂亮嗎？楊逵先生進一步問道

在北方，麥子成熟的時候才會形成浪。政治意識較高的陳真隨即補充回答。此時此刻，這就意味著，像麥浪一般的人民力量所支持的中國革命終將成功，反動派的統治很快就要垮台，所以，我們把歌詠隊取名為麥浪，富有時代的象徵意義。

楊逵先生安靜地聆聽，同時一邊吸菸，一邊點了點頭。

老周，我們終於依依不捨地離開楊家，在已經入睡了的城市的夜色中走回女中。一路上，不時有因為聽到腳步聲而神經質地叫了起來的互相感染的狗吠聲，或近或遠地相繼傳來。

10

天色微明，所有隊員就已經紛紛起來了。大家自動把各自的被褥摺疊整齊，盥洗梳妝，吃過簡單的早餐，隨即分頭進行場地布置、宣傳、售票、接洽、糾察和招待等一切演出的相關庶務工作。

入夜之後，我和朱槿以及幾名男隊員就前往電台，為台中市民介紹麥浪即將演出的歌舞。老周，在播音室，節目主持人用帶著閩南腔的國語做了開場介紹之後，我首先代表麥浪，用不太標準的閩南語，向中部地區收音機旁的聽眾致上簡單的問候詞。播唱節目隨即依序展開。

我（帶著情感的溫柔語調）：曠野上的牧羊女，在詩人畫家看來，是一幅美麗的意境。在人民樸實的眼中看來，她那粉紅的小臉，好像紅太陽；她那活潑動人的眼睛，好像天上明媚的月亮。你聽，這歌聲多麼熱情，在美的照臨下，他們自會想到應該怎樣去追求。（稍頓）請聽，青海民歌〈在那遙遠的地方〉。

朱槿（甜美的歌聲）：

在那遙遠的地方有位好姑娘
人們走過她的身旁
都要回頭留戀的張望
她那粉紅的小臉 好像紅太陽
她那活潑動人的眼睛
好像天上明媚的月亮
我願拋去了財產 跟她去牧羊
每天看著那粉紅的小臉
和那美麗金色的衣裳
我願做一隻小羊 依在她身旁

我願她拿著細細的皮鞭
不斷輕輕打在我身上

我（盡可能帶有閩南腔的國語）：西北高原一隊駱駝，從遠地載來一批經商的客人，投宿在那荒涼冷落的村莊，立刻帶來一股新鮮活潑的氣象，小姑娘們滿懷欣喜地出門，看看有沒有適合她們渴求的生活用品。接下來，請聽合唱曲：新疆民歌〈沙里洪巴哀〉。

哪裡來的駱駝客呀　沙里洪巴嘿唷嘿
拉薩來的駱駝客呀　沙里洪巴嘿唷嘿
駱駝馱的啥東西呀　沙里洪巴嘿唷嘿
駱駝馱的薑皮子呀　沙里洪巴嘿唷嘿
薑皮子花椒啥價錢呀　沙里洪巴嘿唷嘿
三兩三錢三分三呀　沙里洪巴嘿唷嘿
門前掛的破皮靴呀　沙里洪巴嘿唷嘿
有錢沒錢的請進來呀　沙里洪巴嘿唷嘿
有錢的老爺炕上坐呀　沙里洪巴嘿唷嘿
沒錢的老爺地上坐呀　沙里洪巴嘿唷嘿

我：這支歌曲告訴我們，邊疆同胞對物質文明是渴望的。它的歌聲也流露了一股西北人民融洽的感情的暖流。（稍頓）在古老的康定城，勞動人民一顆顆活躍的心自有他們美滿的想望，有誰敢說他們不懂得愛情呢？接下來，請聽另一首合唱曲：西康民謠〈康定情歌〉。

跑馬溜溜的山上一朵溜溜的雲喲
端端溜溜的照在康定溜溜的城喲
月亮彎彎　康定溜溜的城喲
李家溜溜的大姊人才溜溜的好喲
張家溜溜的大哥看上溜溜的她喲
月亮彎彎　看上溜溜的她喲
……

朱槿（柔和的聲調）：聽眾朋友們，這是不是一支富有情意的曲子呢！這首〈康定情歌〉是描述西康高原地帶的愛戀歌曲，雖然月色淒涼，但沒有一點感傷。它的節奏和曲調十分生動，很容易就讓你聯想到，一群有著充沛活力的孩子們，在溜溜的山巒上盡情奔馳的姿態。（稍頓，然後略微提高聲音）聽完了西北各地的民歌，接下來，我們要跨越祖國大地的高山與大河，來到南方，聽聽這裡的人民的歌聲。首先，請聽第三首合唱曲：江南民歌〈插秧謠〉。

HM……………布穀聲聲　田裡水漂漂
我們大夥兒從早到晚彎背插秧苗　插秧苗

HM……………………………
你一束我一把　不要嘆辛苦
這兒完了那兒再來　同把苦來熬
布穀聲聲　田裡水漂漂
我們大夥兒從早到晚彎背插秧苗　插秧苗
HM……………………………
為抗戰呀齊努力　本來是不計較
有錢的出錢有力出力　這樣才公道
HM…………布穀聲聲　田裡水漂漂
我們大夥兒從早到晚彎背插秧苗　插秧苗
HM……………………………
多少人呀只會吃　還說米不好
腰痠背彎手腳都痛　他們哪會知道
布穀聲聲　田裡水漂漂
我們大夥兒從早到晚彎背插秧苗　插秧苗
HM……………………………
一排呀排　一線呀線　努力的插下去
前方在殺敵後方生產　功勞是一樣的高

我：在覺醒的大時代裡，誰願意一輩子做牛做馬？從這片幽沉的歌聲裡，農民們已唱出了對一個社會的合理要求，讓我們仔細體味他們怨的是什麼，恨的又是什麼吧！（稍頓）在雲貴高原上，住著不少我們的苗族同胞；可他們歷來受著封疆大吏的橫征暴斂與土豪惡霸無法無天的敲詐，深重的種族歧視、政治壓迫與經濟剝削，使得他們的生活全不是人過的。接下來，請聽麥浪歌詠隊的朱槿同學為各位聽眾獻唱今晚的最後一首歌曲：女聲獨唱〈苦命的苗家〉。

朱槿（帶著憂怨的聲音悠悠地唱了起來）：

太陽出來紅啊，月亮出來黃呀！
苗家要出頭，擺脫苦和愁，好比那月亮趕太陽啊！
一世都趕不上啊！
好比月亮趕太陽啊，越趕就越沒下場啊！

太陽西邊落啊，月亮東邊出啊！
苗家要活命，天天低頭忙，好比那月亮和太陽啊！
一世拉到頭忙啊！
忙得腰痠骨頭痛啊，到頭來沒有一顆糧啊！
苗家要自由啊，苗家要平等啊！
我們當了兵，我們出了糧，

　　為什麼別人享福喂，我們就沒有份啊！

　　為什麼國家事啊，不准我們問啊？

我：這首〈苦命的苗家〉是宋揚先生在苗區採集的民歌。他模仿苗胞樂曲的格調，只用了Do、Re、Mi、So、La五個音配上譜，不但充分表現了東方民族歌曲的風味，而且有一種不加修飾的樸質的美，從而充分表現出苗族同胞的悲憤和怨恨……

11

　　老周，麥浪歌詠隊在台中介紹祖國民歌民舞的專場演出終於要拉開序幕了。

　　也許是我們前一晚的廣播介紹起到了一定的宣傳作用吧！入夜之後，人潮像海浪那般一波又一波地滾滾湧向位於鐵路東邊的國際戲院。現場的氣氛非常熱烈。儘管票價是舊台幣一千元，開演前半個鐘頭，戲院的座位和走道就已經擠得水泄不通了；許多買不到票的觀眾一直在外頭留連，不肯離去。然而，在熱烈的氣氛中也夾雜著幾許看不見的緊張；爆滿的觀眾席上，幾個抹了油的頭髮整齊地往後梳著的穿中山裝的觀眾面無表情地坐在第一排的位置上。

　　看來，麥浪的演出已經得到有關單位的特別關照了。

　　在後台觀察觀眾席動態的陳真語帶嘲諷地對身邊的張旭東說。張旭東無所謂地笑了笑。我和朱槿也好奇地圍過去觀看。

妳們看看那幾個人，張旭東用右手食指點了點前排那幾名觀眾，故意用嚇唬我們的口氣說，可別以為是熱情的觀眾啊！他們其實是在監視我們一舉一動的便衣特務呢。

我只是想好好唱歌，他們卻連這個也要管！我心裡感到非常不滿。

不過就是唱歌，跳舞唄！朱槿一派天真不屑地說，他們想怎麼樣？

就在這時，唐建國突然探頭探腦，鬼鬼祟祟地出現在我們幾個人的眼前。你們這樣搞，要出事的！他語氣非常不高興地警告陳真和張旭東。

你又哪裡不對勁？張旭東不以為然地反問唐建國。

那些標語太強調人民了。唐建國憂心忡忡地指著貼在戲院牆上的各種標語。它跟共產黨的口號簡直如出一轍。

別扣紅帽子！張旭東斷然反駁。

難道只有共產黨才能關心人民嗎？我也跳出來否定唐建國的看法。

你教我們跳的農民的秧歌舞，朱槿也反問，不就是從人民生活中產生的舞步嗎？

唐建國悻悻然離開後台了。

演出活動準時開始。嘈雜的現場安靜下來了。

老周，節目依然是從氣勢磅礴的〈黃河大合唱〉拉開序幕。然後就是前一天晚上在電台唱過的幾首搭配民舞的民歌：朱槿獨唱的青海民歌〈在那遙遠的地方〉與貴州民謠〈苦命的苗家〉，三首合唱曲是新疆民歌〈沙里紅巴哀〉、西康民謠〈康定情歌〉和江南民歌〈插秧謠〉。為了演出的效果，當天晚上增加了一場壓台戲——唯一的三幕歌劇〈農村曲〉。

張旭東先說了一段簡單介紹劇情的旁白：

〈農村曲〉是抗戰初期集體創作產生的民族形式的歌劇，通過炮火洗禮下黃河南岸某個農村家庭參與抗戰的經過，表現全國人民站起來反抗侵略、爭取解放的歷程。雖然它已經是過去的故事了，可我們仍可看出人民遭受壓迫便要反抗的偉大意義。這個故事發生於收穫季節，主人公是三十多歲的農民王大發；他忠厚老實，有個美滿的家庭，安分守己，從不拒繳一切捐稅，唯一的盼望便是辛勤勞動後有個好收成。然而……

幕啟。

□王大發在勞動一天之後從山坡上轉下，就要回家休息。

○王大發（對未來充滿期望地唱道）：麥穗黃又黃，瓜田已牽藤，要是雨水多，今年好收成……

□王大發那個出嫁他村的妹妹鳳姑忽然回來娘家。

○鳳姑（向王大發哭訴）：大哥呀！真傷心，妹妹，無家可安身，逃難找親人……東洋兵，到我村，房子燒得乾乾淨淨，亂殺我村裡人……金生爸，忙逃奔，兵荒馬亂兩地分，不見他人和影……小金生，生了病，斷口缺糧送了命，埋在荒山坑，哥嫂呀！埋在荒山坑……

第二幕。

□鳳姑受到吝嗇的嫂嫂金氏虐待，只能從善良的鄰居那裡獲取一些同情與慰安。終於，她丈夫宋吉祥歷經艱險之後流浪到王家來了。兩人互道分手以後的遭遇，同時表白了面對國仇家恨的抗日決心。

○宋吉祥：鬼子的炸彈落路旁，有的炸死有的傷；我和工友趴地上，才算免得遭禍殃，才算免得遭禍殃，難民所裡度時日，饑餓寒冷樣樣嘗。

○鳳姑：金生病死你不見，思前想後有誰憐？半夜無人枕上哭，誰知相會在今天？哥哥還有手足情，嫂嫂待我如路人，糧食物價天天漲，寄居人下好不傷心。

○宋吉祥：東洋兵，真可恨，毀田莊，殺百姓；不打東洋活不成，加入游擊隊，前線去當兵！

○鳳姑（先猶豫後堅決）：加入游擊隊，前線去當兵？我想跟你去，打死東洋兵！

○宋吉祥（慷慨激昂）：報仇去，中國人，報仇去，中國人，東洋鬼子是禽獸，不打鬼子活不成。

○鳳姑（立刻去勸哥哥）：大家去當兵，哥哥也同行，大家去當兵，哥哥也同行，兄弟們，姊妹們，一齊打日本，一齊打日本！

○嫂嫂（搶白鳳姑）：要當兵就去當兵，說話該留意，不要拉別人。

○鳳姑：打東洋，打東洋，大家都出力，才能保家鄉。

○嫂嫂（非常不悦）：妹妹說話真奇怪，拖泥帶水何苦來，妳的丈夫去當兵，為何要把哥哥帶？

○鳳姑（曉以大義）：嫂嫂妳何必多見怪，鬼子來了全受害，鬼子來了全受害。

○嫂嫂：妳要受害就受害，為人不要良心壞，要是妳哥哥送了命，看妳有臉再回來？

○宋吉祥和鳳姑（態度堅決高昂）：不管回來不回來，鬼子來了怎安排？不管回來不回來，鬼子來了怎安排？

幕下。

台上燈光大明。

台下掌聲雷動。

一名警察突然直接竄進後台，態度囂張，大聲嚷嚷說要看麥浪的演出許可證。陳真早就預料到會有這種突發狀況，二話不說，立即從容地亮出許可證。那名警察只好悻悻然離開了。

舞台上，第三幕開始了。

□鬼子兵一天天逼近，難民也一天多過一天地來到村子；那些難民的痛苦遭遇終於讓王大發切身地感受到現實的威脅了。

○王大發：大炮聲聲近，膽戰又心驚……戰事緊，要徵兵，今夜裡，點壯丁，我去麼？捨不了家庭，我去麼？家裡誰照應？

□鳳姑曉以大義。王大發為了保衛自己熱愛的土地而決心去當兵，殺鬼子。金氏也在身家性命即將不保之際，表現了送丈夫上前線，打完鬼子再回家的民族大義。

○金氏：狗娃爸，你去吧！既然是為大家，我也只好這樣做。

○鳳姑和其他村婦：好嫂嫂，真不錯，真不錯，真不錯，我們女人要學她，我們女人要學她，都送丈夫上前線，打完鬼子再回家。

○所有婦女一起齊聲高唱：保衛家鄉，保衛家鄉，緊急動員起來，我們萬眾一條心，走上戰場，殺退敵人，團結勇敢奮鬥犧牲，一槍一敵，個個瞄準，收復失地享安寧，保衛家鄉，保衛家鄉，緊急動員起來，勝利歸來享安寧。

幕落。

劇終。

全場觀眾再一次響起熱烈的掌聲。舞台上同時響起了只有胡琴、口琴和小提琴三種伴奏樂器合奏，雖然簡單卻表現濃濃的民族風格的進行曲。久久不息。就在這時，剛剛來查看演出許可證的警察又帶著另一名警察來到後台。這次，他們要求查看麥浪所有隊員的身分戶口。陳真依然耐住性子，微笑著，與他們周旋；可他們百般刁難，就是不肯離開後台。

節目繼續進行著。

前台的麥浪隊員唱起了詩人金帆寫詞、馬思聰使用陝北的民歌曲調譜曲的〈祖國大合唱〉。

第一個主題是〈美麗的祖國〉：

太陽滾過大海的綠波，照著中國美麗的山河，
讓我們用太陽的光輝，來讚美我們親愛的祖國……
世界上沒有一個民族有我們祖國這樣多人口，五千年的歷史，光輝燦爛，祖國的英雄四處奔走呵！
讓我們來唱那太陽的歌，讚美我們親愛的祖國，讚美我們四萬萬的人民，讚美我們壯麗的山河！

接著是〈忍辱〉：

但是，中國的人民，為什麼總是過著苦痛的日子？
數千年來，勞苦的弟兄，沒有一天不在忍辱吞聲，
數千年來，被欺侮的姊妹，沒有一天不在低頭嘆息，

專制皇帝，曾高坐在上面，一個倒了，一個繼續起來……
唉！太平洋的海水啊！
為什麼你那樣鹹那樣苦，
為什麼你那樣腥那樣深，
豈不是中國人民苦痛的血淚混進了你浩蕩的波濤！
可是，
我們祖國的人民從來就不屈服於淫威，於暴力，
我們堅強地屹立了數千年，
因為我們是英勇的，又堅韌，又倔強。

然後是〈奮鬥〉：

看呀！看呵！
排山倒海般祖國人民起來了，
看呵，看呵，看呵，看呵，
祖國人民起來了，
排山倒海般起來了，
海洋的怒濤也比不上我們雄壯的吼聲……
暴風雨狂嘯般的聲音，在全中國到處怒吼，

中國的人民不願再做奴隸，
人民要永遠做中國的主人！
中國的人民不願再做奴隸，
中國的人民永遠做中國的主人。

最後是〈樂園〉：

祖國呵！
看千萬忠勇的英雄用鮮血染紅你的胸脯，
他們要在你的土地上面建築自由幸福的樂園，
親愛的祖國，
你的懷中不應該有兇暴們的巢窠，
你這美麗廣闊的山河應該開著民主的花朵，
一個美麗的中國將要出現，自由幸福的樂園。
……
我們親愛的祖國，
我們歌頌你，歌頌你，
我們歌頌你就要從血泊裡新生，
我們歌頌你就要從血泊裡新生，

我們歌頌你永遠要做自由人，
我們都是你的英勇的子孫呵！
讓我們歡迎新中國，
新中國，新中國，
他在前面向著我們走近來，近來，走近來，
自由幸福的拍著手掌，
樂園就要出現，
就要在祖國地面出現。
祖國呵！祖國呵！
自由幸福可愛的樂園，
那自由幸福可愛的樂園，
就要在祖國地面上出現。

歌聲戛然而止。

第一個晚上的演出結束了。

現場的觀眾帶著激動的情緒依依不捨地離場了。

楊逵先生特地帶著當地幾位曾經參與抗日運動的前輩來到後台，向全體隊員致意。那兩名警察看到這些在日據時期因為抗日而經常坐牢的社會運動前輩，就識趣地離開了。老周，我看到楊逵先生和那幾位前輩顯然是習以為常地笑了笑……

12

第二天，當地報紙對麥浪歌詠隊在台中的第一場演出做了大篇幅的報導。因為得到廣大市民和青年學生的熱烈回響，除了當晚七時的第二場演出之外，我們臨時決定，下午一點，特別為那些買不到預售票的觀眾加演一場。

老周，在加演場開始前，楊逵先生又來到後台給我們打氣。他同時建議說，麥浪如果能夠唱一兩首台灣民謠的話，觀眾的反應一定會更加熱烈。張旭東於是誠懇地向楊逵先生解釋，說我們也有這個想法，只是沒有人會唱台灣民謠啊！既然這樣，楊逵先生笑了笑說，他就推薦他的兩個念中學的兒子和他們的同學上台。說著，他就要一直靜靜地站在一旁的三個中學生隨意唱兩首給我們聽聽。他們仨也不彆扭推託，大方地站到眾人的中央，互相看了一眼，開口就用閩南語先唱了一首〈收酒矸〉：

阮是十六囡仔丹，自小父母就真散（窮），
為著生活不敢懶，日日出去收酒矸，
有酒矸通賣否？
歹銅仔、舊錫、簿仔紙通賣否？

每日透早就出門，家家戶戶去加問，
為著打拚顧三飩，不驚路頭怎樣遠，

有酒矸通賣否？

歹銅仔、舊錫、簿仔紙通賣否！

熱烈的掌聲響起。

他們三個中學生接著又唱了一首〈補破網〉：

見著網目眶紅　破甲這大孔
想要補無半項　誰人知阮苦痛
今日若將這來放　是永遠無希望
為著前途穿活板　找傢司補破網

手拿網頭就重　悽慘阮一人
意中人走叨藏　針線來鬥幫忙
姑不二終罔震動　拿長針接西東
天河用線作橋板　全精神補破網

魚入網好年冬　歌詩滿漁港
阻風雨駛孤帆　阮勞力無了工
雨過天晴魚滿港　最快樂咱雙人

今日團圓心花香　從今免補破網

這樣，從第二場起，麥浪就不僅僅是唱大陸各地的民歌而已，也唱了台灣民歌。激動人心，場場爆滿。

第三天。白天沒事。老周，所有隊員在女中門樓前和當地學生留下唯一一張全體合影，然後就上街閒逛了。陳真與張旭東約了你及林光輝一起前往台中農學院，聯繫該校的進步學生社團。為了跟女同學建立聯繫，出發前，張旭東又要求我同行。

在農學院，我們見到了便當社的李崇堯和高長江，星火社的女同學陳艾蘭，以及自治會主席黃滄海等人。除了李崇堯是本省人之外，其他幾人都是從福建過來的外省學生；他們跟陳真和張旭東都有一些互相認識的朋友。他們說，在農學院，思想進步的本省同學大都在二二八期間參加了台中地區的武裝鬥爭，事件後不是流亡大陸，就是離開學校，潛入農村，繼續鬥爭；還在學校的，也因為被列入黑名單而不方便公開活動。至於外省同學則普遍對蔣介石集團發動反人民的內戰感到不滿。最近以來，由於國民黨軍隊在內戰節節敗退，農學院也來了大批從南京、上海等地潰退到台灣的官僚子弟、青年軍、職業學生和特務，使得該校的學運鬥爭變得更複雜。經過商討後，大家達成一致共識：組織學生運動，光靠本校的力量是很單薄和脆弱的，必須加強校際間的聯繫，互相支持。

入夜之後，麥浪向女中借了一間教室，舉行一場話別茶會。楊逵先生，當地新聞界、文化界和學生團體的朋友應邀來到現場。

茶會從七時開始。

陳真首先代表麥浪歌詠隊致開場辭。他說台中各界朋友在精神和物質上的鼓勵幫忙，使得麥浪能夠順利完成這次公演，謹在這兒致上最大的感激。今後，麥浪一定要更加努力進步來回報大家的熱情盛意。我們的表演經驗和藝術修養都不夠。但本著從人民中來應該到人民中去的信念，我們願意虛心向民眾學習，在生活中鍛鍊自己，從工作中追求進步。我們認為，人數少，力量小，修養不夠，都不足畏，只要不脫離為人民的方向，虛心學習，必定能夠獲得勝利。切望各位熱心的朋友，組織起來，共同為發掘和推廣民歌民舞而努力……

然後，陳真希望與會的朋友們能夠說說個人觀賞麥浪演出之後的感想，同時也對如何發揚民歌民舞提出建議。他首先邀請了幾位前輩發言，可他們都謙讓說要先聽聽年輕人怎麼說。他於是請潮流季刊的幾位同人發言。潮流同人也就當仁不讓，以紅樹林牽頭，坦率而誠懇地表達了自己的感受，從而帶動了現場討論的熱烈氣氛，彷如一場以文藝為誰服務為主題的討論會。

潮流發起人之一的紅樹林說，他們這一代人，從小就受到最嚴厲的日語教育，被迫強制使用日語；不像在座幾位前輩，在基礎教育階段，還可以學到一些漢文。日據時期，他們在寫作時掙脫不了語言箝制的枷鎖，不得不使用日語來表現生活的內涵。光復後，他們又面臨了如何使用新的語言工具的困境。可是，他們下定決心重新學習祖國的語言文字。他們想要盡快跨越語言的障礙，提筆寫作；雖然吃力，卻也是他們這一代人不得不承擔的歷史代價。他們不玩語言文字的遊戲。他們相信楊逵先生大力提倡的用腳寫的作品才有力量才能感人的文藝美學。他們都看到，主要由T大外省同學組成的麥浪歌詠隊演出的大陸各地的民歌和民舞，樸素、熱情、健康，已經給二二八後氣氛一直顯得沉悶的台中文化界帶來一陣清新爽朗的風。他個人認為，它已經告訴我們，文藝應該為誰服務了。

林光輝自我介紹說他也是潮流同人。他非常認同紅樹林的看法。他說就拿那首描述西康高原地帶的愛戀歌曲〈康定情歌〉來說吧！朦朧的月光照在古老的康定城郊外的山巒上，雖然那麼淒涼冷落，但是有情人的心卻熱烈洋溢著；在這兒，他們一天勞動的辛勤消逝了，他們樸實生活內含的最強烈純真的愛嘆表現無遺。他們表現感情的方式雖然如此原始，如此簡率，但是比起士紳階級肉麻的色情卻不知要高尚多少。麥浪表演的這個節目，在短短的幾句曲調裡，就生動地唱出了這首歌的情意，而且，用腳蹬的步法，跳出了山地人民令人驚嘆的充沛活力，表現了濃重的山地人民的生活氣味，以及他們在封建社會中追求個性解放的精神。總之，他個人認為，麥浪所走的路，正是台灣文藝青年應有的正確方向。

某位在日據時期曾經參與農民運動的前輩覺得，〈農村曲〉描述的抗戰時期農民的苦難與抗爭，雖然時過境遷，但是，聽到戲中孤兒悲慘的歌聲，就會讓他想到內戰方殷的今天，兄弟鬩牆，骨肉分離，人民受到的苦難正有過於抗戰時期，而能不流淚嗎？

日據時期曾經參加文化協會文化啟蒙運動的台中圖書館館長一直都還很激動。他強調麥浪是一群辛勤的耕耘者，把祖國各地人民真正的聲音，廣大群眾的言語傳到台灣來。聽到〈祖國大合唱〉讚美祖國美麗雄壯的山河，他想到的是如今遍地烽火、人民受難的祖國。他的心被震盪得幾乎要碎了！

紅樹林又說，總而言之，文學要反映現實，反映人民的生活與願望。從這裡出發，我們就否定了享樂主義及個人主義；我們便可以與人民站在一起，去反映人民的悲苦哀樂。

一個師院體育專修科的學生因為愛好文藝而加入了潮流。他的看法是，麥浪表演的民歌民舞之所以受到民眾熱烈歡迎，主要是因為這些民歌民舞讓人們感到非常親切。所以，他認為，今後我們也應該多多關注口語化表現的台灣的民間歌謠。

一個師院地理科學生也說，為了響應楊逵先生寫實在的故事的號召，他曾經下鄉調查社會的貧苦一面，作為寫作題材。他要說的是，麥浪歌詠隊的民歌民舞演出，對啟蒙大眾的思想，改善社會風氣，有其不可忽視的力量。既然如此，他認為，今後我們也要努力進行民謠的採集和創作。

一位日據時代開始寫詩，應該是前行代的本土詩人覺得麥浪的演出是感動人心的！從數小時的藝術欣賞裡，他看見了祖國人民淳樸的、生動的、熱情的面影和朝氣的、雄壯的時代巨流。他認為，麥浪唱出了廣大台胞對真正的祖國文化的真摯感情，也唱出了人們對民主自由的渴望和對光明前途的憧憬。

張旭東也以麥浪隊長的身分說。聽到幾位前輩和同學過獎的讚賞，麥浪全體隊員肯定非常激動。麥浪歌詠隊這次旅行演出的節目可以分為歌唱、歌劇和舞蹈三個部分。其中，舞蹈也許在台灣是比較新穎些。麥浪認為，在當今的台灣介紹這種藝術形式有相對重要的價值，所以花了很大的氣力排練舞蹈……最後他熱烈呼籲說，同學們，我們相信，我們已經找到民族藝術的正確方向了；路是多麼寬廣與光明呀！我們一定要勇敢地堅持走下去！

老周，張旭東說完宛如總結性的發言之後就走到台下，邀請一直靜靜地坐著認真聆聽的楊逵先生說幾句話。楊逵先生從容地站起來，面露微笑，走到台前，微微鞠躬，然後也沒有多說什麼，只是即興地說了幾句像詩一般的話：

麥浪、麥浪、麥成浪，

救苦、救難、救饑荒。
大家相扶持，
一路走下去，
走向百花齊放的新樂園。

楊逵先生走下來了。

陳真又代表麥浪歌詠隊上台致謝詞。他強調說，楊逵先生的這幾句話寄託著對中國革命即將取得全面勝利的期待。中國人民最大的苦難莫過於遭受的內戰之苦，反內戰、反迫害、反饑餓，是愛國民主運動的迫切要求。他個人以為，是麥浪的演出活動反映了時代的要求，才能贏得楊逵先生的讚揚。所以，楊逵先生的話既流露了他的這種喜悅心情，也體現了他對我們青年一代寄予的厚望吧……各界熱心的先生們！同學們！陳真突然拉高了音量做結束語。我們雖然即將暫時跟台中告別，但我們的精神將永遠聯繫在一起，讓我們在為人民服務的目標下，齊一步伐，攜手前進！

茶會接著是自由交談。

大家談笑風生。

現場穿插著麥浪隊員即興的歌舞表演。老周，我看到朱槿在跳完一支舞後走到茶水桶旁邊倒水喝。就在這時，一個晚上都沒看到人影的唐建國忽然又出現了。我遠遠地看著他走向朱槿的身邊說話，但現場太吵，距離太遠，我聽不到他說些什麼。我只看到朱槿什麼話也沒回，重重地放下手上裝著開水的茶杯，扭頭就走。唐建國站在那裡，有點尷尬地苦笑著；他的眼睛同時很快地環視現場，看看有沒有人注意到剛剛發生的情景，於是就看到站在對面正在盯著他瞧的我。他的笑容隨即由尷尬轉為有所企盼的曖昧，伴著他那前挪的腳步飄到我的眼前了。他要我跟他出去一下，說是有話跟我講。我口氣嚴肅地告訴他，有什麼話就在這裡講。他就臉也不紅地說他一直很喜歡我……我不讓他把話說下去，轉身就要離開。他跨過一步，擋住我，然後露出像搖著尾巴討好主人的哈巴狗那般的諂媚神色，不管我聽不聽，劈哩啪啦地一口氣說，他知道我跟你的關係，可他喜歡我才要警告我。他說，麥浪已經被情治單位注意了，陳真、張旭東還有你都已經被盯上了；他叫我最好還是盡快離你們遠一點！

我跟朱槿一樣，什麼話也沒回，扭頭就走。

茶會繼續進行著。

累了或有事的人就先行離開。其他人持續交流，一直到夜深人靜，盡歡而散。

第二天早上，麥浪全體隊員就告別台中，前往日月潭。在車上，張旭東刻意坐到我身邊，悄悄告訴我說唐建國先回台北了。我露出可以理解的神情，但沒有告訴他昨晚發生的事情。到了日月潭，我們參觀了發電廠，也訪問了原住民部落，跟他們互相交換觀摩舞蹈；然後就在坐落於潭邊的招待所，聽著青蛙的呱叫聲，過了一夜。

隔天上午，我們離開日月潭，換了幾趟車，在天色就要暗下來的時候，輾轉抵達台南。老周，你和其他幾位團結在楊逵先生周遭的師院的本省同學已經先到台南，為麥浪的演出預作聯繫和動員工作。你們又通過楊逵先生的人脈關係，安排麥浪借宿在古老的開元寺打地鋪。當天晚上，我們都出席了台南市文化界在市參議會舉行的熱烈的歡迎宴會。然後，麥浪在南都戲院一連演出了三天。演出期間，當地情治機構的人員依然到後台查戶口，想要阻止我們再繼續南下高雄。

老周，麥浪還是到了高雄，並且在你們幾位師院的本省同學幕後協助下，順利完成了演出。你和那些本省同學先行北上。麥浪按照既定計劃去參觀港口和製鋁工廠，可在情治人員破壞下，原定的行程被取消了。於是我們繼續南下屏東，然後結束巡迴演出，回到台北。

春天的微微風II

一九九四年十二月二十五日

為了提出不同於統左派的史觀，老周後來就要我們分頭去找其他史料。我於是按照那個尋找台灣民眾史的人的方法，先到中央圖書館查閱當時的《中央日報》、《新生報》和《公論報》的微捲，同時把相關的報導都影印下來，帶回去仔細閱讀研究。透過閱讀這些我們力所能及找到的當年的報導，我終於對那段歷史有了初步的瞭解：

一九四九年三月二十日，T大與師院兩名學生共乘一輛腳踏車，中山派出所警察以違法為由取締，學生和警察因而發生肢體衝突，警方將學生帶往大安分局處理。消息傳回學校宿舍，T大、師院學生隨即展開救援行動。第二天，上千名學生走上街頭抗議，是為單車雙載事件。

關於這起糾紛與抗議，《中央日報》隻字未報。省府所屬的《新生報》和民間的《公論報》則做了篇幅不同的報導。其中，《新生報》的報導相對保守，它的標題是：學生警察糾紛／業已圓滿解決。《公論報》根據中央社提供的通訊所做的報導，無論是標題字體、新聞版面及內容都比《新生報》更加大膽；它用兩則通訊處理了這則新聞，總的標題是：處理違警事件起因／警員學生發生糾紛／T大、師院學生一度列隊向警局請願，已有結果。除了指出學生所屬學校，標點符號，以及一些關鍵詞之外，它幾乎與《新生報》的報導完全一樣。

讀完這兩則同樣內容的報導之後，我總算上了一堂實際的新聞寫作課；我也知道，措詞的差異其實也反映了兩報對這起糾紛抱持的不同的對待態度與立場。例如：發生衝突與發生誤會；有師院學生二百餘人包圍四分局與至四分局；復有師院及T大學生三百餘人再圍四分局與再至四分局。此外，《新生報》的不做表態和《公論報》以一場誤會圓滿解決收尾等等。這些都恰恰反映了所謂報導寫作的主觀與客觀的問題，同時也透露了它隱含的對未來的政治處理方式的立場吧！

三月二十九日，兩校學生又在T大法商學院操場舉行青年晚會，宣布成立學生聯盟，決定以結束內戰、和平救國、爭取生存權、反饑餓、反迫害為訴求，繼續向警方及政府抗議，造成國府的震驚。於是就有了四月六日的鎮壓與逮捕。

閱讀過這些舊聞資料之後，我認為，我們先前所讀的那個尋找台灣民眾史的人的報導，並沒有什麼扭曲歷史事實的地方；問題是，老周說我們必須根據同樣的史料提出不同於他的解釋。對我來說，這實在是我沒有能力做的事啊！由於資料不全或散佚，我於是就退一步，主動表示願意承擔隨同採訪及整理歷史見證者（尤其是女性）的口述歷史的工作。

一九九五年一月一日

透過梁竹風的介紹，我們拜訪了一位當時是師院學生的不願透露姓名的受難者。他首先指出，一九四九年前後，台灣的校園，特別是台北的T大和師範學院，經常有各式各樣與大陸學潮訴求相同的遊行；同學之間也經常有國民黨好還是共產黨好的爭論；他含蓄地表示，較多的同學支持共產黨，據說在各個社團中也有真正的共產黨員滲入其中；另外也有國民黨的職業學生潛藏在校園。我們希望他口述入學師院到被捕入獄的具體過程，以便能夠完整地客觀記錄他的證言。可是，事隔近半個世紀之後，他仍然對當年親歷的那場悲劇無法釋懷；他餘悸猶存，以時間還沒到的理由婉拒了我們。他又說，他並不清楚當年事件的究竟，也忘了自己被關了幾天，只記得出來以後學校被整頓，要重新註冊才能復學；他去註冊時心裡還是毛毛的，不知什麼時候又會再被抓走。

一九九五年一月二日

透過那位不願透露姓名的受難者介紹，我和老周採訪了另一名在五〇年代白色恐怖時期入獄十年的T大學長。老學長姓陸，河南人。他首先向我們表示，他那一代的大學生成長於日本侵略中國時期，從小就悲痛地知道甲午戰敗割讓台灣的國恥，也都有強烈的打倒日本帝國主義的愛國意識；也就是這樣的情感讓他在抗戰勝利後毅然來台。不料，國共內戰，他卻莫名其妙地在台灣被抓被關。

如果愛國有罪，老學長憤慨地說，那我就沒什麼話好說了。

聽了我們表白的採訪動機之後，陸學長對我們關心歷史的熱情感到欣慰。他原以為現在的年輕人沒有人願意知道過去，他們的理想也將隨著歲月流逝而永遠被塵封了。既然如此，他說，他雖然不是當年學運的主要人物，還是願意跟我們談談那段青春往事。我們徵得他的同意可以錄音，隨即進行了訪談。老周負責提問，我做記錄。老周接著問他什麼時候來台灣？怎麼來？T大校園當時的氣氛與思想狀態如何？等等問題。老學長也都一一據實回答。他提到，那時候，大陸各大城市時有學潮，T大校園的氣氛倒還平靜，比較知名的社團是唱各地民歌和民謠的麥浪歌詠隊；他曾去看過麥浪的彩排和演出，但是因為生活還沒安定而沒有參加任何社團活動。

老周進入採訪主題，請陸學長說說他所知道的四六事件。他強調說他不是當事人，很多情況都是後來聽說的。老周說沒關係，只要他告訴我們消息來源就可以了。老學長於是把他所知道的情況告訴我們。果然，他所說的跟我們已經理解的差不了多少。

T大學生社團在事件後還活動嗎？老周繼續問道。

麥浪歌詠隊在事件中受到很大的衝擊，主要領導人被捕入獄，許多人逃回大陸，基本上已經沒什麼活動了。老學長並不十分準確的回答。隨著國軍節節敗退，台灣的社會控制更加嚴厲，陸續通過實施了全島戶口總檢查、戒嚴令、動員戡亂時期懲治叛亂條例及出境登記辦法等等法規；為了防止所謂共匪滲透，公教人員開始實施連坐保證制度，到了新學期開始，連學生也要有保人，不然就不讓註冊。我在台灣一個親人也沒有，老學長又感慨地說，為了找保人，真是傷透了腦筋！

您怎麼會被捕？老周問。

我會被捕入獄，陸學長說，是因為參加了耕耘社。

耕耘社是什麼社團？

種菜的！老學長苦笑著說。

我們露出不解的神情。

隨著內戰的發展，絕大多數的同學都和家人失去聯絡，生活費也都斷了，不想個辦法不行；有幾位農學院的同學就在校園裡共同闢地種菜，後來參加的同學多了，就向校方登記，正式成立耕耘社，自己勞動，種菜給自己吃……陸學長依然忿忿不平地向我們解釋說，可它後來卻被硬扣上紅帽子，當作是共匪的學運外圍組織，以至於社團成員一個一個地突然不見了。

請問學長對自己的人生悲劇有何感想？老周問了老學長最後一個問題。

面對老周的提問，老學長又心平氣和地說，他們這個世代的人都成長於戰亂的年代，不論本省籍或外省籍的同學，共同心願就是趕快結束內戰，加緊建設，民生樂利，國家富強。他雖然受了無妄之災，吃了苦，可是並不後悔當初隻身來台求學的決定。他強調，在動亂的歷史大洪流中個人的遭遇是時代決定的；他只希望同樣的悲劇，永遠不要重演了……

陸學長的感言顯然不是老周愛聽的。我們於是就結束了訪談。外頭的天色已經暗了下來。老學長要請我們吃晚飯。我們不好意思讓他破費，辭謝了。

一九九五年一月五日

我根據現場的採訪筆記，對照談話錄音，花了兩天時間，終於整理完成了陸學長的口述證言，然後帶著討功的心情，把這份列印出來的逐字稿拿給老周，期待他給我一句肯定鼓勵的話；可是，他大略翻了翻之後，卻連一句誇讚的話都沒有。

老學長顯然不是事件當事人，他的被捕入獄是在後來的白色恐怖時期；老周的口氣略帶遺憾地說，最重要的是，他的立場和觀點不是我們要的。

他說的不就是歷史的事實嗎？我傻傻地質疑說。

歷史？讀歷史的老周笑了一聲，盯著我瞧，冷冷地說，歷史是要為我們的運動服務的，懂嗎？

不懂！我說，歷史不就是要還原事實嗎？

事實是無法還原的！老周說，我們所知道的過去的事實，終究也是現在的人解釋的！

我實在聽不太懂老周的話。當我還在想的時候，老周又交代我，要我複印一份這篇口述草稿給老學長，同時向他打聽是否知道其他的事件當事人，並且請他介紹我們去採訪。

我隨即按照老周的吩咐再去拜訪陸學長。老學長激動地收下那份我幫他整理出來的口述證言，同時向我透露，據他所知，如果我們要能真正進入事件的核心，就應該找到當年麥浪歌詠隊的牽頭人張旭東。他又說，很遺憾地，因為他當年並沒有參加麥浪，也不曾跟張旭東關在一起，所以沒有機會跟他認識，更不知道他的聯繫電話。他說，他只能介紹我認識另外幾名當年的歷史親歷者，也許他們會有張旭東的聯繫電話，以及讓我們進入真正的歷史現場的說法與線索吧！

三 風暴

1

天色漸漸暗下來了。

老周，天黑之前，我又從T大校園慢慢走回學校對面的那家餐廳。包廂裡已經坐滿兩桌我在台灣的親人。聚餐回來，已經快十點了。我們三姊妹又坐在客廳繼續聊天。牆上的掛鐘敲響十一下。二妹走了。我在沐浴後回房休息。也許是喝了酒的關係吧，我的情緒波動得厲害，睡不著覺，於是又上網，繼續閱讀〈春天的微微風〉記事。怎知，讀了以後卻讓我更加睡不著了。

往事歷歷，一幕接一幕，在我眼前展開。

新學期開始了。

台北的幾家報紙隱晦地透露了內戰的最新動態：徐州戰役後，長江以北幾乎已成了共產黨的解放區；解放軍已直驅長江岸邊，準備渡江；國共兩黨的和談正在進行著。

你知道，受到局勢動盪的影響，台北大學生的生活和思緒也起了相當大的震撼，不管是T大或師院，校園的氣氛明顯地起了相當微妙的變化。一部分同學已經偷偷學會新華電台播放的〈我們的隊伍來了〉，有些膽子大的同學甚至還公開地哼著：

我們的隊伍來了，
浩浩蕩蕩飲馬長江
……

老周，就在這樣的氛圍下，我們和陳真及張旭東在T大校園進行了開學以後的第一次定期會面。我們針對麥浪的南下演出活動和當前的形勢做了一番討論。

陳真首先對未來表示樂觀地說，這陣子，國民政府的黨政要員一批又一批撤到台灣；看起來，內戰的大勢已定。然後他又憂心地說，可隨著形勢發展，二月初，省府已經命令台銀停止辦理內地匯款來台業務。這樣，大陸來的同學都收不到家裡寄來的生活費了。

大多數大陸來的同學的經濟能力原本就很差，張旭東緊接著說，早餐，往往就只是幾片黃蘿蔔和幾粒花生米配稀飯而已，但大家都還年輕，求知欲高，對這些並不在意，也不覺得有多苦；而且，只要外頭兼個家教，再加上一點公費補助，生活還勉強過得去。他嘆了一口氣，然後說，可現在，不趕緊想個辦法，大家的生活就會有困難了。

為了解決同學的吃飯問題，陳真解釋說，自聯會已經向當局請願，要求憑學生證配米、貸款，同時比照立委之例，開放省外匯兌。但是始終沒有得到回應。

我接著也把我所知道的情況向大家報告說，我聽說，幾位農學院的同學已經在校園空地上開闢菜園，自己種菜給自己吃了。

據我所知，因為參加的同學多了，他們已經向校方登記，正式成立了耕耘社。張旭東補充我的報告說，還有一些同學也自己磨豆漿來喝，如果有多的，就賣給其他同學喝，然後也成立了健康社。

這就叫作自己動手，豐衣足食嘛！陳真帶點自嘲的語氣笑著說，然後又改變話題，欣慰地說，不過，通過麥浪的中南部演出，台灣的學運正向縱深發展，學生組織也日益壯大。

沒錯！一直安靜地聽我們講話的你分析說，隨著麥浪的巡迴演出，本省同學和外省同學的感情比較接近了；可是，這一接近，當局就害怕了，他們一定擔心，學生的團結一旦發展到跟大陸的學運合流就不好收拾了；他們肯定想把正要起來的學運力量壓制下去。你停頓了一下，然後流露出決絕的眼神，用一種有所覺悟的語氣強調說，一個新時代就要來了，往後的台灣肯定會有一段政治緊張期吧。

對當局來說，台灣的學運無疑是它的心腹之患；對我們學生下手，也只是時機問題吧。陳真顯然同意你對未來時局的分析，因而臉色變得更加凝重了。

在麥浪巡迴演出的過程中特務已經對我們嚴密盯梢了。張旭東露出同樣憂心的神情。我判斷，他們隨時可能展開逮捕行動。

你們有聽到什麼風聲嗎？陳真問。

老周，你說，在師院，外省同學人較少，比較團結，他們就想從本省同學下手，搞分裂；最近，警察經常藉故挑釁本省同學，製造衝突，目的是要我們害怕而不敢接近外省同學。

在台中時，唐建國向我透露說麥浪已經被情治單位注意了，你們也都已經被盯上了。我也向大家匯報，但刻意不提唐建國向我示愛的那段情節，然後說，最近，我也總覺得後頭有人在跟蹤。

那妳怕不怕？張旭東不以為意地笑著問我。

老實說，怕當然會怕。我據實回答。可我認為，我們的所作所為都是對的，我走的路並沒有錯，也就沒什麼好怕了。為了緩和略顯沉重的氣氛，我又刻意誇大語氣說，我一定會跟著你們這些老大哥一起勇敢地走下去；你們交代什麼，我就做什麼。

陳真和張旭東都笑了。你沒有笑，低著頭，靜靜地想著什麼。

晶瑩說得沒錯。張旭東在笑過以後緊接著嚴肅地說，他也得到可靠的訊息，說陳真已經上了名單了。所以……他凝視著陳真說，我認為，你應該盡早離開台灣。

我看，不只是我一個人吧！陳真回應張旭東。你也被盯了。要走，我們一起走吧！

那怎麼行！張旭東說。

為什麼不行？陳真兩眼盯著張旭東。

學聯的籌組工作好不容易就要落實了。張旭東坦率地表白自己的看法。我們這一走，不就前功盡棄了嗎？而且，對老周以及那些熱情的本省同學也交代不過去呀！

陳真無奈地低下頭，思索著如何解決這個道德上的難題。

安全第一！你趕緊表態。留得青山在，是最重要的！台灣是我的家鄉，留下來戰鬥，是我不可推卸的責任。

我以為，你的目標大，還是你先走吧！張旭東又兩眼盯著陳真勸說。我和老周，看看未來的形勢發展，再做打算。

老周，陳真沒再表示什麼意見。我們又反覆討論了各種應變辦法。張旭東始終堅持自己的看法。最後，陳真終於不得不同意自己先行離台。

2

持續下了一段時日的春雨，終於停了。太陽出來了。老周，在陽光照耀下，前一天晚上還感覺得到的溼冷寒氣，隨即從大地蒸發消散了。

傍晚，我正在寢室為蜜蜂社即將出刊的《蜂報》寫稿。忽然，有同學傳話說外頭有人找。我隨即出來見客。在宿舍門口，我看到張旭東正坐在腳踏車座墊上，在不遠處的一棵白千層樹下等我。我走到他身邊。他輕聲向我匯報，說他一早就陪陳真前往基隆港，搭上開往上海的中興輪了。老周，他要我盡快把最新的情況讓你知道，然後又向我笑了笑，要我回寢室幫他跟朱槿說他在門口等她。我早就答應要陪她去看《一江春水向東流》了。他依然微笑著向我解釋。這部電影很好，可我一直沒時間，現在終於把一切事情都安排妥當了。

天色漸漸暗下來了。

入夜以後，氣溫更加涼爽宜人。

我來到師院那棟新蓋的二層樓建築的男生宿舍。宿舍周圍那片灌溉用的蓄水池塘裡，青蛙叫個不停。老周，宿舍裡，除了少數幾間寢室透著零零落落的燈光之外，一片寂靜。一個男同學恰好要進宿舍，我趕緊請他幫我叫二二八寢室的你。不一會，你就一路笑著來到宿舍門口了。你知道，我如果沒事，從來不會事先沒約定就跑來宿舍找你；於是帶著我，繞著水塘，邊走邊談。

今晚怎麼這樣安靜？

下了幾天雨，好不容易出太陽。你說，同學們都把握難得的好天氣，結伴外出，看電影，或參加各種社團活動了。

我接著如實轉達了陳真的情況，然後問你：天氣這麼好，你怎麼沒出去走走？待會還要繼續開會呢！你說，這兩天，自治會經常接獲同學報告，說發現一些便衣特務潛入校園，偷看同學們在民主走廊張貼的壁報和各種招貼的內容，刺探社團的活動；你和自治會主要幹部正在商討如何因應最新的情勢發展。

有什麼具體結論嗎？我問。

糾察部長莊勝雄已經布置了對應的糾察工作。你說。

怎麼布置？我又好奇地問。

老莊已經一再要求同學，一旦發現形跡可疑的陌生人，一定要問清來意，必要時就馬上通知學生自治會。你說，為了防範特務到校園秘密抓人，他已經在各班和各個寢室都指定了一名糾察員；按照他的規劃和布置，糾察員既是聯絡員，又是抗議遊行時的小隊長，一聲令下，各個糾察員就會把各自的隊伍集中起來。

就是因為有這個糾察部長領導，我由衷地稱讚莊勝雄說，師院同學的行動總是非常迅速，抗爭時也特別團結，特別勇敢。

你同意我的說法，面露得意地笑了。

就在這時，隔著一條馬路的音樂教室不斷傳來陣陣雄壯有力的歌聲。你看到我流露出一臉驚喜的表情，就說這應該是大家唱合唱團正在練唱吧。我們站在原地，認真傾聽，不由自主地跟著旋律唱了起來：

團結，團結，就是力量！

團結，團結，就是力量！

……

〈團結就是力量〉結束之後，接著又是一首節奏輕快、充滿樂觀力量的歌曲：

起來，不願做奴隸的人們！……

我們也激動地朝著馬路對面歌聲所來處的窗口大聲唱了起來。在「前進！前進！前進進！」的有力煞尾之後，我們緊接著聽到耳邊響起了悲涼的曲調：

安息吧，死難的同學，別再為我們擔憂，

……

你流著血照亮的路，我們繼續向前走。

這是什麼歌？我問你，怎麼那麼哀傷！

這首歌叫作〈追悼歌〉。你隨口解釋。聽說這是郭沫若為了悼念先後被暗殺的李公樸和聞一多教授而寫的歌詞，同學們把「死難的同志」改成「死難的同學」來悼念那些被槍殺的學生。然後你又笑著說，這些歌，幾乎每天晚上都傳到宿舍，住宿的同學恐怕不用學也都會唱了。

歌聲暫歇，周遭又是一片寂靜。

這時，宿舍突然響起雜沓零亂的腳步聲和喊叫聲。出事了！你本能地反應說，隨即趕緊跑回宿舍。我也跟在後頭跑著，想瞧個究竟。在門口，我們剛好碰上莊勝雄派來找你的糾察員。

不好了！那名糾察員急切地邊跑邊向你報告。兩個同學給抓走了。

誰給抓走了？是誰抓的？你一連串地問。老莊在哪兒？

我在這兒！莊勝雄聲音宏亮地喊道。原來他在聽到叫嚷的當下已經走出寢室，保持鎮靜，安撫了其他同學慌亂的情緒。情況好像很嚴重！他走到你身邊小聲說。

先把情況搞清楚再說。你同樣讓自己的神色保持鎮定。

老莊於是沉著地指揮宿舍裡的同學到食堂集合。大家就在老莊及其領導的糾察員帶領下，邊走邊議論地走向食堂。

我忽然有一種莫名的不祥預感。

老莊又走到你身邊神情凝重地喃喃說，恐怕就要開始抓人了！

你看了老莊一眼，苦笑了一下，沒有回應。我跟在你旁邊，也不知說些什麼才好。

沉默中，我們已經走進那間使用才兩年就已經顯得斑駁、老舊的學生大食堂了。食堂裡已經聚集了不少聞訊而來的同學，自動把幾十張油膩膩、髒兮兮，像是好長日子沒有擦拭過的方木飯桌，擺成川字形，隨意地圍坐著。

老周，在你領導的學生自治會主持下，同學們仔細聆聽了剛剛通報消息的同學報告事情的經過；他的個子不高，站在飯桌上，操著不那麼純正的國語大聲述說：晚上，他去西門町看電影《一江春水向東流》，看完電影就直接回宿舍。在路上，他看見幾個警察和兩名學生不知為何在爭吵，一輛腳踏車倒在路邊。圍觀的民眾愈聚愈多，他也好奇地湊上前去看個究竟。那兩名學生他認得，一個是博物系的，另一個是T大法學院的。從爭執的內容聽來，大概是他們單車雙載，警察認為違反交通規則，上前取締；可是，兩個同學並不認為違規，就這樣吵起來了。他們愈吵愈激烈，接著就互相推擠；那夥警察甚至有人動手打了兩名同學好幾下。後來，警察就不由分說把兩名同學拖走了。圍觀的人很多，他長得不夠高，看不清楚，只聽到同學在掙扎叫喊：警察打人！警察打人！……救命！……救命啊！他跟圍觀的人於是紛紛高喊：不許打人！警察不能隨便打人。可那夥警察卻厲聲喝止說：再搗亂！把你們這些傢伙統統抓起來……

這時候，食堂裡的同學已經按捺不住氣憤，大聲喧嘩起來，七嘴八舌地議論著。

大家靜靜！靜靜！莊勝雄馬上出聲維持秩序，接著又問那位報告的同學知不知道抓我們同學的是哪個管區的警察？

第四分局。

好！老莊很快地用眼神看了一下你和自治會的其他幹部，然後問同學。我們是不是應該一起到四分局交涉……

對！老莊的話還沒講完，就有人帶頭喊道：到四分局去，要他們放人。

其他同學立即跟著一齊呼喊同樣的口號，同時從食堂一擁而出，急著要去援救那兩名同學。老莊和其他糾察員趕緊站出來安撫同學，要他們先整理好隊伍。

隊伍整理好了。你和自治會的幹部就帶領他們走出宿舍。我也跟隨隊伍，唱著歌，喊著口號，沿著和平東路，向四分局前進。

晚上十點多了。

路上已經看不到什麼行人。

當隊伍經過新生南路的T大男生宿舍時，你交代一個親近的同學到裡頭通知張旭東；請他盡量動員T大同學，前來聲援。那名同學立刻跑步去找張旭東，但沒見到人，就急著回來報告，說他要張旭東的室友幫忙轉達了。

張旭東的室友立即在宿舍走廊一邊奔走，一邊大聲嚷嚷，說我們的同學被警察抓走了！大家趕快去四分局支援師院學生的救援行動！

老周，我後來聽應保華描述了當時的情況：

老應正在浴室洗澡，突然聽到外頭的叫嚷聲，趕緊把身上的肥皂泡沫沖洗乾淨，穿上衣服，跑回寢室。他問明情況後，立刻找了幾個同學趕往四分局，加入聲援的隊伍。過沒多久，他們就來到已經有大約上百名同學聚集的四分局門口。

老應看到我就走過來，有點擔心地向我瞭解情況。

現場有沒有人領導？

老周和自治會的幾名幹部已經進去交涉了。

張旭東呢？

還沒看到人。

我的話剛說完不久，張旭東也趕到現場了。我向他報告了我所知道的情況。然後，我們就跟其他同學一起站在分局門口，繼續等候。等待中，T大幾個活躍的學生社團領導人也陸續出現在群眾當中。我們於是湊在一起交談。聊了好久以後，你們還沒有人出來。

怎麼搞這麼久？在上海搞過學運的老應憂心地說，警察一定不肯放人！

老周，一段時間後，師院學生自治會的李松林終於從分局走出來了。他向門口的同學報告交涉的情況：

四分局的值班警察始終講，他們不清楚有警察抓學生的事情；你們要求見分局長，他們又推說分局長和別的警官早已下班，不在局裡；你們要求他們打電話給分局長來放人，他們也不敢，只是一味敷衍、搪塞……

聽到這樣的報告，現場同學的情緒馬上被激怒起來，不知在誰帶動下，忽然一起高喊著：放人！放人！放人……

交涉繼續進行中。

夜漸漸深了。

我和張旭東以及幾名麥浪的隊員隨後也主動站出來，帶領同學唱歌。同學們於是一邊唱著歌，一邊耐心地等候著。帶著溼氣的夜露愈來愈重了，氣溫由涼轉寒。為了驅寒，也為了鼓舞同學們的士氣，我們又帶領大家，扭起了秧歌舞。

午夜十二點，談判代表之一的莊勝雄從局裡出來了。現場的同學立刻安靜下來，等著聽他報告最新的消息。

時間很晚了，大家還是先回去休息吧！老莊一臉抱歉的表情勸告同學們。我們幾個代表在這裡等候消息就行了！我們相信，警察不敢不放人！

老莊在師院學生裡頭威望很高。他這樣說，許多人雖然心裡很不樂意，還是陸陸續續轉身，就要離開四分局，走回宿舍。

同學們不能走！

老應顧不得已被T大當局列管的特殊身分，情急地跳出來。張旭東趕緊把他拉到身後，自己站出來，大聲跟那些就要離開的同學說：為了救出被羈押的同學，我們不能走。我們謝謝老莊的好意。可我們不怕累！不怕苦！我們一定要堅持下去！

老莊帶著感動的眼光久久地看著應保華與張旭東。

張旭東的喊話立即起了作用。除了少數幾個人之外，大多數的同學又留在現場，繼續等候。

老周，凌晨一點左右，我們學生的堅持終於取得了一定的回應。一身酒氣的分局長在分局門口露面了。同學們立刻憤怒地朝他高喊：反對警察打人！放人！放人！他拖著略微不穩的腳步搖頭晃腦地走進分局，然後又帶著一名警員走到分局門口。你和師院學生自治會的幾名幹部也跟著走了出來。

分局長清了清喉嚨，一副老練的姿態跟同學們說他已經查明事情的經過了，一切都是誤會……站在他旁邊的就是取締同學交通違規的警員，他承認的確有動手打人，不過，那是我們同學不服取締而引起的衝突。分局長又把姿態放低，用一種聽起來好像很有誠意的語調說，不管怎麼說，警察動手打人總是不對！現在，他要當著所有同學的面處罰他，算是給大家一個交代……

不行！同學當中立刻有人高喊。

不行！不行！其餘的同學也跟著喊，我們對事不對人。

我們反對處罰一個無知的警員！你馬上向分局長表明立場。我們只希望你們主管當局能夠負起平素教訓不嚴的責任；我們要求馬上釋放被捕的同學。

事實是……分局長脹紅了臉強辯，我們分局的警員根本沒有把你們的同學抓來！

人明明是被你們抓走的還敢說沒有！同學當中立刻有人非常氣憤地反駁。

幾個氣憤不過的同學隨手撿起地上的小石塊朝分局的玻璃窗扔去。啪！嘩啦！接連響起了好幾聲打破玻璃的聲音。

別吵！別砸！莊勝雄及時勸阻那幾個扔石塊洩憤的同學說，我們要講道理。

與此同時，幾名腰佩手槍的警察立刻衝出來，大聲吆喝咒罵。那幾個扔石塊的同學不甘示弱，也大聲回罵了幾句。分局長大概是眼看我們學生人多勢眾，擔心情勢惡化失控，愈鬧愈大，於是喝退那幾名警員，要求重新談判。

老周，你與幾名學生代表又跟著進去分局。我也趁機混進去。你代表大家發言，除了要求警察立即放人之外，同時要求嚴辦肇事警員、賠償被打同學的損失及醫藥費、警察總局長登報向二位被傷害的同學道歉，並保證今後不再發生警察打人事件。為了盡快息事寧人，分局長毫不猶豫就答應了你所提的幾點要求。

口說無憑！我們要書面保證。因為有了先前的教訓，你緊接著提出要求。

這……分局長不肯簽字，吞吞吐吐地說，我不能負責。

既然你不能負責，那就打電話請你們總局長出面處理吧。然而，你雖然一再催促，分局長就是不肯打這個電話。你只好說：不然，你撥號，讓我來講。

分局長終於撥了號，把話筒交給你。你於是要求電話那頭的總局長立刻過來處理，並保證學生安全；要不然，學生就不撤退。對方答應了。我們於是出來向同學報告談判結果。

深夜兩點多了。

四分局門口果真來了一部吉普車。一個戴著金邊眼鏡、手拿警杖的年輕人走下車來，哼哼哈哈，耀武揚威地走進四分局。你與幾名學生代表再度進入分局談判。應保華覺得情況有點詭異，就拉著張旭東和我故意前去跟那名司機搭訕。

你們這局長年紀還真輕啊！老應跟司機說。

什麼局長？司機笑著說，那是督察啊！

老應隨即看了一眼張旭東。張旭東馬上叫我跟他進去分局，向正跟警察總局長談判的你和學生代表透露這最新的情報。李松林聽到局長是冒充的，當下就控制不住情緒，掀翻辦公室的桌椅，也打碎了當桌墊用的玻璃。聽到吵鬧聲，老應也顧不了自己身分曝光可能帶來的危險，趕緊衝進來。

千萬不能動手！老應勸李松林。不管怎樣，還是要跟他們講理啊！

講理也沒有用啊！李松林冷靜下來了，一臉無奈地問老應。現在怎麼辦？

老應想了一下就建議說：把冒充的總局長連同分局長一起押送到警察總局，要求總局長處分。

時間太晚了，同學們也累了。你看了看坐在一旁的分局長。我看，還是讓分局長再打個電話，請總局長出面處理吧！

他要是不出面呢？李松林問。

你用徵詢的眼神望著莊勝雄與張旭東說，天亮後，我們就動員T大和師院的同學到警察總局請願。

張旭東毫不猶豫地說他同意。

這樣，分局長不得不搖起電話，向警察總局轉達了學生代表的要求。

同學們於是繼續耐心等候總局長出面。

時間又過了一個多鐘頭。同學們的情緒漸漸不耐煩了。分局長又搖了幾次電話，但都沒有結果。

三點多了，你看了一眼手錶，說再等下去，恐怕也不會有什麼結果了。

那就先讓同學們回去休息，莊勝雄激動地說，準備上街遊行吧！

我們隨即一起走出去。老莊就站在分局門口的台階上，向現場的同學宣布自治會的決議：早上八點，在T大校門口集合，前往警察總局請願。然後，他就要求同學們立刻解散，回去休息。

同學們陸續離開現場。你要我也回宿舍休息。張旭東於是找了一位住在校本部男生宿舍的男同學陪我回去。你們兩人隨即和莊勝雄等學生代表一同離開，去商討請願活動的相關事宜。可我沒有馬上離開，於是就看到了你們離開後發生的情況變化。

在現場，有些同學不甘心搞了一個晚上卻沒有任何結果就議論起來；有人憤憤不滿地說警察抓了人還不承認，乾脆就叫警察總局長到我們宿舍來談吧！話剛說完，幾個覺得這個辦法不錯的同學就吆喝著進入第四分局，把分局長和那名冒充警察總局長的年輕督察押了出來。然後，那些早就疲憊不堪卻還沒有離開的同學，也沒有深入去想這麼做會有什麼後果，就自動排好隊伍，幫著把那兩名警官押走。這時，正在跟我說話的應保華眼看情況不對，立刻跑到隊伍前面勸阻。

那個年輕人雖然冒充警察局長，可畢竟還是個督察，老應說，在法律上，我們不能限制他們兩人的行動，還是把人放了，以免事情複雜化。

現場根本沒有人聽得進老應的勸告。

這樣一來，老應無力地跟領頭的同學說，我們就由主動變成被動了。

老應的憂心還是沒有人理會。

夜深人靜。

我和老應無奈地一路跟隨著同學們，把那兩名警官押到新生南路的T大男生宿舍。在寢室旁邊的排球場，他們讓那兩名警官坐在裁判坐的高椅上，然後圍成一圈。

這要幹什麼呢？我們不解地問一位正忙於張羅的同學。

供神。他得意地笑著說。

供什麼神？

是公審啦！那名同學笑得更開心了。人民公審啦！

照這樣搞下去，事情只會愈來愈麻煩。老應無奈又憂心地再次提醒他說，最終，還是對我們學生不利啊！

老應的話還是沒有人聽。他於是對我說，這還得要自治會的人出面才行，隨即離開現場，要去宿舍找人出面處理。不久，他又一臉無奈地回到排球場，並且告訴我，他看到陳真的床鋪已經收拾得空空蕩蕩了……我遲疑著，最終還是沒有把陳真已經離開台灣的消息告訴他。我想那應該是張旭東的事。我不該多話。

同學們對兩名警官的公審告一段落了。他們把積壓的一股怨氣發洩之後，也終於累到不行，三三兩兩地坐著閉目休息。

現在沒事了。老應趁機勸說那兩名被押來的警官。你們自己離開吧！我保證同學們不會為難你們。

你們不但妨礙警察執行公務，而且羞辱警察主管。那兩名警官的氣焰還是非常囂張。你們犯有褻瀆公職人員罪！

你們假冒警察局長，該當何罪！老應被氣得也不甘示弱地反駁。

兩名警官無言以對，就是賴著不走。

然後，開完行前會議的張旭東和莊勝雄聽到風聲也從師院趕來了。他們瞭解現場的情況後，都對同學們這樣魯莽的做法氣得要死，可也拿那兩名警官沒轍。

既然都把人押到這裡來了，張旭東問老應，接下來怎麼辦呢？

這時，原先在閉目養神的同學們也都睜開了眼睛。他們已經意識到自己犯了大錯，一個個無助地望著張旭東和應保華，看看他們有沒有什麼解決的辦法。

他們兩個要是肯離開也就算了，老應微微低著頭跟張旭東說，他們不肯走，我們總不能讓同學在球場陪他們。

天亮以後還要遊行，張旭東說，大家還得先回去休息。

我看，老應一邊沉思，一邊說，就讓遊行請願的隊伍把他們交給警察總局處理吧。

恐怕……張旭東看了看其他同學說，也只能這樣處理了。

大家都沒有異議。張旭東於是到宿舍進口處學生平常看報的中山室，與警衛交涉並取得同意，然後就安排那兩名警官在那裡休息。

不遠處，山巒和天際交接的天空已經顯出一片魚肚白了。

3

我在天色要亮未亮的清晨時分回到宿舍。寢室裡，朱槿和其他室友正在熟睡。我放輕腳步，到浴室盥洗，再回寢室。我躺下來，想在遊行請願開始前睡幾個鐘頭。老周，我剛剛閉上眼睛，不知怎麼突然有風暴就要來臨的預感，於是爬起來，在還空著一塊版面的《蜂報》上，用粗黑的大號字體在蠟紙上刻寫：

抗議警察無故逮捕師院和T大學生！

師院和T大同學連夜展開營救活動！

我在鋼板上刻寫完成這篇報導，天色也已經完全亮了。朱槿醒來了。其他室友還在酣睡著。我跟朱槿說了昨晚的情況，也告訴她早上請願遊行的集合時間和地點。她知道我一夜沒睡就要我躺一會，又說她會在宿舍傳達請願遊行的消息，努力動員其他同學，一起上街。

早上九點，朱槿把我叫醒。然後，我們就和宿舍裡的其他同學走向校門口。校門前的廣場已經聚集了上百名同學，男男女女，三五人圍成一圈，熱烈議論著昨夜發生的事情。過沒多久，張旭東領著新生南路男生宿舍的T大男同學，你和莊勝雄帶領隊伍整齊的師院同學，以及由女生領頭的公園路宿舍的T大同學，陸續來到現場。

兩校學生會合之後，立刻召開出發前的學生大會。

老周，大會由你和張旭東主持。你先向在場的同學報告昨天晚上同學被捕與聲援活動的經過。幾個男同學接著把第四分局局長和假冒警察總局長的督察推到隊伍前面。張旭東隨即手提擴音喇叭，向同學們說明這兩名警官會在這裡出現的原因，並嚴厲控訴警方應對整個事件負全責；他說，分局警察毆打拘押學生，違法在先，督察冒充總局長，欺騙在後，致使事態擴大。經過商議，大會同意派幾名同學陪那兩名警官，跟著遊行隊伍走回警察總局；讓總局局長給同學們一個合理的交代。接著，兩校學生自治會代表經過一度會商後決議：推選你和張旭東作為遊行請願隊伍的總指揮，師院的莊勝雄和T大的陳華負責領導兩校的糾察隊；同時選出大部分是台灣籍的T大學生十二名和師院學生六名合組主席團，作為向市警局局長請願的代表。

遊行隊伍準備出發了。

就在這時，T大校長及時派人把張旭東找去談話。張旭東就找了我和幾名麥浪的隊員一同前去。校長想要勸阻我們不要上街。可張旭東代表同學們委婉地表達了不可能不上街的意見。

校長，張旭東說，箭在弦上了。

既然如此，校長交代說，你們一定要把握一個原則：行動不能過火，一定要讓事情和平解決。

我們回到T大校門前的廣場。大約千餘人的學生已經整好隊伍了。莊勝雄和陳華分別向師院和T大同學傳達了維持遊行秩序的三點注意事項：口號要統一，隊伍要整齊，防止職業學生混進來搗亂。糾察隊員一邊發給同學們幾支不同顏色的粉筆一邊傳達說，時間匆忙，來不及準備旗幟和標語牌，大家可以在沿途的地面或牆上，用粉筆寫下這次遊行的口號：反迫害！反對警察打人！反對官僚作風！

遊行隊伍出發了。

T大同學把那個冒充的總局長和第四分局長帶到隊伍前頭，一起參加遊行。體格健壯的師院體育科的男同學走在最後頭壓陣。隊伍從羅斯福路經南昌街走到重慶南路，緩慢而有秩序地進入市區。一路上，同學們時而高喊口號：反迫害！反對警察打人！反對官僚作風！時而高唱〈團結就是力量〉等歌曲，昂揚前進。有些同學拿著不同顏色的粉筆，在沿途所經的馬路、牆壁或停放路旁的汽車車身上書寫同樣的口號；有些人甚至把這些口號寫在公共汽車上，讓它隨著車身流動到處宣傳。路旁愈聚愈多的圍觀民眾紛紛給我們學生鼓掌加油。

經過一女中附近時，一些穿著校服的中學女生也自動加入了遊行隊伍。

晶瑩，妳看！

朱槿刻意走到我身邊，用右手食指指向一個剛加入隊伍的女學生。我順著朱槿手指的方向看到她指的那個高高瘦瘦的女學生，正跟著大家一起賣力地唱歌、喊口號。

怎麼樣？我不解地問朱槿，她有問題嗎？

妳知道她是誰嗎？朱槿露出有點神秘的笑容。

是誰？

我告訴妳，朱槿興奮地說，我聽人家說，她就是何上將的女兒。

哪個何上將？

就是剛剛繼任行政院長的何上將。

是嗎？我難以相信地問道。他的家屬怎麼會在台灣，而且還來參加遊行呢？

她是官僚家庭的小姐，朱槿繼續說，我想，她也不一定搞得清楚狀況，可能是同情挨打的同學吧！

不管怎麼樣，我回應朱槿，有她在隊伍裡頭，對我們總是很好的保護。

我在心裡頭樂觀地想著，如果她確是何上將的女兒，內戰的形勢會怎麼發展就很清楚了。

遊行隊伍終於來到中山堂旁邊的市警局廣場了。廣場上，陸續到達的同學或坐或站，等待後面的隊伍到齊。圍觀的路人幾乎占滿了所有能看到的空地。氣氛顯得頗為熱烈而緊張。

遊行隊伍統統來到廣場了。

老周，警察總局對兩校學生所提面見局長的要求置之不理。你和張旭東立刻在現場召開記者會，向記者和圍觀的民眾說明兩校學生發起這次遊行的緣起與訴求。張旭東首先報告學生被警察毆打事件的經過。你接著報告同學們的訴求，然後心情沉痛地向鄉親父老呼籲：

警察是人民供養的，是用來保護人民生命和財產安全的！現在，警察卻變為迫害人民的工具；我們站在人民的立場，不得不提出嚴重抗議！我們反對任何無理欺壓民眾的行為！人權至上，自由第一！我們深信，公正又慈愛的地方父老，一定能給我們學生深切的同情和有力的聲援。

就在記者說明會進行中，警察總局終於派人來傳達，說局長願意接見學生代表了。張旭東等你講完話，就和你以及主席團成員進入警察總局，代表同學向局長交涉。

在等待中，麥浪歌詠隊和大家唱合唱團的隊員開始帶著同學唱歌。在歌聲中，我拿了一疊白報紙，到處找同學寫標語。我首先遇到一個在考生服務團認識的浙江寧波籍的男同學。

老吳，光是這樣站著等也不是辦法。我知道他會寫字，經常負責寫海報。你就寫幾張標語吧！

這是大家的事。

老吳沒有推辭，就跟著我走到對面的地政局，向門口的收發借了筆、墨、硯台，然後蹲在走廊的人行道上就要寫起來；可他拿著蘸了墨汁的毛筆卻發愣了，遲疑一會之後才問我要寫什麼呢？

除了三個統一口號之外，我笑著說，其他的，你就自己決定吧！

老吳於是毫不考慮提筆寫了反迫害！反對警察打人！反對官僚作風！他寫完這三句統一的口號之後，接下來卻不知道要寫些什麼了。他想了一下，然後就把在大陸看到的學生運動的口號，一條一條地寫了下去：反內戰！反饑餓！反迫害！反對美軍駐華！美國洋鬼子滾出中國去！Go Home U.S. Army！……

老吳每寫好一張標語，麥浪的小林就迫不及待地拿去張貼。他在市警局的外牆張貼了五、六張，又爬上一根緊靠警察局的電線杆，把標語貼在警局二樓的窗玻璃上，再用手一提，那扇活動窗戶就帶著標語升上去了。廣場上的學生和民眾看到標語的內容，馬上熱烈鼓掌。小林得意地從電線杆滑下來了。一直在現場觀察動態的應保華就刻意走到他身邊。

你還挺出鋒頭啊！老應嘲諷小林。

我並沒有想出鋒頭！小林委屈地辯解說，那個地方醒目，我只是想讓更多圍觀的民眾知道我們的遊行訴求。

好吧！老應改口用關切的語氣警告小林。你剛剛的舉動已經被拍照了，以後要多加注意警惕。

照就照唄！小林一派天真。貼個標語，會有什麼關係呢！

老應不再搭理不知道害怕的小林了。因為身分不便拋頭露面，他就按照張旭東的吩咐，與我一起在現場四處遊走，看看有沒有什麼異樣的情況出現。走著走著，我們忽然看到有人在廣場的地上用紅色的粉筆寫著：打倒國民黨！打倒蔣介石！

這下糟了！老應憂心地說，一定有特務混在隊伍裡頭。

老應強調，這樣的標語一出現，遊行請願的性質就變了；當局就可以根據這兩句標語給我們戴上紅帽子！他趕緊用腳把地上的標語擦掉，叫人把情況告知負責維持現場秩序的莊勝雄和陳華，然後就與我不動聲色地分頭追查寫標語的人。終於，我們在人群中找到那個寫標語的人了。我和老應悄悄走到那個正在寫標語的學生後面。老莊、陳華及其他糾察也圍過來了。

你為什麼要寫這些標語？老應嚴厲地質問那個學生。是誰叫你寫的？

那個學生不吭聲。一個糾察隊員就激動地說：你不說就打！那個寫標語的學生立刻起腳逃跑。

別追了，老應制止那個就要去追的糾察隊員說，追也沒用。

那現在該怎麼辦？那個糾察隊員問。

現在的情勢很明顯，情治單位已經準備要抓人了。老應分析說，我們必須謹慎對待廣場上出現的標語，我們一定要堅決強調，這次遊行規定的共同口號是反迫害！反對警察打人！反對官僚作風！其他超出我們訴求的口號絕對不是我們學生的意思，而是有人故意要破壞我們正義的行動；絕對不能讓他們扣我們共產黨的帽子！

老周，這時，你、張旭東和主席團成員從警察總局出來了。一個上了年紀、個子矮小、穿著警官制服的老頭，也跟著你們一起出來。你首先向同學們報告，說經過商談，警察局長已經口頭答應我們的要求，而且在書面簽字了……現場響起一陣熱烈的鼓掌歡呼。你等到聲音平靜下來之後繼續說：現在，他就站在這裡，要向受害同學公開道歉！

警察局長立即在學生群眾的壓力下給同學們一鞠躬，然後操著四川口音很重的國語顫抖著說：各位同學，今天你們不辭辛苦到本局來，給予我們很多指示，各位是智識分子，社會中堅……

這種應酬式的官話，我們不愛聽。底下有同學鼓譟抗議說。

警察局長於是擺出更低姿態的語氣繼續說：我很感謝同學們這兩天給警務人員的教育，我已經教訓了肇事的警員，受傷同學的醫藥費警局也會賠償，至於同學們所提登報道歉的要求，我也會完全照辦。我還要向同學們保證：以後絕對不再發生類似的事情。

同學們得到圓滿答覆了，就把第四分局長和那名假冒局長的督察送回總局。

你和張旭東又走上講台，輪流向同學們發表簡短的總結講話。

在兩校同學的壓力下，警察局長終於答應了我們的要求；這充分說明團結就是力量的道理。你首先保持冷靜的態度說，但是，我們絕對不能因為這樣，就開始有了驕傲的心理。

我們不可以認為當局不過就這麼一回事，一抗議就害怕，因此，警惕之心也放鬆了，搞起活動就更無所顧忌。張旭東也接著告誡同學們並強調說，從情勢的發展來看，我們一定要清楚地認識到：表面上的勝利，其實可能暗藏著一場更大的危機。

張旭東講完話，莊勝雄也站上講台，提醒同學們今後一定不能大意，要處處留心，沒事不要單獨在校外逗留，一有情況，要互相通氣……然後就宣布解散。

4

老周，從中山堂回到T大後，張旭東立即找了自聯會的幾名核心幹部以及應保華和我，一起檢討遊行請願活動的缺失，同時也討論可能發生的後續情況。他要比較有運動經驗的老應先表示意見。老應就當仁不讓，一臉嚴肅，語氣慎重地建議說，遊行請願的行動雖然成功結束了，但我們還要繼續進行輿論宣傳，爭取市民大眾的理解和支持，才能確保警察局長的承諾能夠實現。大家都同意老應的意見，同時決定立即草擬一份公開聲明，向社會大眾說明兩校大學生上街遊行的目的。通過討論之後，大家要我負責執筆。我也就不推辭，歸納了幾條重點意見，很快地寫好一篇草稿，讓每個人輪流過目、修改。最後，張旭東就把這篇修改後的〈為師院和T大二同學被毆事件敬告各界〉的文稿交給我，要我盡快交給你過目，趕在截稿前，發給報社。

傍晚，下了課，我就從T大校本部來到師院學生自治會的辦公室找你。學術部長朱裴文正坐在窗邊，藉著夕陽餘光，讀著小說《鋼鐵是怎樣煉成的》。你看到我突然出現並沒有露出驚訝的表情，只是像以往那樣如常地問我下課了？我知道，你心裡一定清楚我是要來傳達什麼消息的，於是直接交給你那份〈為師院和T大二同學被毆事件敬告各界〉的草稿。

如果你們對這份聲明稿的內容有意見，可以全權修改。我如實轉達了張旭東的意見。改好以後，就以省立台灣師範學院學生自治會和國立T大學生自治會聯合會共同署名，盡快發給報社。

你很快把文稿看了一遍，然後把文稿交給老朱。

老朱你看看有沒有問題？你說，如果沒有，就立刻發出去。

吃過飯了嗎？你又當著老朱的面問我，然後說，一起去吃碗牛肉麵，慶祝慶祝。

那就等老朱吧！我不好意思地說，同時感覺到臉突然有點發熱。

我沒那麼快。老朱一臉曖昧地笑著。再說，天色也還沒完全暗下來，你們不需要電燈泡照路吧！說完，他自己感到得意地開懷大笑。

去你的！我輕輕地捶了一下老朱的肩膀，笑罵他說，拿我們窮開心啊！

老朱笑得更加開心地推我們說：走吧！我們的革命情侶。他拿了一支筆，埋頭讀起那篇文稿。你臉色微紅，扭亮他桌上的檯燈，然後用勉強自己冷靜的語氣說：那，我們就先走了。

在夕陽餘暉的映照下，我們穿過貼滿壁報的幽暗長廊，走出校門口，然後左轉，一直走到一家牛肉麵店的門口。

這家店的牛肉麵既便宜又好吃。你向我大力推薦說，誰要是身上有點錢，就會到這裡吃上一碗。你又問我：以前來過嗎？

來過，我說，但沒吃過。

什麼意思？

有一次……我遲疑著，不知該說還是不說，想了想還是說了。有天中午，我和同學來這裡吃麵，麵還沒上來，聽說附近的部隊要在交叉路口槍斃一個兵，就好奇地跑過去看。到了那裡，我們看到，柏油路旁邊，一株枝葉茂密的樟樹樹幹上，吊著一個剃了光頭的大兵，背後插著一支木牌，牌子上面寫著：中國江西×××；然後，另一個執行任務的大兵把那個光頭大兵放下來，一腳踹向他的膝蓋窩，迫使他跪在地上，隨即從他背後一連打了好幾槍。整個過程，看起來就跟戲台上包公辦案的情形一樣，只差沒有畫押、丟筆而已。那個光頭大兵倒下去之後，血也從他身上的槍孔流出來，一直流，流得滿地都是；一群蒼蠅立刻就飛過來了。當我們回到麵店時，麵已經端上來了。可我們都噁心得一口也吃不下了……

我們換別家吃吧！你向我致歉。

沒事，我笑了笑說，來都來了。

我領頭走了進去。你也緊跟著我走進麵店。麵店老闆看到我們走進來，笑嘻嘻地表示歡迎，並問要吃什麼？你邊走邊說兩碗牛肉麵。

離晚餐的時間還早，店裡頭只有一名穿制服的警察坐在靠近電風扇的桌子旁，呼嚕呼嚕地吃著熱氣直冒的麵；雖然吹著涼風，他沒有戴警帽的額頭上還是沁著汗珠。你把我帶到離那名警察最遠的角落的桌邊坐了下來。麵店老闆也不徵詢正吹著電風扇的警察同意，隨即就把店裡僅有的那台電風扇挪到我們身邊。

這邊比較熱，老闆一邊挪動電風扇，一邊自言自語，我看，還是放這邊好了。

人家正在吹呢！我覺得不好意思地對老闆說。

沒關係！麵店老闆還是維持一副笑臉，說電風扇警察局有的是，當警察的不差這麼一時。他又回頭看了一眼那名警察，故意問道：你說是不是？警察先生。

那名警察從褲袋裡拿出手帕，擦著額頭上的汗，一句話也沒說。

你們學生窮，麵店老闆接著又對我們說，宿舍裡又沒有電風扇，難得涼快涼快。

那名警察付了帳，戴上大盤帽，隨即離開了。

我們的牛肉麵也端上來了。

今天的麵條怎麼比較多呢？你看著碗裡的麵感到訝異地問老闆，有沒有弄錯？

沒錯！沒錯！麵店老闆依然笑著回答說，剛剛那名警察還在，不方便講，現在就坦白告訴你們，我們這些做小生意的老百姓經常讓警察欺負，卻只能忍氣吞聲，不敢反抗；今天，你們學生終於替我們出了一口氣！給你們多加點麵條，也是應該的！

麵店老闆說完這些話就走回廚房。

沒想到，一場抗議警察暴行的請願遊行，竟然讓我們學生得到民眾那麼高的肯定。你望著他的背影感動地說。

快吃吧！我笑了笑說，麵都涼了。

我們於是懷著既感動又感激的心情認真吃麵。我一邊吃麵又一邊向你轉達說，張旭東想要和你商討成立學生聯合會的事情。你十分贊同張旭東的提議。你說，經過這次的共同鬥爭之後，台灣學生跟外省學生的感情愈來愈親密了，成立台灣學聯的條件也逐漸成熟了。

我們吃完麵就走出麵店。

天色已經完全暗下來了。

第二天，一家民間報紙以讀者的話為名，全文刊載了兩校學生自治會的共同聲明。針對學生的公開聲明，警察當局立即有了不同立場、針鋒相對的回應；隔天，同家報紙同樣在讀者的話一欄，刊登了以一警員為名的投書。這樣，因為警察處理學生違警事件而引起的警察與學生的糾紛，雖然在表面上已經如同官方媒體所說「圓滿解決」了；但是，警察與學生之間潛存的矛盾，顯然並沒有就此化解。與此同時，認為事情正在朝向不可控制的後果發展的該報，也發表了一篇題為〈學生運動〉的社論，對當局和學生運動的從事者分別提出忠告；它呼籲當局，千萬不可以暴壓的方式處理學生運動！它也語重心長地呼籲學生運動的從事者，不可讓感情過分氾濫，而招致無法補救的後果……

烏雲密布，一場風暴正在台北的天空醞釀著。

5

歷史按照既定的規律與方向前進著。

老周，經過幾次會商之後，你和張旭東以及兩校幾個比較活躍的學生社團負責人，在最後一次會議結束時決定：三月二十九日晚上，在T大法商學院操場，舉行一場慶祝青年節的營火晚會。

我聽說，張旭東笑著說，同一時間，官方也要在中山堂舉辦一場青年晚會。

這樣最好！莊勝雄笑了笑回應說，我們學生還可以跟政府唱對台戲。

張旭東的神情轉為嚴肅，認真地說：我們也要通過這場營火晚會搞校際串聯，組成台北市學聯籌備會，進而醞釀成立全省性的學聯。

早在光復之初，台灣學生就自發成立過學生聯盟。你緊接著附和張旭東的構想說。雖然它不久就被命令停止活動，但也替後來的台灣學運發展奠定了一定基礎。

這次，老莊說，我們一定要把這個光榮的傳統恢復起來。

三二九青年節很快就到了。

吃過中飯，我和朱槿就提前來到會場，幫忙布置。在操場東頭，你和張旭東已經帶著一些同學，用撿來的木條搭起簡陋的舞台；二樓教室的窗戶上，也在不同方向架起了三個探照燈。我聽說，那是張旭東特別商請也是麥浪隊員的電力公司總經理的兩個兒子借來的。

在我們忙碌中，太陽從城市的西邊悄悄退逝了。天色漸漸暗了下來。我跟隨你和張旭東一起繞巡會場，最後，檢查確認舞台和探照燈是否牢固。就在這時，負責與各校學生自治會聯絡的小林滿頭大汗地匆匆跑進會場。

我剛剛聽說，原來答應要來的台北市幾所中學的自治會主席都因為學校勸阻而不能來了。小林一邊喘氣一邊焦急地報告。要是他們都不能來了，營火會不就搞不起來了嗎？

把汗擦乾吧！別感冒了。你神情篤定地安慰小林。時間還早，不用慌。

你的話剛剛說完，張旭東就指著逐漸走向我們的三名學生，樂觀地說，你看，那不是台中農學院的代表嗎？外地的學生代表都來了，有什麼好擔心的。說著，他向前一步，伸出手來，跟台中農學院學生自治會主席黃滄海及隨行的兩名學生代表熱烈握手。

天色完全黑了。

張旭東通知負責現場布置的同學在舞台四周點燃了幾支火把。熊熊的火炬隨即在暗黑的會場迎風舞動。麥浪歌詠隊和T大的同學率先三五成群陸陸續續地來到操場。人愈聚愈多。我和朱槿及幾位麥浪隊員自動站上舞台，帶領先到場的同學唱起了〈青春戰鬥曲〉。在熱烈歡唱的歌聲中，現場的氣氛立刻熱鬧起來了。原先傳說學校不准來的台北市各中學的學生已經來了很多人。台南工學院的代表也大老遠地來到會場了。為了防止特務混進來，乘黑搗亂，張旭東又請那些布置現場的同學打開架在二樓教室窗戶上的幾個探照燈，把原本幽暗的操場照得如同白晝般明亮。

師院學生由學生自治會糾察部長莊勝雄指揮，排成四行縱隊，女生領前，男生殿後，高唱著進行曲，走進會場。他們雄壯的氣勢贏得了滿場上千名友校同學的歡呼和鼓掌。

操場已經擠得連路都走不動了。

七點整。

老周，你和張旭東一起站上舞台。你向前一步，站在舞台中央，大聲宣布：國立T大學生自聯會、省立師範學院學生自治會聯合主辦，台北市各中學學生自治會以及台中農學院和台南工學院協辦，紀念黃花岡革命烈士的青年節營火晚會，現在開始。你退場，走下舞台。緊接著，作為晚會司儀的張旭東介紹師院大家唱合唱團出場，帶領全場同學一起合唱輕快活潑的〈大家唱〉，拉開晚會序幕，也帶動了現場歡樂團結的氣氛。然後，大家唱合唱團又繼續唱了一首反映人民追求和平、民主、自由、幸福願望的民間小調〈別讓它遭災害〉；唱到後來，現場又再次響起情感熱烈的大合唱：

嘿呀嘿呀，嘿呀嘿呀嘿呀嘿呀嘿！
和平民主的鮮花開，自由幸福的日子來，
咱們大夥兒多自在，
快來看好花果樹呀，讓它好好的站起來，
站起來，站起來，別讓它遭災害，
別讓它遭災害嘿呀，別讓它遭災害！

歌聲停止。現場響起熱烈而持久的掌聲。大家唱合唱團全體團員鞠躬致謝，然後井然有序走下舞台。張旭東走到舞台中央，大聲說道：

聽完了大家唱合唱團兩首振奮人心的合唱曲，接下來，T大麥浪歌詠隊要為大家獻唱組曲：光明的頌歌。

我被指定負責朗誦串聯每首歌的旁白，於是率先出場，在舞台左前方就定位。其他隊員接著一個一個走上舞台。負責指揮的趙衛民走到舞台正中央的位置，面向觀眾鞠躬，然後轉身，面對所有隊員，舉起了雙手。我放開嗓門，大聲朗誦：

朋友！
在這爭取自由民主的今天，
讓我們握緊手吧！
你聽！

趙衛民緊接著揮動雙手，讓隊員隨著他的手勢，唱起了降B調四分之四拍的〈團結就是力量〉：

團結團結就是
力量
團結團結就是
力量
團結團結就是
力量
團結就是
力量

INK PUBLISHING

讀者服務卡

您買的書是：________________________________

生日：　　年　　月　　日

學歷：□國中　□高中　□大專　□研究所（含以上）

職業：□學生　□軍警公教　□服務業

□工　□商　□大衆傳播

□SOHO族　□學生　□其他 ____________

購書方式：□門市 ______ 書店　□網路書店　□親友贈送　□其他 ______

購書原因：□題材吸引　□價格實在　□力挺作者　□設計新穎

□就愛印刻　□其他 ______________（可複選）

購買日期：________年________月________日

你從哪裡得知本書：□書店　□報紙　□雜誌　□網路　□親友介紹

□DM傳單　□廣播　□電視　□其他

你對本書的評價：（請填代號　1.非常滿意　2.滿意　3.普通　4.不滿意）

書名______　內容______　封面設計______　版面設計______

讀完本書後您覺得：

1.□非常喜歡　2.□喜歡　3.□普通　4.□不喜歡　5.□非常不喜歡

您對於本書建議：

感謝您的惠顧，為了提供更好的服務，請填妥各欄資料，將讀者服務卡直接寄回或傳真本社，我們將隨時提供最新的出版、活動等相關訊息。

讀者服務專線：（02）2228-1626　讀者傳真專線：（02）2228-1598

廣　告　回　信	
板橋郵局登記證	
板橋廣字第83號	
免　貼　郵　票	

舒讀網「碼」上看

235-53

新北市中和區建一路249號8樓

印刻文學生活雜誌出版有限公司　收

讀者服務部

姓名：＿＿＿＿＿＿＿＿　性別：□男　□女

郵遞區號：＿＿＿＿＿＿＿＿

地址：＿＿＿＿＿＿＿＿

電話：（日）＿＿＿＿＿＿＿＿（夜）＿＿＿＿＿＿＿＿

傳真：＿＿＿＿＿＿＿＿

e-mail：＿＿＿＿＿＿＿＿

INK

我繼續朗誦：

是的，
在團結就是力量的號召下
勇敢的中國學生們：

麥浪的隊員緊接著唱起了降D調四分之二拍的〈你是燈塔〉：

你是燈塔
照耀著黎明前的海洋
你是舵手
掌握著航行的方向
勇敢的中國學生們
你們是核心
你們是力量
我們永遠跟著你走
中國一定解放
我們永遠跟著你走
人類一定解放

我又念了一段旁白：

但是，
大地仍布滿著荊棘，
人類仍生活在黑暗裡，
優秀的同學們，
憑著你們青春的活力，
戰鬥在祖國的原野上吧！

麥浪隊員們於是唱起了A調四分之二拍的〈青春戰鬥曲〉：

我們的青春像烈火樣的鮮紅
燃燒在戰鬥的
原野
我們的青春像海燕樣的英勇
飛躍在暴風雨的天空
原野是長遍了
荊棘
讓我們燃燒得更鮮紅

天空是布滿了黑暗
讓我們飛躍更英勇
我們要在荊棘中燒出一條大路
我們要在黑暗中
向著黎明猛衝（呼聲）

我在隊員們熱烈的呼聲之後緊接著加強語氣念道：

衝！衝！
勇敢的衝向前去！
一個人跌倒了，
千萬個人站起來！

F調四分之二拍的〈跌倒算什麼〉的歌聲接著響起：

跌倒算什麼，
我們骨頭硬，
爬起來再前進！
生要站著生，站著生，

死也站著死，站著死，
跌倒算什麼，
我們骨頭硬，
爬起來再前進。
天快亮，更黑暗，
路難行
跌倒是常事情，常事情。
跌倒算什麼，
我們骨頭硬，
爬起來再前進！

我用接近嘶吼的聲音念了最後一段旁白：

衝！
勇敢地衝向前去！
你看，
人民偉大的行列已踏上光明的大路！

隊員們緊接著也唱起了最後一首F調四分之二拍的〈光明讚〉：

同學們
向太陽
向自由
向著那光明的路
你看那黑暗快消滅
萬丈光芒在前頭

麥浪歌詠隊一氣呵成地唱完了一共五首歌所組成的光明的頌歌，也唱出了現場同學的心聲。隨著麥浪的歌聲鼓舞，氣氛熱烈到沸騰起來了；同學們圍攏著操場中央點燃的熊熊烈火跳起舞來；台上、台下完全打成一片。同學們也藉著慶祝青年節的群眾運動，發洩了內心對時局的不滿。

張旭東事先估計，現場一定會有許多職業學生混在人群裡頭搜證，於是小心地把〈你是燈塔〉的一句歌詞改成「勇敢的中國學生們」，以免被扣上紅帽子。

接著，張旭東又陸續介紹T大、師院和台中農學院學生自治會的代表上台講話。他們分別從不同角度指出，只要團結就會有力量的道理，並且一致強調，面對目前的局勢，同學們不可以再保持沉默了，一定要團結起來，組成學聯，爭取全國和平的實現。

學生代表們慷慨激昂的講話完畢後，接著又是麥浪歌詠隊表演民歌民舞。我們唱了〈康定情歌〉、〈馬車夫之歌〉、〈在那遙遠的地方〉、〈青春舞曲〉和〈收酒矸〉等幾首同學們愛聽的西康、新疆、青海和台灣的民歌；中間又演了一齣諷刺政府官員腐敗作風的小品話劇〈王保長查戶口〉；最後，麥浪最受歡迎的〈王大娘補缸〉在熱烈的掌聲中登場了。我仍然擔綱演出王大娘。王大娘那飽受封建和內戰雙重桎梏的命運，通過明白、易唱、易懂的歌舞表演，很快就讓台下觀眾的情緒進入笑中帶淚的激動狀態；隨著王大娘和補缸匠的對話，全場觀眾不但跟著唱了起來，而且波浪似地，連秧歌舞都扭動起來了。

〈王大娘補缸〉的表演結束了。

老周，你再次站上舞台，代表大會大聲宣告：

台北市學生聯合會在全市中等以上學校學生自治會的團結下正式成立了！我們將以反內戰、反饑餓、反迫害，要民主、要生存、要自由等口號，號召全省學生團結，進一步在五月四日，也就是五四運動三十週年紀念日那天，成立全省性學聯。

整個晚會的氣氛達到了最高潮。

麥浪歌詠隊與大家唱合唱團的隊員們又站上舞台，帶領全場學生，一邊唱著〈青春戰鬥曲〉，一邊扭著秧歌舞，作為營火晚會的結束。許多同學雖然是第一次扭秧歌，也都隨著歌聲盡情扭動，彷彿明天的希望即將在肢體的奔放扭動中加速到來。

6

第二天傍晚。

我依約來到T大校門口左側林木蓊鬱的熱帶樹木標本園。在園區入口處，我就遠遠地看到，張旭東已經坐在一株老榕樹的氣生根接地後形成的支柱根上，神情看起來有點鬱悶。

他們兩個還沒到？我問張旭東，也算是打招呼。

星期日，阿香的父親請我到他家吃飯。張旭東沒有正面回答我，卻面露難色地說。

老周，張旭東所說的阿香是麥浪歌詠隊的隊員徐蘭香。有一天，她下了課，剛好路過麥浪練唱的教室外頭，聽到歌聲，就停下腳步，站在走廊觀看。休息的時候，我就主動走上前去友善地自我介紹，並且與她攀談。她跟我說，她是上海人，台灣光復後，父親被派來台北任職；第二年八月，她和弟弟也跟隨母親來到台灣。來之前，她有點不好意思地笑著說，她聽說台北市面上的東西少，生活日用品很難買，尤其是香菸，特別值錢，所以還帶了香菸、燈泡等等好多生活日用品過來呢！然後她插班建中，念高二；畢業後，再考進T大哲學系。進T大後，她說，就聽說學校有個麥浪歌詠隊。喜歡唱歌嗎？我試探地問她，要不要一起來唱？唱唱歌，她又露出快樂的笑容直爽地回答我，也挺好玩的嘛！我於是毫不遲疑地拿了報名表給她。她填了表格，就這樣參加了麥浪歌詠隊。後來，她也認得了朱槿。練唱之餘，我們三人也經常走在一起。寒假，麥浪南下演出，她覺得中南部沒去過，出去玩玩也不錯，便跟著大家巡迴演出。

怎麼？我不知道阿香的父親為什麼要請張旭東到家裡吃飯，於是故意嘲弄他說，有人請吃飯，臉色還那麼難看！

阿香告訴我，她父親想和我聊聊。張旭東向我解釋。可她又向我透露，警務處長是她父親在杭州警官學校教過的學生，找我吃飯，也許是受警務處長之託。他停頓了一下又繼續說，雖說宴無好宴，為了不讓阿香為難，也為了瞭解她父親的目的，我就答應了赴宴。

我也贊成他去，於是認真地說：不入虎穴，焉得虎子！

可……張旭東遲疑著，吞吞吐吐，然後才說。為了不讓朱槿誤會，我希望妳能陪我一起去。

我笑了笑，一口答應。

老周，你和應保華陸續來到現場了。張旭東立即恢復向來飛揚的神采，要大家說說對這次晚會的看法。

一開始，我就聽說，當局為了防止學生暴動，在操場周圍架起了機槍。老應首先透露了一段我們都不知道的秘辛。

張旭東立刻面露不悅之色，批評老應怎麼沒讓你們知道呢？

我怕同學們情緒反彈，會鬧出事來。老應心平氣和地解釋。在情報沒得到確認以前，我不敢讓你們知道。

老應的考慮也對。你實事求是地說，同學們現在對自己的力量過於高估，頭腦也變得比較熱，往往一點小事就要把它鬧大，動不動就想罷課。

張旭東不再有意見了。

我先在操場四周繞了一圈，並沒有看到什麼異樣。老應繼續說，可我不敢確定操場外頭黑暗的田間是否一樣，就一直在操場四處遊走，看看有沒有什麼異樣的情況。

如果這項傳言確是事實的話，我苦笑著插話說，那麼，學生在槍口下扭秧歌，也可以說是別開生面了。

老周，你在我說完話後轉入正題說，你個人認為，這次的晚會可以說是台灣學生關心時局，想要對社會盡一分力的心情，表現得最團結、最熱烈、最有成就的一次活動。

其實，在單車雙載事件引起的反迫害遊行之後，有個記者已經敏感地指出，這是台灣學生自一九四七年年初反美示威以來，另一次大規模學潮到來的徵兆，台灣學運的浪花勢將逐日擴大。我也轉述了我注意到的新聞報導，從另一側面來支持你的看法。

現在，一方面是台灣的學運正一波又一波地朝向組織化的縱深發展，另一方面卻是在內戰中節節敗退、大勢已去的黨政要員正一批又一批地撤退台灣。老應保持一貫的冷靜接著分析說，可以想像，情治單位一定對我們籌組全省學聯的主張感到非常光火，它肯定認為事態已經發展到不可收拾的地步了。

老應說的沒錯！張旭東提出警告說，他聽說，為了防止共產黨滲透台灣，各系統的特工也已經換成平民身分打入台灣了。他又面露憂容說，我擔心的是，我們的運動被鎮壓，也只是遲早之事了。

我想，你們應該也都聽到當局要抓捕學生的風聲了……老應稍稍遲疑了一會又透露說，風聲愈颳愈緊，聽說還列了一份黑名單呢！還有人向他警告，說他也被列入黑名單了。他估計，同學裡頭有人可能是情治機構的線民，風聲就是這樣傳出來的。

最近，學校的氣氛的確比以往緊張。你憂心地看著老應說，他一直是被列管的人，你想，他最好不要再住在學校宿舍了。

老應露出無處可去的無奈神情。

我建議你先暫時搬到師院禮堂的電影放映室住。你安慰老應說，那裡雖然有些不方便，總比宿舍安全吧！

也只能這樣了。老應說。

會議就這樣結束了。

老周，我們都感受得到一場政治風暴顯然已經形成氣候了。

7

風暴從海峽對岸吹過來了。

四月一日。在和戰不定的政治悶局下，南京政府派出和平代表團北上與共產黨議和，希望隔江而治。為了貫徹真正的和平，代表團搭機啟程之時，南京各大專院校近萬名學生齊集總統府門前，舉行一場堅決反對內戰的集會和示威遊行。然而，和談代表的座機剛剛降落北平機場，南京的空氣中卻已經瀰漫著沖天的血腥氣味。學生要求和平的遊行被鎮壓，二人死亡、一百餘人受傷；遊行隊伍經過的柏油路面上，到處是遺落的鞋子及溼漉漉的猩紅鮮血……

消息很快傳到了台北。

四月三日，星期日。一大早，我就看到台北那家民間報紙以大號黑體字，披露了幾則包括美聯社、路透社和中央社在內的南京電訊：

京四月一日事件
學生軍人起衝突
互毆受傷百餘人

老周，張旭東也看到了這則新聞報導，同時趕緊聯繫你、應保華和我，在校門口左側的熱帶樹木標本園臨時碰面。

十點半，人都到齊了。

我想，你們應該都看到有關南京血案的報導了吧！張旭東語氣沉重地開場。臨時找你們來，就是想聽聽大家的意見。

又發生什麼事了嗎？老應問。我還沒有看報呢！

我於是把有關南京四一慘案具體情況的報導，向老應做了簡要的轉述。

張旭東緊接著補充說，電訊也透露，四月二日，南京專科以上各校學生都罷課一天，表示抗議，並以南京市專科以上學校四一慘案善後處理委員會名義，發表告全國同胞書。但是，首都衛戍司令部發言人卻宣稱：四一慘案善後處理委員會的書面談話完全歪曲事實，顛倒是非，顯係少數職業學生從中操縱，希圖危言聳聽，將事態擴大，以達到其預定陰謀……

還有呢！我忍不住內心的憤怒說，路透社的外電指出淞滬警備司令部發言人公開警告，說他們已派有專人注意曾積極參加反政府活動的學生，如果再拒絕放棄反政府活動，就要將他們送往匪區。

我聽說，三月中旬到南京述職的警備總司令已從南京返台了。張旭東把話題轉回台灣。我相信，面對大陸的頹勢，銜命整肅後方台灣的總司令一定會嚴加注意我們對四一事件的後續行動。

老周，你適時表態說，現在，外頭的風聲雖然很緊張，可是，你認為，我們不能因此就不發出任何聲援的聲音。

你有沒有什麼想法？我問你。

你一一看了看我們三人，沒有立刻回答。

據我所知，這個警備總司令在大陸就專門跟學生過不去，對鎮壓學運也頗有一套。老應因為你沒說話，就根據他剛剛聽到的訊息與意見具體分析。當他聽完下屬報告最近處理台北學運的經過後，一定會大發雷霆；在他的立場看來，台北的學運一定要馬上鎮壓下去，否則，難保台灣不會和大陸一樣。

你在慎重考慮後進一步表態說，最起碼，我們應該先對外發表一份聲援南京學生的聲明，然後看看形勢的發展，再決定下一步該怎麼辦。

暫時也只能這樣了。張旭東說。

我們四人的臨時會面就此結束。

時近中午了。你和老應隨即一起返回師院。我於是陪同張旭東前往徐蘭香家赴宴。我們轉過一條條馬路和巷弄，來到位於青田街的綠樹扶蔭的徐家官舍。阿香已經在門口等候許久。她沒多說什麼，就帶領我們直接進去餐廳入座。餐桌上擺好了精美的餐具。阿香的父親坐定後，菜就一道一道上來。可飯局非常沉悶。除了禮貌性的對話之外，阿香的父親也沒說什麼。

飯後，阿香的父親坐在日式客廳靠窗的單人藤椅上，一邊抽菸、喝茶，一邊和我們談話。張旭東和我一同坐在他對面也是藤編的有靠背的長條椅子上。阿香坐在他左後側窗子邊沿的另一把單人藤椅上，漫不經心地翻閱當天的報紙，一派局外人的神態。從一開始，他就不斷用尖銳的字眼痛罵共產黨的政策和人物。話題從當天報紙的一篇關於本省學運的批評文章展開。他首先提到最近報紙經常刊登有關學生鬧事的新聞，隨後就語氣嚴厲地表達了他認為學生鬧事對學生只有百害而無一利的道理。年輕人心性單純，他似笑非笑地說，不滿現實，對未來充滿幻想，又感情衝動；從正面來看，這是一種勇敢進取的精神；但是，從另一面來看，正是這種天真，給予共黨玩弄把戲的機會。他刻意盯著張旭東並不自覺地抬高音量強調說，就拿最近台北在鬧的學潮來說吧！其實，局外人都明白究竟是誰在幕後操縱。可我知道，你們學生並不這樣想；他又冷冷地笑了笑說，你們肯定自認為是在伸張正義，追尋真理，不是嗎？可這正是幕後操縱的共黨要你們相信的。我只能告訴你們，這是騙局！他露出一副不屑的神態近乎嘶喊著說，這是二十世紀最大的騙局！

聽到這裡，我大體上也摸清阿香的父親說這些話的意思了。這時，我看到一直靜靜地聽著的張旭東，半個身子靠著長條藤椅左邊的扶手，不時挪動著他那稍嫌過長的腿，臉上那兩片薄薄的嘴唇也不時隱隱地牽動著。這樣的姿態讓我覺得，他那瘦削的長臉帶著一股直面迎敵的藐視的笑意。

學生這種情況和工人鬧工潮不會有兩樣。阿香的父親流露著不勝感慨的表情繼續說著。不過，工人卻比學生要來得現實些，最起碼，共產黨還要向他們提出什麼勞動創造財富、剩餘價值、剝削等等跟他們的實際生活相關的理論，才能使他們相信共黨代表他們工人階級的利益，進而可以牽著他們的鼻子走；但學生的鼻子之所以被人牽著，僅僅是因為他們自認為有理想、有社會正義感。

張旭東始終流露著那副帶著笑意的臉容，不但不表示反對意見，有時反而狀似附和地微微點點頭。

數千年來，古今中外，人類的政治和哲學思想有過許多分歧的流派，直到現在，什麼才是正確的，仍舊爭論不休。阿香的父親喝了一口茶又繼續展開他的共黨理論批判。學生的知識有限，又沒有實際的生活經驗，說不好聽，是不事生產的人，所以才會相信共產黨那種具有偏見的邪說就是唯一正確的學說。這種偏見一旦深植頭腦，鼻子就已被它牽著，而且還使你心悅誠服地願意為它奉獻犧牲。你想，這不是一個大騙局嗎？他忽然停頓下來，兩眼又直直地盯著張旭東，久久沒有移開。張旭東依然克制自己不聲辯，靜靜地看著對方，毫不閃躲。客廳的氣氛尷尬而沉悶。騙局的巧妙就在於使你不自覺。阿香的父親加強語氣強調說。然後，也許是為了緩和一下氣氛吧，他指著窗外說，你們看看那邊那輛牛車。我和張旭東順著他手指的方向往窗外瞧，果然看見一輛載貨的牛車正沿著馬路慢慢前進。學生總是把自己看得十分重要，總認為是自己在推動時代的巨輪往前走，一如那頭牽動貨車在走的牛；阿香的父親意有所指地譬喻說，但你們顯然沒有想過，牽著牛鼻子，用鞭子驅使牠前進的，卻是坐在牛屁股後面那個駕車的傢伙。

我和張旭東不約而同偽裝地笑了。阿香也一派天真地笑著。張旭東終於忍不住要出手反擊了，可他依然努力維持著表面的禮貌迂迴地反諷說：

按照伯父這個譬喻類推，操縱學生的匪諜還沒有資格坐在牛車上，就連毛澤東也不能例外，真正坐在那上面的就應該是史達林哩！

張旭東的這番話立刻博得阿香的父親高度的贊許。他老人家一開心又繼續說了許多話。他一邊吸菸，一邊分析共產黨鬥爭的理論基礎、戰略與策略，然後從中共在大陸戰場獲得優勢的前因後果，談到它當前正對台灣進行滲透的陰謀。

我聽說，日據時代的台灣，在共產國際東方局的陰謀扶持下，就成立了共產黨的秘密組織。阿香的父親把眼光轉向台灣籍的我，頭頭是道地說著他自以為瞭解的台共的發展沿革。但是，它剛成立沒多久，就被日本警察破獲而告解體，此後就有如孤魂鬼火在人間遊走，終究不能形成有力的組織。直到光復以後，中共的勢力才又藉著台共的媒介正式滲入台灣……老周，他一直看著我。我不吭聲，靜靜地看著他那凝視我的眼睛。他大概以為我認真在聽，於是興致更高地繼續分析說：我們對任何一個地區的共黨問題都不能把它孤立起來看。你們必須知道，俄國革命成功以後，共產主義已經變成一種經過偽裝的俄國帝國主義向世界擴張侵略的工具。台灣，當時是日本帝國主義的殖民地。共產國際把殖民地革命運動視為世界革命戰略的一環，在其戰略指導原則下，殖民地革命運動應遵循所謂民族革命鬥爭轉化到工人、農民和中小資產階級聯合的革命鬥爭，最後再轉到無產階級專政的革命鬥爭路線。也就是說，第一階段是欺騙殖民地人民，利用他們的民族意識反抗帝國主義，煽動民族革命；第二階段是欺騙工農中小資產階級，利用階級意識消滅先前的民族革命以及所謂民族資本家，從而掌握政權；第三階段則是欺騙無產階級，利用無產階級專政消滅工農中小資產階級及其知識分子，進而達到獨裁的目的……

菸灰缸裡堆滿了死滅的菸屍。我和張旭東對阿香父親的冗長說教已經到了忍受的極限而流露出不耐煩的神情了。阿香也離開了座位，轉到她父親的身後，向我們兩人擠眉弄眼，示意我們盡早設法脫身。但是，談興正濃的老人家又點了一支菸，吸了一口，不管我們的反應，繼續說：你們學生鬧學潮也好，工人鬧工潮也好，中共當前玩弄的政協主張、新民主主義、工商政策、城市政策也好，都是所謂革命形勢發展過程現階段的把戲，一旦運用的價值消失，到頭來，一切都要棄如敝屣……他使勁摁熄手上那支快要燒到菸屁股的香菸。張旭東抓緊時機，站起來。我也跟著站起來。謝謝伯父的教誨！張旭東彬彬有禮地告辭。時間不早了，我們也該走了。

我們隨即在阿香的帶領下走出徐家。阿香在門口跟我們道別，隨即轉回屋裡。老周，我們就像長期監禁後剛被釋放的囚犯一般，不約而同地對著天空吐了一大口長長的悶氣，然後趕緊離開。張旭東把兩手插在褲袋裡，低著頭，一聲不吭地走在前面；轉過幾條巷弄之後，他才停下腳步，等我走到身邊，再與我並肩前進，邊走邊聊。

這頓午餐雖然豐盛，張旭東說，卻讓人倒盡胃口啊！

老先生說這些話的用意是什麼？我問他。

是好意，也是警告吧！張旭東的神色凝重。他一定是聽到了什麼風聲。看來，他是在暗示：我們已經被當局扣上紅帽子了吧。我猜測說。

張旭東沒說什麼。

我們又無言地繼續走了一段路。然後，他突然無奈地說：

一場風暴恐怕馬上就要來臨了吧！

8

南京的血腥氣終於跨越海峽飄到台北了。

台灣省警備總司令部決定對台北的學運採取鎮壓的行動了。老周，我後來知道，負責執行這項任務的，是在二二八期間鎮壓民變有功的副總司令；他根據職業學生所提供的材料，針對T大和師院兩校比較活躍的一些學生，列出以你為頭號對象的黑名單，準備展開秘密逮捕的行動；他的第一步，就是通過省府急電T大和師院兩校當局在原本不放假的清明節放假一天。

四月五日，清明節。一大早，T大和師院兩校都突然貼出「清明節放假一天」的臨時公告。

於是，本省同學大都回家掃墓，住校的外省同學也幾乎都外出遊玩去了。我已經答應你，晚上要去你二哥家吃潤餅，就待在寢室看書，一直到天就要黑了的傍晚時分才準備出門。因為麥浪歌詠隊也要舉行慶祝週歲生日的內部晚會，出門前，我請朱槿替我向張旭東告假，說稍晚才到。然後，我就依照事先約定的時間來到師院男生宿舍。

也許是住宿的同學大都外出，還沒有回來吧，平常在這個時候非常熱鬧的師院男生宿舍，靜得有點異樣。我在宿舍門口等了老半天，向來守時的你卻遲遲沒有出現。你是不是出事了？我感到納悶地擔心著，於是就請託一個剛從外頭回來要進宿舍的男同學幫我問問。不久，那名男同學出來了。他告訴我，你的室友說，你剛剛才跟南部上來的親戚出去了。聽他這樣說，我想，今天是清明節，南部上來的親戚找你，一定是家裡有什麼急事吧！我不疑有它，就要趕回T大校本部，參加麥浪的慶祝晚會。我剛剛轉身，一個騎著腳踏車的男同學卻迎面衝來，幾乎要撞上我了才緊急煞車；他沒跟我道歉，隨手把車靠在牆邊，就急匆匆地跑進宿舍。我直覺地認為一定是發生什麼事了，於是就停下腳步，想要打探究竟。天已經黑了。住宿舍的同學陸陸續續從外頭回來了。我又託了一個同學幫我向莊勝雄轉達外找的訊息。不久，李松林就出來見我了。他告訴我，剛剛住公園路宿舍的T大同學來報信，說你被秘密逮捕又脫逃了。

是嗎？我一時之間難以置信。

聽到這個消息後，自治會的幹部個個都氣得不得了！李松林繼續說。老莊要妳進去，跟我們一起開會。

我於是就跟著李松林進入宿舍的大廳。莊勝雄和朱裴文等幾個自治會的幹部正在討論當面的情勢，並商議後續的對策。我坐下來，專注地旁聽。

我就納悶，清明節向來不放假，今年怎麼就突然放假了？老莊冷靜地分析說，現在，情況清楚了，這是反動政府鎮壓學生的預謀；它摸清了我們一放假就待不住宿舍的習慣，一面讓學校放假，一面張布羅網，針對他們要捕捉的對象個別地秘密逮捕；這樣，其他同學既無從打聽失蹤同學的消息，也就營救無門，更沒有理由展開罷課遊行的抗議行動了。

要不是老周機警脫逃，破壞了他們秘密逮捕、各個擊破的預謀，老朱接著說，我們恐怕就要一個接一個地突然失蹤了。

事情到了這個地步，老莊又憂心地說，一場更大規模、更加激烈的鎮壓行動，恐怕也就不可避免了。

怕什麼！李松林慷慨激昂地說，明天，我們就上街，遊行！抗議！

對！群情激憤地附和著。遊行抗議！

不管怎樣，我們還是先去把老周接回來再說吧！老莊保持冷靜地說。

老周，老莊隨即安排了三十位自願的同學，各騎一輛腳踏車，前往公園路的T大宿舍，迎接你。當他們回來時，T大也出動三十位同學，各騎一輛腳踏車，加入護送的行列。你就在大隊人馬一路護送之下，浩浩蕩蕩地回到師院男生宿舍。自治會立即在宿舍大飯廳召開了緊急說明會。會議似乎沒有人主持，又似乎大家都是主席。你披垂著蓬鬆的頭髮，手腕上還扣著一副亮堂堂的手銬，報告了你被誘捕和脫險的經過：

傍晚，你抓緊沒有活動的空檔，利用宿舍難得的安靜，在寢室複習功課。一個同學敲了敲沒有關上的寢室木門，說宿舍門口有人找你。你回過頭，來不及問個究竟，那個傳話的同學已經走開了。你看看手錶，已經下午五點多了，這才想起，昨天跟T大的一個朋友約好了，今天是清明節，嫂嫂做了潤餅，要帶她一起去吃（你說的這個朋友應該就是我。你說到這裡時也停下來看了我一眼，然後才繼續說）。你趕緊把桌上的書本收拾好，離開寢室，穿過還沒亮燈的幽暗走廊，走下樓梯。你來到宿舍門口卻沒看到我的身影。你想，我會不會是到附近的小雜貨店買東西了呢？你於是往距離不遠的雜貨店走去。還沒走到雜貨店門前，兩名陌生男子突然從背後靠近你，一左一右，把你雙手一架；你還沒來得及看清那兩人的面貌，就已經被架上停在路邊的一輛三輪車了。那兩名陌生男子馬上放下遮雨的油布，命令車夫疾速離開現場。你知道，自己上了特務的圈套，被捕了，既然如此，急也沒有用了，於是就故意表現得非常馴服，冷靜地尋找脫身的機會。特務大概是看你沒有掙扎反抗，漸漸地，戒備也就鬆弛了下來。一段時間後，其中一名特務稍微掀開油布，一邊瞧著街景，一邊不耐煩地喃喃說到哪了？就在這一瞬間，你看到，三輪車正經過公園路的T大學生宿舍；宿舍門口，人來人往，非常熱鬧。學過柔道的你當機立斷，用被扣住的雙手奮力往後一甩，趁機掙脫夾坐兩邊的特務，跳下行進中的三輪車。你的腳扭了一下，一拐一拐，拚命向宿舍門口奔逃，同時一路高喊特務抓人！那兩名特務沒有提防到你會突然跳車，連忙追趕，並且對空開槍示警。這時候，許多T大同學已聞聲趕來了。他們認出逃跑的人是你，就很清楚這是怎麼一回事了。一些同學趕緊把你扶進宿舍，另外一大批同學則把那兩名特務團團圍住，責問他們憑什麼亂抓學生？怎可在學生宿舍胡亂開槍？那兩名特務被問得無話可答，也不敢貿然衝進學生宿舍，只好拔腿就跑。

你的報告結束了。

同學們的情緒激動得幾乎不能控制了，爭先恐後搶著發言，表態說一定要和胡作非為的特務鬥爭到底。最後決議：天亮之後，上街遊行，抗議特務綁架學生的法西斯暴行；同時展開無限期罷課，聲援南京「四一」血案，揭穿和平談判的假象。

老周，我一直想單獨跟你說說話卻始終沒有機會，於是決定先回T大，盡快向張旭東匯報最新的情況。我走到T大福利社的時候，發現餐廳周圍有一些陌生人正鬼鬼祟祟地探頭探腦。因為參與麥浪一連串的演出，以及演出過程所見所聞的種種不合理現象，這時，我已經感覺到，自己不再是一般只愛唱唱歌那樣簡單的女學生了；我的反抗思想萌芽了；我也知道要把歌唱活動聯繫到現實政治了。可我並沒有想到，那些人其實是監視我們的特務，並且已經準備對學生下手，只是現場人多，有所不便而已。我走進餐廳。現場到了很多人。我注意到，裡頭有一些並不是麥浪的隊員；其中幾個還是剛從大陸過來的寄讀生。我以為他們都是對麥浪的活動感興趣才慕名而來，並沒有對他們懷疑或設防。晚會由張旭東主持。他看到我進來的時候有點訝異。他先報告麥浪正式成立一年來的概況，以及寒假南下巡迴演出獲得的社會回響，然後就讓隊員自由發言，檢討缺失，並提出改進建議。大家於是利用現成的桌子圍成一圈，隨意地坐在那裡，嗑瓜子、聊天；氣氛非常熱鬧。我動了動下巴，示意張旭東到餐廳角落說話。他就走過來，關心地問我，妳不是要晚點到嗎？沒跟老周去吃潤餅？我裝作一派淡然，輕聲向他轉述了你被秘密逮捕又脫逃的經過，以及師院同學明天要遊行、罷課的決議。麥浪的隊員正在即興地唱歌助興。在歌聲伴奏下，幾個男隊員和女隊員下場跳了一段演出時候跳的舞蹈。大家都沉醉在中南部演出的甜蜜回憶中，情緒十分熱烈。樂音剛停，張旭東就讓大家知道了我剛剛匯報的情況，同時徵詢所有隊員，是否願意聲援師院同學明天展開的遊行與罷課行動？隊員們憤慨激昂，一致同意了。他立即宣布晚會提早結束，要大家早點回去休息，準備明天早上遊行。

天空下著毛毛細雨。

張旭東牽著腳踏車，要送朱槿和我回女生宿舍。我笑著婉拒了。朱槿於是坐上他的腳踏車後座，撐著傘，幫他遮擋隨風飄來的雨絲。

我撐起傘，獨自走回宿舍。

9

天剛亮，我就醒過來了。窗外，雨已經停了。我下了床，像平常那樣到浴室梳洗。宿舍的氣氛一如往常，看不出有什麼變化。吃過早點，我利用遊行前的零碎時間，到宿舍旁邊的那棵白千層老樹下複習功課。遠遠地，我看到椰林大道停放著幾輛裝有無線電天線的紅色吉普車，十幾名全副武裝的軍警往來巡邏，氣氛緊張。我警覺地想著一定是出事了！看這場面，情勢肯定非常嚴峻。我憂心地往文學院方向走去。經過文學院門口和圖書館之間，看到幾個神情緊張的男女同學正聚集在草坪上小聲交談，就湊進去，聽聽是怎麼回事。我才知道，師院男生宿舍和新生南路的T大男生宿舍被包圍了一個晚上，許多同學已經在清晨時分陸續被抓走了；有人說，公園路的T大學生宿舍也同樣被武裝軍警包圍，抓走了一批學生；還有人說，包括楊逵先生在內的一些文化人和新聞記者，也同時被捕了。聽到這些不一定完全確定的消息，老周，我頭一個反應是你是不是也被捕了呢？

我想看看報紙怎麼說，於是走進剛剛開門不久的圖書館，在書報閱覽室的報架上拿了當天的《中央日報》，首先就在頭版頭條看到警備總司令向社會各界發表的關於「整頓學風」的談話。

他說：

台省學風，向甚淳樸，惟近來T大及師院有少數外來學生，迭次張貼破壞社會秩序之標語，散布鼓動風潮之傳單，甚至搗毀官署，私擅拘禁公務人員，凡此種種違法干紀之行動，絕非學生所應為，本部為維持公共治安、保障大多數純潔青年學生起見，經查報確實，業將首謀者予以拘捕，依法處理中，殊恐社會各方不明真相，特先做一簡單說明：

本部此種措施，為青年前途及本省前途計，實出於萬不得已，容或使兩校教職員先生及各學生家長受到虛驚殊感歉疚！

學風之敗壞，自非一朝一夕，政府與學校當局，及學生與其家長，均難辭其咎，政府整頓學風，已具決心，尚望今後各方皆能善盡其責，務使不再有此類事情發生，庶全體青年學生，得以安心向學，至各校所感到的困難，及教職員的生活，政府當竭力之所及，盡量注意解決改善。

警備總部

我認為，從警備總司令的談話內容可以知道，他一定認為光是鎮壓恐怕不能善了，於是軟硬兼施，兩手並用，一邊全面逮捕學生，一邊又強調要改善教職員生活，故意分化老師和同學的團結。我繼續尋讀關於逮捕學生的具體報導。可我把報紙從頭到尾都翻遍了，卻怎麼也看不到任何相關的訊息。我又拿了省府所屬的《新生報》，一眼就看到幾行醒目的標題：

電令T大師院兩校
拘訊不法學生十餘人

我著急地細讀了這則新聞的內容：

〈中央社訊〉警備總部，近據確報有T大及師院學生十餘人，首謀張貼標語，散發傳單，煽惑人心，擾亂秩序，妨害治安，甚至搗毀公署，私擅拘禁執行公務人員，居心叵測，實甚明顯，而該生等昨晚復又糾眾集議，希圖擴大擾亂，頃聞該部為維護社會安全，保障大多數純潔青年學生學業起見，已電令兩校當局迅將該生等拘案依法偵訊，以便其餘學生仍可照常安心上課，茲將各該學生名單探錄如下……

老周，我看到，你的名字排在師院部分的頭一名。但是，沒有任何明確的訊息說明你是否被捕。

我離開圖書館。校園裡，學生和教職員漸漸多了起來。我想從各方面進一步瞭解昨夜發生的情況，於是繼續四處遊走，只要有同學聚集的地方，就走進去探聽。我感到憂心地邊走邊想：張旭東會不會也被捕了呢？應保華怎麼樣了？我幾乎走遍了文、理、農、工學院，雖然沒有碰到任何一個認識的、住在新生南路男生宿舍的同學，但是，聽了各方面的訊息之後，對事態的全局也有了比較全面的認識。與此同時，隨著來校上課的學生愈來愈多，校園的氣氛也逐漸由低迷轉為激昂。同學們在這裡或那裡聚集，一起議論著，不時地，有人大聲疾呼：我們要馬上營救被捕的同學！但是，一些向來領導學運的同學都不在場，群龍無首，也就沒有人能夠立即把義憤填膺的同學組織起來。於是我沿路找了幾個就讀不同學院的麥浪隊員，要他們再找幾個比較進步的同學，一起到文學院碰頭，商討組織營救會的事情。

早上十點左右，我懷著不安的心情和十幾個同學在文學院大樓與圖書館之間的一株玉蘭花樹下碰頭，然後一起走進外文系教室，緊急磋商如何營救被捕的同學。我首先綜合打聽到的情報大膽地判斷說，各學院學生自治會和幾個重要社團的負責人可能都被捕了，在這種情況下，當務之急就是要重新組織臨時領導機構，負責營救被捕的同學。我的提議立即獲得其他同學一致同意。經過一番討論之後，決議由文、理、農、工、醫、法六學院各派一名學生代表組成主席團，集體領導，下設報導、總務、糾察三組，分別負責營救活動的具體工作。大家又一致公推我和女學會會長謝菁靈等六人為主席團成員。老周，我立即起身婉拒，說我跟張旭東和師院的你經常在一起，不適合上檯面，還是負責幕後的報導工作好了。其他同學覺得我說得有理，就另外推派朱權替代。你們兩個住同一寢室，謝菁靈跟朱權說，這樣，有什麼事也好商量。營救會的組織架構和領導集體確定之後，接著就討論如何開展營救工作，最後，大家決定：先由主席團在校本部召開學生大會，宣布成立營救會，再來共商營救之策。

十一點整，經過熱心的同學一番緊急聯絡動員之後，學生大會在文學院大廳召開了。大廳內外擠滿了關心被捕同學和事態發展的同學，氣氛非常熱烈。營救會正式成立了。它立即決議：首先由主席團成員代表全體同學，建請校長和訓導長立即出面，要求當局釋放被捕同學；其他同學，或是發動學校的教職員工進行罷教聲援，或是在師生當中進行募捐工作。

大會結束了。

營救會的救援工作立刻開始運轉。同學們分頭投入各自負責的工作。一切都在緊張有序的進行中。我與幾個志願參加報導組工作的同學商討之後，決定編輯一份《營救快報》，通過調查採訪，報導事件的真相與營救的動態實況。幾個男同學隨即從理學院辦公室找來兩台油印機、幾筒油墨和紙張，搬到地點比較偏遠隱蔽的一間化學實驗室。於是我們就在濃烈的化學藥品氣味中展開緊張的工作。老周，應主席團要求，報導組的首要工作便是起草一份〈告全國同胞書〉，揭露事件真相，以正社會視聽，同時控訴當局暴行。有位男同學說我常在《蜂報》寫稿，文筆好，就推薦我負責執筆。其他同學都同意了。我也不推辭，當下就找了個僻靜角落，歸納整理了能夠掌握到的情報，想了想，就以一種憤怒的筆調寫了起來。不到半個鐘頭，草稿寫好了。我讓報導組的同學傳閱，隨即依照同學們提出的意見，略加修改，然後交給主席團成員傳閱。不久，主席團把稍微潤飾過的定稿送回報導組。我立刻以工整的字體，一筆一畫，在蠟紙上刻寫鋼版。寫好了，其他男同學立即用油印機印出一疊疊的傳單，拿出去，分頭在校園和台北市各交通要道，四處散發張貼；或是郵寄省內和大陸各大專院校的同學及親友，廣為宣傳。

我在化學實驗室繼續編寫《營救快報》創刊號的文稿。天色漸漸暗下來了。

我回宿舍一趟，很快地沖個澡，匆匆吃了晚飯。我正要走出飯廳時，迎面碰上正急著找我的主席團成員謝菁靈和朱槿。

晶瑩，朱槿一臉興奮，抓著我的手，迫不及待地說，校長認為學生無緣無故被抓，所以非常支持我們的營救活動。

是嗎？我感到驚喜，於是問說，怎麼支持？

校長已經決定，朱槿說，由訓導長、生活組長、兩名教授和一名營救會主席團成員組成慰問團，馬上前往還被包圍的男生宿舍慰問同學。

除了我以外，謝菁靈說，營救會希望妳能以《營救快報》的身分隨團，這樣，也可以採寫現場實況。

我欣然接受了主席團交派的任務。

夜色沉沉。

天空又飄起了毛毛細雨。

慰問團一行六人搭上一輛中型汽車，從T大校本部出發。在雨夜中，汽車行駛在坑坑漥漥、泥漿飛濺的馬路上，通過一道道崗哨盤問之後，逐漸駛近新生南路的男生宿舍。一道刺眼的探照燈光束突然從黑洞洞的前方逼射過來，緊跟著傳來一聲語氣兇惡的吆喝：停車！司機應聲戛然煞車。從黑暗中馳來的一輛豎著無線電天線的紅色吉普已經停在前頭。哪個單位的？兩名軍官從車上跳下來，聲色俱厲地問我們。去哪裡？我們是T大的老師，坐在前座的訓導長探出頭來謙恭地回答，司令部同意我們去看望學生。兩名軍官一聲不吭，隨即拿起無線電話聯繫，確定無誤，然後才揮手放行。汽車在紅色吉普尾隨下慢慢駛進戒備森嚴的宿舍。車窗蒙著一層濛濛的水氣。我哈口氣，噴吐在窗玻璃上，擦了擦，於是就看到宿舍的各間寢室在朦朧中亮著燈，崗哨遍布。

汽車在操場停了下來。慰問團成員一一下車。可不可以……訓導長向尾隨的兩名軍官提出請求，態度依然謙恭。請你們把同學集中，讓我們分發食品、飲料和水果。不行！那麼，讓他們出來，站在房門前面呢？不行！那……生活組長雙手提著食品、飲料和水果，一臉無奈。我們要怎麼把東西給同學呢？他們不能出來，一名軍官冷冷地笑著說，你們可以進去啊！

我們趕緊在訓導長領頭下進入宿舍，分頭把帶來的慰問品一一分發到各個房間。

老周，我主動進了正對著宿舍大門的張旭東與應保華的二一八號寢室。老應與另外兩名室友正無聊地坐看窗外飄著的毛毛細雨。

妳怎麼能夠進來？老應看到我突然出現，驚喜萬分。

我一邊分發慰問品，一邊低聲告訴他們，校本部的同學已經成立了營救會，要他們放心。我接著又問老應：張旭東呢？

他被捕了。老應指了指我身後的床鋪說，他就睡那裡。

我順著他指的方向看到的是棉被沒摺、凌亂地散放著一些雜物的床鋪。我在床沿坐下來，要老應盡快把他所知道的事件的經過告訴我。他於是從他回到宿舍開始，向我述說事件的經過。我一邊聆聽一邊在筆記本上記下他敘述的情節，偶爾要他暫停，問明不清楚的細節。

老應說，昨天晚上，他出去辦點事，突然下起大雨，全身都淋溼了。他已經好幾天沒洗澡了，衣服也沒換洗，都穿得發酸了，就想回來洗個澡，順便換件乾淨的衣服。洗過澡，換了衣服，他看外頭的雨勢並沒有變小，就決定留在宿舍過夜。快要十二點時，他正坐在床頭跟室友閒聊，張旭東淋著雨，從車棚跑回有一小段距離的寢室。張旭東看到老應就關心地問他：最近風聲很緊，你怎麼跑回來了？雨下得這麼大，老應說，應該不會有事吧。張旭東又問他知不知道師院那邊的狀況？我下午就出來了，老應說，學校放假，也沒聽到什麼風聲。老周，張旭東於是把你被捕之後逃脫的經過，以及明天早上要上街遊行的訊息，告訴老應及其他室友。說完之後，他看看外頭，雨還是下得非常大；他又看了一下手錶，然後才比較放心地說：快要一點了，那就早點睡吧！大家於是就躺下來睡了。睡夢中，老應突然被一陣雜亂而異乎尋常的聲音驚醒，於是起身走到窗口察看；他看到一群頭戴鋼盔、全副武裝的阿兵哥正向宿舍走來。他感到納悶，自言自語說怎麼會這樣？大概是雨太大了，同樣被吵醒的一名室友天真地說，進來躲雨吧！早就被吵醒的張旭東沒吭聲，靠著窗戶，靜靜地觀看外頭的動靜。軍車不斷地開來，阿兵哥愈來愈多了。張旭東才同樣憂心地跟老應說，這些軍人應該不至於進到宿舍抓人吧！老應不放心，轉向寢室南面，從玻璃窗往外看；透過濛濛細雨下的路燈微光，他看到操場那頭也布置了許多穿著雨衣的荷槍軍警。糟糕！他心想，今天一定要出事了。他確信，軍警已經不顧輿論會怎樣批評，硬是闖進校園來抓人了。他認為自己在劫難逃，要發生的事終於來了，所以沒有驚惶失措，反而有一種明白結局後的覺悟。他於是把自己的看法告訴張旭東及其他室友，同時鎮定地說：我已經跑了那麼多年，也夠了，即使今天被抓，最多不過一死罷了！你先別急！張旭東一邊安慰老應一邊冷靜地說，現在情況不明，我們也不清楚他們究竟要抓誰？張旭東的立場是不管抓誰都不答應，除非把所有人都抓走。他隨即要室友分頭叫醒所有住宿的同學，同時告訴大家：宿舍已經被軍警包圍了，要立刻做準備，預防特務的襲擊綁架。接著，他又和老應進一步討論應變的對策。宿舍是一排一排的平房，一個房間住四個人。他們考慮到每間寢室的門都對著外面，外頭就有軍人守著，不讓出去，同學們無法集中抵抗，於是又再交代兩點具體措施：首先，大家都把寢室的門牌拆下來，讓那些軍警特務搞不清楚哪個房間住了哪些人，就無法照著名單抓人；其次，只要誰發現有同學被軍警特務綁架，立刻敲打臉盆呼救，大家就一起衝過去搶救。老周，這也是他們所能想到的預防措施了。通知很快就傳達下去了。宿舍裡的同學立刻按照指示，把寢室的門牌全都拆下來。黎明前。宿舍外頭已布滿了武裝軍警，但遲遲沒有什麼動靜。同學們仍然可以在宿舍範圍裡頭走動；上廁所的上廁所，刷牙洗臉的刷牙洗臉。看起來，一切如常。只是宿舍裡平時起床後的熱鬧不見了，一切都是沉悶的。不久，這些軍警開始進入宿舍周圍的各個角落站崗，三三兩兩地在寢室外頭的走廊來回巡邏，隨著腳步發出規律的皮鞋喀喀作響聲。

時間在死寂中一分鐘一分鐘地過去。天色漸漸亮了起來。那些軍警開始把所有寢室的門關起來，不准任何人進出；然後，從每間寢室的門縫裡塞進一張警備司令部簽發的通緝名單。名單上一共列了十六個T大學生的名字，第一名是許黔生；第二名是已經逃離台灣的陳真；張旭東和老應都名列其中，分別排名第三和第四。

這個許黔生我認識。老應用手指著通緝名單，把嘴靠近張旭東的耳邊，輕聲透露。他和我一樣，是復旦的學運骨幹，後來被學校開除，雖然考取T大，卻沒來讀，在一所中學擔任行政工作。老應接著又嘲笑這些特務。真不知道他們的工作是怎麼做的？竟然認定許黔生是首要分子，還跑到T大宿舍要人！

照這樣看來，這份名單說明了兩種情況；張旭東當下判斷說，一種是特務的情報不靈，根本不知道哪個學生住哪間寢室？還有一種情況就是它要抓的一定不止是名單上的而已。他靜靜地看著老應，然後又強調說，我們不能老老實實地等著被抓。

老應完全同意張旭東的想法。他告訴張旭東，按照他在上海的經驗，只要能夠讓學校知道，其實被抓也沒關係，生命會有保障的；如果被抓進去卻沒有人知道，那就完了。他停了一下，看張旭東沒有表示異議於是繼續說，所以，他們一定要爭取時間，設法讓校方派人來現場，看著他們被抓。可張旭東還來不及回應他的想法，外頭的軍警就傳話進來要全體學生到飯廳吃早飯。

原來分散在各間寢室的同學緩緩地前往飯廳集中。軍警也趁機把包圍圈縮小到餐廳的周圍。包圍圈一共有三圈，第一圈是徒手的軍人，後面兩圈則分別手持步槍和機關槍。

老應和張旭東都知道，一旦進了餐廳，恐怕就無法離開了。他們於是坐在一起，一邊吃早飯，一邊繼續討論如何面對這樣的變化。老應首先提議，吃了早餐之後，大家就用桌子、板凳頂住所有門窗；軍警要是進來抓人，大家就拚命抵抗，能抵擋多久就算多久，反正，只要把事情鬧大了，即使被抓進去，也不至於被秘密處決。張旭東同意按照他所提的點子去做，同時立刻向其他同學逐個傳達。於是，草草吃過早餐後，所有同學立刻動手，一起搬動桌椅，頂住門窗。那些軍警看他們堅持不肯主動交人，又沒有離開飯廳，就把包圍圈更加縮小，但既不衝進來，也不讓他們出去。雙方就這樣僵持著。

一段時間後，張旭東擔心同學們的抵抗意志會被時間削弱，就要站起來講話，鼓舞士氣。老應馬上制止他，說現在他們幾個列名的人都不能露面，如果他們站出來演講，以後就會說他們在裡頭煽動，罪上加罪。他接著要同學們用椅子圍成一圈，人站在上面，然後讓張旭東站在圓圈中心的水泥地上講話。張旭東採納了他的意見向其他同學分析說：我們是正義的！軍人到學校宿舍抓學生是不合法的！如果他們硬要抓，就要按照法律來辦事。我們堅持要求校方派人來現場，看著我們被抓，知道我們是被誰抓去的？抓到哪裡？要不然，我們的生命就會沒有保障……

張旭東的話還沒講完，突然有人按捺不住，大喊一聲：我們要衝出去！這一喊，一些心裡頭已憋了一肚子氣的同學就毫不考慮地跟著喊：衝啊！然後就衝出去了。他們一衝出去，那些在外頭待命的武裝軍警立刻對空鳴槍。聽到槍聲，其中幾個沒有鬥爭經驗的同學就本能地往後退。一個軍官頭子便指著正在奔往大門口的第一個衝出去的同學，高喊：抓住他！幾個軍警立刻衝向那名體魄魁梧的同學，抓住就打，然後一邊打一邊把他抓走。接著，幾個衝在前面的同學也被抓走了。其他同學知道硬衝是衝不出去的，只好又回到飯廳。一個軍警頭子隨即走進來勸誘說，他們只要把名單上的同學交出來，就可以馬上回學校上課。同學們立刻你一言我一句地回答：我們寧可被捕，絕不交出名單上的同學！我們要上課！我們要人身自由！……那個軍警頭子眼看交涉毫無結果，就命令手下開始抓人。

同學們被迫一個一個依序走出飯廳的小門。在門口，拿著一份附有照片的通緝名單的軍警就一個一個抓人。

還好，張旭東略略寬心地隨口跟排在後頭的老應輕聲說，那些軍人並不認識名單上的同學。可他的話才剛說完，就看到收發室管理信件的那個年輕人躲在那些抓人的軍人背後指指點點。張旭東立刻臉色大變，流露憂慮的神情，手指那人，跟老應說：那個傢伙，雖然經常穿著軍裝，可我也沒懷疑過他是負責監視我們的特務啊！怎麼說呢？老應問。我常到收發室去看有沒有信，張旭東解釋說，他也接受我的建議，做了按來信姓氏分類的置信木架。所以……老應露出一副嘲諷的神情故意遲疑著不說。所以，那些信件很多的同學一定早就是他特別注意的人了。張旭東自我解嘲說。現在，那些軍警一定是要通過他的指認才知道要抓誰吧！老應無言地看著張旭東。那個傢伙肯定認識我，張旭東接著又抱著準備被抓的心情無奈地說，跑也跑不掉了，鬧也沒有用啦！

果然，那些名列黑名單上的同學一個個被抓了。然而，那個管理信件的人還是有不認識的同學，所以他們也錯抓了一些不在名單上的同學。為了保護通緝名單上的同學，那些被錯抓的同學也不辯解，寧可將錯就錯。

最後，張旭東毫無疑問地被抓了。可他面無懼色，當場就唱起了〈大家唱〉，並且把歌詞裡頭「一個人唱歌多寂寞，大夥兒唱歌多快樂！」的一段改了詞唱道：「一個人被捕多寂寞，大夥兒被捕多快樂！」其他同學於是就跟著唱了起來：「一個人被捕多寂寞，大夥兒被捕多快樂！」之後歌聲就愈來愈遠而逐漸消逝了……

老周，我寫好老應所說張旭東被捕的現場情況，抬起頭，看了他一眼，然後慎重地問道：你呢，你怎麼沒被捕？

我就知道妳要問這個問題，老應坦然地笑了笑說，我現在就告訴妳。

我於是又一邊聽一邊做筆記。

張旭東被捕後，盤查繼續進行。老應心裡頭清楚，下一個就輪到他了。可他們並沒問他什麼。他也就一直不吭聲。他們拿著一份資料，一邊看他，一邊核對上頭的照片。他偷偷瞄了一眼。那張照片是光頭、沒戴眼鏡的他。他想，那應該是從復旦大學轉過來的；他剛進復旦時沒戴眼鏡，因為愛游泳，就乾脆剃光頭，後來，遊行時頭部挨了打，眼睛受傷，才開始戴眼鏡。所以，現在站在他們眼前的就是一個留西裝頭、戴眼鏡的應保華了。於是他聽到有人說像！也有人說不太像！他們又看看躲在後頭的那名收發員。老應當下就放心了。他因為自己是被列管的黑名單，怕連累人，平常不太給朋友寫信，因此也就沒有什麼人寫信給他，更不曾去過收發室拿信。那名收發員對他當然不會有什麼印象。果然，那名收發員搖搖頭。他們就放他過去了。

回到寢室，老應立刻幫張旭東清理一些日後可能被當作「罪證」的東西。如他所料，他在張旭東的床鋪下找到一本硬紙板做封面的厚厚的《列寧文選》。他想，這本書要是被搜到的話，肯定「罪刑」不輕！他想馬上設法把它處理掉。可寢室門口有軍警監守，不可能拿出去藏起來；在房間燒毀，更不可能。他因此而苦惱著。就在這時，他突然發現寢室的天花板上有一個缺口，就請一名比他先回來的室友幫忙把風，然後把書用力擲進天花板裡頭。這樣，他總算放下心頭的一個包袱了，於是懷著一種明白故事結局後的心情，開始清理自己那些該清理的東西……

聽完老應的敘述，我還想要進一步探聽其他同學的下落，可這時，原先守在寢室門口的衛兵已經進來催我離開了。我只好和老應匆匆握手告別。我要他設法出來後一定要趕緊與我聯絡。

慰問團的汽車繼續在那輛紅色吉普的尾隨下駛往公園路的宿舍。我們在那裡進行了同樣的慰問活動，然後返回T大校本部。

汽車途經師院的男生宿舍。老周，我看到那座平時燈火通明的兩層樓房一片漆黑；在暈黃的路燈照耀下，滿目所見只是門窗破碎的淒涼景象。我不由自主地在心裡頭悲痛地喊道：

老周啊！你是不是也被捕了呢？

10

慰問團的行動結束了。

我回到化學實驗室，熬夜趕寫了營救動態與新生南路宿舍圍捕經過的兩篇報導，然後才回宿舍睡覺。

第二天，我還是一大早就起來了。天空依然飄著毛毛細雨。我到餐廳吃早餐。我看到入口處擺了一疊油印的《營救快報》第一號。老周，我知道，這是報導組的其他同學整夜不睡覺趕工的成果。我想，隨著同學的散發和張貼，這份全面詳實報導事件經過和營救動態的快報，很快就會在校園內外廣泛流傳。我感到非常欣慰。

吃過早餐，我又到圖書館看報紙。我想知道當天的報紙有沒有透露什麼新的訊息。我首先在《中央日報》看到警備總司令兼省府主席在昨天的省府例會上，特別指示要配售各校教職員家屬米、煤、油、鹽、糖、布等生活必需品，並加發職務加給與研究費的訊息。我一面讀著報導，一面尋思著這是他想要用改善生活來安撫T大和師院兩校教職員的懷柔措施吧。我又看到他一方面指示要解決學生的出路問題，一方面又再次強調今後各校務須通過嚴格考試定期招生；新生必須有家長保證才得入學，入學後要嚴加管教。他又以省府主席的名義，下令學生鬧得最厲害的省立師範學院：「即日停課，聽候整頓」。光是這樣還不夠，他更進一步對全省中等以上學校發出「整頓學風」的通令：

……誠恐搗亂分子造謠生事，鼓動風潮，務希剴切告誡學生，安心求學，不得再有越軌行動，違者應由該校開除學籍，政府亦必加以有效制裁。

老周，我很清楚，這是針對全省中上學校的學生可能展開的聲援行動而預作防範。我還看到部分聲稱對台北學潮甚感憂慮的學生家長在中山堂集會，討論如何協助政府整頓校風，最後以台北市各級學校家長會名義發表〈告各家長及在校同學書〉；他們公開表示，對當局此種不得已之處置深為同情；他們希望在校學生均能體念時艱及政府苦衷，各安本位，努力學業，勿受外界誘惑，勿以感情用事，讀書以外，心毋他求；他們尤其希望全體家長嚴加管束子弟，時予訓誡，一切囂張言行皆宜勸阻，毋令流為越軌行動。我又看到作為台灣民意最高代表機構的台灣省參議會，也針對學生被捕事件表態支持政府整頓學風。

我走出圖書館，前往化學實驗室，準備編印《營救快報》第二號。一路上，我都在想，如何才能反制警備總司令為了擴大製造擁護整頓學風的輿論而動員的社會各界的表態。

我剛走進化學實驗室，還來不及喝口水，營救會就派人來通知：師院營救會的領導幹部來了，兩校營救會要舉行聯席會議，商討如何共同推展營救活動的事宜。他們要我馬上趕過去。冷雨依然下著。我於是披上雨衣，趕去開會。同學們還在罷課，校園冷冷清清。我走過空曠寂靜的椰林大道，來到隱蔽在花樹深處的工學院機械館。我看到主席團成員和師院的許銘傑及幾個我不認識的同學。我聽到他們正在聊著兩校營救活動進行的情況。謝菁靈向我介紹了師院營救會的許銘傑、林清標和黃棟國。老周，許銘傑是師院自治會最早的領導，我當然認得；可自從他退下來之後，卻一直沒再見過面。林清標和黃棟國，我以前沒見過，也不認識。

一年不見，小女生已經長大了。許銘傑笑著誇讚我說，《營救快報》編得很好，尤其是妳寫的軍警圍捕T大新生南路男生宿舍的那篇報導。

許銘傑要幸免被捕的林清標向我報告師院男生宿舍的圍捕經過，讓我可以在《營救快報》第二號上編寫發表。我和林清標就到機械館外頭，找了安靜的角落，進行訪談。我讓林清標述說我離開以後，師院男生宿舍那天的情況。他一氣呵成地敘述。我忠實地記錄著，沒有提問打斷他。

莊勝雄與自治會幹部積極籌劃著第二天罷課遊行的具體事宜。為了壯大聲勢，老莊同時安排了幾名同學去通知各校聯絡人，可他們剛剛走出宿舍門口，立刻就有一群便衣特務上前阻擋。他們突破不了封鎖，只好退回飯廳。老莊增派幾名糾察隊員，手挽著手，一起往前衝，還是被擋了回來。他想改用電話通知，電話線卻早已被剪斷，撥不出去了。夜深了，天空颳著冷風，也下起早春時節慣有的毛毛細雨。老周，在淒淒涼涼的寒風冷雨中，師院男生宿舍已經被重重包圍了。老莊預估到即將來臨的難以想像的風暴，同時也考慮到你的安全問題，於是慎重地安排你搬離原先的寢室，暫時更換房間。

宿舍外頭一片漆黑，伸手不見五指；宿舍裡面，南舍和北舍各兩層，一共四十間的寢室和餐廳依然亮著燈火。老莊向所有糾察隊員分析了形勢可能的發展與應變方式，他說鎮壓行動一定會在深夜到天亮前的幾個鐘頭展開，同學們應該設法在黑暗中突圍；他同時布置了接下來的自衛工作：在南舍和北舍，分別組織巡邏隊，守夜站崗；每班十人，一次一小時，以暗號輪流交接。巡邏隊的組織採取自願報名的方式，可為了自己，也為了大家，不分省籍的同學爭先報名，很快就組織起來了。老莊又特別交代：只要發現任何狀況，巡邏隊員立刻敲臉盆示警，所有同學聽到示警聲就立刻爬起來，一起戰鬥。

夜更深了。除了輪到站崗守衛的巡邏隊員之外，大多數同學就在危疑不定的心情中上床睡覺了。在一片寂靜中，宿舍透著一股看不見的恐怖氣氛。

午夜過後，天空下起了大雨。雨聲嘈雜。突然間，一陣又一陣急促而激動的臉盆敲擊聲夾雜著雨聲響徹靜寂的暗夜，也驚醒了已經進入夢鄉的同學。大家紛紛披衣起來，往窗外探看究竟。路燈照耀下的宿舍外頭，頭戴鋼盔、全副武裝的士兵兩手端持上了刺刀的步槍，正一排排、一隊隊地向南舍逼近。所有同學隨即神色嚴肅而緊張地到餐廳集中。探照燈也立即穿透餐廳四面的玻璃窗，從宿舍外頭遠遠地照射進來。他們完全暴露在光亮之中了。老莊立即指揮平時就組織起來的糾察隊員到餐廳周圍放哨。軍隊愈逼愈近了。軍隊前面又出現了穿黑制服的警察、佩帶短槍的憲兵與穿便衣的特務，黑壓壓一大片、一大堆。老莊和自治會的幹部緊急討論後決定，餐廳與南舍由糾察隊防守，其他同學退出餐廳，轉移北舍。

不久，餐廳與南舍先後失守，糾察隊也撤退到北舍樓下了。老莊認為，光靠糾察隊防守，力量不夠，撐不了多久；他當機立斷，要全體同學統統撤到二樓，倚仗樓梯，一起投入戰鬥。他們隨即在老莊的指揮下，迅速地把所有的課桌椅搬到樓梯口，堆疊重重阻擋的防禦工事，同時也把餐廳的所有碗筷搬過去，準備在必要時拿來丟擲。

雙方就這樣暫時對峙著。

老周，在對峙中，外頭的軍警遞進一份警備總司令部以你和老莊等幾名自治會幹部為首的黑名單；同時在外頭大聲喊話，說只要把名單上的人交出來，其他人就可以平安無事。老莊立即坦率地向所有同學表態，說大家決定怎麼辦，他就怎麼做，絕對不連累大家。一時之間，同學們議論紛紛，沒有定論。這時，不在黑名單裡頭的李松林跳上桌，激動地說：我們怎麼可以眼睜睜地看著這幾個同學無緣無故被捕呢！他主張大家團結抵抗，爭取時間，讓被點名的同學可以脫逃。同學們毫無異議，決定抗爭到底，於是繼續和軍警在樓上、樓下對峙，互相喊話。樓下喊說只要把人交出來就沒事了！樓上就回應說中國人不打中國人或同志們辛苦了，回家吧！又或者保障人權，反對特務抓人！……等等。然後，同學們開始唱〈團結就是力量〉來激勵士氣。

在歌聲中，師院代理院長也奉命來到現場。他先後兩次上樓，勸告同學們交出黑名單上的同學。他強調說，只要把那少數幾個職業學生交出來，事情就可以解決了。李松林立刻毫不客氣地帶頭強烈質問代理院長：你對自治會主席周新華被秘密逮捕的事情作何感想？代理院長眼看自己的勸導不但得不到同學的依從，還遭到嚴厲批判，只能搖搖頭，自我解嘲說：我今天還不如一條狗！然後狼狽不堪地和陪同的訓導人員離開現場。

時間又在對峙中一分一秒地流逝著。天色逐漸由暗黑轉為魚肚白。宿舍外頭的馬路上靜悄悄的，只見一輛掛著天線的軍車來來回回地移動指揮。老莊知道軍警就要動手抓人了，於是又帶領同學們開始唱歌：

坐牢算什麼，
我們骨頭硬，
爬起來再前進！
生要站著生，站著生，
死也站著死，站著死……

清晨的天空回響著同學們大合唱的歌聲。宿舍附近的民宅陽台上站著許多只能眼睜睜地無奈觀望著的民眾，注視著陷入重圍的孤樓，聆聽著同學們雄壯的呼喊和戰鬥的歌聲。

天光全亮了。一名沉不住氣的帶隊排長突然對空開了一槍。槍聲立刻把僵持的情勢升高了。同學們沒有下樓的意思。軍警開始搬動堵在樓梯口的桌椅，並以十幾個人為先鋒，硬衝上樓。為了自保，同學們紛紛拿起碗筷、椅子，用力砸下去，到後來，連墨水瓶、硯台等文具都派上用場了。那些憲警用樓下寢室的棉被當盾牌，再次硬衝。同學們能丟的東西都丟完了。軍警攻破防線，衝上樓來。同學們只能向樓道兩邊的寢室退避。那些軍警手持三尺棍棒，見了學生就打，然後一個一個抓起來，像粽子一樣綁成一串押走……

林清標的敘述告一段落了。

為了讓報導的消息來源有一定可靠性，我合情合理地對林清標說：

我必須問你一個問題。

什麼問題？林清標一點也不閃躲。妳說。

你怎麼沒被捕？

我反抗到最後，知道終究難免被捕，就退到靠樓道底端的一間寢室，在床鋪底下躲起來。

林清標坦然地回答。

我沒有再追問林清標個人的問題，轉而問他：

莊勝雄和李松林呢？是不是也被捕了？

老莊和李松林帶頭抵抗，最後也退到靠樓道底端的那間寢室。林清標向我描述了他從床鋪底下的視角所看到和聽到的現場實況。他們先把房門關起來，隨即打破寢室的天花板，想要躲到天花板上；身手矯健的老莊，藉著李松林的雙肩支撐，雙手一撐，扶住木桿，再做一個引體向上的單槓動作，順利地上了天花板；但是，因為個頭較大，又從天花板掉了下來。就在這時，幾名憲警衝破房門，進入寢室，隨手用木棍朝兩人身上一陣胡亂敲擊；鮮血滴落地面，很快就攤成一大片了。軍警一邊叫罵，一邊把他們兩人反剪雙手綑綁起來，強拖下樓。

周新華呢？我又抱著有所期待的心情焦急著改口問林清標。他也被捕了嗎？

下落不明。林清標回答我。不過，應該沒有被捕。

老周，我和林清標的談話就到此為止。我們走回會場。兩校營救會領導幹部的聯席會議正式開始了。會議由謝菁靈主持，經過熱烈討論之後最終決議：以台灣學生控訴四六暴行聯合會的名義，對外發表〈告全國同學同胞書〉；同時總結五項訴求，作為和當局談判的基礎：

一、立即解除兩校學生宿舍的戒嚴，恢復校區正常交通。

二、立即無條件釋放黑名單之外的兩校被捕同學。

三、不得對名列黑名單而被捕的兩校同學刑訊施暴，保證人身安全；依照司法程序，立即移送台北地方法院，由兩校營救會聘請律師，組織陪審團，確定有無犯罪，不得搞莫須有。

四、立即允許兩校營救會慰問被捕同學並提供物資援助。

五、保證今後不再發生類此事件。

聯席會議就這樣結束了。

許銘傑、林清標和黃棟國要去向黃石岩老師匯報會議情況。老周，我特別拜託許銘傑，請他們一定要盡快查出你的下落，並且立即通知我。許銘傑輕輕拍了拍我的肩膀，安慰我說，這本來就是他們應該做的。我和他們一一握手道別，然後趕去《營救快報》編印室，將五條決議刻寫成〈備忘錄〉，讓其他同學立刻拿去油印、散發。

11

警備總司令部的副總司令願意面見兩校營救會的代表了。

老周，我在回台探親那段期間，看到了這個副總司令在晚年接受某個學術機構採訪的口述歷史，談到了他處理這次事件的心態與經過。我試著以第三人稱轉述如下：

當副總司令得知你被捕後又脫逃的消息時，他知道，這樣一來，事態嚴重了。他憂心地琢磨著情勢可能的演變情況與應變措施。他想，秘密逮捕的計劃既然曝光了，明天一早，這些學生勢必又會走上街頭，遊行抗議；如果不及早把學生的行動鎮壓下去，情況絕對是很難收拾的。於是，他一刻也不敢拖延，立即撥了電話給主子——省主席兼總司令，據實以報。

這麼一件小事也辦不好！總司令對他怒責並且下達指令說，事情搞成這樣，也顧不了社會反應，只好公開抓人了！

總司令要他立刻約見師院代理院長和T大校長。他親自撥了電話給兩位校長，隨即前往總司令的官邸。進了院門，他看到總司令正在前院的角落定定地看著一株盛開的曇花。他知道總司令不是有此閒情雅致的人，肯定是因為心煩才來到院子裡散心。他於是放輕腳步，走向前去，態度恭謹地向總司令報告，說兩位校長很快就會趕來。總司令並沒有特別理會他的報告。

這花開得真美！總司令的嘴角幾乎不露痕跡地閃著帶有殺氣的冷笑淡淡地說。可惜，只是曇花一現啊！

總司令的雙手放在身後，慢慢走回屋裡，在客廳的沙發上坐了下來。過沒多久，師院代理院長和T大校長先後來到。總司令動也不動，鐵青著臉。他於是語氣謙恭卑屈地向總司令說，報告總司令，兩位校長都來了。

總司令習慣性地摸了摸鼻子，陰沉著臉，跟兩位校長說：那麼晚了，找你們來，其實也沒什麼事，只是要告訴你們，你們的學生鬧得實在太不像話了……這樣鬧下去還得了啊！他刻意停頓下來，以嚴厲的眼神盯著兩位校長的臉部表情。室內籠罩著死一般的寂靜。他又摸了摸鼻子，說：根據情報，類似三月以來的學潮，在以往的台灣社會運動還不曾出現過；光憑毫無社運基礎的台灣學生，絕不可能發動像這樣有條不紊地大規模的學潮；而他們製造學潮的方式也完全與共匪的手法相同。

總司令的意思是……副總司令適時地附和說，學生裡頭有共產黨員。

報告總司令！本省籍的師院代理院長趕緊站起來，立正，向總司令恭敬地鞠了一個躬。去年六月，李院長調掌浙江省教育廳，我只好奉命暫時兼任師院院長……他用眼角餘光偷偷瞄了一眼總司令的反應，然後繼續說：可否請主席讓卑職辭退師院代理院長的兼職，專心做好教育廳副廳長的工作。

你想離開師院？總司令冷冷地看了師院代理院長一眼。我告訴你，就是現在，你們師院的學生正在宿舍集結，準備明天一早上街遊行呢！你要想離開，等事情辦完了再說吧！

一個隨從分別遞了一紙總司令簽發的特字第貳號代電給兩位校長。

總司令接著又語氣嚴厲地向兩位校長下令：今天晚上，如果不能把名單上的學生交出來，就只好交給副總司令來辦了。

總司令說完話就回房休息了。兩位校長同時站起來，恭敬地目送他的背影離去；然後把目光移向那紙電文。

學生的事可以慢慢勸。一直沒有說話的T大校長收好那份電令，面色凝重地要求副總司令。你不需要用到軍隊吧！

除非交出名單上的學生，副總司令堅持說，否則，還是要動用軍隊驅離。

那……師院代理院長懇求說，槍裡頭能不能不要填子彈？

這樣吧！副總司令皮笑肉不笑地說，我乾脆叫那些士兵和警察不拿槍，只拿繩子，直接把那些犯法的學生抓起來。

既然如此，我只請求你不能流血。T大校長態度堅決地對副總司令說，如果有任何一個學生流血，我要跟你拚命！

校長放心！副總司令笑著回答，如果有人流血，我便自殺。

他們三人一起走出了總司令的官邸。

外頭正是一片淒風冷雨。

老周，最後，這個有二二八劊子手之稱的副總司令竟然大言不慚地跟那些學者說，如果不是他處理得當，事件可能演變成血流遍地無法收拾的局面……

真是滿口謊言！

老周，我還是回來敘述那天兩校營救會的代表與他見面的經過吧。

午後。謝菁靈又派人來通知，要我到校門口集合。我在三點四十五分離開編印室，在杜鵑花盛開的椰林大道上疾疾地走著。細雨依然下著。校園一片煙雨濛濛，看起來詩情畫意。可我卻惦念著如何營救那些被捕的同學而無心觀賞。

四點整。我在校門口搭上慰問團的汽車，繼續進行第二天營救活動的報導任務。車上坐的還是跟昨天同樣的一批人，只是增加了師院營救會代表林清標和黃石岩教授，以及T大心理系的蘇翔宇教授。黃老師看到我很高興，也問我有沒有你的消息？我說沒有。他就安慰我不用擔心，他相信你會沒事的。

汽車在人到齊後隨即出發，十幾分鐘後，駛抵警備總司令部。我們下了車，在衛兵的引領下，以T大訓導長為首，依序進入戒備森嚴的一間會議室。不久，頭大、耳長、戴著大盤帽的副總司令，領著一群手下，大搖大擺地走了進來，然後神態倨傲地坐在會議桌上方。他脫了帽子，歪著微禿的大頭，陰沉著布滿皺紋的臉，擺出一副盛氣凌人的模樣。其他手下就按照官階，依次坐著。會場充滿一派肅殺之氣。副總司令揮手讓座。衛兵於是安排慰問團的成員依次就座。

一陣短暫的沉靜之後，副總司令伸出右手，用輕微抖動著的食指指著T大訓導長，語帶嘲諷，冷冷地笑著開場說：

訓導長，你對學生的訓導工作實在令人不敢恭維呀！這次學潮，你的學生把T大搞得烏煙瘴氣，實在教人看不下去，不得不進行干預呀！

總司令說得是！訓導長趕緊陪著笑臉表態。說得是！

……

我實在看不下去這種虛偽作假的場面了。老周，終於，我那壓抑許久的憤怒忍不住爆發了。我站起來，努力讓自己不流露因為怯場而讓人誤以為畏懼的神情，刻意以一種不屑的語氣打斷還要繼續教訓訓導長的副總司令。

司令先生，我針鋒相對地諷刺他說，我們的同學好端端地在睡覺，你們的兵卻拿著槍包圍宿舍，把他們一個個抓走，這叫作什麼學潮？這又是什麼不得不進行的干預？到底是誰把T大搞得烏煙瘴氣呢？

我這突如其來的舉動顯然鼓舞了其他人的鬥志。

司令先生，你的意思是說，面對警察暴力，我們學生就應該打不還手罵不還口是嗎？面對秘密逮捕，我們就應該乖乖就範不能抵抗是嗎？謝菁靈緊接著也理直氣壯地發動反擊。司令先生，這是沒有骨頭的奴才行為吧！難道政府要把我們大學生培養成這種奴才嗎？

副總司令被我們兩名女學生激怒了。可我們句句在理，他一時也不知該如何回應，想要發脾氣卻又考慮到有失身分，只能壓抑著，坐立不安，臉上的神態也因為尷尬而漸漸不再像先前那樣肅殺了。

謝菁靈把握著會場氣氛和緩下來的時機，趕緊把兩校營救會做成的〈備忘錄〉遞給副總司令，然後態度堅決地笑著向他說，這是我們學生的五點要求，請他給我們一個明確答覆。

副總司令接過〈備忘錄〉，低著頭，面無表情地看了又看，然後一言不發地遞給左手的下屬，依序傳閱。他和屬下又低聲交談片刻之後才冷冷地說：

我可以把你們所提的解決方案轉呈總司令，但是，先決條件是馬上停止罷課。

這時，緊挨著我、一直靜靜地坐著的心理系教授蘇翔宇忽然站了起來。司令官，他語氣激動地說，請聽我講幾句話。他說，作為一個台籍教授，他對副總司令剛剛講的話實在無法苟同。他認為學生運動從來就是一個國家進步的新生力量，雖然不可免地會有感情越過理智的時候，可它的進步意義不容否定。基於這樣的認識，他建議當局，對學生的合理要求應該採取同情地考慮的態度；對學生運動逾越理智的感情因素也應有寬大的心胸適當包容，絕對不可鎮壓。青年是國族的生機所繫，他在最後直面副總司令總結說，你們無權摧傷國族的元氣。

黃石岩教授緊跟著也站起來發言。他先自我介紹說他是師院教授，師院被捕的近兩百名同學，大部分是他教過的學生，所以他應該也有資格說兩句吧！然後他就一邊激動地揮動著手勢，一邊說，關於學生運動對國家社會的意義，他的看法跟蘇教授一樣；他認為，這次，當局竟然拿槍闖入學校宿舍，逮捕學生，實在是太過分了！他質問副總司令，這樣，以後還有學生敢到學校上課嗎？最後，他也希望副總司和總司令能夠審時度勢，盡快回應同學們合情合理的要求，安定民心。

我剛剛已經說過，我會盡快向總司令匯報你們提出的五點要求。面對兩位教授的仗義執言，副總司令的神態變得比先前更溫和一些了。他一一地看了看我們，然後話鋒一轉，又語帶威脅地說：我最後還要重複一遍，學生必須馬上復課，不能再鬧下去。

他撂下這句話就匆匆離席了。

兩校營救會和當局一場針鋒相對的交涉就這樣結束了。代表團原車返回T大校本部後隨即解散。老周，林清標在離去前把我叫到一旁，向我透露了你已經安全脫身的好消息。真的嗎！我高興得像小女生那樣跳了起來，然後又憂心地問他，你接下來怎麼辦呢？有地方去嗎？他要我放心並安慰我說，許銘傑已經安排你轉移到鄉下了。

老周，我只要確定你平安無事，也就不再多問了。

這時，我已經知道，有些事牽涉敏感，人家沒說，自己也就不該多問。

12

天亮時，連續下了幾天的毛毛細雨終於停了。天色依然陰沉。吃過早餐，我又先到圖書館，看看當天的報紙有沒有透露什麼新訊息。我看到警備總司令部副總司令對昨天會見兩校營救會代表的事，做了避重就輕的模糊發言，並且向新聞媒體暗示學潮還在持續擴大著。其中，關於逮捕學生的處置過程，他說，後來，他就調來部隊，命令士兵和警察，不拿槍，只拿繩子，抓了差不多五、六百名學生……無恥！我對警備副總司令完全違背事實的說法感到不可忍受的憤怒，不由自主地罵了一句。接著我看到台灣省教育會也發表了擁護整頓學風的〈告教育界同仁書〉：

台灣教育發達，學風淳樸。但近年以來，少數學生習於澆薄，每藉細故，鼓動風潮，由小而大，而漸及深，起初只是搖旗吶喊，口講筆畫，最近更聚眾要挾，目無法紀，以致學風敗壞，研讀的風氣一天不如一天。如不速加整頓，不僅廣大青年的學業被犧牲，社會治安受影響，而在此環境中薰染出來的青年，是否能成就擔當國家未來重任的健全國民，頗堪憂慮。省政府深感此一問題的嚴重，最近決心大加整頓，採取斷然處置，我們站在愛護台灣教育、愛護青年前途的立場，認為政府此種措施，實屬必要……

我更注意到，作為官方喉舌的《中央日報》刊載了一篇題為〈法紀與治安〉的短評，嚴厲地批判學生說：

在全國動亂的局面下，台灣至今仍是一個比較安定，並在安定中求經濟發展，謀民生改進的省分。這一半誠然是由於特殊的地理環境，另一方面也是由於民情純樸，法紀較易維持，治安較易確保。沒有一個求安定的人民會贊成妨礙治安的舉動，沒有一個政府應該容忍破壞法紀的陰謀。不幸近來有少數學生，竟受到京滬等地囂張風氣之傳染，屢次鼓動學潮，進而擾亂治安，破壞法紀。如果任其發展，台灣的安定便將毀損無遺。為著全省人民的福利，省政當局遂以必要的措施，抑制這種不良風氣。我們相信，全省人民一定能夠支持這種不得已的措施。我們竭誠盼望，大部分的青年學生能夠以人民的希望為希望，以人民的要求為要求，不要隨風附和，為人利用，類此的事情，就一定不致再度發生。我們更盼望學生的家長們，如果發現子弟染有不良習氣，應該盡力勸導，重建純樸的學風。

綜合連日來的輿論宣傳，老周，我判斷，事態正按照警備總司令部的部署發展著，官方顯然是把這次的大逮捕，定性為主要針對「少數」所謂「受到京滬等地囂張風氣之傳染，屢次鼓動學潮」的黑名單上的T大及師院學生。我想，這樣的話，張旭東、莊勝雄等被捕的同學恐怕就要被扣上紅帽子了。一旦如此，他們的命運就不堪設想了。

想到這裡，我再也坐不住了，於是離開圖書館，前往營救會舉行每日記者會的會場。

十點整，記者會準時開始。謝菁靈首先報告昨日到警備總司令部與副總司令面談的經過與結果。我接著主動站出來，針對當局連日來通過報紙極力污衊學生的各種報導、言論與觀點，做了公開的說明、澄清與辯駁；我又建議營救會一定要先設法見到被捕的同學，確定他們平安無事，然後再設法營救。我講完話後，會場外頭，天氣突然轉晴了。謝菁靈又再度上台。她展露著歡愉的笑容宣布說，兩校學生的營救活動終於有了初步成果；她剛剛得到消息，新生南路和公園路T大男生宿舍的戒嚴終於解除了；警備總司令部也允許營救會派代表前往警備旅營房，慰問被捕同學。

記者會結束了。

營救會主席團全體成員立刻帶著早就準備好的十幾箱慰問物品在T大校門口集合，滿懷激情地搭車前往警備旅營房。我仍然以《營救快報》採訪記者的身分隨團前往。汽車行駛了一段不算太遠的路，進入一座高牆四圍的大營房，在小廣場入口處的左邊角落停了下來。車門打開。我們隨即依序一一下車。不久，我們聽到不遠處逐漸傳來轟隆隆響著的卡車引擎聲，然後又逐漸減弱，終於在小廣場入口處的右邊角落寂靜下來。張旭東和莊勝雄等人在持槍士兵的監視下跳下車，抬頭挺胸，站成一排，隔著一段距離，遠遠地望著我們。我們興奮地向被關得面色蒼白的他們揮手致意。他們也想向我們揮手，但手剛舉起來就被制止了。我們接著就按照看守士兵的指示，一起把一箱箱食品、罐頭飲料和一筐筐的水果搬下車，放在距離他們四、五公尺遠的地上。我們剛要講幾句安慰鼓勵他們的話就被斥退，隨即被趕回去搭車。他們也在持槍士兵的催促下，一一走向卡車停車處。我和朱槿回頭望了一眼他們逐漸遠離的背影。老周，這時，向來拘謹的朱槿突然激動地大聲叫道：我們還會再來的！我的眼眶隨即溼了。我覺得張旭東彷彿也聽到朱槿的呼叫聲了。我看到，他略略回頭，稍稍抬起左手，微微地搖了搖，然後就登上了卡車……

我們從警備旅回到T大校本部。營救會立即舉行記者會，報告探視被捕同學的經過，同時宣稱一定會繼續聲援被捕的同學，直到他們全部釋放出來。

記者會結束之後，我又立即趕去化學實驗室編印《營救快報》。當我正在刻鋼版的時候，一名男同學急匆匆地從外頭跑進來，神情緊張，向我報告說，他聽說，今天清晨，瑠公圳的涵洞裡發現一具男屍。

是台大學生嗎？我問，知道名字嗎？

臉已經被砸爛了，認不出身分。他說，但是，從死者身上穿的衣服和皮鞋研判，聽說像是應保華。

我聽到這個消息感到非常震驚，雖然不認為這個傳言一定是事實，但也不敢認定絕無可能。我憂心地尋思著：老應會不會想要逃出宿舍而被秘密殺害了呢？

老周，就在我茫無頭緒地想著老應的下落的時候，他卻突然出現在我的眼前了。

老應，我驚喜萬分地叫他，你還在啊！

我怎麼就不在了？老應有點莫名其妙地問我。

外頭都認為你已經死了呢！

怎麼回事？

老應雖然不迷信卻也不太高興地問我。

我就把聽到的流言說給他聽，然後又問他是怎麼出來的？

老應於是向我詳細報告說，我們營救團離開以後，軍警仍然把他們包圍在裡面，不讓出去。平時熙熙攘攘的宿舍一片死寂。他告訴自己，絕對不能坐以待斃，一定要設法出去，探探消息。他想了又想，終於想到一個可能突圍的辦法——他想，每天一早，廚房的工人都要出去買菜，所以，他可以裝作廚房的工人，天亮之後，提著菜籃子，設法混出去。他於是從床鋪底下拖出那口從上海帶過來的皮箱，打開來，然後把幾件穿不上的衣服分送給室友。這些衣服都還是新的，那些同學一邊摸著那幾件散發著濃濃樟腦味的衣服，一邊委婉地問他捨得嗎？他苦澀地笑了笑，然後告訴他們，他已經跑了那麼多年，也夠了，今天雖然僥倖成了漏網之魚，可一旦被發現，早晚還是要被抓去的；即便如此，最多不過是一死罷了！有什麼好怕呢？既然如此，這些身外之物又有什麼捨不得的？可他還是給自己留了一件棉大衣穿上。都已經四月天了，其中一名室友感到不解就笑著問他，你有那麼怕冷嗎？台北的春天時暖時冷，他解釋說，他想到，張旭東被捕時穿得很單薄，這一去，又不知何時才能出獄？肯定要受涼的。如果他哪天也被抓去的話，就可以把棉大衣給他穿了……

一切事情都處理妥當之後，他就坐下來，給幾個在台灣的復旦同學寫信，然後把那幾封信交給室友。他希望，在他被捕以後，他們能夠幫忙把信寄出去，讓他的家人知道。然後他就藉口出去小便，偷偷潛入食堂的廚房。這時，他剛來台灣時跟觀眾劇團學會的舞台化妝術派上用場了。

他在櫥櫃裡找到一瓶松香，先把它倒進酒精裡頭，製成黏膠；然後剪下一小撮頭髮，沾上膠，在嘴巴的周圍黏成一圈鬍子。化好了妝，他就閉目休息等待了。

等到天色微明又還沒有透亮的時候，他就穿上雨衣，戴上斗笠，手提一只大籃子，裝作買菜的廚子，大大方方地走向宿舍大門。在門口，當他轉個身就要出去的時候，屁股後面卻被兩支槍頂住了。幹什麼的？他回過頭，看到兩個一臉兇相的持槍士兵。他們厲聲喝阻他說：不准進去。這兩天一直下著雨，天變冷了。他順勢騙他們說，我的東家叫我來給我家少爺送衣服。不行！不行！那兩個兵把他轟出去了。

他趕緊離開大門，拐進附近的巷子，一直走到覺得安全的地方才拿掉斗笠，脫掉雨衣，摘下假鬍子。他沒想到就這樣輕易逃了出來，一時之間，猶豫著接下來要去哪裡？後來，他決定先到法商學院，請院長和老師出面，協助營救被捕的同學。他來到法學院辦公室，院長和政治系主任恰好都在。他就氣憤地質問他們，為什麼不出面保障學生的安全？院長和系主任一臉驚訝，瞪大眼睛看著他，沒說什麼。然後，院長才心平氣和地問他從哪進來的？他心裡還有氣就不客氣地說，當然是從大門走進來的。唉呀！院長輕輕地叫了一聲，然後從抽屜裡拿出一張通緝他的電令給他看，同時著急地要他趕快離開。他於是從東北角的圍牆缺口匆匆離開法商學院，跑來找我。

老周，我回應老應的敘述，說我也聽說警備司令部發現錯抓了一個跟照片上的他長得很像的同學，所以對他下了第二次通緝令。

你接下來打算怎麼辦？我問老應。

我要參與營救會的活動，老應說，設法營救那些被捕的同學。

這樣一來，你不就是自投羅網嗎？

一個人要逃命是很容易的。老應的態度堅決。但是，自己跑了，卻把同學扔下來不管！這是無情無義的膽小鬼的行為，不是我應保華該做的事。

你能做什麼呢？

只要我一天沒被抓就要幹一天。老應再次強調自己的決心。我一定要把營救工作幹到底！

既然如此，你就躲在後頭，不要現身吧！我不能再反對他了。我說，我們就繼續放出那具無名屍就是你的風聲吧！

13

老周，幾天過後，大多數被捕的學生都被釋放了。警備旅的牢房裡頭就只剩下張旭東、莊勝雄等名列黑名單的同學繼續關著。我特別找了麥浪的小林以及師院自治會總務部長李松林，針對他們的獄囚生涯做了專題採訪。

小林說，那天早上，他和張旭東等幾個同學被那些持槍的士兵從食堂押到宿舍門口，向左轉，踩著碎石子路，走到八路公車終點站。那裡已經停了幾輛十輪大卡車。他們一個個被推上卡車，立刻用繩索五花大綁。張旭東生氣地罵說：你們要幹什麼？可這時，再怎麼罵都沒有用了。他們只能動彈不得地看著一批又一批的同學陸續被抓上來。

終於，軍警的逮捕行動告一段落了。可那名收發員還在車下指指點點。你這傢伙，張旭東於是苦笑著諷刺他說，今天可立了大功啊！他的臉上匆匆閃現尷尬的表情，也沒有說什麼，就把頭轉到別的地方去了。

沒多久，他們的眼睛都被蒙了起來。卡車發動了。他們被一車一車地載離現場。卡車行駛了一段不算太遠的路之後停了下來。押解的槍兵把他們的蒙眼布條拆了下來。他們搞不清楚究竟被抓到什麼地方。槍兵隨即把他們一一押解下車。一個穿著軍官制服的人立刻下達口令，讓他們排成縱隊，依序進入一座高牆四圍的大營房。然後，那些押解的槍兵又走上前來，解開他們身上的繩索，把他們胡亂推了進去。這樣，他們就開始了集體囚禁的生涯。

在那裡，他們不能到外頭自由活動，不准走近營房門口，大小便一定要有兩個士兵在身後跟隨；除此之外，基本上沒受到多大的拘束。剛進去時，在荷槍實彈的士兵嚴密監視下，他們的情緒和表現還算鎮定，沒有人流露出恐慌或者侷促不安的神態。有些人一邊撫摸著身上挨揍的痛處一邊思索著什麼；有些人開始左顧右盼，看看自己的鄰居是誰，哪些同學和自己一起遭了難；少數一些膽大的同學已經忍不住交頭接耳，交換消息了。結果，他們與師院自治會的幾名幹部也在那裡會師了。

李松林說，張旭東看到師院自治會的幾名幹部，就臉帶嘲諷的微笑，裝作一臉驚訝地問他們：你們怎麼都來了？

朱裴文也很有默契，故意裝出一臉無辜的樣子回答說：又不是我們愛來的！

旁邊的人都笑了。

這裡是什麼地方？張旭東又問本省籍的莊勝雄。你知道嗎？老莊就苦笑著告訴他，日本帝國主義占領台灣之後，殖民統治者基於安全理由拆掉了台北城牆，再用那一塊塊的石頭堆砌成兵營的圍牆。日本殖民統治結束了，這裡是警備旅的一所營房；現在卻變成關押大學生的監獄了。張旭東接著又關切地問師院那邊的情況如何？經過一晚的惡鬥之後，老莊依然苦笑著說，他們的抵抗失敗了。宿舍的每扇窗戶都被砸得稀巴爛。一直坐在莊勝雄旁邊的李松林接著補充細節說，他們手無寸鐵，在軍警的棍棒和拳腳進逼下，一個個被逼到牆角，退無可退，許多同學被打得鼻青眼腫，鮮血淋漓，然後逐一被反轉手臂，綑綁起來，拖、拉、推、擠，硬是押上等待已久的十幾輛大卡車，再用帆布蓋起來，像載去屠宰場的豬隻那樣被關進那裡。

老周呢？張旭東急著知道你的下落於是問說，他有沒有被抓來？

後來，我就安排老周躲到別間寢室。老莊面露憂心說。經過這場大逮捕後，究竟情況如何，我也不知道！

張旭東跟老莊說完話後，又關切地問李松林，你的頭被打破了？還在流血呢！李松林隨手一摸，手裡就沾上了即將凝結的血塊。難怪！他憤恨不平地說，我老感覺後腦勺那裡冷冷的，也不知道究竟流了多少血？

就在這時，那些看守他們的兵吆喝說吃飯了。然後，雜役就扛著兩個大桶子，一個裝湯，一個裝飯，放在走廊的地板上。那裡既不用湯匙也不用飯匙，他們就用那又長又粗的煮麵用的筷子打了飯菜，然後就像那些兵一樣，就地吃了起來。朱裴文邊吃還邊自我解嘲地笑著說，沒想到，牢裡的飯菜竟然比想像中的好很多呢！是啊！老莊同樣用嘲諷的語氣說，至少比天天讓你喝米素稀滷（味噌湯）的食堂伙食強多了。李松林沒有說話，一口一口，小心翼翼地扒著那夾雜著細石子的糙米飯。

你怎麼光吃飯？張旭東注意到李松林那略顯怪異的反常行為，就關心地問他。不喝點湯？

我怕……李松林猶疑了一會才小聲說，我怕他們會在湯裡頭放藥。

張旭東無奈地笑了。

多少喝一點吧！老莊勸李松林，別胡思亂想了。

這怎麼是胡思亂想呢！李松林不以為然地辯解說，他們三更半夜抓人，還把卡車蓋起來，不讓外面的人看到，這就有可能是要把我們槍決；所以，他們肯定會在湯裡頭放藥，防止我們逃跑。

湯裡頭會下藥，朱裴文故意嘲笑李松林說，難道飯裡頭就不會？

不管其他人怎麼勸，李松林還是堅持不喝湯。那一夜，他一直警覺地聽著士兵巡邏的腳步聲，不敢入睡。天亮以後，他看到大家都還活得好好的。當第二頓飯送來時，他才放心地開始喝湯。

李松林又說了一個跟吃有關的趣聞。

在我們營救會探望之後，張旭東和莊勝雄回到大押房，就把我們送去的東西平均分給大家。這是什麼東西？吃飯的時候，李松林挾著分到的一顆皮蛋，不解地大聲驚叫。它明明是剝了殼的蛋，可是顏色怎麼黑黑的？朱裴文不告訴他卻故意開玩笑說，難道自己的同學也會對你下藥嗎？李松林一臉茫然。張旭東就溫暖地笑著對他說這是皮蛋，然後又感到訝異地問他沒吃過嗎？李松林老實說沒吃過，然後嘗了一小口，笑了笑，又說，沒想到，被關在牢裡，才有機會第一次吃到皮蛋。

老周，小林和李松林的說詞共同指出，我們營救會去過之後，警備旅開始分批審問清查學生，每批十人左右。問題大致相同：你叫什麼名字？你是不是共產黨員？你什麼時候加入共產黨？你為什麼要跟隨共產黨鬧事？你知不知道鼓動和組織鬧事的是誰？你究竟還想繼續讀書嗎？……審訊完畢，荷槍的士兵又把他們帶回原來囚禁的地方，然後就分批由家長保釋出來了。

後來，《營救快報》全文刊登了我整理過的小林和李松林的訪談錄；我在文章的最後特別呼籲社會大眾：勿忘還在關押的同學。

老周，為了繼續營救張旭東、莊勝雄等不被容許保釋的同學，營救會又特別召開了記者招待會。在會上，謝菁靈代表同學們表白了營救會今後的立場，說警備總司令部迫於輿論和形勢，以「保釋」為條件，釋放了大部分被捕的同學，有家的同學已由父母兄姊保釋，隻身在台無家可歸的同學則由親友或師長保釋；今後，營救會仍將繼續努力，盡快讓那些還在監禁的同學出獄。

其後，營救會就把希望寄託在T大校長身上，希望他能夠出面幫學生講話。可應保華卻對此不表樂觀。他在私底下向我分析，說校長雖然是參加過五四運動的大將，有一定的社會聲望，可他畢竟也是老蔣和警備總司令的智囊之一，如果他跟學生站在一起，不就讓老蔣和警備總司令難堪嗎？老應希望我能把這個意見向營救會的領導幹部們反映。我如實傳達了。然而，以謝菁靈為代表的營救會的同學還是不死心，繼續努力在校長身上下工夫。最後，校長除了要求當局一定要「依法辦理」張旭東等人之外，也不敢講話了。

我們也聽到風聲，說警備總司令下令要對張旭東他們「依法辦理」了。果然，不久之後，台北的幾家報紙刊載了一則篇幅不大的《中央社》電訊透露說，張旭東他們即將移送台北地方法院檢察處依法處理。營救會隨即召開記者招待會，呼籲社會各界能夠繼續主持正義，促使當局早日依法處理那些「交付法辦」的同學；營救會同時強調將繼續聲援張旭東等「交付法辦」的同學，直到他們出獄為止。後來，資源有限的營救會依然動用各種力量繼續聲援張旭東等人。然而，面對我們的要求，負責偵辦此案的台北地檢處首席檢察官始終以「牽涉各方很多，偵查費時」的理由，故意拖延。

不久之後，台北的天空突然出現了一架又一架的飛機；據說，每一架飛機都載著從上海逃來的國府要員及其家屬。針對新的形勢，營救會的主要成員會商了後續的營救對策。應保華在大家的要求之下，分析了最新的形勢發展。他神態凝重、語氣嚴肅地說，大陸的內戰形勢急遽變化著，中共中央向人民解放軍發出〈向全國進軍〉的命令之後，隨即兵分三路渡江，解放了南京。他透露聽到的風聲說，兵敗如山倒的老蔣即將撤守台灣，把台灣作為最後的反攻基地；全國各系統的情治人員也已前來台灣，進行政治肅清的準備作業。在這樣惡劣的政治氣候下，他強調，我們必須做好最壞的打算。

如果這樣，我心急地問所有與會者，張旭東他們怎麼辦呢？

會場突然陷入啞然無聲的狀態。

這樣的話，謝菁靈只好打破沉默，無奈地說，營救會也只能設法帶話給他們，就說沒有辦法了，「依法辦理」算是我們能夠幫他們爭取到的最好待遇了。

現場沒有人能夠提出其他辦法，也就沒有人反對她的意見。我看到朱槿心情難過地低著頭沉思。

我們雖然沒有辦法營救他們出獄，還是要持續關心他們。老應看到大家束手無策又建議說，這樣，監獄當局才不敢對他們亂下毒手。

我立刻附和老應的建議說，營救會還是應該每隔一兩天就給牢裡的同學送點東西。

謝菁靈回應說，老應和我的意見都很好，營救會還有麥浪演出募集的一點資金，給他們買些魚肝油、牛奶、餅乾等食品或是保暖的衣服，暫時還不成問題。問題是要找誰去呢？

這個人，老應說，既要對坐牢的同學有感情，又不會被當局注意。

現場又安靜了下來。

我看大家始終提不出合適的人選就開心地說：

我知道有個人挺合適的！

誰？

所有人的目光都不約而同地注視著我。

我於是建議說：麥浪的徐蘭香。

14

營救會的營救活動告一段落了。老周，許多參與營救工作的同學因為營救無望，自己又可能在新一波整肅中被捕，於是想要設法通過不同管道離開台灣。這時候，身為台灣人的我義無反顧地幫助了那些被通緝的同學逃離台灣；應保華就是其中之一。

老應的生活費用一個月大概要舊台幣四、五萬元。他身上本來還有四十幾萬寫稿掙來的錢，最起碼還夠生活一年，可他已經把這些錢統統捐到營救活動上頭了。於是我安排他到桃園新竹交界處一個濱海的客家庄，住在某個農民家裡，靜候消息。

大約一個星期後，老應主動上來台北找我，說找到一條比較便宜的回大陸的通路。他告訴我，在那裡，他因為身上沒錢，也為了安全考慮，沒事就乖乖待著，不敢亂跑。後來，因為頭髮實在太長了，他就到村子裡的理髮店理髮。這樣，自然就和理髮師傅聊了起來。師傅看他陌生，就一邊給他理髮，一邊用不是很流利的國語問起他的身分。他自報家門是某某人的朋友。師傅就好奇地說，聽他的口音，就是外省人，為什麼自己一個人跑到那裡？他不方便暴露身分，只好隨意編個謊言，說他來台灣做一點小生意，老婆和孩子都在大陸。師傅就問他，怎麼不回去把他們也帶過來？他裝作有點不好意思地苦笑著，說他是想回去，可生意失敗了，沒臉，更沒錢回去啊！你家鄉在哪裡？一個坐在後邊長條椅上等待理髮的村民用同情的語調問他。他看著玻璃鏡面裡的那個村民隨口編造說福州。福州！那個面容純樸的村民熱心地說，那就好辦了。他說他知道新竹的漁港有可以裝十幾噸貨物的木船到福州，只要起東南風，一個晚上就到了。老應心想，現在許多同學想回大陸卻買不起機票，這條路要是走得通，倒是可以試試。老應於是問要多少錢？包一條船也不過十萬塊，那人說，要的話，他可以幫忙介紹。老應謹慎地回他看看再說。第二天，老應就跟那人去見了船老大。老應告訴船老大，他有一批同鄉在台灣生活困難想回大陸，可沒有足夠的錢坐客輪，所以想租他的木船回去。船老大爽快地說沒問題。老應又問一條船可以載多少人？船老大說十人。老應把具體情況搞清楚以後，就立刻上來台北通知我。

老應跟我見面之後又回去了。我馬上去找謝菁靈報告，請營救會設法通報那些準備回去大陸的同學。我也力勸隻身在台的朱槿跟他們一起離開。

我覺得，妳也應該走了。我跟朱槿說。

我不想走，也不應該走！朱槿的態度非常堅決。我總覺得事情弄成這個樣子，自己走了，卻把同學丟在牢裡，既對不起人家，良心也過不去。

妳繼續留在這兒，一點事也幹不了！我試圖說服她並且強調說，我已經聽到要開始抓女同學的風聲了，要抓女同學，那當然就是演〈朱大嫂送雞蛋〉的妳和〈王大娘補缸〉的我了。妳不走不行！

那妳呢？朱槿反問，妳跟我一起走嗎？

我跟妳不一樣，我解釋說，我的家人在台灣，暫時還是留下來，以後看情況再說。

老周，我沒有說出掛念你想跟你見了面再做打算的心情。

既然這樣，朱槿回我說，我總得先把家教的事處理好。

結果，朱槿還是不打算跟其他同學一起走。

兩天後，我專程南下，向老應回報，一共有十幾個同學決定走這條路回大陸。他立刻帶我去找船老大商量，能不能租兩條船？船老大爽快地答應了，同時說，看天候，這幾天應該會起東南風。他要我們最好先在市區找個旅館，隨時準備好。哪天晚上，只要東南風一起，你們就趕來漁港，他一副胸有成竹地淡定說，上了船，睡個覺，天一亮，就到了。

老應和我於是開始分頭做聯絡工作。

第二天下午，我和謝青靈就親自帶領一批同學來到新竹，集中入住靠近漁港的一家小旅館。一切都安排妥當，就等東南風起了。老應立刻去通知船老大。從漁港回來之後，他向我匯報情況說，他考慮到自己被通緝的身分敏感，不方便待在旅館，又與船老大商量，可不可以先讓他住到船上？這樣，東南風一起，他可以立刻通知其他人。結果，船老大說，這樣也好，省得他跑一趟。

入夜之後，老應就帶領麥浪的小林先到漁港。到了半夜，他們又回到旅館，一身灰頭土臉。我以為他們要來通知大家上船，結果卻不是這樣。老應先把沾了泥土與汗水的花臉洗乾淨，然後坐下來，向大家報告了最新的情況。

老應和小林剛上船，就看到兩個警察要來盤查。他心裡暗暗叫苦說這下慘了！他不敢確定那兩個警察手上是不是握有通緝他的名單？可為了安全起見，他還是向船老大推說臨時有急事要辦，請他幫忙保管行李，然後就和小林跳到另一條船，上了岸，逃回新竹。月亮沒有露臉。夜色暗黑。他們在黑漆漆的原野上走了老半天，走著走著，就在四處散立著一壘壘土堆的地方迷路了。老應納悶地想著，怎麼走到墳地了？方向不明。他們就循著遠處亮著的一盞微弱的燈光，在土堆之間一邊前行一邊尋找出路。轉了半天，才終於走出那片土堆。在較亮的路燈映照下，他們才知道，原來那些土堆並不是墳塚，而是停放飛機的防空壕。這下糟了！老應心裡更加著急地想，怎麼跑到軍用機場來了？這不是自投羅網嗎？他們又在裡頭繼續轉了半天，還好，一直到走出來時都沒碰到一個哨兵。

聽了老應的報告，我和謝菁靈就勸他不如放棄這條路線算了。根據營救會蒐集的情報，老應的目標比較大，不管是輪船碼頭或是火車站，都有通緝他的照片；就是機場沒有。我們判斷，這也許是警備總司令部認為學生沒有經濟能力坐飛機吧！所以，我們建議，還是讓大家湊錢，買張到廈門的機票；他只要上了機，就飛過去了。老應慎重考慮。最後，為了讓其他同學能夠順利偷渡，他就決定不跟他們一起走了。第二天一早，他就帶著大家湊齊的機票錢，由小林陪同，前去松山機場搭機。午後，小林從台北回來了。他向大家報告說，他一直看著老應進了候機室，才跟他揮手道別。

入夜後，外頭颳起東南風了。我隨即親送謝菁靈和其他同學趕到漁港，搭上那兩艘漁船。然後，我又回到新竹，搭上最後一班夜行的火車，趕回台北。

老周，從車站回到學校時，我恰好在宿舍門口遇到剛從外頭回來的朱槿。去哪裡？我邊走邊問她。她回我說去家教。

回到寢室，朱槿從床鋪底下拿了臉盆，要去浴室盥洗。我就說妳先別急著去洗澡。她問有什麼事嗎？我說坐下來聊一聊。她於是放下裝著盥洗用具的臉盆，在床邊坐了下來。

我剛從新竹回來，謝菁靈和其他同學已經上了漁船，估計明天就可以平安到達福州了。我先向朱槿報告同學們最新的動態，接著問她：怎麼樣？家教的事處理好了嗎？

處理好了。她說。學生家長也勸我離開台灣！

妳怎麼說？

朱槿告訴我，她用回答我的態度同樣回答說，還有其他同學被關在牢裡，她不能就這樣離開。

他怎麼說？我又問。

他也勸我快回去吧！他說我留在這裡一點事也做不成。

妳怎麼說？

我被說服了，朱槿說，沒再說什麼。

學生家長接著又問朱槿錢夠不夠？不夠的話，他可以再給一點。朱槿客氣地跟他說，她另外還兼了一個家教，攢了一些錢；應該夠買一張船票。他隨即給了她比家教費更多的錢，說多帶點錢，安心些。

所以，妳決定離開了？我要確認朱槿的態度，於是問她。

是的。她說。我決定離開了。

我隨即和她討論具體的走法。最後，朱槿做了決定，說她在上海有親戚，就去上海吧。

第二天，我就陪朱槿前往基隆港，買了一張開往上海的民生輪船票。上船前，她心情難過地特別交代，請我務必要去探望張旭東。

我會的！我安慰她說，請妳放心。

她轉身走上舷梯，可走沒幾步又停下來，回過頭，一邊揮手，一邊跟我說：

請妳跟他說，我一定會設法跟他聯繫的。

15

老周，我終於等到你的訊息了。你輾轉透過一個師院女同學，向我轉達了見面的時間與地點。那天下午，我搭乘淡水線的火車，依約在五點左右來到北投車站。天色將暗。我在出口處張望徘徊，卻沒有看到你的人影。幾分鐘過去了。我擔心你會不會又出事了？就在這時，我感覺到身後有股熟悉的年輕男子的氣息逼近。我猛然回過頭，就看見你對著我傻笑的臉。你說那裡說話不方便，隨即拉著我的手，沿著植有木麻黃的道路，朝著溫泉旅館聚集的方向前進。

旅館區有一座綠蔭扶疏的公園。我們走到裡頭一道冒著熱氣的水圳上頭的一座木板橋上。

我有很多重要的事要跟妳商量。我們找家幽靜的旅館吧。你提議，接著又說，不過，我身上沒什麼錢。

錢不是問題，我感到為難地說，就在公園談，不行嗎？

不方便。你斷然說。

於是我跟著你，沿著那條冒著熱氣的小溪圳旁的小路蜿蜒前進，來到一家外觀簡樸的日式平房的溫泉旅館。你也向我詳細訴說了你在大逮捕以後逃離宿舍的經過。

大逮捕之後，師院男生宿舍空無一人，一片零亂殘敗。入夜以後，兩層樓的建築，像是鬼屋一般陰森冷清；春風透過破裂的玻璃窗吹進空蕩蕩的走廊，不時發出像是哭泣的嗚嗚哀鳴聲。你躲在食堂廚房的天花板與屋頂之間的夾層裡，像老鼠那般警覺地觀察著下頭的動靜。一名年輕的廚師走進來了。他看到亂七八糟散置一地的碗盤碎片，搖搖頭，嘆了一口氣，然後動手收拾。你想探頭看清楚情況，就稍稍伸展了一下有點痠麻的腳。他也聽到了天花板上傳來異樣的聲響。

這些老鼠，人被抓走了，就那麼囂張！

他一邊掃著地板一邊隨口罵了幾句，然後又本能地抬起頭，看看頭上的天花板。他應該是發現天花板的木板鬆動了，於是搬了張長條椅子，站在上面，用雙手頂開那塊鬆動的天花板，探頭進去查看。老周，就這樣，他驚見躲藏在裡頭的你了。他先是嚇了一跳，隨即就明白是怎麼一回事了。

下來吧！他語氣溫和地對你說，你總不能一直躲在裡頭吧！沒得吃，又沒水喝，能撐多久？

你不得不現身了。你雙手抓住圓木橫梁，吃力地把身體吊了下來，落到地面。

我認得你。他看著蓬頭垢面，衣服上布滿灰塵和蜘蛛絲，一身髒兮兮的你。你就是警總點名要抓的自治會主席周新華吧！

你冷靜地看著他，沒有答話，心裡盤算著，如何應付接下來可能會有的局面；雖然已經餓得沒多大氣力了，可如果他想要出去舉報，你還是會拚命阻止的。

你放心吧！他顯然從你的神色看出你內心的想法了。我不會出賣你的，要那樣，就不會叫你下來了。

你還是保持警戒靜靜地看著他。

我看你餓得站都站不穩了，還是先弄點東西吃吧！

他笑了笑，然後去找吃的東西。你警覺地緊跟在後。他在櫥櫃裡找到一個發硬的饅頭，聞了聞味道，把它遞給你。

應該沒有壞掉，他說，你就先充充饑，我去給你倒杯水。

你終於解除心裡的警戒，放心地小口嚼著饅頭。他拿了一杯水給你。你向他說謝謝，喝了一口水，然後又問他為什麼不去密報？他又笑了，說他雖然書讀得不多，可也知道做人的道理。人活著，總要有是非對錯吧！停了一會，他看了看你，好奇地問說，你怎麼會躲到這裡？躲了多久？你回答他說，你在同學的安排下，先是住到宿舍一樓的寢室，到了半夜，宿舍被包圍了，你還是待在裡頭靜觀事情的發展；你知道，儘管警總點名要抓你和其他幾個自治會幹部，同學們就是不肯把你們交出去，後來，那些憲警衝進宿舍，你又在其他同學的掩護下悄悄來到食堂，然後躲到廚房的天花板與屋頂之間的夾層。難怪！他帶著贊許的語氣說，大逮捕後，那些憲警幾乎搜遍了整棟宿舍，就是沒能抓到你這個「頭號要犯」。就這樣，兩天過去了，你繼續說，你不知道那些憲警是不是撤離了？雖然沒喝水，沒吃東西，還是堅持不現身；其實，你的身體已經撐不下去了，眼看著只好出來投降時，忽然聽到有人打掃的聲音，然後就被他發現了。他想了一下，又說，他覺得你躲在那裡也不是辦法，還是先跟他離開宿舍，找個安全的地方，暫時躲一躲。你質疑說外頭不是還有軍警警戒嗎？他要怎麼帶你出去？他笑了笑，也沒說什麼，只是走上前來，拿下你的眼鏡，弄亂你的頭髮，然後又拿了一件掛在牆上的工作服，披在你的身上。他退後一步，看了看，一臉得意地說：你這個樣子，怎麼看，也不像是個文質彬彬的大學生了。你於是提著一個菜籃子，打扮成廚房工人，在他的掩護下，大大方方地走出還在警戒中的宿舍大門。

當你們來到安全的地方之後，他就問你打算去哪裡？除了二哥，你說，台北你也沒有別的親戚了。他急切地阻止你說現在那裡去不得！你無奈地說你知道。他就建議說，他認為，有個地方，你可以去。你問他什麼地方？他就說國文系教授黃石岩家。你又問他說他怎麼知道？他就說，這幾天，黃老師都跟一些沒有被抓走的學生在搞營救活動。所以，他認為你去找黃老師應該沒問題。於是你就在他的陪伴下，安心地走到不遠處的黃老師的宿舍。在門口，他跟你握手道保重，就離開了。

你直接推開黃老師的宿舍用竹籬笆做的門，進到日式客廳。你看到黃老師正坐在面對門口的藤椅上，和三個背對你的客人喝茶聊天。你心目中的「藤野先生」看到你安然出現，非常高興，立即站起來，笑著說：你們看看這是誰！與此同時，那三個背對你的客人站了起來，轉過身。老周！許銘傑驚喜地大叫一聲，然後又對你說，他們一直打聽不到你的消息，還在替你擔心呢！沒想到，就在這裡碰到你了。許銘傑接著向你介紹了黃棟國和林清標。他們好奇地要你跟他們說說你是怎麼逃出來的？你於是向他們簡要報告了自己脫逃的經過，然後反問他們現在情況如何？許銘傑看了黃棟國一眼，然後要他跟你匯報。

黃棟國清了清喉嚨，整理了思緒，然後說，先說一條壞消息，學校已經成立了校風整頓委員會，凡是自治會的幹部都被開除學籍了。你聽了就不屑地說，這樣的學籍不要也罷！黃棟國接著又笑著介紹了師院營救會的成立過程與具體行動。他說，聽到男生宿舍同學集體被捕的消息，其他同學都義憤填膺，痛心疾首，許銘傑立刻找林清標和他，在黃石岩老師等幾位同情學生的教授支持下，組織了營救會，設法營救被捕的同學。你問他怎麼營救呢？他說他們首先印發了控訴警備總司令迫害學生的〈告全國同胞書〉，四處散發，呼籲社會各界聲援被捕同學。林清標補充說，後來，他們聽說T大同學也成立了營救委員會，就和我們聯絡，共同推動營救活動。你急著想知道我的情況，就問他們找誰聯絡？知不知道我的情況？許銘傑就笑著安慰你，說他們剛剛才見到我，我也在T大營救會裡頭，而且表現得非常積極出色。許銘傑又再強調說，他們跟我分手前，我還特別交代他，一定要找到你的下落！你又問他們可不可以請人帶個消息給我，說你已經平安脫險了。那有什麼問題！林清標一口答應。這樣，我們就重新聯繫上了。

老周，你同時也向我透露，說你已經跟台灣的地下組織聯繫上了，這次與我見面之後，組織就要安排你轉移到台北近郊的某個山區據點。我因為你不必再孤軍奮戰而替你高興。你又說，你已經向組織報告，說要帶我一起上山；組織說，只要我願意，當然可以。你強調，這次與我見面，主要就是要來帶我上山。我一時感到為難，稍稍遲疑了一會才跟你說，我很願意跟你上山，但總得先回家一趟。你也認為應該這樣。於是我們約定三天後的下午五點仍然在北投車站會面，然後就分手了。

第二天，剛剛吃過早餐，我爸和我媽就來宿舍找我了。老周，他們是前一天晚上專程從彰化坐夜車趕來的。父親的神色凝重，一見到我就憂心地說太危險了！他要我書不要讀了；又說省府明天就要實施全省戶口總檢查，到時候，全島各地，即使是火車和輪船上的乘客，都要接受檢查。他要我立刻跟他們回家。我安撫父母親，說我已經決定不再回學校上課了，但我還有一些事情，處理好了，就立刻回去。兩個老人家不放心。可我堅持。他們只好先回彰化了。

老周，我心裡清楚，當局之所以實施戶口總檢查，其實是為了在島內展開全面政治肅清的準備作業。這樣的話，我恐怕也非得跟你一起上山不可了！可我又想，我若不回家接受總檢查，一定會給家人帶來不必要的麻煩，身分馬上也會有問題。

當天晚上，我就搭乘最後一班火車，在天亮的時候回到彰化家裡。

戶口檢查之前，老周，我擔心家人日後會受我連累，於是向父母親據實報告了我在台北參與學運的情況。我說，我想，我可能已經被列入黑名單了。

那怎麼辦呢？母親著慌說。

別慌！父親安慰母親，冷靜地尋思著應付的辦法。

就在這時，里長伯恰好來到我家。

你那個在台北讀大學的女孩回來了沒有？里長伯問父親。

回來了。父親本能地據實回答，然後隨機說了忽然想到的託辭。可是，她生病了，躺在床上，檢查的時候能不能……

既然她不方便，里長伯打斷父親的解釋說，檢查時就待在房間，念到名字應個聲，確定戶口裡頭有這個人就行了。

老周，我想，里長伯應該從報紙的報導知道，台北的學生前段時日鬧得很厲害；他顯然也怕我這個T大學生給他添麻煩吧！

入夜之後，我就按照父親的吩咐，躺在緊鄰客廳的房間的床上。

里長伯陪著挨家挨戶查驗戶口的派出所警察來到我家了。警察按照戶口名簿一一唱名。

林晶瑩？

在！我裝出病人的虛弱聲音隔著木板牆應答。

我女兒病了，不方便出來。我聽到母親語氣謙恭地向檢查的警察道歉。請警察先生多多包涵。

那就到下一家吧！里長伯說，隨即順勢把查驗戶口的警察帶走了。

老周，這樣，我通過了戶口檢查。可問題是，接下來，我該怎麼辦？從當局加強控制的力度來看，我知道，如果我回學校繼續念書的話，很有可能會因為通緝在案卻尚未落網的你和老應而被牽連；那時，勢必會給身分是公務員的父親帶來無法預料的麻煩，乃至於拖累家裡。我於是向父母親說明自己的處境，也跟他們討論我下一步路該怎麼走。

我本來就反對妳繼續待在T大。父親說。

妳先在家裡乖乖待一段時間，母親說，以後，再做打算。

我是不會再回學校了。我的態度既明確又無奈。但是，家裡也不能再待下去了。

那，母親焦慮地問說，妳要去哪裡？

我必須趕緊離開台灣。我向父母親說明自己的想法。我想到北京，找哥哥。

老周，我沒有透露你要我跟你一起上山的事。

事到如今，也沒有其他路可走了。父親雖然不捨，卻也無奈地不再阻止我了。

母親沒說話，靜靜地走回房間，然後又回到客廳，從錢包裡拿出十塊美金、十塊銀元和一枚金戒指給我，說是給我當路費，同時面露憂容說家裡能給的就這些了。

出門在外，身上多帶些錢，總是比較安心。父親也說，鹿港有位施先生還欠我們家一些錢，明天，妳去找他，就說家裡急著用錢，請他先還給我們。那些錢，妳就拿去用吧！

老周，天亮以後，我就告別了父母親。

到了那邊，盡快去找妳哥哥；母親特別叮嚀我，記得，一定要給家裡報平安。

老周，我搭了頭班公車，來到鹿港，然後在媽祖廟後頭一條狹窄的巷弄裡找到那位施先生的住處。我向施先生表明來意。施先生態度誠懇地向我致歉，說我沒事先跟他講，突然來要，他一時也拿不出那麼多錢。施先生請我過兩天再來。我以為他說的在理，也不想為難對方，就告辭了。

老周，我心裡惦記著要跟你見面的事情。老實說，我並沒有跟你一起上山的決心；我並不以為那是長久之計。我想跟你見面，說服你跟我一起去大陸。我不想再耽擱行程，於是直接北上。到了台北車站，我又到後站換乘淡水線的火車，下午五點，準時到達北投車站。可我沒看到你的身影。我在出口處等了五分鐘，你還是沒現身。我又再等了五分鐘，依舊沒看到你的人影。我知道，你不會來了，你一定是出了什麼事！我只好落寞地離開車站，回去宿舍。

老周，接下來的幾天，我想方設法要跟你聯繫，可已經找不到那個原先替我們傳話的女同學了。我去找黃石岩老師，想要聯絡許銘傑他們。黃老師說，他們已經有一段時日沒去找他了；他自己也可能隨時就要被遣離台灣……

老周，我就這樣跟你徹底失聯了。

老周，我感到從來沒有過的孤單、無助。我沒有走其他路的可能了，只好著手準備逃離台灣的計劃。我衡量當時的政治形勢，給自己設想了幾條前往北京的路線：第一條，乘船到周圍都是解放區的青島，再設法到北京。第二條，乘船到香港，再設法到北京。第三條，走老應開發的路，從新竹漁港搭乘漁船到福州，再設法到北京。第四條，從蘇澳乘走私船到琉球，轉日本，再設法到北京。

老周，我前思後想，評估了各條路線可能遇到的困難，最後決定走青島那條路。幾天前，我在《中央日報》看到，有家美國航業公司台灣分公司刊登「美信快輪直放青島」的廣告。可就在我去買船票時，那家公司卻說，因為內戰的形勢吃緊，到青島的船停開了。

老周，我又仔細評估了各種主客觀條件，最後，決定走一條原先規劃之外的路線：搭乘客輪到上海。然而，問題又來了。同樣是受到內戰形勢的影響，政府有個新規定：只有原居上海地區的民眾才能買票。怎麼辦？我問自己。老周，我琢磨著，於是想到徐蘭香是上海人。阿香是個熱情的人，雖然對學運並不積極，可大逮捕之後也曾參與營救活動，並且到牢裡繼續探視張旭東等人。只是，我聽說阿香後來就被她父親軟禁在家，不讓出門了。

老周，我篤定，這個忙，阿香不至於不幫。當天晚上，我就直接到青田街她家。我按了門鈴，向開門的傭人通報。阿香隨即出來了。她見到我很高興，立刻要我進屋裡坐。

妳父親在家嗎？我問她。

不在。她流露著一臉充滿期待的表情。我有好多事要向妳打聽呢。

不進去了。我看看周遭，直接表明來意。我想請妳幫個忙。

阿香沒有回應我，卻問：其他同學都好吧？

張旭東還在裡頭，我頹喪地說，其他人，能走的大概都走了。

那妳怎麼還不走？

我也準備走了，我說，找妳，就是想請妳幫忙。

幫什麼忙？阿香說，妳儘管說。

幫我買一張到上海的船票。

我接著把購票的新規定跟阿香說了。

她當下就答應說一定盡力而為。

老周，第二天，阿香就透過她父親的關係找到了幫得上忙的朋友。隔天早上，她就陪我到基隆。在火車上，阿香輕聲跟我透露從她父親那裡聽到的消息：聽說共軍已經拿下蘇州了。這樣的話，我樂觀地在心裡告訴自己，上海很快就要解放了吧！

老周，到了基隆，阿香在港務局找到她父親的朋友，隨即幫我買到了一張開往上海的船票。

多少錢？我要把船票錢給她。

妳身上帶了多少錢？她體貼地問我。夠不夠用？

美金十元、十塊銀元，我據實回答，還有一枚金戒指。

這怎麼夠！她說，船票錢妳就別管了。

這怎麼可以！我說。

妳就別跟我客氣了，她態度堅定地說，路上還要用錢的！

老周，我堅持要把船票錢給阿香。她就是堅持不收。我心想她說的也對，於是就心懷感激地向她說謝謝。

阿香，這筆錢，妳先幫我墊。我又說，回去以後，麻煩妳找個時間去彰化，找我母親；她會還給妳的。

我隨手把家裡的住址寫給阿香。她也隨手把紙條放進大衣口袋，沒說什麼。

老周，離上船還有一段時間。阿香又去買了幾罐鳳梨罐頭，讓我帶到船上，餓了吃。接著，她又刻意幫我梳頭、打扮。她看了看，然後滿意地說，這樣，妳看起來就不像是大學生，更像個返鄉省親的一般旅客了。

老周，登船的時間到了。阿香陪我走向停靠在碼頭上的民生輪。我看到軍警人員正在檢查旅客的證件，就沒有立刻上船。我要她陪我繼續在附近散步，一直到檢查證件的軍警人員下船後才敢上船。上船前，我跟她擁抱，並對未來充滿樂觀地道別說：不用多久，我們就可以再見面了。阿香沒說什麼，只是提醒我路上小心。

民生輪終於啟航了。

我站在甲板上不停地跟阿香揮手。

船逐漸駛離港口，漸行漸遠。

老周，到後來，我就只看到一片迷迷茫茫的遠方，連那青色的山脈都瞭望不到了。

春天的微微風Ⅲ

一九九五年一月十日

就在我們展開有關四六事件的調查研究以來，那個尋找台灣民眾史的人仍然不定時地在南部一家小報的副刊上，持續發表一些散居海內外的事件親歷者的口述證言。在老周的領導之下，我們蒐集了他的每一篇文章，認真地閱讀、討論，並且要從中找到可以為我們所用的線索。老周指出，我們要從當年師院台語戲劇社的戲劇活動切入。於是我們又透過梁竹風的聯繫，訪談了當年師院台語戲劇社的社長。

早上，老周和我在台北火車站東三出口碰面，然後一同搭乘自強號火車到台南。時近中午。老周帶我到車站附近一家據說已有百年歷史的老店吃鱔魚意麵。然後，我們在延平郡王祠隨意走走看看，再搭計程車，直奔郊區安平，在運河邊一條植滿鳳凰木的巷弄深處的一棟三層透天厝，面見了當年師院台語戲劇社社長，當今文學界本土派稱為台語劇先驅的蔡東石老先生。

老先生很健談。我們從下午兩點一直談到五點，除了喝茶、上洗手間，沒有停頓。老先生知道我是外省第二代，台語也聽得不是太靈光，可是在正式訪談之前的閒聊，仍然從頭到尾都說台語。也許是我長得還滿討他喜愛吧，正式訪談時，他卻讓我感到意外地全程改用帶著很濃的腔調的台灣國語述說了。

整個訪談還是由老周提問，我做記錄。

老周首先請蔡東石老先生介紹他個人的家庭背景。老先生說他的祖先從福建安溪來台，世居嘉義東石，日據時期（我不知道他為什麼不說日治時期）的一九二五年生的他是來台第六代；相對一般人來說，家境小康。

老先生自我介紹了家世背景後，就頗為得意地向我們訴說當年成立台語戲劇社的因緣。

他從小就喜歡看野台戲，戲看多了，自然就想自己來演；從公學校五年級開始，放學後，就經常糾集附近的玩伴，分配腳色，演出自己編的生活上的一些故事。公學校畢業後，他去日本讀中學；由於人在異鄉，只能廢寢忘食地猛K世界文學名著，來紓解殖民地人的孤寂與青春的苦悶；這樣，日文的讀寫能力反而大大進步了。他的作文也承蒙日本老師讚賞而經常在校刊刊登。中學畢業後，第二次世界大戰轉趨激烈，他只好回到家鄉任教。教學之餘，他依然用日文努力寫著沒有機會演出的劇本。後來，他被徵調入伍，在北部某處海岸線的部隊當日本兵。日本投降了。他復員返鄉，繼續在同一所小學任教。有一天，他看到T大招收新生的報導，就報考了T大先修班。雖然考上了，但物價波動厲害，家裡實在沒有提供他讀T大的經濟能力，只好繼續待在學校教書。就在這時，他又看到省立台灣師範學院創立、招生的新聞；因為是公費，念書不用錢，就去報考，並成為英語科第一屆的學生。

您經歷了二二八吧！老周突然打斷老先生的敘述用台語問道，可不可以請您講講當時的經歷與見聞？

我進去師範學院的隔年二月就發生二二八事件。老先生用台灣國語平和地繼續憶述。我當過兵，做過老師，然後才去讀大學，已經有相當的社會經驗，所以從頭到尾並沒有參加實際行動。其他同學呢？老周終於也改用國語提問了。

二二八是為了反抗外省官僚，要求改革的行動，大部分學生是支持的。老先生根據所見所聞具體分析說，但是，我認為，實際參與行動的學生不多；有的話，也都是回去故鄉參加，但實在不多！

您怎麼知道？老周問。

我看得很清楚。

怎麼說呢？老周再問。

事件結束後，我們那一班五十個同學才少十個沒來上課而已。老先生解釋說，而且，他們也不是每一個都有參加，有的人是因為害怕而不願再來念書，有些人則是看破了，覺得這個大學再讀下去也沒有用啦！其實，真正參加而死掉的學生並不多……當然，老先生又感慨地說，我們這四十個回來上課的學生的心情，跟二二八發生以前也不一樣了。

怎麼不一樣？

我們對政府處理二二八的做法不滿，憤慨，覺得政府官員太過腐敗，太過胡來，這個政府還是不倒不行！老先生說。

怎麼讓它倒呢？

我當時不但國語講不好，而且連台灣話也還不太會講，只會講日語。老先生繼續說。我在反思之後認為，對抗老K這樣的政權，首先就要會講自己的母語，發展自己的語言和文化。於是就寫了一篇籌組台語戲劇社的啟事，募集社員；沒想到，這個提議立即獲得熱烈響應，很快就組織起來，正式成立了。我們就開始在校園從事台語戲劇運動。

你們演過什麼戲？

我們抱著介紹祖國（這是老先生的用詞）名劇的心情演的第一齣戲，就是曹禺的《日出》。老先生的神情彷彿沉醉在一段美好的時光裡了。有些戲，在舞台技術上還沒辦法演，我就把劇情稍微改編，劇名也改叫《天未亮》，在學校禮堂公演。我又編又導又演。

老周接著又請蔡東石老先生談談他所知道的四六事件。

那時候，剛好大陸那邊有學潮，台灣學生認為大陸學生的表現是正義的，大家也應該有更進一步的表現，光是沉默是不行的！所以就成立了很多課外活動的團體……蔡東石老先生突然停頓下來，曖昧地笑了笑，然後露出那種要向你透露不為人知的秘密的神情繼續說下去。那些社團的主辦人大都是從大陸來的。我認為，那些人大部分都已經加入共產黨，而且一直在吸收人。

您怎麼知道呢？老周問。

因為學生有用自己的力量盡快把老K推翻的心情。蔡老先生不加思索就直接回答。剛好大陸上共產黨正在亂，從大陸來的學生又一直插班進來，這裡面當然會有共產黨員。

問題是，老周質疑說，您怎麼知道哪些學生是共產黨員呢？

那時候，他們要不是國民黨員是不能來的。老先生進一步解釋。因為這樣，共產黨員就裝作國民黨員進來，來了以後又吸收其他學生加入共產黨。二二八之後，大部分學生對政府更加不滿，所以，一下子就被吸收過去了。

他們怎麼吸收人？老周問。

他們吸收人的方法是先讓你看毛澤東寫的新民主主義，老先生說，等你看完後再問你讀得怎麼樣？如果你說不錯哦！他就會開始吸收你。一般說來，那個年代的學生純情有正義感，所以看過那些書的人，十個有九個都會贊成而被吸收進去；然後，他們差不多三個人做一個細胞，再去吸收其他人。但是，被吸收的人互相不知道誰是誰不是……只有同一個細胞的那三個人在會議的時候才會在一起。

您有參加嗎？我好奇地問了似乎不該問的問題。

我雖然組織了台語戲劇社，老先生平靜地說，但是，並沒加入。

那您怎麼曉得？我還是忍不住插嘴問老先生。您有被吸收過嗎？

就我所知，他們加入共產黨的組織都是很秘密的，那我怎麼知道他們有參加呢？是因為他們的言行舉止。蔡老先生笑著解釋。那時候，學校的宿舍不夠，我在外頭租房子，有段時間跟我同住一棟學寮的隔壁間的同學就是牽頭的……

他叫什麼名字？

他的父親是抗日分子。老先生堅決不說那個同學的名字。後來，日本當局要抓，就逃到廈門。抗戰勝利後，他從那邊回來。那時，他就已經加入共產黨了。

您怎麼知道？我還是忍不住打斷老先生。

我們兩個人住在一起，實在是……對我反而好。老先生並沒有回答我的質疑。

怎麼說呢？我再問。

有一回，有個也是台語戲劇社的同學——我知道他跟共產黨有關係，託我拿一個皮包給那個室友。老先生流露出感到慶幸的神色繼續說。結果，我拿去給那個室友時，他嚇了一跳！我當下就想，他可能想說，他怎麼不知道我和那個同學有關係？我的意思是，那個同學可能以為我和那個室友住在一起，應該已經加入組織了，所以就沒有吸收我，並且放心託我拿皮包給我的室友；我的室友可能也因此認為那個同學已經吸收我了，才會讓我來送皮包，所以後來就沒有吸收我。

就因為這樣，他們兩個一直都沒有吸收我，我反而撿到一條性命。

我一邊記筆記一邊想著老先生話裡的邏輯，雖然搞不太懂他在說什麼，還是有聞必錄地忠實寫下老先生的敘述。

說老實話，如果他們那時要來吸收我，我一定開始閃躲。老先生接著又意猶未竟地拉高音量繼續剛剛的話題。我並不認為，那些被吸收的學生真的贊成馬克思主義。如果有，那實在也是很少數的人。你們想想，那些人也只不過讀了一些小冊子而已，怎麼可能就會為那個主義犧牲？不可能。

可否請您談談四六事件？老周很有技巧地把話題拉回來。

那時候，學生的社團活動很活躍，經常會在學校張貼批評政府的大字報。所以，起先政府官員也會怕學生呢！老先生又流露難以遮掩的得意神情笑著說。學生要是有什麼不滿，就會去圍教育廳；教育廳也都會按照學生的意思去做！因為學生的力量一直大起來，政府也很怕啦！後來有同學通報，有個師院學生騎腳踏車載另一個同學卻被警察抓走了。大家認為警察不對，擔心這樣下去會變成警察國家，就去圍警察分局。遊行的時候，民眾也都站在路邊支持；學生的氣勢就更大了。這時，口號就從不要警察國家變成什麼反饑餓啦！學生雖然有公費卻不太夠生活；就像二二八從賣菸的事情擴大一樣，反饑餓的口號一喊出來，事情就變得很大很嚴重了。政府也就受驚了，怕說要是台灣也像大陸發生學潮，就不可收拾了；所以就計劃要怎麼來對付學生。

您都在現場嗎？老周要確認訊息的可靠性。

喔！這是真的很危險的事啊！老先生實話實說。這個遊行，我有去，只是沒有帶頭，也沒被照到相，所以後來才沒事。老先生接著又欲罷不能地繼續述說。遊行之後，就是三二九營火晚會；現場的學生一直嚷著反對內戰那類的口號，氣勢更大；特務應該是被嚇到了，就說這個不抓不行！沒多久，四月初六，它就來圍捕這些大學生。除了師院，T大也圍；但T大是少數。

您都在現場嗎？老周還是只問簡單的一句話。

那天，我剛好沒在現場。所以沒被抓去。我剛剛講的都是後來聽人家說的。老先生依然據實回答。但是，第二天早上，我差不多八九點去學校，看到士兵還在包圍宿舍，一輛很老舊的坦克車停在那裡。這就是我所知道的四六事件。據我所知，他們頭一個要抓的就是師院自治會會長周新華。

當老先生提到周新華的名字的時候，我們終於又在張旭東之外，找到另一個進入事件現場的重要切入口了。我想這也是我們的最大收穫吧！

您所知道的周新華是怎樣的一個人？老周緊接著提出我也想問的問題。

周新華在當自治會會長之前，還不是很有名。老先生的神色忽然變得有點凝重，繼續向我們介紹他所知道的周新華。他這個人啊，很純真，很有正義感，所以比較早就被吸收。好吧，我就照實說好了，那個託我還皮包的人就是他。但是，吸收他的人是不是我那個室友？我不知道。說不定是，因為他已經當上自治會的頭了。後來，自治會改選，他和那些已經加入的人就扶周新華出來。自治會是內閣制。競選時，各部部長的名字都要寫出來，讓大家一起選。我和周新華算是滿熟的同鄉，台語戲劇社的票又很多，所以他希望我當他的康樂部長。他的對手是一個外省學生，內閣全都是外省人。結果，周新華的票多了很多。他當選自治會會長以後，那些遊行都是由他主導的，營火會也是他帶的頭。所以老K要抓就先抓他和自治會的幾個幹部。

我們的訪談後來就環繞著周新華進行下去。

蔡東石老先生又述說了他聽來的周新華從被捕、脫逃到失蹤的一段非常戲劇性的傳奇遭遇。他說，後來許多人講，周新華是游過宿舍後面的小溪逃走的；依他看，是游不過去的啦！因為溪那邊也有站衛兵，而且溪水髒兮兮的，不可能一直閉氣藏在水裡。問題是，他究竟是怎麼脫逃的呢？因為他後來失蹤了，也就沒有人知道確切的情況了。老先生接著感慨地說，後來，那些特務為了抓周新華，就把所有跟他有關係的人都抓去問；許多人從此一去不回。

您有沒有被抓去坐牢？我像是急著要知道故事結局的小女孩那般，迫不及待地問老先生。

我雖然沒有答應當周新華的康樂部長，還是難逃被調查的命運。老先生不疾不徐地回答。我做事情一直都很慎重，例如，台語戲劇社要張貼海報，我都會先拿去訓導處登記許可。他解釋說，當時的訓導處不太敢管學生，許可章就放在桌上，所以雖說是訓導處許可，其實是自己拿了印章就蓋。老先生又得意地說，儘管戲劇社也有人認為根本不用去理訓導處，批評他這種做法太軟弱！他覺得還是要這樣做才比較妥當！他想，這也是他後來調查沒事的主要原因吧。否則，他可能早就因為演出左派作家的戲劇而被槍決了。老先生的神情突然變得感傷起來了。在那樣的時代，「去」的機會很多啦！他無奈地說，白色恐怖時代的恐怖就是：無論你有沒有做什麼事情都有危險；只要你有親朋好友被抓進去，說到你，你就會進去；進去以後，一刑下去，沒有也變有啦！

老先生安靜下來，低頭沉思，彷彿又回到那恐怖年代一般。我們不敢打亂他的情緒而噤聲著。許久以後，他才又抬起頭，繼續述說最後一段話：

我被叫進去的時候，他們主要問我周新華的行蹤。我據實回答。他們大概認為我所說的和他們所知道的差不多，就讓我出來，要我去找他，定期回報。後來，我聽他們說，周新華好像跑到北部山區某個基地了；再後來，那些特務就沒有理由地要我不用再找了。

蔡東石老先生的口述訪談就到這裡結束。可惜的是，這段證言，跟他前面所敘述的許多事情一樣，都不是他在現場的所見所聞，可信度自然就打了折扣。儘管如此，我還是努力把他講的每一句話都記了下來。

窗外的天色就要暗下來了。

老周又要求老先生介紹他所知道的我們可以去採訪的歷史見證人。老先生當下就開列了幾個台語戲劇社社員的名單，同時交代我們，要去之前先跟他電話說一聲；他會事先幫我們打個招呼。老周看了那份名單之後就表示說，我們想利用北上的路程順路採訪，因此請他首先幫我們聯絡住在嘉義市的黃五郎先生。老先生隨即給對方撥了電話，同時約定我們將在明天早上九點登門拜訪。

我們向蔡東石老先生致謝並告辭。走出蔡家大門，好不容易攔了一輛路過的計程車，趕往火車站。

車窗外頭的天色完全暗下來了。

我們坐在一輛北上的莒光號火車車廂的座椅上。我把頭靠在老周的肩膀上，望著車窗外一片黑沉沉的嘉南平原的夜景，不知不覺就睡著了。醒來時，火車已經駛抵嘉義火車站了。我們在車站附近一家餐飲店，隨便吃了雞肉飯、虱目魚湯和海帶、豆干、白菜滷等小菜，然後找了一家比較便宜又看起來乾淨的旅館投宿。為了省錢，老周要我跟他同宿一間；我也沒有說不好。這是我們認識以來第一次這樣。一整個晚上，老周特別興奮。我們始終無法安分地睡覺……

一直到窗外的天色看起來就要亮了的時候，老周才因為透盡了體力而安靜下來。

太陽出來了。
太陽不是我們的。
我們終於睡了。

四 尋訪

1

一夜失眠。

天亮以後，老周，我又跟大妹去S大操場晨練。早餐之後，想睡卻又睡不著，於是就把報紙幾乎從頭到尾都看了。看完報紙，還是睡不著，於是又上網，去看〈春天的微微風〉的部落格記事。午餐之後，終於睡了一個補眠的午覺。醒來，已經四點了。二妹早就坐在客廳等我了。我們三姊妹於是又坐在客廳繼續聊天。聊到後來，我問兩個妹妹：

當年，我離開以後，有沒有一個叫徐蘭香的同學到過家裡？

我當時還小不清楚，二妹說，然後問大妹，二姊知道嗎？

沒有啊！大妹回答，隨即感慨地對我說，自從妳離開以後，除了情治單位，從來沒人到家裡找過妳。

妳確定沒有？

當年我才十歲，大妹強調，年紀雖然不大，對那段時日的恐怖氣氛卻記憶深刻。

媽媽生前也沒跟妳提起這事？我向大妹確認。

從來沒有人跟我提起這事！大妹肯定地說，接著好奇地問我是什麼事呢？

這個徐蘭香，不但協助我逃離台灣，還幫我買了到上海的船票。我感慨地說，上船前，我特別交代，要她來找媽媽，讓媽媽幫我還這筆錢。

兩個妹妹聽了都很驚訝。

還有這種事？二妹說，那麼，她是怕被妳連累呢？還是……

她不至於會怕被我連累，我說，她要是怕事，就不會幫我買船票了。

姊姊有沒有她的電話號碼？大妹說，應該給她打個電話，向她道謝！

她的電話號碼我有。我說，回來前，我問了幾個以前T大的同學；有人來過台灣，還跟她見了面。

打個電話給她吧！大妹把無線的話機遞給我。現在就打。

我於是隨手給徐蘭香撥了電話。電話響了十幾聲都沒人來接。我想，她可能不在家，於是掛上話筒。

天黑了。

我們三姊妹下樓，到附近的小館子吃晚飯。二妹還帶了一瓶紅酒，邊喝邊聊。飯後，我們又回大妹家繼續聊天；一直聊到十點整，二妹才離開。

沐浴之後，我回房休息。老周，因為喝了點酒，我的情緒有點亢奮，遲疑了一會，還是抱著試試看的心情，又給徐蘭香撥了電話。電話響了幾聲，依然遲遲沒有人接聽。我看看手錶，剛過十一點。我想，阿香可能已經入睡了，便要掛上電話。就在這時，我聽到話筒那頭傳來一個年紀跟我差不多的老太太有點慵懶的聲音說：

喂，找誰啊？

喂！我聽到話筒傳來似曾相識卻蒼老的聲音因而興奮急切地問說：是阿香嗎？我是晶瑩啦！

晶瑩？阿香顯然一時會意不來。哪個晶瑩？

林晶瑩！我稍微提高了音量。麥浪的林晶瑩！

麥浪的林晶瑩？

我聽得出來阿香已經抑制不住內心的激動而稍微提高了音量。

真的是妳啊！晶瑩。她停頓了一會之後又問，妳現在在哪裡？

台北。

台北？阿香既訝異又有點抱怨的語氣說。怎麼事先就沒通知一聲！什麼時候到的？

昨天晚上。我說。先前給妳撥過電話，可響了好久，沒人接；我想，妳大概出去了吧！

世事難料！阿香接著就在電話那頭感慨地說。我怎麼也沒想到，原先以為此生再也見不到面的妳，竟然回到台灣，而且還突然來了電話。

睡了嗎？我怕干擾到她的生活作息。

離了婚後，長年獨居的我已經習慣十一點睡覺了。阿香說。剛剛吃了安眠藥，就要入睡，電話突然響了起來。我感到疑惑，想說這麼晚了怎麼還會有電話呢？幾個要好的朋友是不會在這個時候打電話來的；那麼，會是在美國的女兒嗎？可她就是有事，也都會在十點以前來電啊！莫非是發生了什麼意外嗎？於是懷著不安的心情，趁著藥效還沒起作用的時候拿起電話⋯⋯

累了嗎？我打斷阿香，問說要睡了嗎？改天見面再聊？

不！阿香態度堅決地說，也許是感情的衝擊太大吧！她的睡意一時全消了。

我們於是在電話裡頭聊了起來。

她問我跟其他同學聯絡了嗎？我說還沒！所有的老同學裡第一個就給她打電話。是嗎？阿香有點感到意外地問說為什麼是她呢？為的是跟妳說一聲謝謝！我說。謝我什麼呢？她問。謝謝妳當年幫我付了到上海的船票錢。我鄭重地說。阿香，謝謝妳！這句話，我等了五十年才有機會親自對妳說啊！幾十年都過去了，阿香淡然回應說，她早就忘了這事，沒想到我卻念念不忘。唉！她接著又深受感動地說，不過就是一張船票而已，晶瑩啊！妳真是有情有義啊！

時間隨著我們在電話裡聊著過去的那些青春往事流逝著。

已經午夜十二點了。

妳剛回來，肯定累了。阿香終於要結束我們的談話了。明天中午，一起吃飯，見面再聊。好嗎？

行！我說。

阿香隨即告訴我餐廳的地址，然後掛了電話。

我在床上躺了下來。然而，我卻因為這通電話所勾起的情緒波動而久久不能入眠。老周，我盯著天花板，腦海裡一直浮現的盡是過去的景象。

一轉眼，半個世紀就這樣匆匆過去了。

我想，如果我沒記錯的話，我跟阿香應該是同年。那麼，她今年也已經七十歲了。半個世紀來，上海人的她在台北，台灣人的我在北京，兩個人就這樣分別在海峽兩岸不同的政治環境裡，走過了一段漫漫崎嶇的人生道路。

真是世事多滄桑啊！

第二天，還不到中午十二點，我就按照阿香給我的地址，在T大校門口對面一條安靜的巷子，找到那家名為巴黎公社的小餐廳。我走進餐廳。正對門口的位置，一個穿著體面、看起來福福泰泰的老太太，向我揮了揮手，然後輕聲叫說：晶瑩，這裡。我稍微加快腳步，走上前去。是阿香嗎？我看著眼前這個頭髮烏黑，圓圓的臉上有幾條淡淡的皺紋，幾乎看不出是七十歲的老太太，先是有點不敢確信，然後感嘆地說，妳還是沒變！

老了！阿香笑著說，怎能沒變？

我在阿香對面的位置坐了下來。我剛坐定，她就感慨地告訴我，她一直以為過去的就過去了，過去的那些事，也就沒什麼好追憶的了。可她想不到，昨晚，放下電話以後，她躺在床上卻不由自主地回憶起那段遺忘了許久的青春往事，再也睡不著了。

往事豈能如煙呢！我笑著回應阿香，然後故意岔開話題來轉移她的情緒。台北怎麼會有這樣的餐廳？

我對巴黎公社的餐廳名字感到好奇與不解。

流行唄！阿香說，自從解嚴、開放大陸探親以後，台北有過一陣大陸熱；一些反共戒嚴時期的禁忌，都被人們拿來當作消費的題材，什麼毛家菜、裝潢得像窯洞的延安菜館都有。她也是因為T大四六事件資料蒐集小組的學妹約在這裡做採訪，才知道有這家餐廳。她強調，她之所以約我來這裡，僅僅是因為它白天幾乎沒有客人，很安靜，能夠不被打擾地說話。她又說菜不好吃，別介意。

談話最要緊，我說，東西好不好吃無所謂。

我好奇地看了看餐廳簡單的裝潢。

這是一家空間不大的餐廳，牆壁上貼著電腦大圖輸出處理的有關巴黎公社的歷史圖畫和法文標語。雖然是用餐時間，客人不多；不，應該說是沒什麼客人，除了我和阿香，就只有靠窗那桌，坐了兩個看起來是一對情侶的大學生。他們正相互依偎著輕聲細語……

請問兩位女士要吃什麼？

一個穿著印有切．格瓦拉肖像恤衫、長得濃眉大眼的漂亮男孩子，走過來，遞給阿香一份菜單。

衣服真帥！我看著男孩身上格瓦拉那蓄著落腮鬍的臉上憂鬱的眼神，忍不住好奇地問他：台北買的？

在北京秀水街買的。男孩大方地笑著說。

阿香點了兩客清蒸鱈魚套餐。

我再次向阿香當年的幫忙道謝，隨即拿出一個信封袋，裡頭裝著大約是當年船票錢的新台幣紙鈔，遞給她，說是要還她那張船票錢。

五十年都過去了！還提那點錢幹嘛！阿香生氣地堅持不收，然後感到欣慰地說，我們還能活著再見面，這就夠了！

我想，阿香說的也對！再說，這樣的恩情又豈是還錢能夠回報呢！也就不再提了。

餐廳裡裝在裸露的天花板四個牆角的黑色喇叭音箱，響著優雅的、不知名的法國歌曲的旋律。

兩客清蒸鱈魚套餐陸續上來了。

我們一邊吃著，一邊敘舊。

妳有沒有受我牽連？我首先懷著既感激又抱歉的心情問阿香。

妳離開的第二天，戒嚴令就頒布了，緊接著就有許多同學陸陸續續被捕。阿香神態平靜地回答說，儘管如此，我並沒有因為妳而受到波及，他們也沒有找我麻煩。但是……她遲疑了一會才說，因為張旭東的關係，後來就鬧出了很多事情，把我也拖累了。

張旭東？我流露出不解而覺得奇怪的神情。我離開的時候，他不是還在牢裡嗎？他怎麼會拖累妳呢？

老實說，我在麥浪的時候就對他頗有好感了；可我知道，他跟朱槿是一對，也就不曾表明自己的心意。

老周，阿香先是有點不好意思地透露年輕時候的情感，然後繼續述說她跟張旭東後來的發展：朱槿跟我先後逃離台灣之後，她想到張旭東自己一個人在牢裡怪可憐的，就常常去看他，給他送點吃的。半年後，他出來了。她請父親幫忙，讓他回T大電機系。就在畢業前夕，朝鮮戰爭爆發了，他心情沉重地跟她說，短時間內台灣大概解決不了了，兩岸的分隔恐怕是長久性的了。因為她一直對他好，他大概也被感動了吧！畢業後，他們就結婚了。

說起來，阿香又一臉歉疚的表情說，我一直對朱槿感到抱歉，總覺得自己是橫刀奪愛呢！

快別這麼想。我趕緊安慰阿香。朱槿地下有知，還要感謝妳呢！

怎麼？朱槿過世了？阿香一臉驚訝。什麼時候？

朝鮮戰爭期間。

她參加韓戰了嗎？阿香流露出更加不可思議的神情。

老周，我於是把自己重遇朱槿，以及後來一起參軍的經過，告訴阿香。

我搭的民生輪離開基隆港兩天後駛抵上海。當船開進黃浦江時，我看到國民黨的軍隊正一整隊一整隊的匆忙調動。我下了船，找了家小旅館過夜。隆隆的炮聲讓我一夜不能入睡。天亮後，我到街上買了早點和一份當天的報紙；一路上，聽到許多上海市民都在說：快了！快了！回到旅館，我一邊吃早點，一邊看著報上刊載的、詳細地畫著解放軍進攻路線的戰況圖。我想，上海解放恐怕就在那幾天了。我急著到北京，設法找到哥哥，重新到北大入學；所以在上海一天也待不住。吃過早點後，我就急著到虹橋機場，看看能不能買到飛往北京的機票。機場大廳滿滿的都是人，我一步也擠不進去。我知道，就是等個三天三夜，還是買不到票。我又走出機場，回到市區。我想，自己在上海人生地不熟，通過同鄉會幫忙，也許還能買到機票吧，於是就前往上海的台灣同鄉會。沒想到，在同鄉會，我竟意外見到了比我先到上海的朱槿，以及其他幾位T大同學。歷經大逮捕與逃亡之後，同學們見了面都激動地抱頭痛哭！第二天，上海就解放了。

朱槿怎麼會去參加韓戰呢？阿香著急著要知道事情的究竟。

我於是繼續說：

形勢變了。因為我和朱槿一直想找機會再回台灣，就在上海參軍，並且因為會唱歌跳舞，就被文工團要去。後來，朝鮮戰爭爆發，解放台灣已不可能了，部隊開始前去支援朝鮮。我們文工團也到火線上去，在炮火中搞文藝勞軍的活動；朱槿就在一次美軍轟炸中喪生了。

服務員過來，端走我們用完餐的餐盤，然後把餐桌收拾乾淨。

我們沉默著，久久不語。

為了轉移凝重的氣氛，我沒有意識地把頭轉向進門的方向，於是就看到那對青年男女正在像玩家家酒似的，兩臉相對，彼此輪流在對方的嘴唇上輕輕地親著。我感到尷尬而把視線轉移到旁邊。這樣，我就看到牆上貼著的一行電腦剪字：

人的一生應該這樣度過：當他回首往事的時候，不因虛度年華而悔恨，也不因碌碌無為而羞愧！

這是哪個偉人的名言？阿香隨著我的視線轉移也看到了這段話。

妳記不記得，我問阿香，在麥浪時，張旭東帶我們讀過一本蘇聯小說《鋼鐵是怎樣煉成的》？

阿香露出一臉茫然的神情。

我記得，他跟我們介紹過，這是出生於烏克蘭的奧斯特洛夫斯基在雙目失明、全身癱瘓的情況下，根據自身的經歷口述完成的小說。我繼續回憶說，這段話應該就是小說主人公保爾．柯察金說過的一段著名的句子。

我都不記得了！阿香不好意思地笑了笑，然後誇我說，妳的記性真好。

這不是記性好不好，我說，而是有沒有被感動的問題。

我向阿香進一步說明，它的前面應該還有一段話：人最寶貴的是生命，生命每個人只有一次。後面也還有一句話：這樣，在臨死的時候，他就能夠說：我的整個生命和全部精力都獻給了世界上最壯麗的事業——為人類的解放而鬥爭。那麼，完整的說應該就是……

我的記憶已經完全被勾起了，於是隨口複誦了整段句子：

人最寶貴的是生命，生命每個人只有一次。人的一生應該這樣度過：當他回首往事的時候，不因虛度年華而悔恨，也不因碌碌無為而羞愧！這樣，在臨死的時候，他就能夠說：我的整個生命和全部精力都獻給了世界上最壯麗的事業——為人類的解放而鬥爭。

這個人一定是共產黨嘍？阿香說。

沒錯。我感慨地說，那其實是一個為共產主義、為黨、為祖國、為解放人民而奉獻一切的故事，也是廣泛影響我們那一代人的人生觀啊！

阿香聽我這樣解釋之後，感到不可思議地說：

我很訝異台北的餐廳竟敢公開張貼這樣的句子，這要是在白色恐怖的年代，就是公然為匪宣傳啊！

即便它只是被用來消費而已，我謹慎地用溫和的語氣回應說，那也是會讓人看了而感到激動的一段話啊。

阿香不再接話了。

氣氛又沉默了。

我看到那兩名年輕男女已經像兩條蛇那樣交纏在一起，互相擁吻得更加激烈了。我想阿香也應該看到這幅讓我們老人家感到臉紅的現實畫面了。她也許是因為不知說些什麼好而沒有特定含義地笑了笑，然後才又把話題轉回朱槿。

說老實話，阿香說，我實在無法理解，朱槿，還有妳，妳們怎麼就可以這樣不吝惜地奉獻自己的青春與生命呢？

是一種人生的信念吧！我指了指剛剛看到的牆上貼著的那句話。參加麥浪之後，我經常和朱槿一起讀書，讀了艾思奇寫的《大眾哲學》以後，她深受感動地跟我說過，將來，她的人生就是要為人民做好事。我想，是因為這樣的人生觀吧，於是她走了原先沒有預料到的人生道路。

阿香沒說什麼。

服務員端來餐後的咖啡。我們給各自的咖啡添加奶精和砂糖，然後用細湯匙攪拌。我喝了一小口咖啡後，小心謹慎地問阿香：

你們，婚後過得好吧！

怎麼說呢？阿香遲疑了一會，然後露出有點苦澀的笑容，坦然地回答。應該說，不是很好吧！

怎麼說？我想要進一步瞭解而試探地問道。

婚後才兩個月，阿香說，他又被抓去坐牢了。

怎麼回事？

我記得是一九五一年十二月的最後一天吧！阿香說，有人告訴我，他在辦公室被幾名便衣特務帶走了。我到處找他卻不曉得他被抓到哪裡，怎麼找都找不到。我要父親想辦法救他。我父親馬上去找他在杭州警官學校教過的警務處長，同時花了不少錢打點，請他探聽張旭東的下落。第三天，警務處長打電話通知父親，說人找到了，關在寧夏路的刑警大隊。我趕緊收拾衣服、棉被，也準備一點錢和日常用藥，給他送去。到了那裡，卻又不准接見！我鬧了老半天，也沒有用。因為他生死不明，我又再三要求父親幫忙；我父親又動用了各種關係，當然也花了不少錢……終於讓我見到他了。以後，我就每個星期去跟他會面一次或兩次，一直到他被釋放出來。

他關了幾年？

他的情形比較特別，阿香繼續述說，因為我父親的關係吧，前前後後只關了三年。他後來從軍法處看守所轉到法院重新審判。法官說，他在T大參加共產黨的外圍組織，考慮到他當時是學生，年輕不懂事，所以交付感化。在那樣的年代，他不但沒被送去綠島，還可以由軍法轉到司法審判，算是幸運的，也可以說是少有的案例吧！

阿香暫停下來，不再說話了。

我又喝了一口咖啡，然後刻意打破有點沉悶的氣氛，繼續問道：

出來以後呢？日子過得還幸福吧！

在台灣，坐過政治牢的人連正常的生活都不可能了，怎能談得上幸福呢！阿香感嘆地苦笑著，喝了一口咖啡，搖搖頭。出來以後，他又回去上班。起初，他就跟搞麥浪的時候那樣充滿熱情地活著。放假，就到這個或那個監獄，甚至到過綠島，探望那些還在牢裡的同學；他的薪水幾乎也都花在給他們寄生活用品和買書上頭。可後來同學們陸陸續續出獄，不知怎麼卻一個個跟他疏遠了。他雖然不計較同學們的感謝，心裡卻總覺得悶，不痛快。一直到麥浪的應保華坐滿十五年牢出獄來看他，他才知道，原來人家是在懷疑他啊！

懷疑什麼？我感到無法理解。

人家懷疑他可能出賣或是變節啊！

怎麼會這樣呢？

老應告訴他，人家的懷疑是，其他同學被捕以後不是處刑十年，就是十五年，可獨獨他張旭東既是麥浪的隊長，又是幾次抗議遊行活動的領導人，為什麼卻是交付感化而已呢！阿香無奈又不以為然地解釋。因為這樣，人家自然就懷疑他跟當局做了什麼條件交換啊！他們思考的邏輯就是這樣。

老周，聽到阿香這樣說，我的心情立刻變得沉重起來。其實，以我過去對張旭東的認識，我並不認為他會是個出賣同學或變節的人啊。

聽了妳的說法，我不會懷疑張旭東的交付感化有什麼見不得人的條件交換。我試著安慰阿香。可我也不認為其他同學對他的懷疑在主觀邏輯上有什麼可議之處。我只能說，因為兩岸的政治對峙，同樣的事情，我們這些從台灣逃回大陸的同學大都經歷過，也都因此受了委屈。

我們因為同學們在兩岸遭遇到的共同的歷史命運，而感到難過得不知說些什麼才好。

空氣似乎凝結了。

就在這時，餐廳的音響傳送出來一段輕快豪邁的音樂旋律。我專注認真地聽著，一會之後，就跟著節拍輕聲地唱著中文的歌詞：

起來吧！
祖國英勇的孩子們，
鬥爭的時候來到了！
我們面前那暴君的血腥的旗幟舉起來了，
血腥的旗幟舉起來了……

這是什麼歌？阿香訝異地看著我。妳怎麼會唱？

〈馬賽曲〉。我說。在麥浪，張旭東教的。

這些歌，他後來就不再唱了。阿香嘆了一口氣。自從老應告訴他那些事情之後，他整個人的性情都變了。

怎麼說呢？

他變得孤僻易怒，阿香說，後來自己出去做生意，也賺了錢，整個人就跟年輕時候完全不一樣了。

怎麼不一樣？

他經常喝酒應酬，到後來，到後來……阿香遲疑著，最後還是說了。到後來，他在外頭就有了女人；鬧了一陣之後，我們就協議離婚了。

他跟那個女人在一起嗎？

不，阿香說，他後來也沒跟那個女人在一起。

你們有幾個小孩？

就一個女兒。阿香說。大學畢業後，我要他拿錢讓她到美國留學。起初，他不願意，氣憤地說什麼老子他反美帝反了一輩子，到頭來，還要把自己的女兒送給美帝！我不吃他那套，堅持要讓女兒出去。到後來，他可能想，女兒待在台灣也不是辦法，就心不甘情不願地讓她去了。再後來，女兒要嫁給一個美國男孩，他又搬出那一套，堅決反對。可這次，連女兒都不理會他，還是嫁了。他把氣都出在我頭上，從那以後，就不再跟我聯絡了；就是生了病，也不給我打電話。這老頭，真是愈老愈孤僻了。

妳還愛他吧！

我從阿香說話的語氣讀出她內心真正的感情。

說老實話，我對他真是又愛又恨啊！阿香苦笑著。想想，跟他在一起之後吃的苦，只能說是上輩子欠了他吧！

阿香喝了杯裡剩下的一小口咖啡，然後從皮包裡拿出一個裝著一疊泛黃的老照片的信封袋，轉移話題說：

不談他了，我們來看看當年的老照片吧！

我記得，這些照片都是麥浪到中南部演出時張旭東拍的。我一邊感到驚喜地看照片，一邊跟阿香說。還好有這些老照片留著，我們的青春總算留下了記錄。

老周，一整個下午，我們就一張張地看著那些老照片，一個個辨識著照片裡幾乎都是燦爛地笑著的男孩和女孩是誰，並且互相打聽後來分居兩岸的這些老隊員的下落和近況。

臨分手前，我跟阿香要了張旭東的電話。

妳想見他？阿香說。

老朋友嘛！我說，五十年沒見了，總該見個面吧！我也想跟他打聽一個人的下落。

是誰？阿香好奇地問我。

老周。

老周？

是的，老周，就是當年師院自治會主席周新華。

他還活著嗎？

老周，阿香沒有什麼特別意思地一邊喃喃說著，一邊撕了充當桌墊的一片白紙巾，在上頭抄寫張旭東的電話，遞給我。

我們走出巴黎公社。

夕陽正穿過巷弄間的樓房空隙，斜斜地照著。

2

臨睡前，我給張旭東撥了電話。老周，他的反應跟阿香一樣，忽然聽到我那已經蒼老的聲音，一時之間，還真不敢相信會是真的！幾年來，他說，幾次託人帶信給我，希望此生還能與我再見一面，無奈總是沒有回音。他怎麼也想不到，分別近半個世紀後，我們突然就要在台北重逢了。

個人的際遇實在逃不掉時代的播弄啊！他在電話裡感慨地對我說，就像妳和我，一個台灣人和福建人，竟然就這樣互在他鄉逐漸老去。

他又說，雖說台灣當局開放大陸探親已經有好幾年了，可他先是因為這樣那樣的因素（我後來知道是因為他父親的歷史問題）不曾前往，後來，又因為身體不好，不便遠行，因此就一直沒有回去福建老家探親，更不曾到北京看我。現在，我終於回來了，回到日思夜想的家鄉了。可是老周，讓他煩心的是，兩個老人家，一旦見了面，等待我們要去面對的，怕又是他多年來不願再去回想的那段既熱烈又不堪的青春往事吧！

老周，儘管張旭東的心情是這樣矛盾，第二天晚上，我們還是見面了。

我到達衡陽路一家老字號的江浙餐館時，滿頭白髮的張旭東已經站在門口迎接了。一陣無言而激動地別後五十年的握手之後，他領我進入預訂的包廂。入座後，服務員馬上給我倒了杯熱茶。

沒經妳同意，張旭東向我致歉說，我把老應也找來了。

老應？我感到驚喜地問他。是應保華嗎？

張旭東沒有馬上回答我是或不是，慢慢解釋說，昨天晚上，放下電話後，他心情波動得難以入睡；樓下，汽車駛過時發出來的輪胎軋地的聲音依稀傳來；平常，這些長年來已經習慣了的車聲並不會干擾他入睡；可昨晚，躺在床上，伴隨著這熟悉的聲音而一幕幕清楚重現腦海的往事，卻讓他翻來覆去，無法入眠了。老周，他於是痛切地想到了因為我的介紹而認識的你。喔！老周啊！他不禁在內心裡頭沉痛地吶喊：你在哪裡？誰能告訴我你的下落？林晶瑩會有你的消息嗎？……他想，明天跟我見了面，一切就可分曉了吧！為了緩和波動的情緒，他起身，走到客廳，倒了一小杯威士忌，一飲而盡。他又去了一趟洗手間，然後回到臥室，重新躺下來。老周，就在這時，他忽然想到，老應來台後最早認識的本省同學就是你，也許，他會多少知道你後來的下落吧？想到這裡，他趕緊坐起來，拿起床頭櫃上的電話，給許久沒有聯絡的老應撥了電話。

我跟張旭東一樣激動而高興。我原先是想跟他見了面，再當面向他打聽老應的情況及電話號碼，之後再聯繫。既然這樣，也好，一次就見到了兩個五十年沒見的老戰友。

老應在我和張旭東聊天的時候也來到了餐廳。他滿頭白髮，跟年輕時候一樣，穿著一身老舊而樸素的西裝外套。我起身，熱烈迎接他伸向我的熱情的握手。我看著他那滿臉的皺紋笑說：

如今你果真就是個老頭兒了！

老周，在麥浪的時候，老應因為長得一臉老相，又在外頭流亡了一段日子，行事作風也顯得比一般同學老成；更重要的是，當時進步學生談戀愛是很普遍的時髦現象，他卻決心好好學習，不牽扯戀愛問題，因而謊稱在家鄉已有妻小，所以，其他隊員就給同樣年紀的他取了一個綽號：老頭兒。

都五十年了，能不老嗎？

老應感傷而無奈地笑了笑。他坐了下來，喝口茶，然後帶著興奮的心情向我抱怨說：我被妳害得一夜失眠。

怎麼是我害的呢？我無辜地笑著說。

老應如實地向我和張旭東敘述了他一夜的折騰。

昨天晚上，他洗了澡，躺在床上，剛睡下不久，床頭櫃上的電話響了。他原想不接，可它卻堅持地響著；十幾聲之後，只好起來接聽。老應啊！不等他應聲，他就聽到許久沒有聯絡的張旭東激動地說，林晶瑩從北京來台北了，見不見？林晶瑩？他感到意外而驚喜，立刻回應說是麥浪的林晶瑩吧！當然見啊！為什麼不見？……掛了電話之後，他那平靜的心湖卻被攪動了起來，迫使他不得不重新回憶和梳理那段一直刻意要去遺忘的青春歲月。他雖然身體疲累，可腦子還是激烈活動著，再也睡不著了。他躺在床上，一夜沒有合眼，翻來覆去，腦海裡浮現的，盡是幾十年來刻意不去回想的青春往事。

我也跟你一樣啊。張旭東說。

人的際遇挺難說的。老應帶著一臉感傷的神情久久地看著我，然後又感慨地說，就拿他和我來說吧，我原是台灣人，一輩子卻主要待在北京，他是江蘇無錫人，卻在台灣待了半個世紀之久，到如今，他變成了台灣人，我卻成了外省人！他停了一會又說，他來台灣之前，從來沒想過自己會到台灣來，來了之後，也沒想過竟然會這樣一直待下去；可不管是來或者待下來，都不是他的主觀意志能夠決定的啊！

老周，我想，我們個人的遭遇，是國共內戰、兩岸長期對峙下的歷史產物吧！

唉！人老了，往事不堪回首！老應又消極地感慨說，可生命所剩無多的我們，一旦見了面，勢必又會重新提起五十年前在麥浪唱歌跳舞的舊事吧！問題是，此時此地，那些事還有什麼意義呢？

儘管如此，老周，一整個晚上，我們三個老同學，還是像白頭宮女一般，一邊吃飯，一邊聊著五十年前的往事，互相探問著分隔兩岸的同學們這半個世紀來的情況。一時之間，我們彷彿又回到了那逝去久遠的青春歲月。

你不是從松山機場搭飛機走了嗎？我首先感到不解地問老應。怎麼又被捕了呢？

你們集資給我買了機票。老應苦笑著憶述了當年的實況。我也到了松山機場，進了候機室。可就在登機時被捕了。

然後，我和老應就在台北監獄勝利會師了。張旭東用一種反諷的語氣接著說。

老周，我要他們說說當時的情形。他們就通過互相補充的回憶敘述，完整地重建了一段長期不為人知的台灣學生在監獄裡頭鬥爭的青春戰歌。

張旭東先說。

其他同學保釋出獄之後，再也沒人前來警備旅營房探望他們了。他們因為無法得到外面的任何消息而感到寂寞憂傷，整日沉默不語。後來，阿香不時給他送來換洗的衣服和吃的東西。有時候，她還會在衣服或食物裡頭偷偷夾帶紙條，傳遞一些外頭的訊息。在他的印象中，阿香的思想保守，從來不過問政治，參加麥浪也只是因為愛唱歌跳舞而已。他不知道是什麼因素讓她敢於做出這種有危險性的行為？他擔心她給特務察覺而受到牽連。不過，通過她，他才知道，營救會已經在當局的壓力下解散了；朱槿和我也都先後逃離台灣了。這也就是營救會不再有人來探望他們的原因。

一個月黑風高、燈火迷濛的深夜。一隊手持衝鋒槍的武裝士兵突然闖進來，命令他們起來，排成一行，逐一點名，然後又叫他們每兩個人並列站著，給他們戴上手銬，厲聲催促他們一對一對地上了一輛黑色囚車。車門砰然關上。卡嗒一聲，上了鎖。囚車在暗夜中快速前進。他們在武裝監押下緊張地屏息凝神。一段時間後，囚車終於停了下來。武裝士兵在外頭厲聲吆喝著要他們趕快下車。他們又兩個、兩個依次下車。他的頭腦一片空白，只見自己站在一座綠色拱頂的建築物前面。接著，有人命令他們排成一行前進，拐了幾個彎，來到一間大牢房。

那是一幢像一隻張開的手掌構成的平房建築。掌心是看守長的辦公室和值班高台；坐在高台上就可以看見每個牢舍的動靜。牢舍裡有一條三米寬的走道，兩側各一排用原木構造的一間間囚籠。他後來才知道，這是台北監獄的二舍。逐一點名後，他和扣在一起的莊勝雄被鬆開了手銬，然後分別被押入不同間的囚籠。他彎著腰進入囚籠，那扇厚木製成的小門就關起來了。他坐在鋪著木板的地上。周圍一片寂靜。他估計這間囚籠大約有六平方米大小。他看到那扇小門的上部開有一個小小的柵欄式窗口。他想，這應該是為了讓看守可以窺探囚籠的動靜吧。他又看到，門的下部有個遞送開水、飯菜的小洞；門上還裝有可以上鎖的鐵栓；對著小門，離地一人多高的牆上，有一個裝著柵欄的鐵窗。他踮起腳尖，勉強可以看見外頭的一角天空、一塊三角形空地和一排相鄰的牢舍。除了木門、鐵窗以外，周圍都是磚牆。小鐵窗下面的地板上，有一塊二尺見方、可以掀起的木板，下面放著一只大、小便用的馬桶。他瞭解了今後不知要關多久的生活環境之後，就躺下來，把手背擱在額頭上，遮著永不熄滅的燈光，閉眼睡覺。

第二天。早上十時放封。他們就在一片比籃球場大不了多少的草地上各自伸伸腿，彎彎腰，活動活動筋骨；盡情享受難得而寶貴的十分鐘自由。除了固定的看守之外，監獄當局還增加了一班持槍士兵看守他們這些文弱書生。他利用這個機會，跟莊勝雄繞著草場，一邊散步，一邊交換彼此的想法。

這些圍牆這麼高，張旭東看了一眼草地周圍高高的牆壁，然後暗指那些持槍的衛兵說，可他們還是那麼怕我們逃走！

我聽說這些圍牆也是日本人拿台北城牆的石頭一塊塊堆砌起來的。老莊沒有正面回應張旭東暗示的能否越獄的話題。

他們繼續繞著圈子走著。

只要有機會，張旭東看了看老莊，又說，我們要在牢裡繼續鬥爭！

老莊沒有反對，默許了他的意見。

第二天早晨，當值班的外役從門洞送來早餐時，張旭東就發動了第一場監獄鬥爭。他們的早餐是一個發黑的木碗裡盛著一個直徑約十二公分、厚約二公分的蕃薯餅和兩片醃漬的黃蘿蔔乾。用煮過的蕃薯籤加點米飯在木模裡擠壓成型的蕃薯餅已經發霉了。蘿蔔乾帶有一股異味。他聞了聞，故意大聲抱怨地喊道：

我們不吃發霉的東西！

老莊聽到他的喊叫聲，隨即很有默契地大聲呼應：我們不吃發霉的東西！同時把木碗從小洞扔出去，讓蕃薯餅在走道裡撒得到處都是，然後又大聲喊道：我們是人！不吃給豬狗吃的東西！

關在其他囚籠的同學隨即一房傳一房地紛紛喊道：

我們不吃發霉的東西！我們要人的待遇！

不吃？一個身穿筆挺的黑毛嗶嘰中山裝的便衣隨即氣急敗壞地趕過來，惡狠狠地彈壓說，不吃，就餓死你們！

寧可餓死！張旭東應聲回答，絕不受辱！

同學們！老莊緊跟著大聲喊道：我們絕食抗議！

絕食抗議！絕食抗議！

喊叫聲一浪高過一浪。

老莊又拿起腳下的木屐，用力敲打木門，其他同學馬上跟進，一起敲打木門和地板。霎時間，敲擊聲有如陣陣戰鼓，響徹了整棟二舍的牢房。衛兵緊張地握緊槍把，在過道口探頭探腦張望，以防暴動。那名便衣還是一副神氣活現的姿態厲聲斥責他們：

你們身為犯人，到了監獄，全都享受同樣的犯人待遇。

老子不享受了，賞給你吃吧！

張旭東立即把碗裡的蕃薯餅朝那名便衣丟去。他一閃身，立刻拔腿，溜得不見蹤影。

敲擊聲、口號聲和歌聲持續了一段時間，終於漸漸安靜下來了。

同學們！老莊用清澈響亮的聲音鼓舞其他同學。我們既然決定絕食鬥爭，就要做好最壞的思想準備。

他們肯定不會很快滿足我們正當合理的要求。張旭東客觀分析了事態可能的發展並鼓舞大家。只要我們團結一致，堅持到底，就一定會勝利。

團結一致，堅持到底！老莊立刻帶頭喊道。不獲全勝，絕不罷休！

同學們隨即群起響應。

一天過去了。他們餓得難受，仍然堅持只喝水，不吃東西。為了節省體力，大家就靜靜地躺著，連話也不多說。

第三天一早，那個便衣又出現了。

同學們！同學們！我已經把你們的要求報告上級了。他在囚籠外頭的走道上一邊來回走著，一邊大聲嚷嚷。上級決定對你們特別照應，改善伙食，給米飯吃，還有好菜好湯……

既然特別照應，就放我們出去！老莊應聲反駁。讓我們自由！

這就來！這就來！那便衣一邊喊著一邊又溜了。

到了中午，伙食果然有所改善了。外役給每個同學送來一瓷碗米飯，一碟蔬菜。這些東西雖然量很少，張旭東心想，但較之發霉的蕃薯餅，至少能夠下嚥了。他認為這次鬥爭已經初步得到勝利了。為了持久的鬥爭，他決定暫時結束這場絕食，於是就唱起了〈團結就是力量〉，然後帶頭吃飯。

老周，這次的絕食鬥爭之後，監獄當局可能是害怕事態擴大，影響形象，特別允許他們這些學生「犯人」享受國軍士兵的伙食待遇。

一個月之後。某天早上，看守把一本報銷伙食費的帳簿塞進每間囚籠的小洞；跟在後頭的庶務課長同時命令他們在自己的名字下面捺手指印。張旭東翻開帳簿，一眼就發現上頭記載的帳目跟實際情況有出入，於是藉口向課長報告說馬上就要放封了，帳本可不可以先暫時留下，等他們回來再處理。庶務課長答應了。

張旭東於是又發動了第二場監獄鬥爭。他和老莊一邊繞著放封場散步，一邊討論那本帳簿暴露的問題。他首先指出，如果按照帳簿所記，他們每人每個月的大米配額應該是四十五斤。可實際上，他們不可能吃到那麼多。

那些不足的口糧，老莊毫不考慮就回應說，一定是被那些主管伙食的監獄人員剋扣貪污了。

我一直想再展開另一場鬥爭，張旭東笑著說，現在，機會又來了。

你有什麼想法？老莊問。

回到囚籠後，他說，立即展開反貪污的鬥爭。

這樣，老莊流露著同樣默契的神情說，我們就想到一起了。

回到押房，他馬上向看守反應說，他有重大的事情要向典獄長報告。看守於是找來了庶務課長。

你有什麼事情？告訴我就可以了，課長說，我可以幫你處理。

你不配！他毫不客氣地回應庶務課長。我要請典獄長來算算你們貪污伙食費的帳。

庶務課長脹紅了臉，一言不發，悄悄地走了。過了好久，典獄長一直沒出現。他於是就用木屐敲打門板和地板，邊敲邊喊：

算清伙食帳！處罰貪污犯！

其他同學聽到他發難的敲喊聲，緊接著也高聲喊了起來。然後，他又結合實際情況，改動了〈你這個壞東西〉的幾句歌詞，唱了起來：

你！你！你！

你這個壞東西，

學生的米麵糧食不夠吃呀！

你卻心黑手辣地硬要貪污去！

只管你貪污要吃糧，

學生的死活你是不管的。

你這個壞東西！

你這個壞東西！

壞東西！

壞東西！

……

你這個壞東西，

真是該槍斃！

老周，他們的抗議聲終於撼動了典獄長。他要看守轉達，要他們派兩名代表去他那兒商談。同學們於是公推老莊和張旭東。他們隨即跟隨看守來到典獄長辦公室。張旭東看到一個臉色蠟黃的小老頭坐在靠背的辦公椅上吸著菸；桌上的菸灰缸堆著滿滿的菸蒂。庶務課長恭敬地站在一旁。

我就是典獄長。那個老頭客氣地讓張旭東和老莊在他對面的椅子上坐下，叫看守沏茶倒水，裝作若無其事的樣子。聽說，你們有什麼重大的事情要向我報告，是嗎？

張旭東於是報告了他們的伙食被剋扣的實際情況。

會有這種事嗎？

典獄長吸了一口菸，看看身旁的庶務課長。

我承認，你們每月吃不到四十五斤米。庶務課長支支吾吾地解釋糧食的使用情況。但是，其中的差額不是我少給；而是鍋子大，燒的米少，經常把米燒糊了，所以給你們的分量才會不足。

如果真是燒糊了，飯裡應該會有糊味吧！張旭東追問。可我們卻從沒吃過有糊味的米飯。

既然你這樣說，老莊緊接著建議，我們很想到廚房見識見識鍋子究竟有多大？

庶務課長的臉色頓時變得更加難看，遲遲不敢答應。

由於管理不善，難免造成一些浪費。典獄長趕緊替庶務課長緩頰。至於貪污……倉庫裡老鼠多，消耗也大……今後一定設法改善……對，對，設法改善，希望你們勸說其他同學先在花名冊上蓋個手印。不然，下個月的糧食就領不到；糧食領不到，就沒米下鍋……

沒米下鍋，張旭東嘲諷地回應說，就由你們和倉庫裡的那些兩腳耗子負責。

只要帳目一天不搞清楚，我們就一天不按手印。老莊也立場堅定地表態。

典獄長陰沉著臉，眼睛死死地盯著他們，不發一語。可他們一點也沒有畏懼，正面迎擊，要求典獄長必須在二十四小時內，具體檢查學生的用糧和菜金與帳簿所記是否相符？

老周，談話過後的下一餐，監獄當局供給他們的飯量立刻增加了，菜色也改善了。可對檢查的要求卻一直拖著，沒有執行。

二十四小時過了。

張旭東於是再次敲打地板，要求典獄長予以答覆。可典獄長還是一味拖延。到了下午放封的時候，他就和老莊商議應變的對策，最後決定升高鬥爭的力道，拒絕返回囚籠。他們隨即把決議一個個地傳遞出去。於是一直到天色將近黃昏的時候，他們還在小操場上不斷地唱歌，齊聲高呼口號，一個也沒有回去牢房。那些士兵和看守始終在操場周圍站著，不聞不問。後來，看守長出面催了幾次。張旭東都出面回答，說二十四小時的期限已經到了，不答覆他們的要求，他們就在操場過夜。僵持到最後，監獄當局終於妥協了。庶務課長出面說典獄長已經答應，明天就進行檢查。他們於是回到各自的囚籠。

第二天，監獄當局就在張旭東和老莊監督下進行檢查。結果，庶務課長不得不承認：每個學生每月實際只吃了三十二斤大米，遠比實際規定的數量少。菜金則由於物價上漲、登記差價等原因，很難說清。

既然如此，那些少給的大米，就按照米價折成現金，在獄中商店購置日用品，分發給同學。典獄長不得不在事實面前當場表態。今後，一定努力改善同學的伙食。

典獄長既然這樣說，我們就既往不咎了。張旭東說。但是，為了保證今後的伙食費不再被剋扣，我們希望能夠每天指派二人輪流到伙房監督。

看來，我也只能答應了。典獄長無可奈何地摸了摸鼻頭。

就是。老莊一副無法妥協的態度。

老周，他們發起的這場反貪污鬥爭又勝利結束了。

到了深夜，他們突然被隆隆轟鳴的馬達聲吵醒。仔細一聽，原來是一架架運輸機在天空飛行所發出的聲音。張旭東判斷，外頭一定有什麼重大事情發生了。

第二天上午，放封時，一個站崗的士兵偷偷向張旭東和老莊透露，說共產黨的人民解放軍已經渡過長江解放南京了。他的話剛說完，一架架大型運輸機又不斷從頭上掠過。張旭東和老莊同時抬起頭來觀看天空的景觀。等到聲音安靜下來之後，張旭東樂觀地向老莊說：那些官員一定又從某個重要城市轉移到台灣來了。我們應該很快就可以被釋放出去了！他們隨即把解放軍已經渡江的消息一個一個地傳達給所有同學，大家於是就在草地上高興地唱歌、跳舞。

老周，隨著內戰形勢的變化，他們在獄中的生活條件也不斷地得到改善，甚至改善得使他們不由感到驚喜。放封的次數從每天兩次增加到三次，時間也從每次十分鐘增加到足足半個小時。監獄的看守也明顯變得對他們比較溫和親切了，洗澡、理髮、看病都得到了理所當然的同意。滿臉橫肉的看守長臉上也露出了幾絲笑容。就連那個老愛瞪大眼睛訓人的便衣特務也瞇細著笑眼，和他們話了家常。最大的收穫是：只要保證關押在每間囚籠裡的人數不變，放封回來時，允許他們相互串換押房。看守裝聾作啞，任憑他們在牢房裡開展各色各樣的活動：有的進行討論，有的學習外語，有的打起了橋牌。

有一天，張旭東無意間在浴室的排水溝裡看到一張泡在水裡的舊報紙，上頭竟然出現了「保衛大上海」的橫幅大標題。就在這時，老應也進來了。

老周，那時候，白色恐怖才剛開始，還沒有像後來那麼嚴厲，他們還可以依法辦理。可儘管警備總司令說要依法辦理，他們被關了好幾個月，還是搞不清楚究竟犯了什麼法？他們手頭上又沒有相關的法令資料可看，也就不曉得它究竟要依什麼法來辦理。是民法呢？還是刑法？後來，他們又被迫依次過堂，逐一接受審訊。審訊者都穿軍裝，三人一組。兩人問話，一人筆錄。問的都是一些讓他們聽了覺得好笑的問題。例如：你最愛看什麼書？你平常喜歡和哪些人來往？你認識哪幾個共產黨員？你和哪些同學最要好？……每次過堂都要耗掉兩三個小時。最讓他們感到奇怪的是：訊問的人表面上還算禮貌，有耐心，從不疾言厲色，更沒有使用什麼酷刑。事後，有的同學甚至還開玩笑說：他們自己心裡明白，從我們這兒撈不到什麼，所以懶得費什麼心、花什麼力。儘管如此，他們的起訴書還是沒有按照司法規定的程序送來了，罪名是妨礙秩序！但是，起訴以後又始終不開偵查庭。按照規定，起訴書送來以後，檢察官如果不起訴，就可以延長羈押一期；一期三個月，一共可以延長三期。張旭東、莊勝雄、朱裴文和應保華四人就在延長了三期，按照法律規定不能再延長的時候，被蒙著眼睛一起帶出去。當他們的眼罩被拿掉後，才知道那裡是地方法院。法官一臉嚴肅地宣判說，根據偵查結果，他們四個人都不是共產黨，但是他們的思想都有問題，所以不能放他們出去；他們還要接受感化教育，時間長短，就要看他們的表現來決定。這樣，他們又被蒙著眼睛轉送到另一個地方（一直要到出獄以後才知道是情報處的監牢西本願寺），分別關押。

老周，從此以後，老應就再也沒有在獄中看見過另外三人了。他說。

他說，他們進去的時候，裡面沒有牢房，正在釘牢房、鋪木板。木板鋪好後，他們就睡在上面。後來，裡頭關的人一天比一天多，分子也很複雜，什麼人都有，有生意人、軍人……他不敢隨便跟其他人說話，就整天在押房裡胡亂唱歌來打發時間。關了好久之後，他又被叫出去問話。這次，就不再是「依法辦理」了。法官問話的態度變得很兇了。法官問他：你服不服氣？他只能無奈地回答說：你要我怎麼服氣？你說說看啊！

老周，後來，老應和張旭東又先後被移送到保安司令部。只是，彼此不曾碰過面，也都沒有見到莊勝雄和朱裘文。他們兩人都說保安司令部是一個暗無天日的地方。在那裡，就真的是受苦受難了。每天，都只是一碗白飯和一碟包心菜，就這樣吃了好幾個月。審問時，他們的眼睛都被蒙起來，由衛兵攙扶到法庭；法官只能認定他們的思想有問題，拿不出可以證明他們犯罪的證據，更不容許他們答辯。這樣，每次審問，都是法官自己在講話，也沒什麼好問的。因為押房裡頭關的人愈來愈多了，空氣非常污濁。他們沒有空間可以走動，就整天躺在地上，等飯吃。

幾個月後，他們才又先後被送到設在內湖一所國小的所謂新生總隊。

到了新生總隊之後，他們就不用上手銬，也沒被蒙眼睛了。可那段期間，不管是肉體或精神，還是很痛苦。儘管如此，他們的生活總算相對正常了。每天，早上起床後就是洗臉、運動、吃飯，然後上課、運動、出操。上課，主要就是學習三民主義和一些反共教材。

老周，在那裡，最讓他們感到緊張的，是隨時都會有人突然被調走，然後就不再回來了。其他人也不知道，人究竟被調到哪裡去？老應回憶說。有一天，他也突然被調走了。究竟怎麼回事？要送去哪裡？他也不曉得。當他被送走的時候，一些同學和難友都非常擔心，他們怕他就這樣突然消失了。結果，他又被帶回情報處。在那裡，他們只是把他關在押房裡，不聞不問。他也搞不清楚為什麼要抓他回去？三個月後，他又被移送到軍法處看守所，判刑十五年，然後移送火燒島的集中營。

老周，老應被調走的時候，張旭東應該還在內湖新生總隊。他也在我的要求下，憶述了在那裡的獄囚生活以及出獄的經過。

因為人愈來愈多，一個教室大概要睡一百多個人，衛生條件很差，生病的人就多了。張旭東也患了痢疾，裡頭又沒有藥，一直拉肚子。他病得非常厲害，在昏睡中，聽到同房難友很替他憂心地說：連人的樣子都沒有了，恐怕活不久了！後來，還是阿香經常在外頭買藥寄給他；他的身體才漸漸好起來。他在那裡不知道關了多久以後，終於要被放出去了。人要放出去，需要有人保；可像他這種外省學生要到哪裡去找保人呢？他向獄方反映說他沒有人可以保！他們說不保不行！在無路可走的困境下，他就想到阿香的父親了。張旭東想，他是有社會地位的人，關係也不錯，對他來說，這事應該不難辦。張旭東於是就寫信給阿香，要她設法把他保出去。信寄出去一段時間之後，獄方果然就來通知他說可以出去了！

老周，張旭東和應保華的入獄經歷講到這裡就告一段落了。

我接著就追問張旭東和應保華，知不知道朱裴文後來的下落？他們都說不知道，從西本願寺以後就沒再遇見他，後來也沒聽到什麼相關的消息！

我在火燒島也沒遇見過他，老應強調說，出來以後，四處打聽，也沒有誰知道。

這就奇了，我說，大陸那邊也沒人知道！難道就這樣蒸發掉了嗎？

莊勝雄呢？我又問。

聽說後來出來了，張旭東說，可一直沒有聯絡。

我們陷入一陣傷感的沉默。

我又裝作若無其事地刻意問張旭東：

你跟阿香好嗎？

出來以後，基於禮貌，我要阿香帶我去向她父親當面致謝。張旭東心情平靜地回答我，然後算是向我報告吧，從頭就當年的情況詳細說了。

阿香的父親向張旭東說明了他願意出面保他的理由。他說，當初，張旭東不聽他的勸而被捕入獄；他無能為力，也就算了。但是，張旭東要交保了，那就表示已經沒事了。他如果不保張旭東，他一個人在台灣念書，要到哪裡去找保人？所以，他也沒有理由不管這事。

張旭東從T大畢業之後，就懷著感恩的心和阿香結了婚。婚後，管區警察雖然常常到家裡查戶口，他也從來不把它當一回事。可他沒想到，不到半年，他又再度被捕了。幾個憲兵突然把正在上班的他上手銬，押到憲兵司令部偵查隊。他才知道，同時被抓的還有兩個女生和四個男生。除了接受偵訊，還要他們寫自白書；從祖宗八代開始交代。不滿意就重寫。

最後，張旭東被輾轉移送到軍法處看守所。開庭（就只一次）之後，他才知道，他之所以再度被捕，是受了師院副教授黃榮燦的牽連。老周，你也知道，黃榮燦是木刻版畫家，常到麥浪歌詠隊走動；麥浪南下巡迴演出時，他也跟著我們下鄉。後來，T大學生組了個自由畫社，他還擔任指導老師。因為這樣，他在T大和師院認識的一些學生就統統被抓進去了。

後來，張旭東就以違反懲治叛亂條例第五條（參加叛亂之組織或集會者，處無期徒刑或十年以上有期徒刑）被起訴；他的罪證有三條：第一條，拿錢給陳真逃回大陸，算是資匪。第二條，閱讀艾思奇的《大眾哲學》和羅家倫的《新人生觀》等匪書。第三條，參加共匪的外圍團體麥浪歌詠隊。

老周，如果，羅家倫的《新人生觀》都能被當作匪書，這樣的判決也只能說是荒謬得沒有任何道理了。還好，阿香一直在外頭為張旭東奔走努力；最後，她找了一本曾經報導過麥浪歌詠隊活動的T大校刊，讓他的公設辯護人證明麥浪是登記有案的學生社團，不是什麼共匪的外圍團體；他才改以懲治叛亂條例第九條——思想不正，判決交付感訓。

三年後，張旭東又再次釋放出獄；但是，仍然受到情治人員監視，行動沒有自由。為了他，阿香當然又吃了很多苦。更讓他感到難過的是，後來，他還受到一些關得比較久的同學懷疑。老周，因為這樣，他就覺得沒什麼意思了……

3

以前的新公園就在附近，進去走走吧！

飯後，張旭東向我建議。

老周，我想舊地重遊，於是跟隨他和老應走向已經改名為二二八和平紀念公園的新公園。我們從旋轉門進了公園，隨即看到那座露天音樂台。我們穿過舞台下方，然後從觀眾席的中間走道出去。舞台上，幾個年輕男女正在唱著節奏急快、口齒不清的饒舌歌。觀眾席的長條座椅上零散地坐著一些老人，或是正在熱烈擁抱的戀愛中的情侶。

老應，你記不記得，當年我們仨就是在這裡第一次見面的。張旭東問應保華。

我當然記得。老應說。

妳呢？張旭東接著問我。

我是介紹人，怎麼會不記得呢！我感慨地說，雖然是五十年前的事了，可因為舊地重遊之故吧，當時的情景卻彷如昨日一般地清楚浮現了；真是往事不堪回首，卻也只能回味了。

我們仨繼續在公園邊走邊聊，繞了一圈，然後又從側門出來。我們走到衡陽街跟重慶南路交叉口時剛好遇上紅燈。我在附近搭公車，老應跟我說，讓張旭東送妳回去吧。我的車就停在中山堂的地下停車場。張旭東跟老應說。你跟我一起過去拿車，然後我沿路送你們回去。

老周，我想去當年麥浪第一次校外公演的中山堂走走，於是也向老應表白，希望他能一起去，繼續我們的舊地重遊。

老應不再堅持要先離開了。綠燈亮了。我們又穿越馬路，經由騎樓下的走道，漫步走向中山堂。

老周，也許是觸景生情吧！一走進中山堂廣場，我就情不自禁，輕聲唱了起來：

我們的青春像烈火樣的鮮紅
燃燒在戰鬥的
原野
……

我發現張旭東和應保華的臉上都流露著似乎想要唱卻又唱不出來的尷尬神情，於是停頓下來，失望地問說：

你們為什麼不一起唱呢？

他們不約而同苦澀地笑了笑。

這首〈青春戰鬥曲〉，我有幾十年沒唱，也沒聽到其他人唱了。老應感慨地說。唱歌，終究要有感情；當時代變了，那感染你的心緒的社會氛圍沒了，你是怎麼也提不起勁來唱的。我想，旭東的心情肯定和我一樣吧！

是啊！我們為什麼不歌唱？張旭東看了一眼老應，然後又以那感傷的眼神看著我，激動地說，當年，我們的青春是洋溢著戰鬥的歌聲啊！可這青春的歌聲後來卻長期暗啞了！

我們仨頂著微有寒意的三月春風，在中山堂廣場隨意走著，聊著麥浪在這裡公演期間的往事點滴。我們彷彿回到了年輕的當年。老周，那時候，不管是讚美或批評，我們並不那麼在意，心情也就不會受到太大的影響；我們就是想唱歌，也愛唱歌。因此，演出之後，我們總是頂著蕭瑟的寒風，在夜靜的台北街頭，唱著〈青春戰鬥曲〉，走回各自的宿舍。

我已經記不得有多少年沒到中山堂走走了。我更不記得有多少年不再唱歌了。老應感慨地對我說，可今晚，因為妳，我又來到這個充滿我的青春記憶的廣場了；我又因為妳那已然蒼老的聲音唱起我們當年最愛唱的那首〈青春戰鬥曲〉，而聽到我的青春之歌了。然而，生命的規律終究是無情的！太陽下山，明早依舊爬上來，我的青春卻一去不回來了！

我記得，我回應老應說，你曾經在教唱〈青春舞曲〉時說過，唱這首歌的時候，要把鼓勵人們抓緊青春時光奮鬥的精神表現出來。

我們年輕時候難道沒有抓緊時間奮鬥嗎？張旭東自責地說，我不能因為坐過牢，就說我的人生是悲哀的；我的悲哀是因為出獄以後的無所作為，而我的無所作為又是因為我的不敢作為！唉！我就這樣虛度了一生！這就是我不再歌唱的內心狀態吧！

然後，張旭東忽然用他那滄桑而沙啞的嗓音輕聲地唱了起來：

我們的青春像烈火樣的鮮紅，
燃燒在戰鬥的……原野……

我的青春曾經像烈火樣的鮮紅，燃燒在戰鬥的原野。張旭東又痛苦地對我說，可我的青春終究未能像海燕般英勇地持續飛躍在暴風雨的天空！要不是今晚聽到妳那已然蒼老的聲音唱起，我幾乎都已經遺忘了這首〈青春戰鬥曲〉啊！

老周，我們無言地一起下去停車場，坐上張旭東的車。他把車駛出路面以後，隨即轉往淡水河的方向前進；沒多久，就在靠近大稻埕碼頭的老社區的一條巷口，把住在附近的老應放下車。為了方便說話，他要原本坐在後座的我移位前座。他等我繫好安全帶後才又換檔前行。我們彼此沉默了一陣子之後，他才主動開口問我朱槿的事情。他不勝唏噓地說，一直到台灣開放大陸探親之後，他才輾轉聽到朱槿已在韓戰犧牲的消息。他也聽說，我是跟朱槿一起在朝鮮戰場的歷史見證人；因此他一直想當面聽我說說朱槿的具體情況。他一邊開車一邊又感慨地說，當年，第一次在中山堂公演時還會怯場的人，怎麼就能夠不怕生命危險，在戰爭的前線陣地上從事表演活動呢？然後他要我說說我們參加文工團的經歷。

老周，我對這樣的場景早就有了心理準備，隨即從包裡拿出事先準備好的那個信封袋，說這是朱槿當年隨身攜帶，記錄了她在戰地的經歷與心情的日記複印件。張旭東立刻伸出扶著方向盤的右手，撫摸著那只信封袋，迫不及待地想要拿出來看。你專心開車，我笑著勸阻他，回去，再慢慢讀吧。於是他把右手放回方向盤，注視著前方的道路，專注無語地開車。

我們往大妹家的方向繼續前進著。車裡的氣氛因為沉默而顯得沉重。一會之後，張旭東又要求我先跟他說說我們在朝鮮戰場的情況。我拗不過他，就說好吧！於是他一邊開車，一邊聽我憶述我與朱槿在朝鮮共同戰鬥的青春往事。

老周，一九五〇年冬天，我和朱槿所屬的第九兵團第二十軍文工團接到命令，隨即開赴朝鮮東線戰場長津湖一帶。這個文工團，除了我們兩人是大學生之外，絕大多數是上海的中學生；年齡最小的只有十四歲。朱槿在隨身攜帶的日記本上詳細記錄了當時的心情：

一聲炮響，人民戰爭的列車護送著我們從江南到江北，從淮南到淮北，從黃河南岸到黃河北岸，從關內到關外，直到東北邊疆，抗美援朝保家衛國戰鬥的最前哨。就在受苦受難的中國人民開始走向自由幸福的樂園的今天，一切的一切又將受到美帝國主義的破壞；我們將參加到光榮的朝鮮人民支援軍的行列，從三八線以北直挺南進，把美帝趕出朝鮮，讓他們進入大西洋的極樂世界，淹沒掉、摧毀掉它的罪行。我們要像當年抗日戰爭消滅日本鬼子一樣打敗美帝……

當時，在朝鮮人民軍配合下，中國人民志願軍已經勝利結束第一次戰役，將敵人從鴨綠江邊驅逐到清川江以南。文工團經由撫順、通化，前往鴨綠江邊的輯安（今集安）。在開往江邊的列車上，朱槿隨手寫了一首題為〈坐在車間〉的打油詩，記錄了當時的情景與心情：

新發棉大衣，把它當寶貝，
坐立都小心，生怕黏灰塵。
列車開江邊，晚上睡車間，
座位靠廁所，小便流地面，
夜裡臥凳上，大衣當被蓋，
腿瘦往外伸，大衣碰地板，

尿夾塵土衣上染，
身心疲勞懶得管，
拉回身上一樣蓋。
……
穿著這件棉大衣，就要戰鬥在朝鮮，
朝鮮全國得解放，咱又渡海去台灣，
美帝潰敗離海岸，台灣紅旗飄滿天。

文工團抵達中朝邊境的輯安了。朱槿和我利用空暇來到鴨綠江的江邊散步。這裡的江面寬不過百米，水淺的地方彷彿可以步行到對岸。

過去讀地理，總想像著偉大的鴨綠江應該有滔滔的江水和雄偉鞏固的堤防；朱槿望著一片白茫茫的江面感慨地對我說，可今天來到這裡才知道，這樣的國界，這樣的天然邊防，能防得了什麼呢？

後來，文工團團長要宣布第一批派到前線的名單了。他先說，這次上火線的條件是有戰鬥經驗和思想能禁得起考驗。沒有戰鬥經驗的朱槿隨即用失望的眼神看了我一眼。同樣感到失望的我，當然懂得她的意思是說我們是不夠資格的。可團長接著又說，為了培養今後能夠上前線工作的女同志，決定找兩位新的沒經驗的女同志上去鍛鍊。團長的話聲一落，我們兩人又抱著期望了。團長的聲音又響起。全場鴉雀無聲。女同志是林晶瑩和……朱槿。老周，朱槿和我激動地想要大聲歡呼，可全團幾百人的大會不容許我們叫起來、跳起來。我看到朱槿表面上裝得特別冷靜；她先是用雙手緊緊地抓著臉，用盡全身的力氣還是不能壓制內心的激奮，於是又緊緊地抓住同樣克制著內心激動的我的手。那些面孔熟悉的女團員流露著不同的表情看著我們，然後都失望地低下了頭。這瞬間的一切，我們都敏感地看在眼裡。她們都有一顆熱愛祖國的心，都希望到第一線接受考驗，投身激烈的戰鬥。我們一定要盡最大的努力，朱槿輕聲告訴我，做到會工作，會小結，去創造新同志在前線工作的機會。

老周，為了能夠完成即將面對的連續五六天的夜行軍考驗，出發前，朱槿和我讓自己一切戰鬥化；我們接受老同志「衣服不怕髒，只怕穿破鞋襪，打赤腳跑路」的經驗談，只留必備的輕裝：衣服、褲子各兩套和襪子四雙；我們還打算必要時把背包、飯盒都扔掉。可我們在棉大衣縫上一個大口袋，為的是隨身攜帶記錄戰地生活的日記本。老周，我們認為，這是有重大意義的記事本，任何情況都要留下它；我們還互相約定，萬一誰要是犧牲了，另外一個人都要保存好對方的日記本。我們又互相交換了作為永遠紀念的照片。

老周，一共十八人的文化工作隊走上我們盼望已久的征程了。走沒多久，天就下雨了。這裡的天氣跟台灣天差地別。行軍時，剛開始總覺得輕鬆，可走上三里地，脖子上的圍巾就得取下來，手套也戴不住了；再走上三四里地，全身就被汗水透溼了。行軍十里，休息一次。可剛坐下來，一陣風吹過，全身又冷冰冰的；儘管趕緊圍上圍巾，穿上大衣，戴上手套，也毫無作用。因此，每次休息時心情總是很矛盾——疲累的腿腳需要休息，為了驅寒又想繼續行軍。除了酷寒，我們還要面對身體的基本需求：沒有鹽吃，腿軟，爬不上山；我們就用小瓶子裝鹽，用舌尖舔一舔，增加點力氣。老周，先前，在遍山積雪的長白山，我們把雪放在嘴裡，卻一點也不解渴。我們吸取了經驗，渴得厲害時，知道要先把雪含在嘴裡，等它融化，有了水分，才嚥下去。可這樣，雖然有點解渴，卻不夠勁。

老周，朝鮮的鄉村風貌看起來很像台灣的農村，不同的是睡覺的炕與榻榻米；這裡的炕燻出來的帶著泥土味的熱氣實在難聞。我們的隊伍總是在老百姓已經跑光了的村莊的揭了頂的民房宿營；遇到下雨，就只能靠在勉強可以避雨的牆邊，站著打一會兒瞌睡，然後繼續前行。

老周，一路上，鴨綠江大鐵橋始終隱隱約約地遠遠浮現著。跨越一座橫架在鴨綠江的木橋後，我們進入朝鮮北部的邊境城市基輔。這裡顯然剛被敵機狂轟濫炸過，沿路還燒著一堆堆殘火，路邊被燒光的房屋發出燻鼻的焦味；婦女們在被燒焦的殘垣瓦礫中，頹喪地收拾已經沒有什麼可收拾的東西；孩子們一邊驚嚇地哭啼著，一邊在廢墟中尋找自己的親娘；石橋下，一群無家可歸的難民圍著一堆堆柴火取暖。在前進中，道路兩旁不時零零落落地迎面走來一行行穿著襤褸單薄的神情茫然的青年男女，以及同樣穿著單薄棉衣的戰士。他們是從前方下來休整的傷員——有的腳裹著大大的棉花團，拄著枴杖，蹣跚走著；有的因為雙腿凍傷而坐在地上，一邊發抖一邊慢慢挪動。偶爾有一兩個頭頂大包小包的白衣女郎，則是少見的沒有遭難的老百姓。

午夜十二點。隊伍到達南屏鎮。離前線只有二十里了。軍黨委決定在這裡休整一天。通過他的介紹，我們了解到最新戰況：敵人有三個師被我軍包圍，最近幾天要準備總攻。老周，到軍部後，我們就有任務了。軍黨委說，大家將有一段時間單獨工作，在戰爭中，傷員工作、擔架工作、俘虜工作，每項工作都十分重要；但是，我們在朝鮮做戰地工作沒有群眾條件，朝鮮話聽不懂，工作起來會十分困難，我們必須以高度的責任心來克服。軍黨委又交代說，愈接近前線，敵機活動得愈厲害，它們只要發現一點點目標就大發神經，掃射狂炸。為了防空，任何東西都不能留在戶外，以免暴露目標；白天不准出門，大小便時，動作要快……

第二天起床後，我們吃了一頓乾飯。為了防空，白天一直待在屋裡休息。敵機只來了一次。天黑後，我們開始燒飯；吃了每天第二餐的稀飯，就睡了。在暗夜中，潛伏在附近的特務不時地施放信號彈，讓敵機能夠準確轟炸。老周，敵機的威脅使我心慌意亂。在睡夢中，我夢見一頭大烏鴉一逕聒聒地叫著，向我飛來，緊接著就一排機槍子彈打在我的炕腳下……我被嚇醒了，心撲撲亂跳，於是把頭蒙在被窩裡，把棉大衣也蓋上了；可不管多厚，也蓋不住我的驚嚇，壓不住我的恐懼。我起身穿上毛衣，心想萬一房子塌下來好往外跑；可炕燒得好熱，穿上毛衣更難受。我看到身邊的朱槿正安安靜靜地沉睡著，於是對自己的表現感到羞愧，心情也就平靜了一些。我脫下毛衣，再次躺下來，靠著她的身體壯膽。

隔天晚上的六點鐘，隊伍再次在黑暗中出發。走了四里地，逐漸從前面的村莊傳來女高音的聲音。我想，除了我們文工團，不會有這種歌聲。果然，我們跟原來在後面的梯隊會師了。昨天晚上，他們急行軍七十里，趕上了我們。老周，情況有了變化。前方正在布置第二次戰役。戰役也很可能在第二天打響。營幹部很希望文工團下連隊，鼓舞即將上戰場的戰士們。於是我們懷著一股沸騰的激情，摸黑翻越一座大山，去找前線的部隊。我們在沒有路的密林鑽來鑽去，腳下樹枝絆著痛，臉上樹枝打著更痛。當耳邊響起第一發炮彈「咻——」的經過聲時，我膽怯的下意識地縮了縮脖子。朱槿笑著看著我，鼓勵我別怕。

我們在山上繞來繞去，終於來到某部隊駐紮的山頭，準備通宵演出。可戰士們忙著挖工事，沒有時間開展文娛活動。我們只好回到營部，在指揮所裡面演出。營部的每個班都派代表來看演出。政委告訴我們，他們馬上要接受戰鬥任務，本來要上山做工事；可他下決心讓他們留下來看演出，做動員工作。老周，這使我體會到，我們不是一般的演出，我們也是一個政治工作者。我們雖然非常疲勞，可這又算什麼呢？只怕不能為戰士們多工作一下，有這樣的機會為他們服務，怎能放過。於是我們跟大家圍在一起，用竹板、鈴鼓伴奏，給從火線上暫退下來修整的戰士們說說唱唱。山頭上已經很久沒有歌聲了，戰士們聽了很愉快。

三天後，美軍發動了所謂結束朝鮮戰爭的聖誕節總攻勢。中國人民志願軍採取誘敵深入的方針，開始猛烈反擊。第二次戰役，在長津湖前線打響了。我們走過的地方，翻越過的山頭，已經成為戰場。敵人的大炮聲不時響著。老周，這時，聽到炮聲，我已經不會下意識地縮縮脖子膽怯反應了。我們在山上走來走去，從這個山頭到那個山頭，從這個排到那個排，經過很多蔭蔽的工事。

在戰地，我們文工團這些文藝兵什麼苦都吃到了。我們要展開文康活動卻沒有劇場，沒有舞台，因為所有的線都凍斷了，自然也沒有弦樂器；但到處都是我們的蔭蔽部，也都是我們的劇場。我們在任何情況下都能進行演出，始終沒有退縮。一個沒有月光的晚上，我們忽然聽到歌聲在山溝裡迴盪；雖然有些走調，但唱得非常有勁，有氣魄。我們來到那個營隊，在一大片松樹林旁選了一塊較寬的空地，作為天然舞台，進行演出。戰士們在斜坡上的山溝裡坐了下來，每個人身旁都有一把松樹枝；我們演唱時也每人拿一把松樹枝。當敵機來襲時，大家就把松樹枝舉起來；原來的空地就變成了一片矮松林。從上面往下看，誰能看出這是偽裝……（老周，張旭東這時由衷讚嘆說，這樣的布景在任何表演活動中是不會有的。）我們把在前線及時採訪的捷報與英雄事蹟即編即演，傳遞凱歌；想像不到的是，戰士們竟然情緒高昂愉快地觀賞著我們表演的節目。

老周，在嚴寒氣候下，解決戰士們的冬裝和口糧問題，是當務之急。因為一切糧草只能在夜間用火車、汽車、牛車及人力背負，越過邊境，通過封鎖線，運送到前線。軍黨委於是命令全體非戰鬥人員都投入運輸工作。我們文工團的任務是用牛爬犁去接應從前山背負下來的糧食等物資。牛爬犁必須要跟當地老百姓借。文工團的小同志們一下子傻了眼！這裡，爬兩座山也難得看到一戶人家；即使找到人家，語言不通，又要如何向屋主表明來意？老周，軍令如山。我們絕不能讓前方戰士餓著肚子在雪地裡與敵人戰鬥。我們翻山越嶺，一口氣跑了六個小時；午夜十二點左右，終於看到一個村落，但又找不到村長協助。我們只好分頭去拜訪村民。兩個鐘頭後，所有人都苦於語言無法溝通，無功而返；可朱槿卻完成任務，牽著一頭牛出現了。大家好奇她是如何完成任務的？朱槿就說，她在一戶農家見到一位老大娘卻沒看到牛的影子，她急了，就用最原始的肢體語言來表達意思——兩手握拳，分別放在額角的兩邊，再伸出兩個指頭，裝作牛角，然後身體趴在炕上，嘴裡發出「哞哞」的聲音，順著大氣學牛叫。阿媽妮哈哈大笑，微微點頭，馬上到屋後，牽出牛來，交給她。大家於是都學她的辦法，在天亮前湊齊了任務交代的九架牛車。

山風呼嘯，白雪飛舞。入夜之後，我們的牛車隊伍出發了。為了防空蔭蔽，每個人都披上白被單，在白皚皚的雪地上行走，遠遠望去，就像一條白色的長龍在杳無人煙的山谷裡蜿蜒遊動；撲面而來的雪花與嘴裡呼出的熱氣凝成了冰柱，掛在每個人的帽沿上。四周寂靜無聲，只聽見腳下踏碎的冰碴兒卡卡作響⋯⋯

老周，說到這裡，我彷彿又回到那冰天雪地的戰場了。我沉默了好久，才從回憶的過去回到當下。我跟張旭東說，我再跟你說一件朱槿的特殊表現吧！

戰役期間，因為軍部的醫護人員有限，護理工作就由文工團的女同志和小同志來擔當。我們在離志願軍駐地三四公里之遙的一個礦洞裡，設立了臨時包紮所。傷員們從前線送下來，在這裡做臨時包紮，再送往後方治療。但礦洞裡的條件不能再差了，又溼又冷，只能點燃從洞外撿拾的松枝取暖；沒有床，只有用泥土堆起的臨時土炕；沒有棉花紗布，就用棉被裡扒出來的棉絮替代；沒有鉗子，就用細樹枝將就；沒有消毒的器皿，就用敵人遺棄的罐頭改製……送下來的傷員，因為成天雪埋半截地戰鬥，腳和膠鞋都凍黏在一起，必須先用刀子割開鞋子，才能拉出那血肉模糊（有的甚至還露出了骨頭）的雙腳。看著這樣的情景，我們都不禁感動得掉下淚來。

有一天，從前方送下來一位年僅二十歲左右的傷員。他在積雪盈尺的山頭陣地整整堅守了兩天兩夜，卻只吃了兩個凍土豆。因為饑餓，再加上身上掛彩，失血過多，臉色慘白，全身顫抖不已；在寒冷異常的礦洞裡，他虛弱得再也撐不住了。這時，一個梳著兩條細長辮子的女同志突然撲過去，一把抱住他，同時迅速解開自己的棉大衣，用她那溫熱的體溫去暖和這位戰士的身體。老周，她那突如其來的舉動震撼了洞裡所有的同志。大家都用驚訝又敬佩的眼光注視著這位女同志，然後在昏暗的光線下認出，她就是有著白皙皮膚，粉紅雙頰，說話細聲細氣，做事穩穩當當，從不愛出頭露面的朱槿。可朱槿卻淡定地用她那清靈的眼神坦然地看著大家，好像在說：他連自己的生命都肯獻出了，我還有什麼好顧忌的！

張旭東無言地握著方向盤緊盯著前方的道路繼續前進。老周，我看到他那抓著方向盤的雙手，不由自主地因為使勁用力而露出了靜脈血管的顏色。我決定讓朱槿的故事就此打住，於是跳過大段的時間，用一種總結的語氣悠悠說道：

經過激烈而頑強的戰鬥，中國人民志願軍在朝鮮人民軍配合下，收復了三八線以北（除襄陽外）的全部領土，解放了三八線以南的部分地區，迫使敵人由進攻轉入防禦，扭轉了戰局。這段期間，朱槿曾經在讀了當時非常受到歡迎的題為〈媽媽，我不能回家〉的詩後，也在日記本上寫了一首同樣題目的詩明志。

說到這裡，我從口袋裡拿出一本抄錄了那首詩的記事本輕聲朗誦：

媽媽，
我不能回家，
我曾答應您，
解放了台灣就回家。
今天，
台灣未解放，美帝又來侵犯，
它想進攻朝鮮占領中國，
實現霸占世界的野心；
媽媽，
我不能讓革命勝利的花朵給野獸蹂躪，
我決心消滅美帝在國門外，
我決心打垮美帝再回家。

媽媽，
我不能回家，
妳不要天天倚門盼望，
妳不能總掛著淚花，

妳的盼望，
消滅不了敵人侵略的野心
怎能盼得到女兒回家。
媽媽，
在朝鮮戰場
成千上萬的志願軍都盼望著
在祖國生產建設熱潮中，
湧現出更多志願軍好媽媽。
到那時，
我親愛的媽媽，
我將從朝鮮歸來，
送您一朵和平花！

老周，我決定在這裡把朱槿的故事做一個結束：

一九五三年七月二十七日，朝鮮停戰協定在板門店簽署。戰爭暫時結束了。我也回到了北京。可朱槿終究沒能回到家。後來在前方醫院工作的她，在第五次戰役時，因為突襲的敵機轟炸而犧牲了。

4

張旭東為了聽我述說朱槿在朝鮮戰場的經歷，開著車，多繞了幾個圈子，才到大妹家的樓下。我要下車前，一直靜靜聆聽沒有插話的他才問我：

這次回來，有沒有特別想見什麼人？

除了給父母親掃墓，我說，就是要尋找老周的下落，不管是生或死。

老周！張旭東感傷地說，是啊，這個勤學用功，思想進步，熱心時政，看不慣不公不義，富有社會理想的優秀的本省同學，我在大逮捕以後就沒再見過了；我後來聽到他在山區被當場擊斃的傳言，也不知是否確實？

我也聽到了這樣的傳言，我說，因此更想親自問個水落石出。

老周，我沒說出口的是，就像朱槿之於他；對我而言，你也是我這一生最最珍貴的青春的記憶啊！

兩天後。近午時分，我突然接到張旭東的電話。老周，他說他打了好多電話給一些多年沒有聯絡的朋友，終於輾轉查到了你二哥的電話號碼。他隨即把電話號碼念給我聽，確定我抄寫無誤之後，就要我趕緊與二哥聯絡，然後連再見也沒說，就掛掉電話了。

老周，我想讓自己激動的情緒安靜下來，於是到衛生間用冷水洗把臉。我照著鏡子，把臉揩乾，同時鼓勵自己勇敢去面對就要揭開的謎底。我又走回客廳，坐下來，按照剛剛抄寫在便條紙上的號碼撥了電話。電話響了三聲，隨即傳來一聲蒼老的喂！

請問是周新平先生嗎？

我是。電話中傳來濃重的台灣土腔的普通話。妳哪裡找？

我叫林晶瑩，我自我介紹說，是新華的同學，從北京回來探親。

妳是台灣人？他率直地問說，怎麼一口外省腔？一點也聽不出來是台灣哪個地方的口音。

我離開台灣五十年了。

這就難怪了！他說，然後又直接問我，妳和阿華仔是很要好的同學嗎？為什麼我從來沒聽他提過？

一九四九年，清明那天的晚上，我本來要和新華到家裡吃潤餅，因為他突然出事，也就沒能來了。

老周，我只能這樣介紹自己和你的關係。

我記得，那天，我太太是有跟我說過，阿華仔要帶一些同學來家裡過節、吃潤餅。二哥像是自言自語似地回應我。可是，那天晚上，他卻沒有回來；我怎麼也沒想到他竟會惹出那麼大條的事情來呀！接著，他又直接問我：妳和阿華仔是怎麼認識的？

老周，我想，二哥應該已經能夠體會我和你的關係了吧，於是簡單地回答說：在師範學院，他是我的學長。然後，我也直接提出要求，說如果方便，我希望下午能去看他。我又急切地說：

我想要知道新華的下落。

我也不知道阿華仔確實的下落啊！二哥在電話那頭激動地拉高聲音，然後又驟然降低音量，客氣地說：妳大老遠從北京過來，又是幾十年才頭一次回來，還有那份心意想要知道阿華仔的下落，這就很夠意思了。既然這樣，妳三點來吧！他又解釋說，他也得把他所瞭解的你的情況先整理一下，然後才能盡他所知地告訴我。他強調，這樣才不會失禮。

二哥的家就在離大妹家不遠處，穿越幾條巷子就到了。當我走上那棟老舊公寓的二樓樓梯間時，他已經站在門口迎接了。老周，下午三點鐘的陽光透過樓梯間的小窗口，照在他那略黃而多皺紋的臉上。應該是七十幾歲的人了，長得不高也不矮，瘦瘦的，頭髮不是太多；跟你一樣，臉上戴著一副近視眼鏡。我試著要從他的臉容辨識五十年前的你的容貌，可我再怎麼努力，卻是徒勞。他讓我不用脫鞋就進入客廳，安排我坐在背對門口的藤條椅上。茶几上擺置著一壺茶。他先給我的茶杯倒茶，然後也給自己倒了一杯。我們就在冒著熱氣的茶香中開始聊了起來。

您有睡午覺的習慣嗎？我看他精神好像不是很好，就先禮貌性地問他。

平常，都會睡到兩點半；他不客套地直接告訴我，可是，今天，因為妳要來，腦子裡都是長久以來刻意不去想的那些不堪回首的痛苦往事，心情就波動得無法入睡了。

我向他致歉。

應該道歉的是我，他笑笑說，沒能用飽滿的精神接待遠方來的訪客。

老周，接下來，我當然把話題集中在你身上，尤其是有關你的下落。我看得出來，二哥是個老實木訥的人。他不主動說話。可我每提一個問題，他都會就他所知的情況，率直詳盡地說給我聽。我們從那天我沒有吃到的清明潤餅談起。他彷彿又回到五十年前的情境中了。

二哥說，那天晚上，你原本要帶一些同學到家裡過節，吃潤餅。下了班，他從樟腦廠走回宿舍時，天色還沒有暗下來。一進門，他就看到餐桌上已經擺著做好的潤餅，忍不住嘴饞，隨手就拿了一個來吃。這時，他那新婚不到半年的妻子梅子剛好端著菜從廚房出來；她看了一眼他的吃相，笑著說肚子餓了？等阿華仔回來，再一起吃吧！

老周，二哥說他前一年分配到公司宿舍，就把戶籍遷到台北。你的戶籍也跟他設在一起。但是，平常你都住在學校宿舍。因為距離不遠，有空的時候，你常常會過來家裡走走，看看他和梅子嫂。

您一共幾個兄弟？我打斷二哥的敘述。

我一共有三個兄弟，阿華仔小我四歲。二哥回答我，然後又按照他的敘述邏輯繼續述說。他是南部草地出身的公務員，老實本分，土直內向，沒有口才。老周，你卻跟他完全不同，個性活潑，熱情又聰明，從小就很會講話；經常代表學校參加演講比賽，每次都拿第一名回來。你人也長得好看。他記得，小時候，鄰居的長輩們都暱稱你「貓仔華」。因為父親很早就過世了，他和大哥一直都很疼愛你這個最小的弟弟，很少對你念東念西；他也從來不過問你在學校的活動。他只知道你很活躍、很忙，忙到連他的婚禮都抽不出空回南部家裡參加。這點，他也從來不怪你。

我請二哥回頭述說那天晚上的情景。他給我的茶杯續茶水，然後自己喝了一口茶，潤了潤喉，非常準確地回到原先跳開的接點。

我吞下含在口裡的潤餅，然後問梅子他有說要回來嗎？梅子回答說，上回來的時候，我有跟他交代，四月初五是清明，家裡做了潤餅，要他回來吃；他不但說好，還說要帶同學一起來呢！我又問梅子上回是什麼時候？並且跟她嘀咕說，自從他當上什麼自治會主席之後，已經好久沒看到人了！也不曉得都在忙些什麼？那陣子，台北的學生跟警察鬧得很兇，說實話，我還真替他擔心呢！結果，那天晚上，我和梅子一直等到飯菜都涼掉了，他還是沒有回來……

二哥微微低頭，陷入一種沉痛的情境裡。我靜靜地看著他那努力克制的不讓情緒流露的臉上的表情變化，讓他自己調整好了，再抬起頭來，繼續回憶述說。

第二天，吃過早餐，我像往常一般出門上班。我習慣性地在報攤買了一份當天的報紙。我看了報紙才知道：昨天晚上，軍警闖入師院男生宿舍抓學生；警備總司令部已經對阿華仔發出通緝令。我又急急忙忙跑回家。梅子正在清洗剛剛收好的碗筷，聽到我的腳步聲，立刻從廚房走出來。糟了！我一進門就慌張地向梅子說，阿華仔出事了！報紙說，警備總司令指名要抓他……梅子看我神色驚恐幾乎說不出話來的樣子，就把我手上的報紙抓過去，自己讀了起來，然後憂心忡忡地問我怎麼會這樣呢？我無助地說我也不知道！這時，我才驚覺自己對阿華仔的思想、活動竟是完全陌生的。

二哥似乎要讓自己的情緒保持平靜而停下來喝茶。我靜靜地等他繼續說下去。他喝了茶之後，又回到五十年前的那天早晨。

老周，二哥想要知道你的安危卻不知道要找誰打聽，只好到學校宿舍找找看。他想，或許你還躲在宿舍的哪裡也說不定。於是抱著這樣的希望走向宿舍。宿舍附近的幾個路口都有憲、警戒備，不讓人進去。他向周邊的店家打聽，這才知道昨天半夜以來發生的事。他聽人家說，學生已經一車一車被抓到上海路的營房關了。他又趕到上海路，站在營房外頭觀望；但是，被抓的學生實在太多了，他看了老半天，也沒看到你是不是在裡頭？他不放心，於是又折回古亭公園附近的師院院長官舍，想要直接找代理院長。他以為，院長總該知道學生的下落吧！他鼓起勇氣按了門鈴，但一直沒人出來應門。他不死心，繼續按；到後來，一個穿著打扮看起來應該是院長夫人的貴婦出來了。他趕緊向她表明身分與來意。那名貴婦一直維持著有教養的態度敷衍他，然後就把他打發了。他頹喪地走回家，一路上都憂心地想著你究竟怎樣了？後來，他們夫婦繼續四處探聽你的下落，但是都沒有任何消息。再後來，風聲也漸漸平息了。就在他們以為你可能凶多吉少的時候，師院宿舍一個年輕的廚師卻在半夜，偷偷來帶他們到古亭市場附近一個師院教授的家，見到了面容已經瘦下來的你。

老周，我說，這事，我知道。同時告訴二哥，黃石岩教授平常就很疼你。

是嗎？二哥感動地說，我一直沒有見到他，也沒有機會向他道謝呢。

黃老師大力協助我們營救被捕的同學，我繼續說，因為這樣，後來就被學校解聘，回到大陸，一直到過世前，還惦念著新華呢。

二哥靜靜地聽著。

新華，我繼續問道，跟你們說了些什麼？

阿華仔開口就問我，南部母親知不知道他出事的消息？二哥回答我。我告訴他，大哥已經從報上知道了，但是，我們沒敢讓母親知道。阿華仔就說這樣好！他又交代我，以後不管他的下場如何，能夠不讓母親知道就盡量不要讓她知道。聽他這樣說，我就覺得他對自己的未來似乎已經有所覺悟了。

說到這裡，二哥的心情忽然又變得沉重而停了下來。我還是不說話打岔，讓他自己調整心裡的波動變化。一會之後，他又繼續說道：

我試著問阿華仔事情有那麼嚴重嗎？他也沒回答我，只是一派輕鬆調皮地告訴我和梅子他被捕和脫險的經過。我和梅子靜靜地聽完他的敘述，又關切地問他現在打算怎麼辦？他就一臉無奈地說只能躲起來了。我又憂心地問他要躲去哪裡？他並沒有直接回答我，只是說會主動跟我聯繫。我看他不願意多說什麼，也就不再多問。臨走前，我又不放心地叮嚀他自己要處處小心！他也沒說什麼，只是揮了揮手，跟我們道別。當時，我突然有種莫名的預感，彷彿這次一別，我們兄弟倆就很難再見面了。

後來呢？

一直要到第二年的夏天，阿華仔才又主動跟我們聯繫。二哥又停下來，喝了一口茶，想了一下，才又繼續說道。

老周，有天早上，你託了一個朋友到樟腦廠找他，約他下班後到鶯歌鳶山腳下的某個地方跟他會面，同時要他給你帶一些綜合維他命之類的藥品。下午四點，他就向廠裡頭請事假，提前下班。他和梅子嫂在車站附近的藥房買了你要的藥品，就搭火車到鶯歌。見面時，他告訴你，不久前報上登了一個叫作蔡孝乾的共產黨領導人的自新講話，政府也有鼓勵其他人出來自首的辦法；他勸你不妨考慮出來自首。你也沒多說什麼，只是有點無奈地（二哥強調這是他的感覺）搖頭。他又勸你，要不就設法逃到大陸或是日本。你還是搖頭。那時，梅子嫂正懷著七、八個月大的身孕。你看著她挺著的大肚子，就問二嫂什麼時候要生？不等他們回答，你又急切地說：生的時候，母親如果上來照顧，你們設法把她留久一點；我會想辦法出來和母親見面……

二哥又停下來了。

後來呢？我急切地想要知道事情的發展而繼續追問，你們還有沒有再見到他？

後來，我就沒再見到阿華仔了。二哥一臉哀傷地回答我。

老周，我雖然不忍勾起二哥痛苦的回憶，可為了確實弄清楚幾十年來一直惦念著的你的下落，還是繼續追問：也沒有任何消息嗎？

二哥又喝了一口茶，然後勉強自己繼續回憶述說：

那年冬天，有一天，天空下著毛毛雨。阿華仔的同學李松林突然來找我。他說，他要去山上找阿華仔，問我有沒有什麼話要交代？在我的印象中，李松林好像是南部客家人，以前常跟阿華仔到我的宿舍討論事情；有時候，聊太晚了，就留下來過夜。但是，自從阿華仔被通緝以後，我就沒再見過他。我知道，他和阿華仔走一樣的路。他雖然沒說，我也猜想得到，他一定也是不能不逃亡了吧！我於是要他跟阿華仔講，說我只希望他好好保重，不久以後可以平安出來。他臨走時，梅子從房間拿了一件摺疊整齊的毛衣出來，說山裡頭冷，拜託他交給阿華仔。後來，我們就沒再見過他，也不知道他是否有找到阿華仔。

以後，我進一步問，你們就再也沒有聽到新華的消息了嗎？

還有。二哥平靜地說。後來，又有一個叫作莊勝雄的同學來找我。這個莊勝雄也來過我家，我認得他。他向我透露，說他和阿華仔一起在苗栗山區，幫人割香茅草，換飯吃。阿華仔要他轉告我，他人很平安，要我放心。莊勝雄也老實告訴我，他這次回去，打算勸阿華仔，一起出來自首。他問我意見如何？我說一年前就勸過他，可他就是不肯。莊勝雄就說，再跑下去，恐怕也跑不了多久了。他說他會努力說服阿華仔。他要離開的時候，我太太又託他帶一件雨衣給阿華仔。

老周，這時，梅子嫂提著菜籃從外頭回來了。二哥給我們互相做了介紹。

她知道妳要來，二哥跟我說，特地去黃昏市場買菜；說是今天一定要請妳吃吃五十年前沒有吃到的潤餅。

我跟梅子嫂說了謝，要她不必費事。她含蓄地笑了笑，說你們繼續聊吧！然後就進去廚房了。我和二哥於是又坐下來，繼續對話。

後來，我緊接著剛剛的重要話題問道，莊勝雄有消息嗎？

沒有。

老周，既然李松林和莊勝雄在大逮捕之後還有跟你聯繫，那麼，只要找到他們，應該就能夠探聽到你後來的下落吧！我在心裡頭琢磨著二哥的回憶所提供的線索。問題是，他們兩人還活著嗎？能夠找到他們嗎？他們願意見我嗎？

就在我靜靜地想著這些事情的時候，二哥又繼續告訴我官方關於你最後下落的說法。

後來，因為不堪忍受特務三不五時的騷擾，在一直沒有阿華仔消息的情況下，我就到戶政機關給他辦理戶口遷出。二哥餘憤猶存地說，辦事人員就在他的戶籍記事欄寫著：民國參捌年肆月陸日因外出失蹤行方不明在案。可是情治單位的特務並沒有因此就停止到我家搜查。那年秋天……

哪年？我追問道。

記不得了。二哥回答，然後繼續說。情治單位的特務在一次例行的登門訪查時告訴我：你弟弟已經在苗栗山上被當場打死了。我半信半疑，問他具體的情況；他卻說不出個所以然。因為這樣，再加上一直沒有收到官方正式的死亡通知，我對這樣的說法並不全然相信。可是，從那以後，特務就沒再到家裡查問了。我就不能不相信弟弟已被打死的可能了。儘管如此，只要一天沒看到阿華仔的屍體，我還是繼續四處探聽他的下落，絕不放棄。但是，不管我再怎麼努力詢問，始終沒有結果。十年後，我只好抱著最後的期待，請戶籍所在地的區公所向各獄政單位查詢阿華仔是否在押。

結果呢？我著急地問道。

結果，區公所受理了我的申報，也分別發函全台灣的獄政單位查詢。二哥繼續說。然而，歷經數年的公文往返，區公所給我的回答卻只有四個字：查無此人。這時，我就不抱存阿華仔還活著的任何想望了。我想，人既然找不到，總要向政府討個說法吧！於是又到區公所的戶政單位申報「死亡」登記。可是，戶政單位卻根據省府有關「行方不明繼續追查及處理要點」的規定，不讓登記。我很能理解承辦人員照章辦事的立場，還是難免憤恨地跟他們說：人既然沒死，你們就該告訴我，究竟在哪裡？最後，我只好向台北地方法院申訴。幾年後，法院終於以民事判決裁定：「周新華因行方不明死亡」。區公所於是根據這個民事判決，在阿華仔的戶籍記事欄上正式登記：死亡。對我來說，尋找阿華仔的事情，也才真正告一段落。

老周，我認真聽完二哥詳細的追憶，對你的最後下落也有了比較清楚的理解。可我並不以為官方文書上判定的「死亡」，就意味著你的確已經死了。我想，就算你真的死了，我也要知道你是怎麼死的？死在何方？以及埋骨所在。我決心一定要在離台之前，找到你最後的足跡所到的現場，憑弔英魂。

就在這時，梅子嫂從廚房出來，打斷了我的遐想。吃過飯再走吧！她說。

老周，兩位兄嫂的盛情實在難卻，我就留下來，吃了五十年前就該吃到的潤餅。我們一邊吃著，一邊繼續閒聊。最後，二哥猶疑了一會，然後說：

我可以冒昧地問妳一件事嗎？

請問。我說。

你們當時是共產黨嗎？

老周，我看得出來，二哥顯然是內心掙扎了好久，才敢提出來問這個應該困擾他多年的問題吧！我於是據實回答：

我不是。

阿華仔呢？

新華是不是，我就不知道了。我感到為難地笑了笑，然後說，我也不能替他回答這個問題。

二哥沒再追問了，靜靜地吃著潤餅。

如果他是呢？我故意反問二哥。你怎麼想？

像他這麼優秀的人，梅子嫂毫不考慮地直接反應說，怎麼會是共匪呢？

我沒有說話，認真地觀察二哥的反應。

共匪仔呀！梅子嫂的情緒還在激動中，繼續用閩南話批評說，共產共妻，貪污腐敗！

她氣得離席了。

二哥沒有急著說什麼，反倒認真地思索著，然後才慎重地說：

如果真是這樣的話，至少他不是死得不明不白吧！

老周，我無言地咀嚼著剛剛咬下來的潤餅。潤餅吃在嘴裡的確好吃，可想到你，心裡的滋味卻是苦澀的。

5

老周，自從拜訪過二哥之後，我的心思就放在尋找李松林和莊勝雄上頭了。我以為，他們兩人應該是我探尋你最後腳蹤的最佳領路人才對！通過他們，我應當更能掌握你從師院到流亡山區的思想與行動。但是，我要到哪裡去找他們呢？事隔多年，他們是否還存活人間呢？我又鼓勵自己，只要像當年抓人的特務那樣，循線察訪，終究還是會找到一些線索吧。果然，後來我又通過老應的幫忙，從他一位師院畢業的難友那裡打聽到李松林的下落。老李後來自新了，那個同學說，一直在調查局服務，前幾年才退休，人還活著，住在台中。老周，我清楚知道：老李的身分已從當年的革命青年變為退休的情治人員了，要他憶述當年的事蹟與同志下落，應該是不太可能的吧！可我已經沒有別的選擇了。我還是試著請那位同學替我聯絡看看。我樂觀地想，也許，老李是身在曹營心在漢吧！或者，他總不至於一點念舊之情都沒有吧！

老周，事情的確如我所料。李松林不但沒有拒絕見我，還熱烈期待著能夠與我再見一面。

第二天，我先到管區的派出所報備，說我要離開台北，到台中訪友，也許當天晚上趕不回來。值班的警員要我按照規定填寫台中聯絡人的姓名、電話與地址，同時要我回來時記得去簽到。然後，我就在台北火車站與作陪的老應碰面，搭上一班南下的山線自強號火車。

一路上，我們繼續聊著往事以及一些老朋友的情況。在談話間，火車已經駛到苗栗縣境了。火車接著駛入山區，不時穿越或長或短的隧道。過了名為十六份的山中小站之後，我感到有點疲累，於是閉目養神。

當老應輕輕把我搖醒時，火車已經駛抵台中車站了。我跟隨他下了車，穿越地下道，走出車站的出口，看見了那似曾相識卻又完全改觀了的站前廣場。我當下就不由自主地想到當年麥浪來到台中旅行演出時的熱烈場面。

近午時分。

李松林約我們在他家附近巷弄裡一家安靜幽雅的日本料理店見面。我們邊吃邊聊。一開始，老李就坦誠地向我交代當年他接受我的採訪以後的經歷。

出獄後，雖然我並沒有被整頓後的師院開除，可是也已經不想再回學校上課了。他說。於是我就在一位同學的安排下，來到三峽進去的一個貧窮山村十三份。

十三份！我感到訝異，然後謹慎地問李松林，我可以知道這個同學是誰嗎？

現在，這也不是什麼不可說的秘密了。李松林看了看我，然後又說，反正他早就被槍決了。

他是誰？

林光輝。

我一點也沒有感到意外了。

老周，李松林接著就繼續回憶述說了你身在其中的一段歷史：他們在十三份建立了一個專門收容政治流亡者的基地。在組織安排下，許多流亡者紛紛投奔這個物質生活非常困苦的山村；你也是比他更早到來的其中之一。在那裡，你們這群流亡者一面從事勞動生產，一面展開集體學習的生活。後來，基隆中學案爆發，外頭的政治形勢愈來愈緊張了；到山上來的人也愈來愈多。到了第二年年初，你們得到一個情報：地下黨領導人老蔡被捕，整個組織系統遭到破壞。以原台南某農校校長老洪為中心的流亡同志們於是商議，要建立臨時領導機構，重整組織。結果，老洪、老曾和老黎三個人重建了領導小組，由老洪任書記，老曾負責組織和統戰，老黎負責軍事、文教和群眾運動。他們分析說，組織已經陷入極度混亂的地步，你們在城市與鄉村的社會基礎薄弱，生存不易，主客觀形勢都相當不利；他們估計，你們必須經過長期艱苦的鬥爭，才能把組織保留下來。所以，在這段過渡時期，你們要踐行退守保幹的方針，獨立作戰，互覓聯絡，在鞏固中求發展，利用地方性、封建性的勢力深入隱蔽，採取與群眾打成一片的工作方式，積極向農村謀取發展，等待時機，重新活動。然而，在重整過程中，你與老洪在認識上卻產生嚴重的分歧，而且衝突愈來愈嚴重。老洪認為你不服領導，於是開始整風。他在領導小組會議上，針對他和你的矛盾，做了一個口頭報告，具體分析了一般台灣知識分子的特點和弱點，然後交給林光輝執筆，寫了一篇〈向偏向做鬥爭〉，作為內部整風的中心材料。

老林寫了嗎？我問。

他不能不寫。李松林說，那不但是集體討論的結論，也是他個人的意見。他文筆好，所以就由他來執筆。

這我知道。我說。

老周，我不想追究這裡頭是否存在人跟人的恩怨是非，可我想知道你當時的思想狀態，於是又問李松林：你還記得它怎麼說嗎？

李松林不假思索，馬上就像小學生背誦滾瓜爛熟的課文那般回答我。

首先，〈向偏向做鬥爭〉分析了占本省知識階級絕大多數的小資產階級知識分子所具有的特點。它指出，殖民地出身的知識分子，同樣是被壓迫的階層，自然具有革命傾向；但知識分子有其自己先天的軟弱性，在日本帝國主義長期殖民統治教育之下，本省知識分子的這種軟弱性表現得尤為顯著：第一，他們具有弱小民族的自卑感和不切實際的優越感。其次，具有濃厚的脫離群眾的自大心理，缺乏政治常識和政治鬥爭經驗，具有自暴自棄的虛無主義傾向等等。這些顯著的弱點，隨時隨地影響和左右他們的意志與行動，使他們產生偏向……至於偏向的具體表現：其一是無組織觀念；其次是患冷熱症；再就是自高自大；此外還有學院氣味濃厚，感情用事，好高騖遠等等。〈向偏向做鬥爭〉強調，群眾是水，組織是魚，沒有水，魚不能活命；沒有群眾，組織也不能生存。這是地下工作者的基本認識。所以，重整後，真正鑽入地下的組織的工作策略是：在勞動中求生存、求生活、求安全、求工作；在勞動中團結群眾、教育群眾、爭取群眾同情；運用勞動方式，利用山鄉行政薄弱的地區，建立據點，努力跳圈子，創立基地。

老周接受批評嗎？我明知故問。

老周，事隔多年了，李松林仍然感慨萬千地說，整風以後，你仍歸老洪單線領導。可是，你們兩人的紛歧始終沒有化解，衝突不斷。後來，十三份周遭的據點陸續被破壞，老洪決定轉移苗栗山區；他把原先單線領導的同志都交給老黎繼續領導，卻獨獨沒有把你交給老黎。這樣，老洪離開後，你就沒有人領導，跟組織失聯了。你只能靠著當地農民廖蕃薯的關係，繼續在周遭山林，像野人一般，晝伏夜出地「單幹」了。後來，重整的臨時領導機構被破壞，老洪、老曾、老黎和林光輝等人先後被捕。結果，老洪、老曾和老黎辦理自新，老林卻命喪馬場町。

老周，我急著要知道你的結局，於是問李松林，那你後來還見到老周嗎？

我雖然幸免被捕，也像斷了線的風箏一樣，不知飄向何方。李松林一點也不受我的焦急影響，依然從容地慢慢述說。老周，後來，他又透過廖蕃薯，重新聯繫上你。他把苗栗山區的情況向你匯報了。你們隨即討論接下來該怎麼辦？你認為，十三份周遭的山區其實早就待不下去了，先前是因為領導機構轉移了，所以還存有一點喘息空間；現在形勢變了，當局肅清你們殘餘組織的力道勢必加強；所以你決定轉移到剛剛被破壞的臨時領導機構所在的苗栗山區。他質疑說這不是自投羅網嗎？你不以為意地笑了笑，說古人說最危險的地方最安全；又說燈下黑，最重要的獵物都抓走了，那裡的警戒肯定已經鬆懈了。他想想也對，再說，那裡本來就是透過廖蕃薯的同年兵羅阿堂的關係，而發展起來的根據地，他也還有一些群眾關係，至少還有生存空間。你們於是又轉移到十六份山區。一段時間後，你們在羅阿堂的協助下站穩了。你就要李松林去瞭解莊勝雄的情況。以老莊過去在學運所建立的功業，你說，肯定逃脫不了這波白色恐怖的再整肅吧！你又交代李松林說，如果老莊願意，就把他帶來這裡。李松林隨即遵照你的指示潛回南部，見到了老莊，也傳達了你的意思。可是，在回來十六份的路上，李松林卻在苗栗車站被捕了。在調查站，他們要他交代你的行蹤；他說不知道，就刑。經歷了嚴酷的刑訊之後，二十出頭的他，身體已經扛不住了。他還年輕，家裡又有父母親在，他不想就這樣犧牲，當烈士。經過內心天人交戰的煎熬之後，他答應跟他們合作，同意轉向，公開宣布自新。然後，他就帶著軍警特組成的聯合肅殘小組，每天在山區搜尋你的行蹤。可他不但沒有把你確切的行蹤交出去，而且刻意把他們帶到你沒有群眾關係的山區，轉來轉去。所以，你始終沒有因為他的自新而暴露行蹤。

老周，我又問李松林，老莊有沒有去找你？

這，我就不知道了。老李說，這事，還得要老莊自己才能說清楚啊！

6

老周，見過李松林之後，我一直在想，如果我能找到莊勝雄，關於你的最後下落也許就會有清楚的答案了。問題是誰能找到老莊呢？張旭東先前已經說過，出獄後，他們因為知道彼此都是被列管的特定對象，也就沒有聯絡了。李松林也說，幾年前，他聽一個以前師院的同學說，老莊因為後來去辦了自首，抑鬱苦悶，藉酒澆愁；大約十年前得肝癌，病逝了。老周，事情如果真是這樣，我想，我對你最後下落的追尋，恐怕也只能到此為止了。可就在我的探親期限即將屆滿的前三天，我又突然接到李松林的電話；說是他終於輾轉打聽到莊勝雄的下落了，老莊也願意見我一面。

第二天一早，我於是先去管區派出所報備，然後就搭了早班的火車南下苗栗。我在車站廣場前一家賣粄條的小吃店與李松林會合，然後搭乘計程車，前往那個叫作十六份的山村。

計程車從高速公路交流道下來之後，轉入綠蔭濃密的相思樹林；山路彎彎曲曲，彷彿沒有盡頭。終於，計程車駛出山林，穿越一段狹窄的商店街道；路旁停滿小汽車，同時擺滿了販售觀光紀念品與當地土產的攤子。計程車接著經過一棟木造的老火車站。李松林告訴我，十六份曾經是台灣縱貫鐵路全線最高點的小站，山線鐵路改道後，這個車站已經廢棄了；因為它有著長長的隧道及廢棄的鐵道，於是成為中部地區新的觀光景點，即便不是假日的平常日子，還是不停地穿梭著來這裡拍攝婚紗照的準新郎新娘，和不知來尋索什麼的無聊遊客。我想，老莊應該跟這樣的世道無關，依舊在這裡過著他那寂寥而充滿遺憾的日子吧。

計程車繼續在綠樹扶蔭間雜著一些早開的雪白油桐花的彎曲林間小路攀爬前行，繞過兩座據說是因為日據時期中部大地震而崩斷的鐵橋橋墩的遺址之後，又穿越了一段濃密的長長的相思樹林道，終於在一棟自搭於樹林裡頭的小木屋外不算近也不太遠的路邊停了下來。兩隻灰色土狗搖著尾巴，跟著一個步伐健朗的老人，前來迎接我們。我終於見到了謠傳說已經喝酒喝死的莊勝雄。他脫下街上經常看見的圓形有邊的帽子，微微點頭，無言地向我致意。老周，我記得，年輕時候，他有著一頭又黑又密而且不馴地隨風張揚的頭髮；可現在，它卻如同我們的青春一樣，隨著歲月流逝，都沒了。

春天的陽光穿過樹林，照耀著山林環抱的老莊的木屋。屋前，空地周遭種的那些可以做菜的茴香、九層塔、辣椒、紫蘇、青蔥和韭菜等等昂揚地挺立著。老莊讓我們就在這裡坐下來聊。

他讓我和老李各坐一把夜市地攤上經常看見的那種有靠背的白色塑料矮椅。他自己就隨意坐在一截鋸下來的木頭上。一個樸實健朗、年紀大概小我幾歲的客家農婦隨即從屋裡出來，雙手端著茶盤，上頭置有一個白色的瓷壺和三個也是白色的瓷杯。她給我們各倒了一杯自種的客家膨風茶，然後就微笑著進屋去了。她是老莊的妻子。老莊說，他自首後，自覺對不起羅阿堂一家，於是回到十六份，想要為這裡的村民做點什麼。可他在這裡只能隱居務農。後來就娶了沒上過學的羅阿堂的妹妹為妻。

我們於是在那裡曬著太陽，聊了一整天。中午，我們還享用了老莊的妻子料理的豐盛客家菜。我們一直聊到陽光不再照耀，天色就要暗下來時，才依依不捨地離開。

老周，通過老莊的敘述，我終於得知了你最後下場的具體經過。這裡，我還是從老莊出獄以後的情況說起吧。

到了西本願寺以後，老莊就沒再見到張旭東他們了。出獄後，他知道，他已經被重新整頓的師院當局以操行惡劣的理由勒令退學，也就放棄了重新復學的想望。於是搭上末班夜車，在清晨時分回到南部家鄉。

他從火車站走回家裡。快到家時，他看到母親正在豬舍餵豬，就走過去幫忙。母親看到他，眼淚就流了出來；她沒有責備他一句話，只是露出喜悅的神情，哽咽著說：回來了。餵完豬食後，他幫忙提拿已經空了的餿水桶，陪母親走回破落陰暗的土埆厝。弟弟、妹妹們已經去上學了。家裡就只有長期失業，靠著打零工賺點錢貼補家用的父親。父親不但沒有責備，反而安慰他說，書既然沒得讀了，就先在家裡待著，等有合適的頭路再出去吧！

在等待就業的期間，他經常不由自主地回想著自己的出身、經歷，同時也問自己接下來要何去何從？

當初報考師範學院，只是他暫時解決饑餓問題的一種手段而已。但是，進了師院體育科就讀之後，受到時局和校園蓬勃開展的社團活動的影響，他有了比以前更為廣闊的思想視野。從小以來，作為貧窮的勞動人民的現實生活的深刻體會，使得他很自然地投入了反饑餓、反迫害和反內戰的各種運動，並且以他長期勞動所鍛鍊出來的體魄而被同學們推舉，連續擔任了兩屆學生自治會的糾察部長。儘管他後來因此被列入黑名單而遭到逮捕、入獄和退學的處分，可是，他並沒有因此後悔。

老周，在變動的時局中，老莊覺得他不能就這樣在家鄉無所事事地隱遁下去。同時，在許多自治會的同學已經逃亡的情況下，他一直想要去找你。可是，他又苦於完全沒有你的消息。

時間一天一天地過去。

入秋以後，從大陸敗退來台的國民政府在全島各地展開了掃紅行動。那陣子，外頭不斷傳出哪裡哪裡有人突然失蹤的風聲。老莊的父親擔心他再次出事，認真地勸他暫時不要出去找工作了。他要老莊在家裡乖乖待著，哪兒都別去。他說，餓不死人的！

老周，就在那段風聲鶴唳期間，一天晚上，李松林突然來到家裡找老莊。老莊雖然心裡高興終於有人來了，可他怕父母親擔心，就把老李帶到豬舍，聽他講述外頭的情況。老李坐在豬欄上，一邊吸菸，一邊跟他說，你聽到他出獄的消息後，就一直想跟他聯絡。你認為，他雖然出獄了，可是在白色恐怖的時局下，早晚還會再度入獄；你擔心，那時候，結局就不會像四六那樣輕鬆了。老周現在在哪裡？他關切地問老李，安全嗎？老李先是向他透露說，你現在在苗栗山上，然後就把他出獄後如何跟你聯繫，以及你告訴他的脫逃經過簡要地告訴老莊；最後，他留了一個聯絡人的地址給老莊，同時交代說，你說了，他要是有危險的話，可以隨時去找你。然後老李就趁著夜色匆匆離開了。

夜已經深了。四周的草叢裡傳來唧唧喳喳的蟲鳴聲。村子裡一片安詳的氣象。老莊不想吵醒早睡的家人，就留在豬舍裡頭存放農具的倉庫過夜。睡到半夜十二點左右，二弟慌慌張張跑來，跟他通報，說家裡剛剛來了一批便衣特務盤問他的去向；他們連床鋪底下、天花板都搜查了。二弟又說，他假裝肚子疼，要上廁所，趕緊偷跑出來通風報信。二弟隨後又匆匆跑回家裡。他於是警覺地注意豬舍外面的動靜，同時決定：只要一有狀況，立刻從後頭逃跑。

老莊一夜未眠，心裡揣測著：特務為什麼會來抓他？想來想去，他認為只有一個可能，那就是老李已經被跟監甚至被捕了。這樣的話，他想，他連家裡也不能再待下去了。

老莊在豬舍裡又躲了三天。第三天，入夜以後，二弟又來向他通報最新的情況，說家裡的監視好像已經解除了。二弟接著又拿了一些錢給他，說父親把家裡能變賣的東西，甚至連三餐要吃的米都變賣了；要他快逃。於是他在二弟的掩護下，趁著夜深人靜，離開家鄉，踏上了亡命之路。

老周，天地雖大，老莊卻走投無路，於是便決定去投靠你了。

老周，老莊在高雄搭上末班的夜車北上。清晨時分，火車穿越一座又一座長長的隧道，駛抵十六份車站。他下了車，按照老李給他的地址，在車站附近找到你的聯絡人阿土哥。阿土哥是一個四十開外的農民，皮膚黝黑、粗糙，一臉樸實堅毅的氣質。他看了看老莊，對了一些暗語，確定了身分，然後就幫老莊稍微化妝，打扮成割香茅草工人的模樣，跟他進山。他們在漆黑的山林小路走了兩個鐘頭，終於在一片茂密的相思樹林子裡見到了久違的你。

老周，老莊說他看到你那原本白皙的面孔已經曬得跟阿土哥一般黧黑，身體看起來壯實，一身農民的裝扮，腰間繫著一頂斗笠；要不是臉上還掛著那副黑框的近視眼鏡，一點也看不出讀書人的模樣了。久別重逢，你們都興奮地互相熱烈握手。你接著就向他介紹身邊一個年輕力壯的農民，說他叫羅阿堂，是附近村子的農民。你說，你們暫時就要在那裡幫他割香茅草，在勞動中求生存發展。然後，你就問他在牢裡的情況和其他同學的下落。他約略向你報告了他所知的情況，同時也告訴你，老李找他以後家裡就被搜捕的情形。老李會不會出事了？他擔心地問你。你面色嚴肅，久久不說話，然後才難掩憂心地做了判斷，說聽他這麼說，老李極有可能出事了；你們必須馬上轉移。

老周，從此以後，老莊就跟隨你，在山林裡四處流竄，露宿郊野；偶爾，通過羅阿堂的安排，到有群眾關係的農家吃碗飯，過夜，然後在天色濛濛亮時離開。到後來，隨著政府當局土改政策的落實，那些得到分田好處的佃農也不願再冒殺頭危險來收留你們了。你們只能像野獸般晝伏夜出，在河邊或山林，尋找可以果腹以維持生命的食物了。

老周，一段時間後，你們又回到大安溪流域十六份山區的林野了。這天，烏雲密布，氣壓很低，空氣沉悶。你的情緒也難得地不太穩定。

朝鮮戰爭爆發以後，形勢已經完全逆轉了。你忽然語氣沉重地跟老莊說。看起來，台灣在很長一段時期內大概解放不了了。

老莊的看法跟你相同。但他沒有馬上表示什麼意見，只是靜靜地看著樹林下方陽光映照下閃著點點銀光的溪水。

沉悶的空氣凝結著。你不再說話了。遲疑了好久之後，老莊終於決定鼓起勇氣，把心裡積存已久的想法說了出來。

老周，老莊說，國際形勢既然如此發展，這也不是你們能夠改變的。他以為，你們如果在山裡頭繼續遊走，就算沒有被捕，你們的體力和精神早晚也會難以支撐這種長期處於戒慎恐懼的緊張狀態。

老周，你冷靜地看著老莊，沒有馬上表態。

我想，老莊下了決心繼續說，我們還是回到山下，看看有沒有機會偷渡吧！

偷渡是不可能的。你斷然回答。路，走到今天這個地步，我是不可能回頭了。你顯然看透老莊內心的動搖了，因而語氣堅定卻不失溫和地立即表態。你要下山，我不反對，也不勉強留你。

經過反覆討論之後，老周，你還是不肯下山。老莊於是決定和你分手。你也不勉強留他。等到天黑之後，你就送他下山。你們在樹林裡前後走著。一路無言。你們走到路口了。遠遠地看得見從山村農舍透出的微弱的幾點油燈火光。

老莊！不送你了。你面色凝重地向他握手道別。如果方便的話，幫我給我二哥帶個話，就說我在山上平安無事。

老莊往前走了兩步，心情複雜得說不清楚，然後又回過頭。他看到你還定定地站在那裡看著他。

如果你沒有地方可去，你又跟他說，兩個星期後，同樣這個時間，我在這裡等你。

老莊獨自摸黑下了山。

他來到十六份車站，搭了一班南下的夜行火車，在天要亮未亮的時候，悄悄回到家裡。他想跟父親要錢，然後設法偷渡。父親沒有反對他的計劃，可是，一時拿不出錢來。他要老莊等他借到錢再走。老莊只好躲在豬舍，不敢出門。入夜以後，家人才偷偷給他送飯吃。

幾天後。父親親自給老莊送飯，同時告訴他現在海防很嚴，要偷渡已經不可能了。他停頓了一會，又面有難色地說，下午，派出所警察來問你有沒有回來？希望我勸你去自首。父親向他轉達了外頭的情況之後就不再多說，只是要他自己慎重考慮，然後就拖著沉重的腳步離開豬舍。父親的這番話立刻讓他陷入兩難的狀態。他的內心很掙扎。他清楚知道，自己已經無路可走了，再跑下去，不但早晚難逃被捕的厄運，還會連累家人。可是，老周，他感到痛苦的是，他如果出去自首，就得供出你的下落。這樣，你勢必因此被捕，並難逃一死；而他不就變成一個出賣朋友來換取自己苟活的無義小人了嗎？這樣，他莊勝雄豈不首先就瞧不起自己了嗎？

老周，他考慮了一個晚上，想來想去，只有一條路可走：回去找你，從留得青山在的長遠考慮，設法說服你一起出來自首。此時，距離你約定的會面時間還有兩天。他決定先上台北一趟，給你二哥帶個話，然後再回十六份山區。

天亮之後，老莊向父親稟報了自己的決定，隨即離家北上。

老周，他在台北見了你的二哥和二嫂，然後帶著他們託付的一件雨衣，搭乘最後一班夜車南下。他在十六份車站下車。天光未亮，山路不好走。他於是先去車站附近找阿土哥。他想，他必須告訴阿土哥自己想要去自首的決定；同時也在跟你見面之前先瞭解一下你的近況。

阿土哥在他那點著一盞菜油燈的昏黃廚房和老莊談話。老周，他難掩悲痛，劈頭就告訴老莊，你在幾天前已經被打死了！然後又無奈地說，他也已經被迫辦理自首了。

怎麼會這樣？

老莊不知如何面對這個突如其來的噩耗而喃喃問道。

阿土哥於是向他詳細述說了事情的經過。

老周，大概就是老莊下山後過兩天吧！你在羅阿堂家屋後一座廢棄的炭窯過夜。因為村民的密報檢舉吧，到了半夜，羅家四周就被包圍了。結果，為了掩護你，羅阿堂三兄弟都被抓了；只有你僥倖脫逃。從此以後，阿土哥就帶著你在附近山區四處流動，露宿野外。那天晚上，因為已經連續幾天沒怎麼吃也沒睡好了，阿土哥就帶你到一個可靠的林姓農民家吃飯，然後在屋後的柴房過夜。睡到半夜，你們突然被一陣淒厲的狗叫聲驚醒。月亮時隱時現。你們爬到窗口下，蹲伏著，藉著微明的月光，探查外頭的情況。沒多久，林姓農民慌張地跑進來，向阿土哥說家裡四周已經被包圍了，怎麼辦？你就鎮定地安撫他說別慌，先看看再說。阿土哥很快勘查了周遭的情況，然後向你建議，說外頭那麼暗，你們趕緊從屋後跑到山裡去，也許還可以走得脫。就在這時，你們聽到外頭那些躲在暗黑的樹林裡的軍警開始高聲喊話：

周新華，你已經被包圍了，不要再抵抗了，趕快出來自首。

你看了看林姓農民，又看了看阿土哥，隨即果斷地說：他們要抓的是我，不是你們。你要阿土哥趁著月亮躲在雲層後頭的時候，趕快從後門逃出去。

屋後的地形比較複雜，可做隱蔽；你說，我再跟他們堅持一段時間。

要走就一起走。阿土哥反對你的意見。

你現在不逃，你著急地再勸阿土哥，天亮以後，就沒有希望了。

老周，你已經下定決心，不管阿土哥怎麼反對，還是堅持照你的辦法去做。阿土哥無可奈何，只好趁著月亮被烏雲遮住的瞬間，摸黑逃到屋後的竹林裡。

沒多久，月亮又露臉了。阿土哥站在一顆可以清楚俯瞰林家農舍的巨大石頭上，遠遠地看到你從柴房走了出來，從容地走到曬穀場中央，然後突然彎下腰來，不知要撿什麼東西？老周，就在這時，那些躲在暗處的軍警大概是以為你要拔槍吧，立刻朝著你，一齊胡亂放槍。你就倒下去了……

老周，阿土哥說完了你的最後下場。

窗外的天色已經濛濛亮了。

老莊知道，他的路終於走到盡頭了。

春天的微微風IV

一九九五年一月十七日

從南部回到台北已經很晚了。半夜一點多回到家。父親還坐在客廳等我。他口氣從來沒有過的嚴厲問我去哪裡？怎麼幾天沒回家。我念初中的時候，母親因為他外頭有女人而離婚。從此以後，原本幸福美滿的家庭就破碎了。母親後來吃齋念佛，把所有的贍養費都用來做慈濟的功德。受到她的影響，原本崇拜高大又英俊的父親的我對他鄙夷唾棄了，甚至覺得他很髒很噁心。高中，我就讀市郊的教會女中，住學校宿舍，得以脫離他三年。上了大學，回到台北市區。起先，跟母親住一起；可她每天一大早就搭火車到花蓮，晚上才回來；難得見面。因為父親沒跟那個女人一起了，也因為他就住在學校附近的高級社區，更因為貪圖擁有一個較大的房間，我就搬去跟他同住了。當然，前提是他不會也不能對我嘮嘮叨叨。先前，他看到我無意間放在客廳的一份口述訪談草稿時，特別問過我在忙什麼？我告訴他我們社團正在採集四六事件當事人的口述歷史。他就說妳怎麼會知道有這個事件？我說是我們社長帶領我們去做的。我忽然想到，小時候曾經聽我媽說過，他剛來台灣時，曾在T大當過體育老師，後來自己出去做體育用品的生意，發了一點小財。我於是問他知道這個事件嗎？他露出一種我無法理解的神情說當然知道，那都是共產黨的職業學生在幕後煽動無知的同學製造學潮而引起的。然後他又認真地要我馬上退出草根社，不要被利用了。為了避免跟他做無謂的爭執，我沒有頂撞他，也沒有答應。事情就這樣過去了。可是，這次，他一定要追問到底。正面衝突就發生了。細節就不說了。最後，他給我撂下底線：馬上脫離老周及其領導的調查工作，或者搬出去。我已經成年了，我不耐煩地說，你管那麼多！

一九九五年一月十八日

天亮之後，我就負氣離家，扛了一袋衣服，搬到蟾蜍山，跟老周同居了。他還在熟睡。我把東西就定位，脫了厚重的衣褲，鑽進被窩裡，抱著他發熱的身體補眠。他微微張開眼，看到是我，什麼話也沒說，就開始親我……

一九九五年一月二十三日

這是老周向一個老榮民租的鐵皮屋，空間不大，一張可以勉強擠兩個人的單人床，一張書桌，一個塑膠衣櫥，附有衛浴；雖然簡陋，卻是自由的，而且有愛情。從外頭回來，不管是黑夜或白天，他一定先把門窗關起來，跟我熱烈地做。做完以後，他又把門窗打開，讓陽光（通常是午後）和清新的空氣在略顯陰暗而污濁的室內流動；接著就坐在床邊的書桌前讀書或工作。

我說的工作就是有關四六事件平反運動的各項進展。

這幾天，我又跑了一趟圖書館，按照蔡東石老先生透露的訊息，從當年的舊報紙找到一些有關台語戲劇社的報導。我看到同一時期的報紙也有許多有關T大麥浪歌詠隊的報導與評論。我都把它們一張一張地從微捲影印下來。雖然字跡模糊，甚至渙散得難以辨認；為了準確把握當時學生的思想狀態，我還是拿著放大鏡耐心判讀，並且一字一字抄錄了我認為具有史料意義的片段。我因此發現，當事者的憶述與當年白紙黑字所留下的記錄，顯然存在著一些誤差。這裡就不指出具體的實例了。我想，從師院台語戲劇社演出曹禺的《日出》與T大麥浪歌詠隊的民歌民舞表演，都可以看得出來，一九四九年四月六日鎮壓學生的事件，絕對不只是因為單車雙載而引發的單純政治問題而已；它應該還跟當時的思潮和文藝方向有一定的關係吧！這也讓我更加有興趣調查研究這個事件的時代背景與當時的文藝思潮了。

一九九五年二月七日

梁竹風指示我們，光是靜態研究還不夠，必須行動；就像二二八平反運動一樣，我們可以而且必須透過行動取得有關四六血案的歷史解釋權。他又建議我們，在策略上，一定要擴大宣傳。他具體說，首先要讓不知道有這個事件存在的廣大社會，尤其是T大和S大的學生，知道這段歷史，引起他們的注意和關心，然後才有可能在校園推展其他相關活動。

一九九五年三月二十九日

老周有一段時間無心跟我做了。一個多月來，他忙著串聯T大和S大幾個本土派的社團，一起來參與四六事件平反運動。今天，草根文學社終於與T大的建國學社、五一加盟俱樂部、藏鏡人布袋戲團、新台灣人團結促進社、濁水溪論壇，以及S大的福爾摩沙社、美麗島歌謠社，共同組織了四六事件平反委員會。也是在梁竹風的指導之下，委員會在討論具體的行動方案時就決議下猛藥：一開始就要把行動搞得激進一點。老周於是提議在事件四十六週年的早上前往監察院請願，要求調查這段不為人知的校園慘史。他的理由是當年鎮壓學生的警備總司令恰是監察院長的父親。大家都無異議地同意了。

一九九五年四月六日

也許是因為政治生態及社會輿論已經隨著時代的變遷而與戒嚴時期截然不同吧；也許是因為二二八及五〇年代白色恐怖等過去被視為禁忌的歷史事件都已陸續翻案的社會氣氛吧；也許是因為我們都是單純的大學生身分吧；也許是……總之，跟以往社會上的請願活動總要爆發肢體衝突的情景不同，請願，得到出乎意料的善意回應；一名穿西裝的值班官員出面接下請願書並轉達上級指示：監察院決定將四六事件併入白色恐怖一起調查。晚上，老周特別興奮，又主動跟我做了；他始終堅持在上面，不讓我翻身。起先，他的熱情讓我感到前所未有的興奮。可是，到後來，我卻開始有點心寒；我覺得他似乎要把他那不知從何而來積壓在心底的憤怨，都發洩在我的身體裡面……

一九九五年四月七日

一家獨立派的小報對委員會的請願行動做了不到兩百字的報導。另一家自由派的大報則以不小的篇幅，刊載了一名專跑社運的資深記者所寫的一篇專題報導，主標題是：「揭開白色恐怖史，不堪回首夢魂中！」副標題是：「青年枉遭抹紅，青春怎堪留白！」重點摘要是：「一九四九年四月六日，當局以肅清匪諜為由，製造校園白色恐怖，連夜抓走台北兩所大學為數不詳的師生，有的被關，有的被槍斃，有的至今下落不明……」這篇報導同時根據當年的新聞稿，簡單介紹了事件發生的歷史背景與經過；最後總結說，這場悲劇發生後，當年的倖存者只能隱忍不語，一直沒有機會向社會表露事實真相與內心傷痛；在混亂的內戰政局中，作為社會思想前哨的校園，卻葬送了無以數計的青年菁英的性命與前途，在二二八事件真相已近大白、五〇年代白色恐怖事件也已受到社會關注的此時此刻，這段被刻意塵封的歷史悲劇特別值得再被提起，從而讓大家反省深思。

一九九五年六月六日

第一次行動之後，老周又接受梁竹風的指點，決定把運動的路線拉回到體制內鬥爭。也是透過梁竹風與幾個本土自由派教授的幕後安排，老周以四六事件平反委員會T大學生代表的身分出席了T大校務會議。他在會上報告了事件發生的經過，同時也建議校方成立專案調查機構，還原那段被遺忘的T大校史。晚上，他又特別熱烈地跟我做了。天氣炎熱，我們把床單都溼透了。

一九九五年十月一日

經過幾次會議的熱烈辯論之後，T大校務會議終於通過了老周所提的議案，只是把專案調查改為資料蒐集，組成T大四六事件資料蒐集小組，由歷史系傅宏達教授擔任召集人，著手調查事件的真相及T大學生的受難情況。從此以後，在T大，我們的平反運動就進入合法的體制內運作了。我們的調查工作也在傅宏達教授掛名指導下進入另一階段。

一九九六年一月二十三日

我們在S大剛剛出版的《校史》，看到一段有關該校前身的台灣省立師範學院一九四九年的辦學過程寫道：「大局不靖，本院不免遭受波及，一度呈現擾攘不安……四月份，台灣省政府命令本校暫停上課，隨後組成台灣省立師範學院學風整頓委員會，依據釐訂通過的台灣省立師範學院學生學籍重行登記辦法，以及台灣省立師範學院學生甄審辦法，於四月底即完成整飭使命，本院再度步上正軌。」老周認為，這段文字透露了S大應該有事件相關檔案的訊息，於是透過梁竹風的人脈關係，向一位該校主管請教當年的具體情況。這名堅決要求我們不能透露他的姓名的主管表示：關於四六事件的經過，眾說紛紜，有待查證；至於S大校方有關此事的檔案則付之闕如。可是，他也向我們透露，當年師院第二屆畢業典禮，史地科的畢業生只有一人，極不尋常，顯然當時確有事情發生。

一九九六年三月二十九日

在S大福爾摩沙社同學與本土獨立派教授的運作之下，該校校務會議也決議成立S大四六事件研究小組，並推選極力主張台灣獨立建國的林麥寮教授為召集人。林麥寮教授當即宣稱，站在還原歷史的立場，事件的真相有必要瞭解澄清；因此，研究小組什麼事都可以做。這樣，在老周領導之下，包括我在內的四六事件平反委員會的成員，分別進入了T大和S大兩校的資料蒐集或研究小組，在體制內推動事件的平反運動。

一九九六年六月六日

傅宏達教授在T大校務會議提出資料蒐集小組的期中報告，初步研判四六事件可能確有冤情。傅教授說，資料蒐集小組接著將針對事件的當事人、關係人、台灣史專家及白色恐怖時期的政治受難人，做進一步的口述歷史訪談，最遲明年初完成總結報告。因為這樣，我和其他參與小組工作的同學便能夠進入校史室，查找相關的檔案材料了。今天，老周跟我說，為了運動的推展，他決定延畢。

一九九七年四月六日

為了維持我們學生的運動主體性，老周領導的平反委員會一直持續進行著蒐集、研究相關資料的常態工作。我們以小組成員的身分找到的材料，自然也會複印一份給委員會參閱。在這個過程中，我們不但受到很大的感動，也有了初步的調查結果。我們認為，當年的確有不少學生因為被懷疑為共產黨而遭整肅；我們對兩校當局當年的處理態度感到痛心！我們也認為，雖然兩校已經成立了專案小組，但日前才要開始進行口述歷史的訪員訓練，進度緩慢，可以說有點消極怠慢！而且，我們很遺憾地看到，兩校的專案小組不知為何始終不願相互溝通，充分交換資訊，共同推動事件的調查與平反。從一開始，我們就是受到兩校學長姊共同關心社會、共同受難的精神感召，而願意共同推動事件的調查與平反運動；我們因此認為，儘管兩校不相隸屬，若能克服困難，共享行政資源，合作調查此一對兩校同樣影響深遠的事件，不但會有更豐富的研究成果，而且它所彰顯的精神也能有更深刻的社會意義。為了給兩校的專案小組一些壓力，促進合作，平反委員會於是在選戰硝煙瀰漫的今天舉行記者說明會，先行對外公布學生版的調查報告，紀念四六事件四十七週年。老周首先簡述了四六事件的經過，然後強調當時兩校學生展開的遊行抗爭，高喊反饑餓、反迫害和反內戰、要和平等口號，雖然有相當程度社會主義的味道，可是，在那樣的時代，這樣的主張是任何受迫害的學生或人民都會提出的，因此，不能就此斷言學生運動是由共產黨策動的。然而，也許是與選戰無關吧，現場，一個記者也沒到，來的都是我們自己找來捧場的同學。我們只能在會後把書面的調查報告與自撰的新聞稿傳真給各報的相關記者。老周並沒有因此洩氣，反而鬥志更加昂揚；他與委員會的幾個頭頭商量後，決定採取更激烈的行動來吸引媒體注意。

一九九七年四月七日

大選期間，其他黨派的候選人都在攻擊代表老K競選連任的鼡斗先生曾經參加四六事件，是共產黨員。因此，老周決定前往那座日本殖民政府遺留下來的最高權力機關的建築所在地，要求鼡斗先生對那段具有爭議性的私史說清楚、講明白。我對這種激烈的行動不表認同，而且有所畏懼。可是為了老周，我還是尾隨後頭來到現場，在一段安全的距離，遠遠地看著。不出所料，他們剛剛來到廣場，就被突然從四處湧上來的便衣強行架走驅離了。我看到那根又粗又直的陽具般的尖塔，在陽光照耀下依然傲慢地插向空渺的天空。他們的行動失敗了。但是，目的達到了。現場立刻有幾家同樣不知如何聞訊而來的報社記者圍了上來。我和幾個女同學隨即把事先寫好的新聞稿發給他們。老周也不知何時回到現場了。他向記者說，依照安全局機密文件所載，四六事件發生時，鼡斗桑已經從T大畢業一年了，或許他和事件沒有直接關係；他若接受我們的採訪，也就可以公開消解人們對他的疑慮，同時化解對手對他的攻擊……當天的行動就這樣結束了。晚上，大家在我們的鐵皮屋聚餐，鬧到半夜才結束，一共喝了六箱台灣啤酒。其他人都陸續離開之後，老周還處在莫名的亢奮之中，幾次要跟我做；也許是酒喝太多了，每次都挫敗得無法完事；等到天就要亮的時候，疲累不堪的他只好死心睡覺了。

一九九七年六月一日

鳳凰花開了。老周也該畢業了。可是，為了推動平反運動，他決定繼續延畢來拖延隨時可能下來的入伍令。他還告訴我，黨外時期，有個學長因為幾乎沒去上課而被死當退學，就在自由之鐘下搞絕食抗議（聽說還趁無人圍觀時偷吃便當），說是政治迫害。他又感嘆說，現在，沒那麼好混了。晚上，他很想，可再怎麼弄，就是沒辦法。

一九九七年六月六日

經過長達一年的資料蒐集、彙整和調查、研究之後，T大四六事件資料蒐集小組向校務會議提出了總結報告。召集人傅宏達教授報告說：小組展開作業後，得到學校相關單位的協助，開始翻尋學籍資料，以資印證當時的學生名單；之後，小組成員就分頭到各有關的圖書館蒐集資料；由於資料散佚不全，小組成員又對當事人、當事人的關係人與歷史學者，進行了口述訪談或書面筆談，並逐字謄出。這份總結報告主要就是在這樣的基礎上參考了當年的有限文獻而完成。它從經濟、政治、社會、文化、教育等五個方面，分析了事件發生的背景因素，然後定性說：一九四九年三月，學生主體追求社會正義的具體實踐，是戒嚴令頒布實施前台灣社會最後一次大規模的學生運動，也播下了台灣學運的啟蒙種子。四月六日，警總對學生展開的逮捕鎮壓，及其後的反共戒嚴，使得校園全面進入白色恐怖時代：軍訓教官進入校園，情治人員滲透學校，控制師生的思想言論，壓制學生的自主性活動。四六事件實為校園白色恐怖之濫觴。最後，傅教授遺憾地表示，事件發生時的史料多半存在現在已經不在了的軍法處和警備總部；小組也曾多次行文省府相關單位，要求提供當時的史料，但都以已被銷毀為由回絕；小組希望校方出面，再發文給原警備總部的海岸巡防司令部，提供相關的檔案資料，讓事件的具體情況可以更清楚而不再模糊。老周看了這份調查報告之後說，T大的這份調查報告還不太完整，有待繼續調查。也就是說，我們的平反運動還有活動空間。

一九九七年六月十七日

S大四六事件研究小組也向該校校務會議提出研究報告了。我跟著老周及幾名平反委員會的核心成員趕到現場，瞭解實況。會場門口豎立了拒絕媒體旁聽的告示牌。也許是對這件發生在半世紀前的事件聞所未聞之故，告示牌竟然把四六事件寫成六四事件。我看到林麥寮教授在走進會議室前無奈地搖頭，說這下糗大了！依據議程，研究小組被安排在各處室例行工作報告後，以十分鐘時間進行報告。我和老周雖然不能進入會場，還是透過旁聽的S大成員拿到那份報告的影印本。林麥寮教授在前言指出，這份報告主要參考的資料為該校現存的公文檔案、報紙、相關人士的口述及相關書籍的記載等四類。由於敘述的是同一件事，它與T大的報告基本上相差不大；但對當時的時代背景著墨不多。在寫作方法上，它運用師院的學籍、訓導等檔案，採取讓史料說話的方式呈現。林麥寮教授強調，由於這批校長特准查閱的塵封了四十年的極機密檔案是用毛筆寫的，而寫的人又不盡相同，所以他合理的懷疑部分內容明顯遭到撕毀或竄改。他又說，事件後，省府下令成立省立師範學院整頓學風委員會負責整頓師範學院；之後，停課二十幾天，撤換院長，所有學生一律重新註冊登記。該小組也根據師院整頓學風委員會會議資料，整理出一份事件後被除名的學生名單，其中包括逾期未申請重新登記而除名者：周新華、林光輝、莊勝雄、李松林、朱裴文等十一名，偽造證件除名者四名，以及甄選不合格者二十一名。另外，他強調，第二年十一月，師院學生又有四名被槍決；相對地，T大並沒有遭到停課重整的待遇。他認為，兩校之所以有這樣的不同，關鍵在於校長的辦學理念及風骨不同；T大校長堅持自由學風，抵擋了當權者的壓力，堅守了學術自由；師院主事者可能認為學校是政府機構的一部分，而沒有堅持學術自由的立場。這份報告也指出，四六事件最大的影響，是情治機關干預高等學校教育的一個開端；當時的台灣省警備總司令部可以直接行文學校，按名指交所謂不法學生，學校成為警總的下屬機關。其次，就是師院的校風從此丕變。

一九九七年六月十八日

S大有關四六事件的研究報告，出乎意料地引起各家媒體爭相報導了各種相關新聞。一家向來保守的大報針對當年師院代院長的處置作風做了獨家專訪。後來當過政府核心高層的這位代院長首先強調，他年紀那麼大了，不必要講假話。然後，他說當年原是省教育廳副廳長，因師院院長外派，廳長要他去代兼院長；他自認外行，不想去，可不能不去。兼職沒多久，大陸發生美軍強暴北大女生沈崇案。當時國共鬥爭激烈，他強調，學校中或多或少都有的職業學生（共產黨）就借題發揮，鼓動風潮。他說，事件爆發前一天晚上，他和T大校長以及警備總司令，三個人會商因應之道；警備總司令堅持動用軍隊進入校園抓人，他和T大校長都主張學生可以慢慢勸，不要用軍隊；後來司令部仍堅持軍隊抓人，他就請求他忘了名字的那位司令能不能槍裡頭不要填子彈（他沒說司令的態度如何）？他又說，第二天一大早，他就去勸學生：只要交出少數幾個職業學生，事情就可以解決。但是，學生不從，軍隊就開始抓人。他指出，包括T大在內，抓了好幾百人，抓到以前的日本軍營（中正紀念堂現址）。他怕學生出事，第二天，就帶著香蕉、橘子去探望。他苦笑著回憶說，他們有些人還笑嘻嘻地諷刺他說：院長你來看我們喔！他也只能無奈地對他們說：你們實在太調皮了！最後，他跟記者嚴正地聲明說：我從頭到尾沒有把學校關掉。事隔近半個世紀了。我們不知道這位代院長所說的話究竟有多少真實性？我們又看到另一家立場截然不同的本土派報紙，獨家報導了一個叫作獨立建國黨的聲明。那個黨指出，二二八事件及四六事件，都是兩蔣時代戒嚴統治下外省人迫害台灣人的慘絕人寰的悲劇，真相尚未大白。我懷疑老周是不是跟這個獨立建國黨有關係？可我終究不敢問他。他大概是看出我的疑慮了，就主動對我們說，這個獨立建國黨已經準備把手伸進來了！我不很確知他說這話的意思是什麼，但我想他應該跟這個黨沒有組織關係吧！除此之外，某自由派的大報也針對S大小組的報告發表社論說：「一九四九年，以反饑餓、反內戰為號召的學運席捲全國；台灣有相當多激進的大專院校與中學學生也隨著時代大潮，串聯呼應大陸的學運。四六事件就是對二二八之後台灣學運最嚴厲的一場鎮壓。真正要全面瞭解真相，唯有訪查當事人、參與組織者及當時的鎮壓執行者。真相猶遠，調查才剛剛開始。」是的，真相猶遠，老周看完那篇社論之後重複著對我說，調查才剛剛開始。我知道，他的意思是說，事情還沒完，我們的路還要繼續走下去。問題是，我不知道接下來的方向在哪裡，向左？向右？或是直直地往前走？

一九九八年四月六日

隨著T大與S大兩校的調查報告發表而熱鬧了一陣的四六事件，又被社會遺忘了。老周於是召集了兩校幾個社團的新舊負責人聚集，舉辦勿忘四六討論會，以此紀念事件的四十九週年，同時討論運動要怎麼搞下去。最後一致定性：四六事件是台灣學運的二二八事件；也是五〇年代白色恐怖的開端；當年為台灣這塊土地付出自己性命或人身自由的大學生，無疑是愛台灣的最佳典範。因此，我們呼籲政府應將青年節更改為四月六日，以此紀念當年為台灣的民主自由而奮鬥犧牲的學運前輩。我們認為，台灣學生不需要一個虛無飄渺的黃花岡。台灣學生要有一個屬於自己本土的青年節。這樣，才能夠深刻省思：如何為台灣這塊土地貢獻自己的青春，如何在台灣社會承擔青年知識分子的責任。我們同時決議：明年五十週年要擴大舉行平反與追思的紀念活動，以學生自主性的力量還給當年犧牲的學運前輩一個遲來的公道！

一九九九年一月二十三日

報載，繼二二八事件獲得政府道歉與平反後，五十年前，在特殊時空環境下，對台灣校園造成莫大震撼的T大、S大四六事件，亦可望獲得官方正式平反補償。對此，兩校調查小組的召集人大致贊同。S大的林麥寮教授表示，還有許多事實尚待發掘，因此建議設置專線，讓更多事件受害者及親人能有申訴管道，讓真相獲得澄清。T大的傅宏達教授則指出，四六事件不僅是T大與S大兩校的悲劇，更是整個台灣校園民主的浩劫，所以，除了平反及補償之外，更應深入瞭解它與整個白色恐怖的關聯性，也須釐清它是否真與共產黨的煽動有關？它對台灣的學術自由、教學品質與思想觀念等發展的影響，從而給予它在台灣歷史長河中的清楚定位。我們在晚報上看到這則訊息之後，隨即開會決定：從當年單車雙載事件的三月十九日起，展開一系列紀念四六事件五十週年的活動，從學生眼光重新審視台灣教育史上最受矚目的白色恐怖事件。具體內容包括：在T大與S大分別舉辦座談會；在兩校同時舉行我們蒐集到的相關資料的展覽；出版關於事件的研討專書，裡頭包括：部分當事人的口述歷史，所有相關文獻與媒體報導，同學們抒發的感想等。最後，在四月五日晚上，兩校共同舉辦重返歷史現場的燭光晚會。為了擴大宣傳，我們大量印發了平反四六事件的活動傳單。

春天的微微風吹著。

我終於要開始行動了。

五　紀念

1

我從十六份回到台北的第二天，一整天都沒出門，待在房間裡，閱讀整理歸鄉以來的每日記事，補充有所遺漏的地方。同時，也上了網，把〈春天的微微風〉的部落格記事讀完，並且抄錄了一些我認為日後可能會用得上的材料。

再過一天，就是四月五日，清明節。從驚蟄到清明，我回台灣已經一個月了。一大早，外甥開車載我和大妹前往陽明山公墓。墓地擠滿了掃墓的民眾。車子堵在山腳下通往墓葬區的狹窄道路，動彈不得。我們於是下車，徒步上山。大妹帶著我，很快找到坐落於一片凌亂的墳塚當中的父母親合葬的墓塚。耳邊不時傳來燃放的鞭炮聲。空氣裡飄浮著刺鼻的燃燒雜草和冥紙的煙味。放眼山下，只見一棟棟沐浴在煙塵中的大樓，迷離模糊，彷如海市蜃樓。剛剛去停車的外甥，一路跑著上來了。二妹一家人不久也到了墓地。我們三姊妹終於在墓地上和過世的父母親團圓了。遺憾的是，遍插茱萸少一人，大哥早已在兩岸重新來往之前就病逝北京了。一家人，終究無法在故鄉台北團圓。幾個外甥把墓地的雜草清除乾淨了。我拿著一束白菊花向未曾對他們盡過孝道的父母親行三鞠躬禮，然後在心裡久久默悼，眼淚不覺流了出來。我把那束鮮花擺放在墓碑前面的泥地上，再行三鞠躬禮。然後靜靜地退到一旁。

陽光照耀著依舊是煙塵瀰漫的墓地。

掃墓後，大妹安排所有的家人到北投一家溫泉旅館附設的台菜餐廳吃最後的團圓飯。飯前，二妹問我要不要先去泡湯？我想洗洗身上的煙塵味，也放鬆一下緊繃的心情，就去了。

浴池是用長條石塊砌成的，乳白色的溫泉水汩汩地從塑料水管的嘴孔流出來。我把衣服脫了，先在池外淨身，然後把整個身子浸泡在溫熱的水池當中，閉起了眼睛。老周，於是我就想起了先前刻意略過不提的，我跟你最後一次見面時在溫泉旅館相處的幸福情景。

那天，我們付了房租，就由一名中年女侍帶進一間鋪著榻榻米的房間。女侍站著不動，沒有馬上離開的意思。你著急地說妳可以出去了。她面無表情地用日語說小費。我趕緊拿了一些零鈔給她。她說了聲謝謝就走了。你把門鎖上，隨即緊緊地抱住我。我也情不自禁地抱住你那比先前更要瘦削的身體。然後你又鬆開抱著我的腰身的雙手，托起我的臉，久久地凝視著，接著就激動地吻著我那已經發熱的雙唇。我沒有拒絕，讓你盡情地沉浸在對我的初吻，終於，我也主動地獻上對你的初吻……周遭一片安靜。時間彷彿停止了。我終於還是理智地輕輕推開了你。我們先進去泡湯吧！你努力讓自己安靜下來，然後不由我開口就牽著我的手，走進裡頭的浴室。浴室有兩座用石頭砌成的大小不一的四方形浴池。較小的一池是洗滌用的清水池，稍大的二池是浸泡用的溫泉池。你先後扭開兩個浴池的水龍頭，讓兩注水流嘩嘩地流著。等待水池注滿的空檔，你又把持不住自己的身體，熱情地擁吻著我。我也盡情地回報你的熱情。水滿了。你把水龍頭關緊。浴室又安靜下來了。你幫我脫下衣服，叫我坐下來。我全身赤裸地在浴池邊靜靜地坐了下來。我感覺得到自己的全身都在發熱。你蹲下來，拿著水勺，用調和的溫水，一勺一勺地沖淋我的身體，幫我擦背。你把我的身體擦洗乾淨後就抱我到二池。妳先泡著，你說，我就來。你把自己的身體沖洗乾淨了，進入泡湯池，在我身邊坐下來。你又抱著我的身體，把嘴巴貼近我的耳朵，輕聲細語地向我訴說你被誘捕以後的經歷……

老周，我們從浴池起來了。回到房間，你又情不自禁地抱住我，擁吻著。晶瑩！你稍稍放開我的身體，用雙手托著我那發著高熱的臉，深情地看著我，認真地問我願意嫁給你嗎？都已經這樣了，我羞澀著回答你說，你還問！你又說很想很想跟我完全結合在一起……老周，過去，你在我眼裡一直是一個嚴肅穩健的人，這時我才認識到，你還是一個狂飆浪漫、柔情似水而且也有肉體的渴望的情人。我知道你身體難受，我也很想，可我終究還是不自覺地被沒有解放的禮教觀念束縛了；為了讓自己的理智能夠克制像火山一般就要噴發出來的肉體的激情，我刻意打斷你的熱情，笑著安撫你說，等局勢穩定以後再來吧！我這樣說，你沒再堅持，立刻就讓自己恢復平常的冷靜狀態，然後帶著遺憾的語氣深情地跟我說，你這次是冒著風險跟我見面的；你又輕輕吻了我一下說，我也不知道還有沒有明天？然後你就轉身進去浴室了。我看到你不斷地用洗滌用的清水池的冷水潑在身上……

老周，現在，身體已經老化得不再可能有任何激情的我，終於刻骨地體會到，這是我一生中最大的遺憾啊！

2

從北投回到大妹家，已經是下午三點了。我因為累了，就去睡午覺。老周，我不但很快就睡著了，還做了夢。我夢見你又帶我到那家溫泉旅館。我們互相把對方的身體洗乾淨，然後一起在溫泉浴池裡浸泡，然後回到房間，然後熱烈的擁吻，然後你進入了我的身體；我叫了一聲，就醒過來了。我悵然地坐在床頭，久久地，腦袋一片空白。

窗外的天色已經昏暗下來了。

我趕緊起床，洗臉，梳頭，換了件衣服，跟大妹說了一聲，就前去麥浪老隊員的歡送宴。晚宴是阿香邀約的。她知道我明天就要離台，特別約了張旭東、應保華，給我餞行。我慢慢走到S大附近一家叫作北平樓的餐館。一個中年女服務員領我到二樓靠裡的包廂。阿香和老應已經到了。怎麼，我問阿香，張旭東還沒到？這老頭，還跟我鬧彆扭！阿香生氣地說，愈老愈像小孩了，不理他。我們三人於是一邊用餐，一邊繼續聊著沒有聊完的青春往事。老應興致很高，要我們兩個老太太一起喝點白酒。阿香不敢，就要了啤酒。我不想掃他的興，陪他喝了幾杯。喝了酒後，老應就扯開他那蒼老沙啞的嗓子，感傷地唱了起來：

太陽下山明朝依舊爬上來
花兒謝了明年還是一樣的開
美麗小鳥一去無蹤影

我跟阿香都被他那破嗓子所唱出來的歌詞觸動了內心深處的感慨吧！於是也藉著酒精催生製造的微醺，跟著唱了起來：

我的青春小鳥一樣不回來
我的青春小鳥一樣不回來
別得那喲喲別得那喲喲
我的青春小鳥一樣不回來

我覺得，三個老人唱〈青春舞曲〉這首歌太過消極了，於是就獨自唱起了雄壯有力的〈青春戰鬥曲〉。他們兩人在我起頭後也跟著唱了起來：

我們的青春像烈火樣的鮮紅，燃燒在戰鬥的原野。
我們的青春像海燕樣的英勇，飛躍在暴風雨的天空。
原野上長遍了荊棘，讓我們燃燒得更鮮紅。
天空中布滿了黑暗，讓我們飛躍更英勇。
我們要在荊棘中燒出一條大路，
我們要在黑暗中向著黎明猛衝！

之後我們又一首接一首隨性地唱著麥浪時代唱的青春之歌……

我們離開餐館了。阿香和老應要叫車送我回去。我婉拒，說住得不遠，想慢慢走回去。他們也就不堅持，攔了計程車，先行離開。

我穿過熱鬧嘈雜的夜市那條街，轉往和平東路，獨自在紅磚道上慢慢走著。陣陣春風迎面吹來。我感覺有點冷涼，於是稍稍加快步伐，往前走著。我來到S大校門口了。我看到大約有二十幾名男女學生手持點燃的白色蠟燭，圍聚一圈；圈圈當中，一個男同學正在燭光映照下發表講演。我好奇地停下來觀看，同時問一個長髮披肩的女同學這是什麼活動？女同學親切地告訴我，這是紀念四六事件重返歷史現場的活動；他們要在學長帶領下，從校門口出發，按照當年事件發生的經過，走過校內幾個跟事件相關的重要建築，緬懷當年受難的學長姊，並向學校爭取將四月六日訂為S大學生日，發揚S大學生的抗爭精神。我聽了感到很欣慰，就站在一旁觀看。於是我在一聲鑼響之後，聽到中間那個領頭的男同學說：三月十九日單車雙載事件發生的第二天，師院和T大學生遊行到警察總局請願；這裡就是當年師院學生遊行的出發地點。他介紹了校門現場的歷史之後，帶領其他同學，排成一列燭光隊伍，緩緩走向禮堂。我依然靜靜地跟隨在後頭，從旁觀看。一聲鑼響之後，男同學又站在台階上說，這裡就是學生自治會商討籌劃遊行的地方。隊伍又隨著負責解說的男同學轉移到紅樓。鑼響，男同學又說，這裡就是事件後決定開除學生學籍的行政大樓。然後他又進入大樓裡頭的軍訓教官室，說這個行動既是抗議當年軍警闖入校園的暴行，同時也表達他們要求教官退出校園的心聲。同學們接著又在他的帶領下，離開了軍訓教官室，走出行政大樓，從校門口右轉，走在校園圍牆外的紅磚道上。我依然跟在同學們後頭安靜地走著。馬路上，駛過的車輛駕駛和公車上的民眾都好奇地觀看著這列緩緩前進的燭光隊伍。隊伍在有夜市的那條路右轉，來到行人來來往往的學生宿舍門口。一聲鑼響。那名男同學於是面朝其他同學大聲說道：這裡就是當年的男生宿舍。一九四九年四月五日深夜，警備總司令部派出武裝軍警包圍，然後在六日清晨強行闖入，抓走兩百多名學生……

我懷著既激動又複雜的心情離開活動現場，走進橫跨和平東路的地下道，來到學校對面的紅磚道上，然後從旁邊一條幽靜的巷子，慢慢走回大妹家。老周，一路上，我的腦海像電影的蒙太奇一樣，時而浮現著剛剛那些年輕同學流露著熱情的純真臉孔，時而又浮現著我和你以及其他同學在街頭上前進吶喊的遊行場面。老周，我因為新一代的台灣青年終究沒有忘記我們用青春譜寫的歷史而感到欣慰，可我也因為他們顯然沒有正確理解我們的理想而覺得遺憾！

冷涼的夜風愈吹愈緊，陣陣寒意逼得我不由得打了幾個冷顫。

3

老周，我從香港轉機，回到北京，已是深夜了。

回京以後，我幾乎每個晚上都失眠，坐著看書就想睡，可躺下來卻又睡不著，腦海裡一直浮現那段青春往事，不去想它也不行。到了七月，剛剛開始緩和的兩岸關係又突然跌入谷底。海峽上空布滿了無法預測的政治陰霾。我憂心兩岸會不會因此再次陷入互不往來的悲劇。老周，我雖然餘生不多，可也因為想念台灣而更加抑鬱了。為了解脫那莫名的憂鬱，我因此想到了魯迅所說的為了忘卻的紀念，於是就在書桌前坐下，拿起一支灌了黑色墨水的鋼筆，一邊追憶我那消逝的時光往事，一邊在四百字的空白稿紙上，一個字一個字，把我所能想到的那些年的那些人和那些事，也就是我們這一代人的青春之歌，陸陸續續寫下來，告慰你的在天之靈。

老周，我的回憶從歸鄉那天寫起，除了寫自己的親身經歷，也寫其他朋友告訴我的，我不在現場的一些有必要敘述的事情，當然也參考了一些必要的文字資料。我希望，它以後能夠有機會公開出版，讓海峽兩岸（特別是台灣）的年輕一代閱讀。老周，果真有那麼一天，我想，書名可以叫作我的台北戀人；或者，就簡潔一點，叫台北戀人吧。

二〇〇五年六月七日初稿於苗栗五湖山村
二〇一四年二月七日完稿於北投溫泉蝸居
二〇一四年三月十九日定稿於北投溫泉蝸居
二〇一四年七月二十七日再定稿於北京西單

多餘的話

《台北戀人》是在我多年採集的四六事件歷史證言與相關史料的基礎上虛構完成的。其中，〈誰能禁止我的心跳？〉，原作者是來自江西省清江縣的原師院教育系學生（一九四七年九月至一九四九年五月中旬），曾任方生社副社長與筆聯會副主席的鄧傳青；一九四八年秋，師院訓導處聲言要檢查學生宿舍，他為了反對而寫了這首詩；他後來經廈門到閩南參加地下武裝鬥爭，不幸於七〇年代逝世。〈蟄伏〉與〈探究〉兩詩，原作者是彰化籍的原師院教育系學生（一九四六年九月至一九四九年四月）朱商彝（筆名朱實），分別發表於歌雷主編的《新生報》橋副刊（一九四八年九月二十二日）與楊逵主編的《力行報》新文藝副刊（一九四八年十一月二十九日）。韓戰的情節則是根據原籍重慶的台大數學系學生（一九四七年九月至一九四九年四月），曾任麥浪歌詠隊副隊長、台大女同學會會長的胡世璘女士的口述與相關日記。謹此說明並向所有的歷史見證人致謝。

初稿三十幾萬字，寫完之後，舉家北遷，一直到完稿，九年期間，經歷了前所未有的身心困頓，也搬了七次家。好幾次，都不確定是否能夠撐過去？終於，還是在家人的容忍擔待與朋友們的體諒之下，靠著寫作，走過來了。在此，特別要謝謝侯孝賢導演的經濟支持與鼓勵，以及提供我寫作空間的王淑惠大姊；當然，還有不願意我提到她的家裡的那個人。（二〇一四年二月十日）

尋訪被湮滅的台灣史與台灣人

藍博洲——作品展

《藤纏樹》

二〇〇二年中國時報 開卷年度十大好書．中文創作類
二〇〇二年聯合報 讀書人年度最佳書獎．文學類

這部「書中書」寫下林明華與其同時代青年的國族認同困境，以及因此導致的生命悲劇。作者在上卷以阿里的《藤纏樹》新書發表會始，下卷則以傅雙妹在這場發表會驚鴻一瞥出現終，令讀者掩卷之際也不禁悵然若有所失。

$460

《一個青年小說家的誕生》

一個靠母親擺攤賣麵、姊姊在工廠當女工換取微薄生活費的少年，窩居城市邊陲準備考試，唯一能談文論藝的同學已經投水並且溺斃，仍然不放棄寫作的夢想，寫完一部名為《浪子回家》的小說。可惜因為缺乏知音，少年在作品完成後，仍步上好友的後塵，從橋上落水溺斃。

$200

尋訪被湮滅的台灣史與台灣人

藍博洲——作品展

《消失的台灣醫界良心》

二〇〇六年金鼎獎最佳文學類圖書獎

一代熱血的台灣俊秀，卻在五〇年代的政治肅清中家破人亡，這段狂飆的歷史也在白色恐怖的陰影和富裕生活的饜足心態下，長埋地下，隨時光漸漸湮滅。

$280

《戰風車——一個作家的選戰記事》

從如何進入提名名單，參加台灣民主學校，到真正站上火線，成為苗栗縣立委候選人，進入選戰操作種種細節，藍博洲指向自己，記錄每日的選戰記事，如唐吉訶德對戰風車，化身挑戰政治現實的浪漫騎士，為台灣社會帶來不一樣的聲音與典型。

$280

尋訪被湮滅的台灣史與台灣人

藍博洲——作品展

《消逝在二二八迷霧中的王添灯》

一九四七年三月十一日上午六時，一群憲兵突然闖入台北市港町一町目十五番地（今貴德街）民宅，抓走「身高一六八公分，體重不到四十公斤」的二二八事件處理委員會發言人王添灯。王添灯從此一去不回，在歷史的迷霧中失蹤了。

$340

《紅色客家庄——大河底的政治風暴》

一九四九年，五〇年代白色恐怖從基隆中學拉開序幕，客家籍人聚族而居，民風淳樸的大河底，也遭到了「清鄉」的肅清，村中成年男子無一倖免，或者流亡山區，或者被捕入獄，乃至命喪台北馬場町刑場。大河底從此成為一個具有傳奇悲劇性的「紅色客家庄」。

$220

文學叢書 416

INK PUBLISHING

台北戀人

作者	藍博洲
總編輯	初安民
責任編輯	鄭嫦娥
美術編輯	陳淑美
校對	呂佳真 藍博洲 鄭嫦娥

發行人	張書銘
出版	**INK**印刻文學生活雜誌出版有限公司 新北市中和區建一路249號8樓 電話：02-22281626 傳真：02-22281598 e-mail：ink.book@msa.hinet.net
網址	舒讀網 http://www.sudu.cc

法律顧問	漢廷法律事務所 劉大正律師
總代理	成陽出版股份有限公司 電話：03-3589000（代表線） 傳真：03-3556521
郵政劃撥	19000691 成陽出版股份有限公司
印刷	海王印刷事業股份有限公司

港澳總經銷	泛華發行代理有限公司
地址	香港筲箕灣東旺道3號星島新聞集團大廈3樓
電話	852-2798-2220
傳真	852-2796-5471
網址	www.gccd.com.hk

出版日期	2014 年 9 月 初版
ISBN	978-986-5823-93-1

定價 399元

國家圖書館出版品預行編目(CIP)資料

台北戀人／藍博洲著, -- 初版. --
新北市：INK印刻文學, 2014.08
384 面；14.8×21公分. --（文學叢書；416）
ISBN 978-986-5823-93-1（平裝）

857.7 103016099

本書獲第六屆台北文學獎創作年金